EDIÇÕES BESTBOLSO

Declarando-se culpado

Scott Turow nasceu em Chicago, em 1949, e estreou na literatura em 1977 com o livro *O primeiro ano*, um relato de suas experiências como estudante de direito em Harvard. Dez anos depois, publicou *Acima de qualquer suspeita*, best-seller que o consagrou. O escritor é um mestre da literatura de suspense de tribunais, seus livros são sucessos instantâneos, chegando sempre ao topo das principais listas de mais vendidos de todo o mundo. Turow é sócio de um escritório de advocacia em Chicago e em 2002 participou de uma comissão federal para discutir a pena de morte ao lado de políticos e dos maiores juristas dos Estados Unidos.

SCOTT TUROW

DECLARANDO-SE CULPADO

Tradução de
PINHEIRO DE LEMOS

1ª edição

RIO DE JANEIRO – 2013

CIP-BRASIL. CATALOGAÇÃO NA PUBLICAÇÃO
SINDICATO NACIONAL DOS EDITORES DE LIVROS, RJ

Turow, Scott
T858d Declarando-se culpado / Scott Turow; tradução Pinheiro de Lemos. – 1ª ed. – Rio de Janeiro: BestBolso, 2013.
12x18 cm

Tradução de: Pleading Guilty
ISBN 978-85-7799-384-0

1. Ficção americana. I. Lemos, Pinheiro de. II. Título.

13-01793 CDD: 813
CDU: 821.111(73)-3

Declarando-se culpado, de autoria de Scott Turow.
Título número 347 das Edições BestBolso.
Primeira edição impressa em setembro de 2013.
Texto revisado conforme o Acordo Ortográfico da Língua Portuguesa.

Título original norte-americano:
PLEADING GUILTY

www.edicoesbestbolso.com.br

Design de capa: Sérgio Campante sobre foto Getty Images ("Person walking on Cobblestone Street."). Imagem de Helen Ashford.

Impresso no Brasil

ISBN 978-85-7799-384-0

Há sete anos meus colegas na Sonnenschein Nath & Rosenthal – tanto advogados quanto não advogados, mas meus sócios em particular – vêm me proporcionando um apoio incessante, nas mais variadas circunstâncias, que de vez em quando surpreende todos nós. Só eu sei melhor do que eles quão pouco o escritório de advocacia descrito nas páginas seguintes se parece com o nosso ou partilha seu clima de decência permanente. Em reconhecimento a seu companheirismo, generosidade – e tolerância –, este livro é afetuosamente dedicado às muitas pessoas na Sonnenschein a quem devo os mais profundos agradecimentos.

Para onde meu coração fugiria, em busca de refúgio do meu coração? Para que lado eu voaria, onde não me seguiria? Em que lugar não seria presa de mim mesmo?

As Confissões de Santo Agostinho
LIVRO QUATRO, CAPÍTULO VII

*

O eu secreto —
sempre mais secreto,
infeliz,
extraviado.

Fita 1

Ditada em 24 de janeiro às 4 horas

GAGE & GRISWELL

Memorando Interno

RELATÓRIO DE ADVOGADO

CONFIDENCIAL

PARA: Comitê de Supervisão Administrativa
DE: McCormack A. Malloy
REF.: Nosso sócio desaparecido

Conforme sua solicitação, envio meu relatório anexo.

(Ditado mas não lido.)

1
Minha missão

Segunda-feira, 23 de janeiro

O Comitê de Supervisão Administrativa de nossa firma, conhecido simplesmente como "o Comitê", reúne-se toda segunda-feira às 15 horas. Enquanto tomam café e comem brioches de chocolate, três figurões, os chefes dos departamentos de contratos, contencioso e regulamentos públicos, decidem o que será feito na Gage & Griswell por mais uma semana. Na verdade, não são maus sujeitos, e sim advogados competentes, executivos inteligentes, sempre procurando o melhor para o maior número de pessoas na G&G; mas, desde que cheguei aqui, há 18 anos, o Comitê e seus austeros poderes, delegados nos termos do acordo de sociedade, sempre tenderam a me deixar meio apavorado. Tenho 49 anos e sou um ex-policial que fazia ronda nas ruas, um cara grandalhão, de aparência destemida e com bons hábitos irlandeses, mas nos últimos anos tenho ouvido muitas palavras desencorajadoras desses três. Meus casos têm sido reduzidos, ganhei uma sala menor, minhas horas de trabalho e meu faturamento vêm sendo descritos como insatisfatórios. Ao chegar esta tarde, preparei-me, como sempre, para o pior.

– Mack – disse Martin Gold, nosso sócio e diretor –, Mack, precisamos de sua ajuda. Um problema grave.

É um homem de tamanho considerável, o Martin. Praticou luta livre na universidade há trinta anos e é um peso médio com o peito tão largo quanto o mapa dos Estados Unidos. Tem um rosto moreno e astuto, um pouco como aqueles guerreiros mongóis de Gêngis Khan, e a aparência venerável de alguém que luta com a vida. E é, sem dúvida nenhuma, o melhor advogado que conheço.

Os outros dois, Carl Pagnucci e Wash Thale, comiam à mesa de reunião, uma antiguidade de nogueira de origem colonial com o ar solene de um relógio de cuco. Martin sugeriu que eu me servisse dos brioches, mas me limitei ao café. Com esses caras, precisava me manter alerta.

– Não tem nada a ver com você – garantiu Carl, fazendo uma avaliação precisa de minhas apreensões.

– Quem então?

– Bert.

Havia duas semanas que meu sócio Bert Kamin não aparecia no escritório. Não mandara nenhum recado nem telefonara. No caso de qualquer ser humano comum que trabalhasse na Gage & Griswell na minha época, de Leotis Griswell à garota polonesa que esvaziava os cestos de papel, isso seria motivo para preocupação. Mas não tanto com Bert. Ele faz o tipo adolescente temperamental, enorme e sorumbático, que adora o combate nos tribunais. Se você precisa de um advogado para reinquirir o executivo principal da outra parte e arrancar suas tripas como fazem certos felinos de grande porte, então Bert é o cara certo. Por outro lado, se quer alguém que compareça ao escritório em horários regulares, preencha os relatórios de atividades ou trate a secretária como se estivesse lembrado de que a escravidão acabou, é melhor pensar em outra pessoa. Depois de um ou dois meses de atuação em um julgamento, Bert tende a tomar chá de sumiço. Já apareceu de repente em uma partida especial do Trappers, nosso time na liga principal de beisebol, contra amadores desse esporte. Em outra ocasião, foi jogar em Monte Carlo. Com seu humor sombrio, caras feias e acessos no corredor, com suas proezas de macho e horários irregulares, Bert sobreviveu na Gage & Griswell em grande parte graças à paciência de Martin, que é um modelo de tolerância e parece gostar de excêntricos como Bert. Ou, diga-se de passagem, como eu.

– Por que não conversam com aqueles caras na sauna a vapor que ele gosta de frequentar? Talvez saibam onde ele se meteu.

Eu me referia ao Banho Russo. Solteiro, Bert é capaz de acompanhar as equipes esportivas do condado de Kindle por todo o país nos fins de semana, fazendo apostas altas e passando o tempo em bares frequentados por esportistas ou em lugares como o Banho, em que as pessoas falam sobre os jogadores com uma intimidade que não ousam ter em seus relacionamentos.

– Ele vai aparecer – acrescentei. – Sempre aparece.

Mas Pagnucci assegurou:

– Não desta vez.

– A situação é muito delicada – explicou Wash Tale. – Muito delicada.

Wash tende a declarar o óbvio de uma maneira solene e pomposa, como se fosse a voz da sabedoria.

– Dê uma olhada nisto.

Martin empurrou uma pasta parda por cima da mesa polida. Um teste, receei no mesmo instante, e senti uma pontada de ansiedade me dilacerar o peito, mas dentro da pasta tudo o que encontrei foi um conjunto de 18 cheques. Todos haviam sido sacados contra o que chamamos de Conta de Acordo 397, um depósito em garantia administrado pela G&G, com 288 milhões de dólares a serem pagos a curto prazo a diversos querelantes, no acerto de um grande acidente aéreo, em ação judicial contra a TransNational Air. A TN, a maior empresa aérea e conglomerado turístico do mundo, é a principal cliente da G&G. Representamos a TN nos tribunais; ajudamos a companhia a comprar, negociar e fazer empréstimos. Com seus hotéis e resorts em todo o mundo, serviço de bufê em escala nacional, quadras de golfe, estacionamentos em aeroportos e subsidiárias de aluguel de carro, a TN ocupa uma parte do tempo de quase todos os advogados da firma. Convivemos com essa empresa como se fosse a família, na mesma casa, instalada em quatro andares da Torre TN, logo abaixo do quartel-general internacional do conglomerado.

Todos os cheques na pasta haviam sido assinados por Bert, em sua letra de maluco, cheia de floreados, em favor de alguma coisa chamada Litiplex Ltd., no valor de várias centenas de milhares de dólares. No canhoto, Bert escrevera "Apoio ao contencioso". Análises de documentos, modelos em computador, depoimentos de peritos – os engenheiros entravam em delírio nos casos de acidente aéreo.

– O que é Litiplex? – indaguei.

Martin, para meu espanto, esticou o indicador como se eu tivesse dito algo que acertara na mosca.

– Não é uma empresa constituída ou autorizada a operar em território nacional – respondeu ele. – E também não consta dos registros de nomes em nenhum estado. Carl verificou.

Com um gesto de cabeça, Carl acrescentou, como um mau presságio:

– Pessoalmente.

Carl Pagnucci – nascido Carlo – tem 42 anos, o mais jovem do trio, e é parcimonioso com as palavras, um advogado extraordinário, que controla a fala com o mesmo tipo de desconfiança com que Woody Hayes, o famoso treinador de futebol americano universitário, encarava os passes longos. É um cara pequeno e pálido, com um bigode que lembra uma dessas escovinhas que acompanham o barbeador elétrico. Em seus ternos impecáveis, escuros e de bom gosto, com brilho de ouro nas abotoaduras, não revela nada.

Avaliando a notícia de que Bert, meu colega de excentricidades, assinara cheques no valor de milhões de dólares para uma companhia que não existia, senti um impulso inevitável de defendê-lo – minha antiga aliança com os indisciplinados.

– Talvez alguém tenha lhe pedido que fizesse isso – sugeri.

– Foi por aí que *nós* começamos – informou Wash.

Ele deu uma mordida em seu brioche. Fora a impressão que eles tiveram a princípio, explicou Wash, quando Glyndora Gaines, a supervisora do departamento de contabilidade, notou os desembolsos vultosos sem a aprovação de ninguém.

– Glyndora procurou três vezes por algum tipo de documentação – informou Wash. – Faturas. Memorandos assinados por Jake.

Pelas nossas normas, Bert só tinha permissão de emitir cheques da conta 397 depois de receber consentimento por escrito de Jake Eiger, um ex-sócio da firma que é agora o diretor jurídico da TN.

– E o que encontrou?

– Nada. Mandamos até que Glyndora sondasse lá em cima, com as pessoas que têm função equivalente à dela na TN, as que cuidam da 397. Mas tomando cuidado para não alarmá-las. Sabe como é... "Temos uma correspondência extraviada para a Litiplex. Blá-blá-blá." Martin tentou a mesma coisa com advogados dos querelantes, na esperança de que soubessem de algo que ignorávamos. Não há nada, absolutamente nada. Ninguém jamais ouviu falar dessa firma.

Wash é mais astuto do que inteligente, mas fitando-o agora – as manchas senis e a papada, os tiques discretos, os poucos cabelos grisalhos que ele insiste em grudar no crânio – observei a expressão irresoluta que ele exibe quando é sincero.

– Para não mencionar o endosso – acrescentou.

Eu nem percebera isso. Então verifiquei o verso de cada cheque do talão verde bilíngue do International Bank of Finance, de Pico Luan. Pico, uma minúscula nação centro-americana, um espigão na unha do dedão de Iucatã, é um paraíso de dólares evadidos e onde há total sigilo bancário.

Não havia assinaturas no verso dos cheques, mas apenas o que imaginei ser o número da conta. Um depósito direto.

– Falamos com o banco – informou Martin. – Expliquei ao gerente geral que queríamos apenas confirmar se Robert Kamin tinha direitos de depósito e retirada na conta 476642. Recebi como resposta uma preleção cordial sobre as leis de sigilo bancário em Pico. Um cara muito hábil. E com aquele belo sotaque. O tipo de figura que se pode esperar em um negócio do gênero. É como tentar agarrar fumaça. Perguntei se ele já ouvira o nome do Sr. Kamin. O cara não falou nada que eu possa citar, mas tive a impressão de que a resposta foi sim. Pelo menos, ele não disse não.

– E qual é o total? – perguntei, folheando os cheques.

– Mais de 5,5 milhões de dólares – disse Carl, sempre ágil com cifras. – Cinco vírgula seis e mais alguma coisa.

Por um breve momento, permanecemos todos em silêncio, impressionados com a magnitude do valor e a ousadia do feito. Meus sócios se contorciam de angústia, porém em uma inspeção mais atenta de mim mesmo descobri que eu vibrava como um sino que acabara de ser badalado. Mas que ideia genial! Pegar toda aquela grana e se mandar para lugares desconhecidos! A fortuna, a liberdade, a oportunidade de começar de novo! Eu não tinha certeza se me sentia mais chocado ou animado.

– Alguém já falou com Jake?

Esse me parecia o passo lógico seguinte, comunicar ao cliente o que acontecera.

– É claro que não! – exclamou Wash. – Haveria a maior confusão com a TN. Um sócio da firma mente para eles, desvia dinheiro, rouba. É o tipo de coisa pela qual Krzysinski vem esperando para afastar Jake. Estaríamos liquidados.

Havia muita coisa além do meu conhecimento ocorrendo entre eles – os Três Grandes, como os chamávamos pelas costas –, mas comecei a entender o motivo de minha presença ali.

Ao longo da maior parte de minha carreira na G&G, tenho sido encarado como o representante de Jake Eiger. Fomos criados no mesmo bairro; além disso, Jake é primo em terceiro ou quarto grau de minha ex-mulher. Foi ele quem me levou para a firma quando saiu para assumir o departamento jurídico da TransNational Air. É uma tradição antiga na Gage & Griswell. Há mais de quarenta anos, nossos ex-sócios dominam o departamento jurídico da TN, enriquecendo com a opção de compra de ações da empresa e proporcionando a seus antigos colegas a oportunidade de um faturamento pródigo. Jake, no entanto, vinha sendo pressionado por Tad Krzysinski, o novo executivo principal da TN, a distribuir os negócios jurídicos do conglomerado; e Jake, sem saber onde pisar com Krzysinski, tem dado sinais perturbadores de que poderá ceder às pressões. No meu caso, para ser franco, ele já tinha cedido havia algum tempo, embora eu não possa dizer se foi porque me divorciei de sua prima, se porque eu bebia além da conta ou se porque permaneço acometido por algo que se pode chamar educadamente de "ineficiência".

– Queríamos seu conselho, Mack, sobre o que devemos fazer – declarou Martin. – Antes de tomarmos qualquer outra providência.

Ele me fitou por baixo das sobrancelhas espessas. Por trás de Martin, além das janelas amplas do 37º andar da Torre TN, estendia-se o condado de Kindle – Center City, com o formato de uma caixa de sapato, e mais adiante as chaminés de tijolos como braços erguidos. Na margem oeste do rio, a riqueza das comunidades suburbanas espalhava-se sob a copa de árvores mais antigas. Tudo isso era lastimosamente maculado pela claridade sombria do inverno.

– Chamem o FBI – sugeri. – Posso indicar um nome.

Era de se esperar que um ex-policial da cidade recomendasse a própria divisão em que atuara, mas eu deixara inimigos na polícia. De qualquer maneira, a julgar pelas expressões de meus sócios, dava para perceber que eu não entendera suas intenções. A intervenção de qualquer agência policial oficial não constava dos planos. Foi Wash quem acabou dando o veredicto:

– É prematuro.

Admiti que não via alternativa.

– Isto é um negócio – acrescentou Carl.

Era um credo do qual derivavam todas as premissas adicionais. Carl idolatra o que chama de mercado com um fervor que em séculos anteriores era reservado à religião. Possui uma sólida carteira de títulos, fazendo o mercado funcionar, e tem uma vida atordoada pelo *jet lag*, viajando de avião pelo menos duas vezes por semana até Kindle vindo de Washington, a capital, onde dirige nosso escritório.

– O que estamos pensando, pelo menos alguns de nós, é que talvez possamos encontrar Bert. – Wash pousou delicadamente as mãos idosas sobre a mesa escura e engoliu em seco. – E argumentar com ele. Persuadi-lo a devolver o dinheiro.

Olhei-o fixamente.

– É possível que ele mude de ideia – insistiu Wash. – Pode acontecer... Bert é impulsivo. Está fugindo agora, escondendo-se. Talvez queira ter outra oportunidade.

– Wash, ele tem 5,5 milhões de motivos para dizer não – protestei. – E também um pouco de relutância em ir para a cadeia.

– Isso não aconteceria se não o denunciássemos.

Wash tornou a engolir em seco. O rosto pálido ostentava uma tênue esperança acima da gravata-borboleta.

– Não contariam ao pessoal da TN?

– Se eles não perguntarem, não. E por que haveriam de perguntar? Afinal, se tudo der certo, o que teríamos para contar? Que houve *quase* um problema? Não creio que seja necessário.

– E o que fariam com Bert? Apenas um beijo e a reconciliação?

Foi Pagnucci quem respondeu:

– É uma negociação.

Era uma resposta simples, típica de um negociador que acredita que, quando estão dispostas, as partes sempre encontram uma saída.

Pensei por um momento, compreendendo pouco a pouco como tudo poderia ser arquitetado com a maior habilidade. Os rostos falsos habituais no escritório, só que um pouco mais falsos. Deixariam Bert voltar e diriam que tudo não passara de um pesadelo. Ou ele se afastaria por um tempo, recebendo uma compensação – indenização por rescisão de contrato, aquisição da participação societária, qualquer coisa assim. Uma pessoa que se sentisse apavorada ou arrependida podia considerar atrativa uma oferta do gênero. Mas eu não tinha certeza de que Bert a veria como um bom negócio. A verdade é que, para três caras espertos, eles pareciam não ter muita noção do que acontecera. Haviam levantado a lebre, mas ainda agiam como se fosse uma linguagem de sinais para surdos.

Wash tirara do bolso o cachimbo, um dos seus muitos acessórios, e o brandia de um lado para outro.

– Ou encontramos um jeito de resolver esse problema... entre nós... ou fecharemos as portas em um ano. Seis meses. Essa é a minha previsão.

A sensação de perigo para Wash, não restava dúvida, era maior em relação a si mesmo, uma vez que havia quase trinta anos era ele o sócio que gerenciava a conta da TN, seu único cliente que valia a pena mencionar, e o esteio de uma carreira que, de outra forma, teria sido tão medíocre quanto a minha. Wash era membro *ex officio* do conselho da TN havia 22 anos e se encontrava tão sintonizado com as vibrações da empresa que era capaz de anunciar quando alguém no "Nível Executivo", sete andares acima, soltava um peido.

– Ainda não entendi como pensam que encontrarão Bert.

Pagnucci bateu com a mão nos cheques. Não compreendi a princípio. Ele indicou o endosso.

– Pico?

– Já esteve lá alguma vez?

Eu estivera em Pico ao ser transferido para a Divisão de Crimes Financeiros, havia mais de vinte anos – céu azul, redondo e perfeito, como uma tigela por cima das montanhas maias; vastas praias, extensas e deslumbrantes, como um flanco bronzeado. A maioria do pessoal daqui vai para lá com frequência. A TN fora uma das primeiras a profanar a costa ao construir ali três resorts espetaculares. Mas havia anos eu não fazia aquela viagem. Foi o que disse a Carl, e acrescentei:

– Acha que Bert está em Pico?

– É lá que está seu dinheiro – respondeu Pagnucci.

– Não, senhor. O dinheiro foi mandado para lá. Onde está agora ninguém sabe. A beleza do sigilo bancário é que põe um ponto final na trilha. Pode-se enviar o dinheiro de Pico para qualquer lugar. Talvez tenha até voltado para cá. E se foi aplicado nos títulos municipais certos, Bert nem sequer teria de pagar impostos.

– Tem razão – concordou Pagnucci no mesmo instante.

Ele absorveu esse revés, como a maioria das coisas, em silêncio, mas sua aparência distinta e cortês ficou turvada pela aflição.

– E quem vai procurá-lo? – indaguei. – Não conheço muitos investigadores particulares aos quais confiaria um caso assim.

– Nada disso – declarou Wash. – Não queremos ninguém fora da família. Nem pensamos em um investigador particular.

Ele me fitava com um ar um tanto esperançoso. Não pude conter uma risada quando finalmente entendi.

– Wash, sei mais sobre preencher multas de trânsito do que como encontrar Bert. Chame a Divisão de Pessoas Desaparecidas.

– Ele confia em você, Mack – insistiu Wash. – É seu amigo.

– Bert não tem amigos.

– Ele respeitaria sua opinião. Principalmente a perspectiva de escapar sem um processo. Bert é infantil. Todos sabemos disso. E excêntrico. Diante de um rosto conhecido, encararia a situação de um novo ângulo.

Qualquer um que tenha sobrevivido por mais de vinte anos em uma firma de advocacia ou em um departamento de polícia sabe que é melhor não dizer não ao chefe. A ordem por aqui é jogo de equipe – na base do "sim, senhor", arrematado com uma continência. Eu não tinha como me recusar a fazer aquilo. Mas houve um motivo para que eu cursasse a faculdade de direito à noite enquanto passava o dia circulando pelas ruas. Nunca fui um desses imbecis que acham que o trabalho na polícia é fascinante. Arrombar portas a pontapés, correr por vielas escuras... Essas coisas tendiam a me apavorar, ainda mais depois, quando eu refletia sobre o que fizera.

– Tenho uma audiência na quarta-feira. – Meu anúncio surpreendeu a todos por um momento. Ninguém, ao que parece, considerara a possibilidade de que eu pudesse estar trabalhando. – A Comissão de Admissão e Ética da Ordem dos Advogados ainda quer liquidar Toots Nuccio.

Houve uma discussão paralela enquanto Wash propunha alternativas – talvez um pedido de adiamento da audiência ou a permissão para que outro advogado da G&G assumisse o processo; afinal, a firma tem 130 advogados. Martin, o chefe do contencioso, acabou sugerindo que eu procurasse um sócio para me acompanhar na audiência, alguém que pudesse me substituir dali por diante se fosse necessário. Embora isso já estivesse acertado, eu ainda resistia à ideia.

– Gente, isso não tem sentido. Nunca vou conseguir encontrar Bert. E vocês só vão fazer com que os caras da TN fiquem mais furiosos quando souberem que esperamos tanto tempo para lhes contar.

– Nem tanto – garantiu Wash. – Precisávamos de tempo para apurar todos os fatos, a fim de podermos orientá-los.

E você fará um relatório, Mack, alguma coisa que possamos mostrar a eles. Dite enquanto investiga. Afinal, é uma questão das mais significativas. Deve ser algo que os embarace bastante, tanto quanto a nós. Diremos que você não levará mais do que duas semanas. – Ele olhou para Martin e Carl em busca de confirmação.

Reiterei que não havia onde procurar.

– Por que não pergunta àqueles caras do Banho Russo quais são os lugares que ele gosta de frequentar? – sugeriu Pagnucci.

A conversa com Carl é muitas vezes ainda menos satisfatória do que seu silêncio. Ele é um cara do contra, que age de modo obstinado, sutil e inflexível. Considera a concordância um fracasso de sua solene obrigação de exercer sua inteligência crítica. Tem sempre uma pergunta, uma zombaria ardilosa, uma sugestão alternativa, um meio de derrubar os outros. É quase um palmo mais baixo do que eu, mas me faz sentir do tamanho de uma pulga.

– Mack, você seria o salvador desta firma – declarou Wash. – Imagine se der certo. Nossa gratidão seria... indescritível.

Tudo parecia perfeito, pelo ângulo deles. Sou um caso perdido. Sem grandes clientes. Inibido nos julgamentos desde que parei de beber. Um cara ferrado com a oportunidade de garantir minha posição. E tudo isso acontecia no momento mais oportuno. A firma vivia sua histeria anual com a aproximação do término do ano fiscal em 31 de janeiro. Todos os sócios se encontravam empenhados em cobrar honorários atrasados dos clientes e se preparando para o dia 2 de fevereiro, dali a uma semana e meia, quando os lucros seriam distribuídos.

Olhei para Wash, imaginando como tinha sido possível eu acabar trabalhando para alguém que usa gravata-borboleta.

– Repetirei para você a mesma coisa que já disse a Martin e Carl – acrescentou Wash. – Este lugar é nosso, nossas vidas como advogados estão aqui. O que temos a perder se consumirmos duas semanas na tentativa de salvá-lo?

Com isso, os três se calaram. Eu tinha agora a atenção deles. Costumava jogar beisebol na escola secundária. Sou alto – passo um pouco de 1,90 metro – e nunca fui um peso-pluma. Tenho uma boa coordenação visomotora, conseguia bater na bola e lançá-la longe. Mas sou lerdo, o que as pessoas chamam de lento quando tentam ser educadas, e os treinadores tinham de me arrumar um lugar no jogo, que era sempre no campo externo, o *outfield*. Nunca fui o cara que todo mundo queria em seu time. Se eu não estivesse rebatendo, não participava realmente da partida. A 100 metros de distância da base do rebatedor, a *home plate*, você pode esquecer o jogo. O vento sopra, você sente o cheiro da grama, de alguma mulher na arquibancada. Um papel de bala voa pelo campo, seguido de uma leve poeirinha. Você olha para o sol e, apesar de todos os gritos para mantê-lo desperto, começa a cair em uma espécie de estado de transe, em meditação ou sonhos. De repente, de alguma forma, sente que os olhos de todos no estádio fixaram-se em você – o lançador virando-se para trás, o rebatedor, as pessoas na arquibancada, alguém berra seu nome em algum lugar. E tudo está indo em sua direção, aquele círculo escuro se projetando pelo ar, mudando de tamanho, igualzinho ao que você viu à noite enquanto dormia. Tive essa sensação naquele momento, a de que fora traído por meus sonhos.

O medo, como sempre, era minha única desculpa genuína.

– Ouçam: esse golpe foi planejado com o maior cuidado. Pelo Sr. Litiplex, por Kamin ou qualquer outro. Bert se mandou de vento em popa, não dá nem para avistar suas velas no horizonte. E, se por um milagre, eu conseguir encontrá-lo, o que acham que vai acontecer quando ele abrir a porta e perceber que foi localizado por um dos seus sócios, que sem dúvida tem a intenção de mandá-lo para a cadeia? O que acham que ele fará?

– Vai conversar com você, Mack.

– Vai me dar um tiro, isso sim... se tiver o mínimo de bom senso.

Sem saber o que responder, Wash fitou-me com seus olhos azuis límpidos e uma alma desolada... Um homem branco envelhecido. Martin, um passo à frente, como sempre, sorriu à sua maneira sutil, porque sabia que eu aceitara.

E Pagnucci, como de hábito, não disse nada.

2
Minha reação

Em particular, meus sócios lhe diriam que sou meio perturbado. Wash e Martin são bastante educados para, ao lerem isto, murmurarem uma negativa um tanto tímida, mas todos sabemos a verdade. Tenho de reconhecer que sou um cara ferrado em todos os sentidos – tenho excesso de peso, até mesmo pelos padrões dos caras altos, que parecem ficar mais corpulentos, e manco nos dias de chuva porque arrebentei o joelho quando era policial, pulando uma cerca ao perseguir um vagabundo que nem valia a pena capturar. Minha pele, depois de eu ter passado vinte anos bebendo para valer, adquiriu aquele tom avermelhado na testa e nas faces como se tivesse sido esfregada com palha de aço. O pior é o que acontece por dentro. Tenho o coração triste, machucado, febril e corrompido e um cérebro que fervilha à noite agitado por sonhos horríveis. Ouço como música distante as vozes ásperas de minha mãe e de minha ex-mulher, duas irlandesas duronas que sabiam que a língua, no momento oportuno, pode ser usada como um instrumento de tortura.

Mas agora eu me sentia animado. Depois da reunião do Comitê, saí rapidamente da Torre e segui para o Banho Russo, ansioso, e até com alguma inveja de Bert. "Imagine!", pensei enquanto sacolejava no táxi que me levava na direção oeste. "Imagine só!" Um cara que trabalhava pertinho de mim. Meio fora de compasso. E agora ele estava longe dali, farreando com uma fortuna roubada, enquanto eu continuava confinado em minha vidinha insignificante.

Lendo isto, meus sócios provavelmente estão apertando os olhos. "Que tipo de ciúme?", especulam eles. "Que inveja?" Ora, colegas, não vamos nos iludir, ainda mais às 4 horas da manhã. É a hora do lobo, tudo quieto como o Juízo Final, e eu, o insone habitual, murmuro ao gravador, o Dictaphone; sussurro, para ser mais preciso, porque o intrometido do meu filho adolescente pode voltar a qualquer momento de suas infames atividades noturnas. Quando terminar, esconderei a fita no cofre embaixo da cama. Assim, caso mude de ideia, ainda poderei jogar a fita na lata de lixo.

Antes de começar a ditar o memorando de abertura, cheguei a pensar em fazer como Wash pedira. Um relatório. Algo frio e profissional, prosa em camisa de força, com muitas notas de rodapé. Mas vocês me conhecem... E, como diz a canção, tinha de fazer do meu jeito. Digam o que quiserem, é um papel e tanto. Eu falo, vocês escutam. Eu sei. Vocês não sabem. Digo o que quero... e quando quero. Falo de vocês como se fossem móveis ou, de vez em quando, os trato pelos nomes. Martin, você está sorrindo, contra a vontade. Wash, você se pergunta como Martin reagirá. Carl, você gostaria que tudo fosse resumido em três frases, e já começa a se irritar.

Mas vamos à conclusão: não encontrei Bert esta tarde. Bem que tentei. O táxi me levou ao lugar certo, e parei por um momento diante do Banho, contemplando aquela rua comercial decadente, um dos muitos bairros deteriorados de DuSable, com restaurantes e bares de saibro, lojas e cortiços, as janelas embaçadas pela poeira. Os prédios de alvenaria ficaram permanentemente escurecidos em consequência dos anos em que se queimava carvão na cidade. Pareciam ainda mais opressivos contra o céu, que fora galvanizado por volumosas nuvens de inverno, tão cinzentas e sem brilho quanto o zinco.

Fui criado não muito longe daqui, no West End, perto da ponte da Callison Street, uma fenomenal estrutura de enormes pedras marrons e concreto filigranado, projetada, se não me engano, pelo próprio H. H. Richardson. Obra portentosa, projeta uma sombra por quarteirões de nossa soturna aldeia irlandesa, um bairro, na verdade, mas tão isolado como se ali houvesse ponte levadiça e muralhas. Os pais eram todos bombeiros, como o meu, ou policiais, ou funcionários públicos, ou operários de fábricas. Uma taverna em cada esquina, duas igrejas grandes e adoráveis, St. Joe e St. Viator, onde a congregação, para o constante pesar de minha mãe, era meio italiana. Cortinas de renda. Rosários de contas. Até os 12 anos, eu não conhecia nenhum garoto que frequentasse a escola pública. Minha mãe escolheu meu nome em referência a John McCormack, célebre tenor irlandês cujas baladas tristes e dicção perfeita faziam-na estremecer com a tristeza da vida e a vã esperança do amor.

"Decrépito" não é a palavra para o Banho Russo; ele está mais para "pré-histórico". Por dentro, o lugar era do tempo de Joe McCarthy – canos expostos no alto, as paredes verdes escurecidas por óleo e fuligem e divididas por um velho lambri de mogno. O tema ali era A Terra que o Tempo Esqueceu, onde foi e seria não passavam da mesma coisa, uma região de Ur de vozes masculinas, calor intenso e paus balançando. O tempo podia desgastá-la, mas nunca destruí-la: o tipo de atmosfera que os irlandeses perpetuam em cada bar. Paguei 14 dólares a um imigrante russo por trás de um guichê, e ele me entregou uma toalha, um lençol, uma chave de armário e um par de sandálias de borracha, que só comprei após me lembrar de que precisava proteger meus pés. O corredor estreito nos fundos era ornamentado por fotos, em molduras pretas ordinárias, de todos os grandes nomes – astros do esporte, cantores de ópera, políticos e gângsteres, alguns dos quais podiam ser incluídos em mais de uma categoria. No vestiário em que me despi, o carpete tinha uma tonalidade cinza de peixe morto, recendia a cloro e mofo.

O Banho Russo é um ponto de encontro notório no condado de Kindle. Eu nunca entrara ali antes, mas quando trabalhava no departamento de Crimes Financeiros soube que o FBI sempre mantinha alguém de vigia no local. Políticos, os caras dos sindicatos, os mais variados tipos corpulentos e de sobrancelhas espessas, todos gostam de se encontrar naquele lugar para falar de seus negócios sujos, porque nem mesmo os federais conseguem esconder um transmissor por baixo de um lençol úmido. Bert sempre vem aqui saborear a atmosfera sórdida em todas as oportunidades – na hora do almoço, depois do trabalho, mesmo por uma hora depois de passar pelo tribunal quando atua em um julgamento.

Em sua mente, Bert parece viver na Cidade dos Meninos. Quase todos os meus sócios são homens e mulheres com diplomas pomposos – Harvard, Yale e Easton –, intelectuais por alguns minutos em suas vidas, do tipo que mantém a revista *The New York Review of Books* no mercado, lendo todos aqueles artigos críticos para pegarem no sono. Bert, porém, é mais ou menos como as pessoas me julgam, inteligente mas elementar. Trabalhou na revista de direito na universidade e, antes disso, formou-se na Academia da Força Aérea e tornou-se piloto de combate no Vietnã no último e desesperador ano da guerra, mas os eventos de sua vida posterior não parecem se ajustar a isso. Foi dominado pelas fantasias que o fascinavam aos 11 anos. Bert acha que é bacana se encontrar com caras que fazem insinuações sobre pancadas e acertos de contas, que podem dar o resultado de um jogo do dia seguinte antes mesmo de lerem os jornais. Desconfio de que, na verdade, esses caras fazem a mesma coisa que Bert – falam besteiras e sentem-se perigosos. Depois do banho a vapor, sentam-se em torno de mesas de jogo no vestiário, enrolados em seus lençóis, comendo arenque em conserva, servido em um pequeno bar no canto, e contando histórias sobre contas que acertaram, idiotas que puseram na linha. Para um adulto, esse tipo de faz de conta machista é um absurdo. Para um cara que dedica seus dias a tornar o mundo seguro para empresas aéreas, bancos e seguradoras, isso é algo, sem dúvida, delirante.

Chegava-se ao banho descendo-se uma escada, e me segurei no corrimão, invadido pelas dúvidas habituais sobre o que eu estava preparado para fazer, incluindo ir sem roupas a um lugar que não conhecia, mas que se revelou um local das habituais boas maneiras, cheio de vapor e fumaça, um sopro de calor que vinha ao encontro das pessoas. Os homens sentavam-se por ali, os jovens nus, sem o menor constrangimento, os paus pendendo à mostra, e os caras mais velhos, gordos e murchos, com um lençol amarrado na cintura ou preso no ombro como se fosse uma toga.

O banho era uma construção de madeira, não de cor clara, como se vê em uma sauna, lembrando os móveis escandinavos, mas de tábuas escuras, enegrecidas pela umidade. Uma sala grande, com 4,50 metro de altura ou mais, a fragrância era como o chão molhado de uma floresta. Fileiras de bancos de madeira subiam por todos os lados, e no centro havia um velho forno de ferro, preso no cimento, indômito e de certa forma insolente, como uma sogra de 150 quilos. À noite, o fogo ardia ali, esquentando as pedras dentro do forno, como um punhado de ovos de dinossauro, blocos de granito retirados do fundo dos Grandes Lagos agora esbranquiçados pelo calor.

De vez em quando algum bravo veterano fazia um esforço para se levantar, com um grunhido de protesto, e jogava a água de um jarro ali. O forno chiava e cuspia de volta em fúria; o vapor se elevava no mesmo instante. Quanto mais alto a pessoa se sentava, mais sentia, e depois de uns poucos minutos no terceiro nível a impressão era de que a cabeça cozinhava. Sentados, fumegando, os homens só falavam esporadicamente, trocando meias frases, em tom brusco, depois se levantando e despejando na cabeça um balde de água gelada, tirada de torneiras na parede. Observando esse sistema, especulei quantos caras os paramédicos já tinham carregado dali. De vez em quando um deles se deitava em um banco, e outro cara, em uma cerimônia bizarra, o ensaboava da cabeça aos pés, na frente e atrás, com esponjas ásperas e feixes de folhas de carvalho fazendo um grande volume de espuma.

Hoje em dia, é claro, um bando de homens nus se esfregando uns aos outros nos faz pensar em algo diferente, e para ser franco eu não colocaria as mãos no fogo por Bert. Mas aqueles caras pareciam bastante convincentes – barrigudos, no estilo antigo, sujeitos como Bert, que frequentavam o banho desde que eram garotos, étnicos com um E maiúsculo. Eslavos. Judeus. Russos. Mexicanos. Pessoas mergulhadas em prazeres rústicos, demonstrando sua fidelidade ao passado por meio do suor.

Volta e meia eu percebia um olhar de esguelha. Muitos gays assumidos, desconfiei, tinham de ser levados forçosamente a reconhecer que o condado de Kindle não é como São Francisco. Aquela turma parecia fazer julgamentos precipitados sobre os recém-chegados.

– Sou amigo de Bert Kamin – murmurei, tentando me explicar para um velho corpulento e estúpido sentado sobre o seu lençol, na minha frente. Seus cabelos grisalhos estavam ensaboados e levantados, projetando-se em três ou quatro direções diferentes, o que dava a impressão de que usava uma daquelas miniaturas que enfeitam capôs de carros – Ele sempre falou daqui. Resolvi experimentar.

O cara soltou um grunhido.

– De quem está falando?

– Bert.

– Ah, sim, Bert. O que há com ele? Um grande julgamento ou algo parecido? Onde ele se meteu?

Levei um choque com aquilo. Calculara que essa seria minha abordagem. Podia sentir o calor agora fervendo o sangue, ressecando as narinas, e desci para a fileira de baixo. Onde se mete um cara com 5,5 milhões de dólares? Quais são as alternativas lógicas? Cirurgia plástica? As praias do Brasil? Ou apenas uma cidadezinha onde jamais apareceria alguém conhecido? Pode-se pensar que é fácil, mas experimente fazer a pergunta a si mesmo. Pessoalmente, eu optaria por uma coisa simples. Nadar à beça. Ler bons livros. Jogar golfe. Encontrar uma dessas mulheres que estão à procura de um cara honesto e sincero.

– Talvez ele tenha ido para algum lugar com Archie – sugeriu o velho. – Também não o tenho visto por aqui.

– Archie?

– Não conhece Archie? É um sujeito importante. Ocupa um cargo de destaque. Não me lembro qual é. Ei, Lucien, o que Archie faz naquela seguradora?

O velho se dirigia a um homem sentado perto do forno, um cara mais ou menos parecido com ele, com a barriga pendente e o peito flácido, rosado pelo calor.

– Ele é atuário – respondeu Lucien.

– É isso aí.

O cara esguichava espuma para todos os lados ao gesticular. Continuou a falar de Archie. Aparecia ali todos os dias. Pontual. Às 17 horas. Ele e Bert sempre juntos, grandes amigos.

– Aposto que Bert está com ele. Ei, Lucien, Bert e Archie estão juntos ou o quê?

Desta vez Lucien se virou.

– Quem quer saber?

– Este cara aqui.

Murmurei uma justificativa, que ambos ignoraram.

– E quem é este cara?

Lucien contraiu os olhos em meio ao vapor. Entrara sem os óculos e se aproximou para me olhar melhor, avaliando-me abertamente, um desses caras velhos demais para pedir desculpas por qualquer coisa. Dei meu nome, estendi a mão, que Lucien apertou com a mão esquerda sem a menor firmeza, a mão direita segurando o lençol na cintura. Ele respirou uma ou duas vezes pela boca aberta, vermelha como uma romã, antes de perguntar:

– Também procura por Kam Roberts?

Kam Roberts. Robert Kamin. Eu tinha certeza de que era uma piada.

– Isso mesmo, Kam Roberts – respondi, com um sorriso lisonjeiro. – Isso mesmo, Kam Roberts repeti.

Não me perguntem por que faço essas coisas – sempre finjo saber mais do que sei na realidade. Sou desse jeito desde que era um garoto levado, sempre simulando uma coisa ou outra; havia muitos egos presunçosos se divertindo por ali, e isso pode ser um vício pernicioso, muitas vezes levando um cara a perder o controle da situação. Pensei que "Kam Roberts" fosse uma espécie de senha secreta. Poderia fazer mais algumas perguntas desde que a dissesse; mas alguma coisa, talvez a peculiaridade do nome ou meu insólito tom de entusiasmo ao pronunciá-lo, pareceu esfriar o ar ali dentro.

Em resposta, Lucien e o outro cara, Lumpy, se retraíram. Lucien disse que queria jogar cartas, cutucou seu companheiro, e os dois se retiraram com uma despedida seca e um olhar rápido na minha direção.

Continuei envolto pelo vapor, empalidecendo como um legume, e analisei minhas perspectivas. O calor tem estranhos efeitos. Com o passar do tempo, pernas e braços se tornam pesados, a mente fica mais lenta, como se a gravidade aumentasse, como se a pessoa estivesse sentada em Júpiter. Aquela coisa de homens sendo homens em meio ao calor intenso ressuscitou alguns pensamentos esquecidos sobre o meu velho e o quartel dos bombeiros, onde todos aqueles caras passavam tanto tempo de suas vidas juntos, deitados em beliches no mesmo dormitório, com seus sonhos irrequietos, aguardando o chamado rouco do alarme, a convocação para o perigo. Sempre sabíamos quando havia incêndios. Dava para ouvir os caminhões saindo do pequeno quartel a quatro quarteirões de distância, o estrépito das sirenes, os motores rugindo furiosos, parecendo tão potentes que poderiam impulsionar enormes foguetes. Papai voltava às vezes para casa ainda recendendo a incêndio, um cheiro penetrante que pairava ao seu redor como uma nuvem. "Cheirando como os pecadores lá no fundo do inferno", era assim que ele dizia, exausto e abalado pelo esforço físico e o medo, esperando que The Black Rose abrisse para que pudesse tomar um porre antes de dormir. Meus sonhos desde então são povoados pelo fogo, embora não possa dizer com certeza se é por causa de meu pai ou pelo jeito com que minha mãe, quando ralhava comigo, torcia minha orelha e dizia que eu estava em conluio com Satã e teria de ser enterrado com calças antifogo.

Sentindo que já cozinhara demais, cambaleei de volta ao decrépito vestiário. Contraía os olhos para tentar descobrir o número na chave quando ouvi uma voz por trás de mim:

– Ei, Jorge quer falar com o senhor.

Era um garoto, com um balde e um esfregão. Não sabia se falava comigo, mas ele sacudiu a cabeça, balançando os cabelos pretos e lisos, e acenou para que eu o seguisse, o que fiz, criando o maior barulho com as sandálias de borracha, enrolado no lençol úmido, deixando o vestiário e entrando em um lugar que um cartaz escrito à mão identificava como "Sala do Clube". Talvez alguém quisesse me vender um título de sócio, imaginei. Ou me falar sobre Bert.

Ali, também, a decoração era da última moda, embora o ano fosse o de 1949. Painéis de mogno barato. No chão, ladrilhos de asbesto manchados capazes de provocar um infarto instantâneo em qualquer inspetor de segurança do trabalho. Móveis de vinil vermelho, com o estofamento saindo pelos cantos, e até uma mola preta à vista, exposta havia tanto tempo que já começara a enferrujar. A uma mesa cinza de fórmica, com um daqueles padrões antigos de formas vagas, como os que podem ser vistos através de um microscópio desfocado, estavam sentados quatro homens, jogando *pinochle*, um jogo de cartas. O mais jovem, um mexicano de aparência agradável, balançou a cabeça, e o garoto com o balde puxou uma cadeira atrás de mim.

– Está procurando por Kam Roberts? – perguntou o mexicano, sem tirar os olhos do baralho.

Lucien e Lumpy não se encontravam por ali.

– Sou amigo de Bert Kamin.

– Perguntei por "Kam Roberts".

Ele me avaliou agora. Aquele sujeito, o tal de Jorge, era magro, um desses mexicanos de aparência esguia e com a barba por fazer que dão incríveis pesos-leves, sempre castigando o traseiro daqueles negros lustrosos de músculos estufados. Esse tipo de força inesperada sempre me impressiona.

– Tem alguma identificação? – indagou ele.

Baixei os olhos para o lençol, pesado e quase translúcido do vapor.

– Dê-me dois minutos.

– Acha que pode ir muito longe em dois minutos? – perguntou ele, jogando uma carta na mesa.

Refleti por um momento.

– Meu nome é Mack Malloy. Bert é meu sócio. Sou advogado.

Estendi a mão.

– Não é, não – declarou Jorge.

É a história da minha vida. Digo uma mentira e faço a pessoa sorrir. A verdade só desperta dúvidas.

– Quem é você? – perguntei.

– Quem sou eu? Sou um cara que está sentado aqui, conversando com você, certo? Procura por Kam Roberts, e é quem eu sou. Certo? – Jorge estudou-me com o que se poderia chamar de ira do Terceiro Mundo – uma coisa que vai além da cor da pele, que persiste através das épocas, uma memória genética da sífilis que os homens de Cortez disseminaram, dos chefes tribais que soldados europeus de capacete jogaram em fendas vulcânicas fumegantes. – O Sr. Roberts aqui é o Sr. Merda. Entende o que isso significa?

– Estou ouvindo.

Ele virou-se para o cara ao seu lado, um brutamontes que ainda segurava suas cartas.

– Ele está me ouvindo.

Os dois trocaram uma risada. De modo geral, não era uma situação das melhores estar pelado entre quatro homens furiosos. Jorge pôs as mãos na mesa.

– Pois eu digo que você é policial. – Ele passou a língua pelos lábios. – *Sei* que é policial.

Aqueles olhos hispânicos tinham íris que pareciam cavernas, não emitiam nenhuma luz, e me senti perdido nelas; um segundo transcorreu antes que me reanimasse com o pensamento de que não era provável que um policial acabasse espancado em algum beco.

– Eu teria ferrado você todos os dias. Tem uma estrela tatuada na bunda.

Os três outros caras acharam esse comentário hilariante.

Exibi um sorriso amarelo, aquele sentimento primata de luta ou fuga, ainda tentando imaginar o que o tal Jorge pensava que sabia a meu respeito. Já se haviam passado mais de vinte anos, mas poderia apostar que ainda me lembrava de todos os caras que eu encanara. É como acontece com os garotos da escola primária. Alguns rostos a gente não esquece.

– O que quer que esteja procurando, *hombre,* não vai encontrar aqui. Pergunte ao Hans lá na 6ª DP. Ele pode confirmar.

– Estou procurando por Bert.

Jorge fechou os olhos, as pálpebras empapuçadas como as de um lagarto.

– Não sei quem é. Não o conheço, e não conheço ninguém que o conheça. Foi o que eu disse ao primeiro tira que veio me perguntar por Kam Roberts, falei com franqueza, não quero saber dessa merda. Mandei ele falar com o Hans, e agora me aparece um sacana bancando o engraçadinho. Não tente me ferrar.

Ele movimentou a cabeça como se estivesse com uma coleira, e foi quando percebi que acertara desde o início: um ex-pugilista.

E entendi também por que ele pensava que eu era da polícia: algum policial já passara por ali à procura de Kam Roberts. Senti vontade de perguntar mais, é claro – que policial, de que divisão, o que achava que Bert fizera –, mas sabia que era melhor não abusar da sorte.

Jorge tornou a se inclinar por cima da mesa, com aquele seu jeito reservado.

– Não sou obrigado a aturar toda essa merda.

Era para isso que pagava ao Hans, ele estava me dizendo. Eu também conhecia o Hans, um comandante de turno na 6ª Delegacia de Polícia, a dois ou três anos da aposentadoria. Hans Gudrich, imenso de gordo hoje em dia, com olhos azuis muito claros, até bonitos, se é que se pode dizer isso dos olhos de um policial velho e gordo.

– Eu já estava de saída – murmurei.

– Foi o que pensei.

– E tinha toda a razão. – Levantei-me, o lençol molhando o chão em torno dos meus pés. – Todos nós temos de trabalhar.

Minha imagem de policial honesto não colou. Jorge ressaltou:

– Ninguém tem trabalho nenhum a fazer aqui. Se você quiser suar um pouco, tudo bem. Mas se vier aqui querendo dar um golpe com essa história de Sr. Roberts ou outra qualquer, vamos esfolar sua bunda, seja qual for a estrela tatuada nela. Cara, fique sabendo que é melhor eu não ouvir de novo esse negócio de Sr. Roberts. Entendido?

– Entendido.

Tratei de sair bem depressa. Bert podia ser um falso durão, mas aqueles caras sabiam como pegar pesado. Em um instante me vesti e me mandei dali, afastando-me apressado pela rua, as entranhas ainda se derretendo de medo. Turma simpática, direi a Bert, e depois que iniciei esse papo, fiz mais algumas perguntas, como o motivo pelo qual ele agora se chamava Kam Roberts.

Cheguei ao cruzamento da Duhaney com a Shields, um desses bairros de cidade grande, a Liga das Nações, quatro quarteirões com 11 línguas, todas apresentadas nos cartazes chamativos de ofertas especiais colados nas vitrines das lojas. Os táxis por ali são ocasionais, na melhor das hipóteses, e por isso fiquei circulando pelas proximidades do ponto de ônibus, onde ainda havia um pouco de neve em um montinho coberto por uma crosta de sujeira, as faces ardendo com o frio e a alma ainda agitada pela viagem àquele inferno de homens violentos e calor intenso. Perto da área onde cresci, descobri-me em meio às garras do tempo e dos sentimentos sufocantes que quarenta anos antes pareciam prender meu espírito como cola. Mantinha-me em conflito irremediável com todo mundo – minha mãe, a igreja, as freiras na escola, toda a comunidade claustrofóbica, com um milhão de regras. Não participava da alegria que todos ali pareciam sentir por pertencerem ao grupo. Em vez disso, sentia-me como um espião, um agente clandestino de outro lugar, um forasteiro para quem todos eram objetos, superfícies, coisas para serem vistas.

Agora, nos dois últimos anos, desde que Nora me deixou, pareço voltar ali com uma frequência cada vez maior em meus sonhos, que se passam nas casas obscurecidas debaixo da ponte da Callison Street, onde estou procurando algo. Quarenta anos depois, constato que era eu quem estava secretamente infiltrado. Às vezes, nesses sonhos, tenho a impressão de que procuro por minha irmã, a doce Elaine, que morreu há três anos, mas não consigo encontrá-la. Do lado de fora, a roupa lavada tremula ao sol, que é bastante brilhante para purificar, mas estou dentro da casa, o vento agita as cortinas, sopra papéis por um saguão enquanto vagueio por corredores sinistros em busca de uma ligação perdida. Com o que me importava naquele tempo? Agora, em desespero, sento-me durante a noite e concentro-me, tentando recordar a fonte de todos aqueles erros, sabendo que em algum lugar naquela casa sombria, em um cômodo ou outro, abrirei de repente uma porta e sentirei o fluxo de luz e calor, as chamas.

3
Minha advogada

Foi por volta das 19h30 que voltei ao escritório, e Brushy, como sempre, ainda se encontrava ali. Até onde posso dizer, nenhum dos meus sócios considera o dinheiro a coisa mais importante do mundo... Eles apenas trabalham como se achassem isso. São pessoas decentes, meus sócios, homens e mulheres de instintos refinados, que pensam nos outros; muitos são companhias das mais agradáveis, empenhados em fazer o bem, mas somos reunidos, como o núcleo de um átomo, pelas sinistras forças magnéticas da natureza – uma fraqueza partilhada por nossos piores desejos. Vá em frente. Ganhe dinheiro. Exerça o poder. Tudo isso consome tempo. Nesta vida somos frequentemente tão pressionados que o simples ato de coçar a cabeça parece absorver um instante que, temos certeza, será precioso mais tarde naquele dia.

Brushy, como muitas outras pessoas, sente-se melhor aqui, ardendo como uma tocha na noite alta. Sem telefone, sem advogado oponente ou associados, sem as porras das reuniões administrativas. Sua inteligência impetuosa podia se concentrar nas tarefas imediatas, escrever cartas, revisar memorandos, sete coisas pequenas em sessenta minutos, cada uma delas contabilizada como 15 minutos de atividade. Meu próprio tempo no escritório era uma sucessão de intervalos dispersivos.

Sentindo necessidade de conversar com alguém sensato, inclinei a cabeça para dentro de sua sala.

– Tem um minuto?

Brushy ocupa a sala de canto, o ponto mais cotado. Sou dez anos mais velho do que ela e tenho acomodações menores na porta ao lado. Ela estava sentada à mesa, um tampo de vidro tomado nas extremidades por plantas cujas folhas pendiam sobre papéis.

– Trabalho? – indagou ela. – Quem é o cliente?

Brushy apanhara seu registro de horas de trabalho.

– O mesmo de sempre – respondi. – Eu.

Brushy foi minha advogada nas batalhas com Nora. Advogada de contencioso absolutamente implacável, Emilia Bruccia é uma das grandes estrelas da G&G. Em depoimentos, já a vi reformular as recordações de testemunhas de uma forma mais dramática do que ocorreria se ingerissem drogas psicoativas. Além disso, tem uma maravilhosa capacidade mental, insidiosa e astuta, e sempre consegue invalidar os documentos mais prejudiciais da oposição como algo que não merece sequer ser usado como papel para embrulhar peixe. Tornou-se um dos principais esteios de nosso relacionamento com a TN ao mesmo tempo em que cultivou uma dezena de importantes clientes só seus, inclusive uma grande seguradora da Califórnia.

Ela não apenas contabiliza um milhão de dólares por ano, como também é uma pessoa terrível. E falo a sério. Tenho tanto medo de atacar uma pantera faminta quanto de dar um bote sobre Brushy. O que não significa que ela seja indiferente aos sentimentos. Tem muitos, pessoais, e os esgota no trabalho e no desejo sexual. Trata-se de um caso intenso desses impulsos, que torna a sua vida pessoal, o tema de conversa favorito pelos corredores. Ela é leal e inteligente, não se esquece rapidamente de gentilezas recebidas. E é uma companheira maravilhosa. Se eu tivesse apenas uma hora para encontrar alguém para realizar uma viagem repentina, altas horas da noite, a um lugar a 100 quilômetros de Tulsa, Brushy seria a primeira pessoa que eu procuraria. Foi a sua confiabilidade, para dizer a verdade, que me inspirou a visitá-la. Quando lhe disse que necessitava de um favor, ela nem hesitou.

– Gostaria que você assumisse o comando da audiência disciplinar de Toots na CAE – expliquei. – Estarei presente à primeira sessão, na quarta-feira, mas depois disso talvez tenha de me afastar do caso.

A CAE – Comissão de Admissão e Ética da Ordem dos Advogados – é uma burocracia sufocante que cuida de admissões, cassações de registros e suspensões do exercício da advocacia. Passei meus quatro primeiros anos como advogado ali, lutando para permanecer à tona em um maremoto de queixas referentes a cumprimento de obrigações, negligências e más condutas de advogados.

Brushy protestou, dizendo que nunca cuidara de uma audiência na CAE, e foi preciso somente um segundo para persuadi-la de que estava apta a fazer isso. Como muitas grandes estrelas de sucesso, Brushy tinha seus momentos de dúvida. Ela mostra ao mundo um sorriso vitorioso, depois retorce as mãos quando está sozinha, sem ter certeza de que vê o que os demais veem. Prometi que pediria a Lucinda, a secretária cujos serviços partilhamos, que providenciasse uma cópia do processo, a fim de que Brushy pudesse examiná-lo.

– Onde você vai estar? – perguntou ela.

– Procurando por Bert.

– E onde ele se meteu?

– É o que o Comitê quer saber.

– O Comitê?

Brushy foi se animando com o meu relato. Os Três Grandes tendem a ser muito fechados, e os outros sócios adoram qualquer oportunidade de espiar por trás das cortinas. Brushy saboreou cada detalhe, até que subitamente compreendeu a magnitude do problema.

– Foi isso mesmo? Cinco milhões? Seis? – Com a boca pequena entreaberta, Brushy contemplou o futuro incerto, as ações judiciais, as recriminações. Seu investimento na firma corria perigo. – Como ele pôde fazer isso conosco?

– Não há vítimas. – Ela não entendeu, e tratei de explicar: – Gíria da polícia. É uma coisa que costumamos dizer. Um cara anda sozinho por uma rua escura em um bairro perigoso e é assaltado. Um idiota derrama um rio de lágrimas porque perdeu 100 mil dólares acreditando que um vigarista faria um carro andar com batatas fritas. As pessoas encontram o que estão procurando. Não há vítimas.

Ela me fitou com um ar preocupado. Brushy estava sentada ali naquela noite com um *tailleur* elegante e uma blusa que tinha um enorme laço laranja. Os cabelos eram curtos, em um corte um pouco masculino, e havia duas ou três cicatrizes de acne proeminentes na face esquerda, como os buracos na lua. Sua adolescência deve ter sido difícil.

– É um ditado – acrescentei.

– E o que significa neste caso?

Dando de ombros, fui até a gaveta de lápis na credência de metal por trás dela, à procura de um cigarro. Ambos guardamos guimbas. Gage & Griswell é agora um ambiente sem fumaça, mas ainda nos sentamos para fumar na sala de Brushy ou na minha, com a porta fechada. Também tirei da gaveta um pequeno espelho de maquiagem, que pedi emprestado. Brushy não deu a mínima. Ela estava mordendo o polegar, ainda aflita com a perspectiva do desastre.

– Deveria ter me contado isso? – indagou Brushy.

Ela sempre teve mais bom senso do que eu para o valor de uma confidência.

– Provavelmente, não – admiti. – Chame de uma conversa entre advogada e cliente.

Uma conversa confidencial. Segredo eterno. Outra dessas piadas sem graça que os advogados costumam fazer sobre a lei. Afinal, Brushy não era minha advogada naquele momento, e eu não era seu cliente.

– Além do mais, Brushy, preciso lhe perguntar uma coisa sobre Bert.

Ela ainda ponderava sobre a situação. Disse outra vez que não podia acreditar.

– É uma ideia sensacional, *n'est-ce pas*? Encha o bolso com uma nova identidade e vários milhões de dólares, se mande em um avião e vá ser outra pessoa pelo resto da vida.

Soltei um grunhido.

– Sinto calafrios só de pensar nisso.

– Que tipo de nova identidade? – ela perguntou.

– Ao que parece, ele já vinha usando um pseudônimo. Alguma vez ouviu-o se chamar de Kam Roberts por qualquer motivo, mesmo que de brincadeira?

Nunca. Relatei alguns dados de minha visita ao Banho Russo, onde observei aqueles caras do tamanho de armários se acariciando com folhas de carvalho e sabonete.

– Muito esquisito – murmurou ela.

– Também achei. Mas é essa a história, Brush. O pessoal por lá parece pensar que Bert se mandou com um homem. Alguma vez ouviu-o mencionar alguém chamado Archie?

– Não.

Ela me fitou através da fumaça. Já sabia que eu tinha algo em mente.

– Sabe, isso me fez pensar. Há anos que não vejo Bert com uma mulher.

Quando entrou para a firma, havia mais de dez anos, Bert ainda saía com Doreen, sua namorada desde a escola secundária, indicando a perspectiva de um relacionamento mais sólido. Fizera vagas promessas de casamento àquela mulher, uma doce professorinha. Depois de anos de espera, Doreen se transformara em uma espécie de figurinha fácil dos bares da moda, com um problema de bebida igual ao meu, saias do tamanho de lenços e cabelos louros tão devastados por substâncias químicas que se projetavam da cabeça como ráfia. Um dia, no almoço, Bert anunciou que ela ia se casar com seu diretor. Não houve mais comentários sobre isso. Nunca mais. E nem substituta.

Sempre atenta às nuances, Brushy se empertigou no mesmo instante.

– Está perguntando o que eu acho?

– Refere-se a alguma coisa suja e indiscreta? É isso mesmo. Não estou lhe pedindo que especule. Apenas pensei que poderia contribuir com uma informação pertinente.

Foi uma tentativa meio desajeitada, mas percebi logo que não conseguira enganá-la. Belicoso, é assim que se pode classificar seu olhar. Brushy não é lá muito grande – baixa, larga, e com uma tendência à corpulência, apesar das horas incansáveis nas academias de ginástica –, mas seu queixo se projetava em uma atitude agressiva.

– Quem você pensa que é? A Vigilância Sanitária?

– Poupe-me dos detalhes. Sim ou não serve para começar.

– Não.

Fiquei sem saber se era uma resposta. Brushy é sensível em matéria de vida pessoal, uma vez que a sua é sempre motivo de risadinhas. Todo escritório merece ter uma Brushy, uma solteira vigorosa, uma fêmea sexualmente predadora. Ela defende um feminismo particular, que parece inspirado pela pirataria de alto-mar, considerando uma vitória a abordagem de todo e qualquer navio masculino que passe por perto. Brushy não reconhece nenhum dos limites comuns: estado conjugal, idade, classe social. Quando se decide por um homem, seja pela posição que ele ocupa, seja pelas promessas que insinua, seja por uma aparência que estimula outras fêmeas à mera fantasia, ela é muito direta na manifestação de seus desejos. Ao longo dos anos, foi vista na companhia de juízes e políticos, jornalistas, advogados adversários, caras do arquivo, alguns ex-jurados... e muitos de seus sócios, inclusive, vocês devem estar especulando, eu, durante uma tarde frenética. Grande e atraente, Bert se enquadrara, com toda a certeza, no campo de visão do periscópio sempre levantado de Brushy.

– Não é um interesse lascivo, Brush. É profissional. Basta me dar uma piscadela. Preciso de sua opinião: é ele ou ela quando Bert entra na dança?

– Não *acredito* em você.

Brushy desviou os olhos, de cara amarrada. Em suas caçadas, ela é discreta, à sua maneira. De modo geral, não falaria nem sob tortura, e suas investidas, embora implacáveis, sempre respeitam o decoro do local de trabalho. Ainda assim, Brushy paga um preço alto por suas loucuras sexuais. Sua dedicação a apetites que a maioria das pessoas se empenha em reprimir leva os outros a considerarem-na estranha, até mesmo perigosa; há mulheres que lhe são ostensivamente hostis. E entre seus pares, os sócios mais jovens, homens e mulheres que começaram como associados e sobreviveram por tantos anos juntos – os insensatos que passavam noites inteiras na biblioteca, os que comeram mil e uma quentinhas no escritório –, Brushy é de qualquer maneira uma deslocada. Invejam sua ascensão na firma, e, quando se reúnem para fofocar, é quase sempre sobre ela que falam.

À sua maneira, ela está sozinha aqui, e imagino que foi isso que nos aproximou. Nunca falamos sobre o nosso único embate frustrado. Depois de Nora, meu vulcão parece mais ou menos extinto, e ambos sabemos que aquela tarde pertence ao meu período mais instável – logo depois da morte de minha irmã, Elaine, quando parei de beber, no momento em que a constatação de que minha esposa andava ocupada com outros interesses sexuais começava a assumir a forma do que podemos chamar de uma ideia, algo parecido com a maneira pela qual gás e poeira turbilhonando nas remotas regiões do cosmos partem do zero para se tornar um planeta. Apesar disso, para mim e Brush, nosso interlúdio serviu a seu propósito. Como resultado, nos tornamos bons amigos, conversando, fumando e jogando squash uma vez por semana. Na quadra, ela é também implacável.

– Como vai o Menino Abominável?

Brushy me fitou com uma advertência rigorosa. Ambos sabíamos que ela mudara de assunto.

– Fazendo jus ao nome.

Lyle era meu único filho com Nora, e seu comportamento retraído quando pequeno me levara a chamá-lo de Menino Solitário, o que eu julgava ser um impulso de ternura. Quando ele entrou na adolescência, no entanto, troquei o adjetivo.

– Qual é a última?

– As últimas, porque ele não se contenta com uma só. Encontro pegadas de lama no sofá. Manchas de pingos secos de refrigerante no chão da cozinha. Ele chega em casa às 4 horas da manhã e toca a campainha porque esqueceu a chave. A metade das drogas que ele consome nem está catalogada. Dezenove anos. E ele não desacelera.

Ao ouvir último item, Brushy fez uma careta.

– Já não está na hora de ele crescer? Não é isso o que costuma acontecer com as crianças?

– Não é bem assim, a julgar por Lyle. De uma coisa tenho certeza, Brushy: o que você me poupou em pensão ela foi à forra com aquele analista. Toda aquela baboseira sobre como um adolescente do sexo masculino fica excessivamente vulnerável sem o pai nessas circunstâncias.

Brushy repetiu o que sempre dissera: fora a primeira disputa de custódia que ela já vira em que a luta fora para determinar quem não ficaria com a criança.

– Pois ela se vingou – insisti.

– Do que ela queria se vingar?

– Jesus Cristo. Você nunca foi casada, não é? O mundo despencou para o inferno, e eu fui junto. Sei lá.

– Você parou de beber.

Dei de ombros. Não me impressiono tanto com esse feito quanto as outras pessoas, que gostam de pensar que isso demonstra que tenho algo, um elemento que pode não ser extraordinário, mas ainda assim é especial da condição humana. Coragem. Não sei. Mas tinha consciência do segredo, e isso nunca me deixou. Continuo fisgado. Agora, sou dependente da angústia de não beber, do anseio, da negação. Acima de tudo, da negação. Levanto-me de manhã e me ocorre que não vou beber, não posso deixar de me perguntar por que tenho de fazer isso comigo mesmo, assim como costumava pensar ao despertar de um porre. E lá no fundo ainda existe aquela mesma harpia me dizendo que mereço.

Peguei outro cigarro e caminhei até as enormes janelas. A trilha de faróis e luzes traseiras pontilhava a faixa da rodovia, e uma ou outra janela era iluminada por centelhas isoladas da vida de alguém sendo desperdiçada no trabalho noturno. Recuando, tive um vislumbre de meu reflexo, decalcado sobre a noite: o guerreiro cansado, de cabelos grisalhos, e com tanta carne avermelhada por baixo do queixo que jamais consegue abotoar o colarinho.

– Sabe, Brush, a gente se divorcia, e é como ser atropelado por um caminhão. Fica andando em uma porra de um nevoeiro. Nem sabe se continua vivo. Acho que no ano passado compreendi que o fato de eu ter parado de beber foi, provavelmente, o que fez Nora se mandar.

Brushy tirara os sapatos, cruzara os pés em cima da mesa. Ao meu comentário, parou de remexer os dedos pequenos contra a trama laranja da meia-calça e me pediu que explicasse.

– Nora gostava mais de mim quando eu bebia. Não gostava muito, mas gostava mais. Eu a deixava em paz. Ela podia administrar sua experiência de vida internacional. A última coisa que queria era minha atenção. Há uma palavra para isso agora. Qual é?

– Codependente.

– É isso aí.

Sorri, mas ambos nos entregamos ao silêncio. Brushy não precisara dar muitos palpites. Como sempre, a confusão em minha vida era o próprio beco sem saída.

Sentei-me no sofá de couro preto rematado com tiras de metal. Era a decoração do século XXI que predominava ali, "alta tecnologia", e por isso o lugar irradiava o mesmo calor humano de uma sala de cirurgia. Cada sócio mobília sua sala como quer; afora isso, todas elas são iguais, três paredes de gesso e uma vista panorâmica, as placas de vidro emolduradas por concreto reforçado. Estamos aqui, na Torre TN, um estilete de 44 andares, projetando-se proeminentemente contra Center City e a pradaria além, desde a sua inauguração, há seis anos, aconchegados ao nosso maior cliente. Nossos telefones e correspondência eletrônica cruzam-se com os da TN; metade de nossos advogados tem papel timbrado do diretor jurídico da TN, Jake Eiger, para poder despachar cartas em seu nome. Os visitantes do prédio costumam comentar que não é possível precisar onde termina a TN e começa a Gage & Griswell, e é justamente disso que gostamos.

– Quer dizer que terá mesmo de procurar por Bert?

– Os Três Grandes acharam que eu não tinha opção. Todo mundo conhece a minha história. Sou velho demais para aprender a fazer outra coisa, ganancioso demais para renunciar ao dinheiro que recebo e queimado demais para merecê-lo. Por isso, assumo a Missão Impossível e me garanto no emprego.

– Parece o tipo de acordo que alguém pode esquecer. Já pensou nisso?

Eu já tinha pensado, mas era muito humilhante concluir que parecia tão óbvio. Limitei-me a dar de ombros.

– Além do mais, Brushy, é provável que a polícia encontre Bert antes de mim.

Ela ficou petrificada à menção da polícia. Levei um tempo para lhe contar o resto da história, sobre Jorge, o peso-leve, e seus três amigos sinistros.

– Está me dizendo que a polícia já sabe do dinheiro?

– Não existe a menor possibilidade. O dinheiro saiu de nosso depósito em garantia, e ninguém mais soube. Não é isso.

– É o que, então?

Balancei a cabeça, desolado. Não tinha a menor ideia.

– Para dizer a verdade, pelo que pude perceber, eles andaram perguntando por Kam Roberts.

– Não consigo entender.

– Nem eu.

– E também não entendo por que você está disposto a fazer isso – acrescentou Brushy. – Não disse que ele daria um tiro em você?

– Eu estava apenas negociando. Darei um jeito de me esquivar. Direi a Bert que não acreditei na história e resolvi defender sua honra.

– E *acredita* mesmo nisso?

Abri os braços: quem sabe? Quem jamais sabe de alguma coisa? Por um momento fiquei refletindo sobre como tudo é assombroso. Mas o que é esta vida, afinal? Você passa oito horas por dia ao lado de um cara, atua em processos com ele, saem juntos para almoçar, sentam-se na última fila e fazem piadinhas nas reuniões dos sócios, ficam lado a lado no banheiro, você o observa balançar o pau, e o que você sabe de verdade? Porra nenhuma. Não tem a menor noção do que se passa dentro dele. Não sabe o que ele considera pensamentos obscenos nem que lugar ele imagina como um refúgio. Não sabe se ele se sente constantemente ligado ao Grande Espírito ou se a ansiedade sempre o corrói por dentro, como um rato faminto. Na verdade, o que é tudo isso? Nunca se sabe com as pessoas, pensei, outra frase que assimilei das ruas e venho repetindo para mim mesmo há vinte anos. E repeti-a para Brushy agora.

– Não posso aceitar – protestou ela. – Isso é muito calculista. E Bert sempre foi impulsivo. Se você me dissesse que ele se inscreveu para ser astronauta na semana passada e que já está na metade do caminho para a lua, seria mais típico de Bert.

– Veremos. Acho que se eu conseguir encontrá-lo, sempre terei uma grande alternativa a entregá-lo ou trazê-lo de volta.

Os olhos verdes de Brushy se iluminaram com toda a sua curiosidade astuciosa.

– E que alternativa é essa?

– Bert e eu podemos rachar o dinheiro. – Apaguei o cigarro, pisquei para ela, antes de repetir: – Advogada e cliente.

4
Bert em seu lar

A. SEU APARTAMENTO

Meu sócio Bert Kamin não é um tipo comum. De rosto anguloso, moreno, com um corpo atlético vigoroso e longos cabelos escuros, tem uma boa aparência, mas há algo selvagem em seus olhos. Até ele morrer, há cinco ou seis anos, Bert – ex-piloto de combate, advogado brilhante, jogador de sucesso, amigo de criminosos – vivia com a mãe, uma bruxa velha e exigente chamada Mabel. Ele não tinha um único defeito que a mãe se esquecesse de mencionar. Preguiçoso. Irresponsável. Ingrato. Mesquinho. Ela soltava os cachorros em cima do filho, e Bert, com seu pronunciado maxilar de macho, conversa dura e chiclete na boca, sentava-se ali e escutava tudo.

O homem que restou depois desse ataque de morteiros ao longo de 35 anos é uma espécie de mistério tenebroso, um desses paranoicos vagos, que defende seus hábitos esquisitos em nome da individualidade. A comida é uma de suas especialidades. Bert está convencido de que os Estados Unidos se empenham em envenená-lo. É assinante de uma dúzia de obscuros informativos sobre saúde – como "Vitamina B Atualizada" e "Informe da Fibra Solúvel" – e costuma ler livros de malucos iguais a ele, que o persuadem de que não deve ingerir nenhuma coisa nova. Assimilei suas opiniões, embora relutante, ao longo de muitas refeições. Bert tem um medo terrível da água encanada, que em sua opinião contém substâncias mortíferas – flúor, cloro, chumbo –, e não bebe nada que passe pelos canos da cidade; apesar dos protestos do Comitê, nunca permitiu que fosse instalado em sua sala um desses bebedouros com enormes garrafões azuis. Não come queijo ("alimento nocivo à saúde"), frios ("nitritos"), galinha ("dietilestilbestrol", ou DES) nem toma leite (ainda se preocupa com o estrôncio 90). Por outro lado, acredita que o colesterol é uma ficção patrocinada pela Associação de Medicina Americana, e não tem nada contra a carne vermelha. E nunca comeu hortaliças verdes. Ele diz que as pessoas exageram as virtudes desses alimentos, mas a verdade é que jamais gostou deles quando criança.

Agora, ao parar diante de seu prédio, eu sentia com grande impacto a presença de Bert, toda a sua intensidade de maluco. Eram umas 23 horas, e eu tinha decidido dar uma olhada ali, a caminho de casa. Como arrombamento e invasão de domicílio ainda constituíam crime, imaginei que não contaria a ninguém sobre aquela visita.

Bert mora – ou morava – em um edifício pequeno e independente, de dois andares, em uma área revitalizada perto de Center City. Pelo que me lembrava, ele queria ficar na casa da mãe, em South End, mas acabou se metendo em uma dessas discussões à beira da sepultura com a irmã e teve de vender sua parte para deixá-la feliz. Ali, ele tinha muitas coisas inacabadas. Cheguei com a minha pasta, que continha apenas dois cabides, uma chave de fenda, que tomara emprestada do armário da manutenção ao sair do escritório, e o Dictaphone, que trouxe imaginando que meus sonhos me acordariam, como sempre acontece, e assim me sentiria grato por ter alguma coisa para fazer naquelas horas horríveis e silenciosas da madrugada.

Há vinte e tantos anos, antes de me mandarem para o Crimes Financeiros, a fim de que eu tivesse tempo de terminar a faculdade de direito, trabalhei na unidade tática com um competente tira das ruas, Gino Dimonte, que todos chamavam de Pigeyes. Era um policial à paisana, do tipo incumbido de fazer investigações adicionais com base nas informações dos guardas de ronda – como efetuar uma prisão, abordar um suspeito. Aprendi muito com Pigeyes, e isso foi uma das coisas que o enfureceram quando testemunhei contra ele em um grande júri federal; hoje em dia, ao que sei, ele está estagnado em Crimes Financeiros e continua à minha procura, segundo dizem, como o Capitão Gancho se mantém alerta ao crocodilo e como Ahab é obcecado pela baleia. Seja como for, Pigeyes me ensinou um milhão de truques. Como avançar com a radiopatrulha por uma viela escura, com todas as luzes apagadas, e usar o freio de mão na hora de parar, a fim de que o suspeito não veja sequer o clarão vermelho das luzes traseiras. Observei-o entrar em apartamentos sem mandado, usando apenas o telefone, dizendo que era um entregador e que deixara um pacote na portaria, ou se anunciando como um vizinho do outro lado da rua que pensava ter visto um incêndio no telhado, o que fazia com que o suspeito saísse correndo, largando a porta escancarada. Em uma ocasião, ouvi-o até dizer pelo telefone que havia tipos suspeitos rondando o lugar, e achou a maior graça quando o otário saiu com uma arma não registrada e foi preso.

Outro dos expedientes de Gino era usar um pequeno espelho de maquiagem, do tipo que as mulheres carregam na bolsa ou guardam em uma gaveta do escritório, como Brushy. Na maioria dos prédios antigos, a porta da frente dos apartamentos é aplainada por baixo para se ajustar ao carpete, e, com o espelho, se a pessoa se acostuma a olhar de cabeça para baixo, consegue ver uma porção de coisas. Ajoelhei-me no corredor, sempre prestando atenção no apartamento de cima, para me certificar de que a vizinha não ia aparecer de repente. Pelo que podia me lembrar, era uma aeromoça. Pensei em conversar com ela mais tarde, depois de descobrir o que havia no apartamento de Bert.

A impressão era mesmo a de que Bert se mandara. Pelo espelho, deu para ver a correspondência espalhada em pilhas pelo chão – *Sports Illustrated,* revistas e folhetos de saúde e ginástica, além de várias contas, como era de se esperar. Mexi um pouco na porta, fazendo barulho suficiente para provocar a reação de alguém que porventura estivesse lá dentro. Não ouvi nada, e, depois de um momento, peguei os cabides de arame. Estiquei-os na horizontal, mas sem usar o gancho, e prendi um no outro. Usando o espelho, deu para ver que a corrente de segurança não fora passada. Devo ter levado uns cinco minutos tentando pegar a maçaneta da tranca, e só depois é que me ocorreu que aquela droga não estava travada. Com a chave de fenda, tirei a fechadura antiga e a maçaneta em vinte segundos. Sempre disse a Nora: se alguém quiser entrar, vai entrar.

Talvez tenha sido por causa dessa lembrança de Nora, mas assim que abri a porta fui atacado por uma solidão total, a da vida de Bert. Senti que ficara oco por dentro, um espaço vazio, sofrendo com a ausência. Sempre me assusta constatar como vivem os caras sozinhos. Quando Nora partiu para a sua grande aventura, deixou quase tudo para trás. Muitos dos móveis estão quebrados e rasgados, o que é inevitável com o Menino Abominável, mas estão lá, aquilo ainda é uma casa. Na sala de Bert não havia sequer um tapete no chão. Ele tinha um sofá, uma televisão de 30 polegadas e uma planta enorme, que, aposto, ganhou de presente de alguém. Em um canto, ainda na embalagem, um conjunto inteiro de computador – fonte, teclado, monitor, impressora –, com uma cadeira dobrável na frente. Tive uma súbita visão do velho Bert perdido dentro do equipamento, passando as altas horas da noite com a mente concentrada nos circuitos de um chip, saltando de um quadro de instruções para outro ou absorvido nos mais complexos jogos de guerra em computador, eliminando homenzinhos verdes com um raio mortal do espaço. Um cara pirado.

Passei direto pela correspondência ao entrar, depois pensei melhor e me sentei no chão, em meio à poeira acumulada. Nos envelopes mais antigos, as datas carimbadas eram de cerca de dez dias atrás, o que parecia se ajustar ao período previsto do desaparecimento de Bert. Um envelope tinha a marca de um pé, talvez do meu ou de outra pessoa, talvez de Bert ao ir embora. A última hipótese parecia fazer mais sentido, pois vi outro envelope que fora aberto. Dentro, havia um cartão de banco – apenas um – acondicionado na embalagem de papelão que é usada no envio de novos cartões todos os anos. Bert teria levado o outro cartão ao viajar? O que ficara ali tinha gravado o nome de Kam Roberts.

Na correspondência dispersa, encontrei outro envelope endereçado a Kam Roberts. Suspendi-o contra a luz e depois o abri. Um extrato mensal do cartão de crédito do banco. Era o que se podia esperar de Bert durante a temporada de basquete, contas de cada cidade do roteiro do esporte universitário. Ele ficava ansioso por partir para o aeroporto às 5 horas e embarcava em uma banheira voadora qualquer, a fim de chegar a tempo de assistir à sova do time da universidade, o Bargehands, conhecido há gerações como Hands. Havia também diversas contas, mas guardei tudo, o cartão e o extrato, no bolso interno do paletó, pensando em estudar os detalhes mais tarde.

O único outro item na correspondência de Bert que atraiu minha atenção foi o *The Advisor*, o jornal gay do condado de Kindle, com sua esfuziante seção de comunicados pessoais e alguns anúncios bastante constrangedores de roupas íntimas. Afinal, ele era ou não era? Bert podia me dizer que assinava o jornal pelos classificados ou pela crítica de cinema, mas a minha impressão era a de que ele estava no armário. Bert é do meu tempo, uma época em que o sexo era obsceno, e o desejo, uma angústia oculta que cada um de nós guardava com firmeza dentro de sua caixa de Pandora, liberando-a somente na escuridão da clandestinidade, quando éramos prontamente subjugados. As inclinações de Bert são um segredo profundo. Ele não conta a ninguém, talvez nem a si mesmo. É nesse ponto que Kam Roberts entra em cena; é a sua fantasia. Se ele se encontra com rapazes no banheiro dos homens da Biblioteca Pública do Condado de Kindle ou visita bares gays em cidades a que vai supostamente para assistir a uma partida do Hands, usa o nome de Kam. Tudo isso, sem dúvida, é o que os engenheiros da TN chamam de PAE – palpite a esmo. Mas, parado ali no apartamento de Bert, achei que isso fazia sentido. É verdade que ele nunca pusera a mão em meu joelho nem lançara olhares lascivos para o Menino Abominável. Mas eu seria capaz de apostar qualquer coisa que todas as contrações musculares, trajes e ânimos solitários de Bert tinham a ver com a direção em que seu pau apontava. O que é da conta dele, e não tenho nada a ver com isso. Para ser franco, sempre admirei as pessoas com segredos que valem a pena guardar, afinal também tenho os meus.

De qualquer modo, não quero fingir que todas aquelas coisas que eu estava descobrindo não me provocassem certo arrepio e uma leve excitação de curiosidade pervertida. Que falem sobre as minhas tendências. Mas, no fundo, quem não especula às vezes o que esses caras fazem? Isto é, quem faz o que com quem. Sabe como é, ponta A, fenda B. Eles têm esse estranho segredo, como os maçons e os mórmons.

Perguntei-me se seriam problemas em sua vida como Kam o que levara a polícia a procurar Bert. Quando eu fazia a ronda, havia sempre as mais lamentáveis histórias envolvendo esses caras – um detento da penitenciária de Rudyard conseguira persuadir diversos sujeitos que conhecera por meio de anúncios pessoais a lhe mandarem 50 dólares cada um, com uma carta em que prometia "dar um beijo longo e apaixonado em seu músculo-do-amor" assim que fosse solto. Houve um dono de restaurante que instalou uma câmera oculta por trás de um dos mictórios e tinha uma galeria particular de todos os pênis mais proeminentes do condado de Kindle. E ficamos sabendo também de casos de extorsão pura e simples, com garotos de programa ameaçando contar à esposa ou ao patrão dos caras. Havia um bilhão de meios para Bert se meter em encrencas, e remoendo tudo isso, o velho Mack sentiu muita pena de Bert, que não estava tentando fazer mal a ninguém.

Dei uma volta pelo apartamento. O quarto de Bert não era muito melhor do que a sala – uma cômoda vagabunda, a cama desarrumada. Não havia uma única foto em todo o apartamento. Seus ternos estavam pendurados de forma impecável no closet, mas as outras peças de roupa espalhavam-se pelo quarto, no estilo familiar de Lyle.

Fui para a cozinha, a fim de inspecionar a geladeira, ainda tentando verificar quando nosso herói se mandara, outro antigo recurso policial, cheirar o leite, conferir a data. Quando abri a geladeira, havia um cara morto me olhando lá de dentro.

B. SUA GELADEIRA

Os mortos, como os ricos, são diferentes de você e de mim. Fui dominado por uma sensação meio maluca de que ia explodir, como se fosse estourar para fora da minha própria pele. Não que eu não conseguisse admitir um interesse macabro. Para ser franco, cheguei até a puxar uma cadeira da cozinha, sentei-me ali, a um metro de distância, no máximo, e fiquei olhando para ele. No tempo de ronda, vira minha cota de cadáveres, suicidas enforcados nos canos do porão ou em uma banheira cheia de sangue, pessoas assassinadas e muita gente que simplesmente havia morrido, e agora estou em uma idade em que tenho a impressão de ir a um velório a cada duas semanas. Apesar disso, sempre me impressiono com a aparência de um ser humano despojado de sua vitalidade fundamental, como uma árvore sem folhas. A morte sempre leva alguma coisa, nada que se possa definir com precisão, mas a vida é de certa forma algo visível.

Não era Bert. O cara era mais ou menos do tamanho de Bert, porém mais velho, talvez em torno dos 60 anos. Fora dobrado para caber na geladeira, como um saco de roupa. Os pés virados para um lado, as pernas espremidas por baixo do corpo, a cabeça forçada a um ângulo de 90 graus, para caber no espaço. Os olhos estavam esbugalhados de uma maneira inacreditável; eram daquele verde muito claro que se pode até chamar de cinza. Usava terno e gravata, e o colarinho da camisa ficara encharcado de sangue, seco agora, parecendo um batique. Acabei notando a linha preta encravada no pescoço, amarrada em um gancho de prateleira, para manter a cabeça erguida. Linha de pesca. E de mar profundo. Do tipo que passa por um teste de 45 quilos. A lâmpada da geladeira luzia como uma cabeça calva e projetava uma nuance alaranjada no rosto pálido. Vivo, ele deve ter sido um cara de aparência respeitável.

Continuei sentado ali, tentando determinar o que fazer. Tinha de ser competente e cuidadoso, sabia disso. E me perguntava o que teria acontecido. Os motivos de Bert para desaparecer pareciam mais claros. A razão mais óbvia para congelar os restos mortais seria a de arrumar tempo para fugir. Mas não havia sangue em nenhum lugar do apartamento. O velho e titubeante Bert teria disposição para matar? Os jesuítas na escola secundária me disseram que ninguém a tinha, mas depois entrei para a polícia, me deram uma arma e me mandaram atirar. Entrei em muitos porões à procura de algum sacana que desaparecera por um corredor, e ficava à beira de me mijar toda vez que ouvia a fornalha crepitar, e por isso sabia que eu teria essa disposição. Bert, à sua maneira, também estava tremendamente enrascado. Portanto, talvez.

A segunda opção era a de aquele fosse um trabalho de outra pessoa. Antes ou depois de Bert partir? Antes parecia improvável. Não são muitas as pessoas capazes de arrombar o apartamento de alguém levando um presunto e deixá-lo em sua geladeira sem pedir permissão. Depois seria possível. Se alguém soubesse que Bert havia ido embora.

Eu não queria chamar a polícia. Se o fizesse, tudo viria à tona. O desaparecimento de Bert. O sumiço do dinheiro. E adeus cliente. Adeus Mack e G&G. Pior ainda, do jeito como as coisas funcionam, o suspeito número um daquele crime seria eu, pelo menos por um tempo. O que podia ser uma dureza, tendo em vista a quantidade de policiais amigos de Pigeyes à minha espreita, um dos quais acabaria percebendo que podia me acusar de violação de domicílio. Mais cedo ou mais tarde, a polícia teria de tomar conhecimento. Aquele pobre coitado, no fim das contas, provavelmente tinha uma família. Mas a melhor maneira de avisá-la era por meio de um telefonema anônimo, depois que eu tivesse tempo para pensar.

Tratei de deixar o lugar como o encontrara, da melhor forma que podia. Limpei a maçaneta da geladeira, varri o chão da cozinha para apagar minhas pegadas. Não podia prender a fechadura na porta da frente sem abri-la, pois a placa externa era aparafusada somente pelo outro lado. E por isso fiquei parado ali, no limiar, em plena vista, por uns cinco minutos, trancando o apartamento que eu acabara de arrombar. Tentei imaginar o que diria se a aeromoça voltasse para casa ou se eu despertasse a curiosidade de alguém que passava pela rua, como me livraria do aperto. Mesmo assim, enquanto girava o último parafuso, até que gostei, foi meu minuto pairando à beira do abismo. Às vezes, nesta vida, as coisas simplesmente acontecem. Sem planejamento. Fora de controle. É uma das coisas de que os caras gostam no trabalho da polícia. Eu também gostava, mas não apreciava o jeito como acordava de noite, o coração disparado, a sensação de estar com a boca colada, e os medos, os medos lambendo-me todo como um gato se preparando para devorar um camundongo. Isso foi uma das coisas que me levaram a beber, e a sair da polícia, embora nunca tenha parado de acontecer.

Mas não houve nada. Não naquele momento. A aeromoça não apareceu, ninguém na rua sequer olhou na minha direção. Passei pela porta externa com o cachecol levantado até o nariz e fui me afastando pela calçada, seguro e feliz, como me sinto agora, com o dia raiando, sabendo que posso parar de falar nisso, tendo escapado por mais uma noite.

Fita 2

Ditada em 24 de janeiro às 23 horas

5
Uma vida em ação

Terça-feira, 24 de janeiro

A. A MENTE DA MÁQUINA

De vez em quando todo mundo quer ser outra pessoa, Elaine. Há uma porção de pessoas secretas se revirando bem dentro da gente – mamãe e papai, assassinos e policiais, vários heróis do horário nobre, e todos às vezes buscando assumir o controle. Não há como impedir, e quem diz que deveríamos? O que parecia mais doce ontem do que o pensamento de prender Bert e fugir com o dinheiro? É apenas seu irmão, o velho policial, explicando como as pessoas se desencaminham. Todos os caras que encanei disseram a mesma coisa: eu não tinha a intenção, não queria. Como se fosse outra pessoa que tivesse acertado a porrada ou arrancado as moedas da máquina automática com um pontapé. E é mesmo, de certa forma. É isso que estou tentando dizer.

Sentei-me em minha sala nesta manhã, dirigindo esse comentário barato em favor da minha irmã morta, como costumo fazer duas ou três vezes por dia, e estudando o extrato do cartão de crédito de Kam Roberts. O pensamento de Bert ser outro cara fictício ainda me sacudia com aquele pequeno e secreto solavanco da descoberta de um segredo, mas os detalhes de sua vida oculta permaneciam difíceis de compreender. Além das contas de passagens de avião, restaurantes e motéis no circuito do esporte universitário, havia itens, de 5 a 15 dólares cada um, registrados quase que diariamente para algo chamado "Infomode" e também uma série de adiantamentos em dinheiro, em um total de 3 mil. Bert ganhava muito mais grana do que eu, talvez uns 275 mil por ano, e era de esperar que descontasse um cheque no departamento de contabilidade se precisasse de dinheiro em vez de pegar empréstimos para pagar com juros. E depois encontrei algo muito esquisito: um único item de crédito, mais de 9 mil dólares, de uma coisa chamada Arch Enterprises. Talvez fosse o seu amigo Archie, o atuário excêntrico, mas para que o crédito de 9 mil? Ao inventar explicações eu escrevia uma comédia. Por exemplo, teria sido Bert reembolsado por uma apólice de seguro? Havia ainda outro detalhe de pouca importância: contas pelo pagamento, no mês anterior, de duas noites no U Inn, uma espécie de hotel de segunda categoria, localizado bem em frente ao campus da universidade, um lugar inexplicável para Bert se hospedar, uma vez que seu apartamento ficava a pouco mais de um quilômetro dali.

Eu remexia essas peças do quebra-cabeça quando meu telefone tocou.

– Temos um problema grave.

Era Wash.

– Temos?

– Muito grave.

Ele parecia abalado, mas Wash não é do tipo de sujeito a quem recorremos em uma crise. Há pessoas, como Martin, que falam de Wash como uma lenda viva, mas desconfio de que ele foi um desses jovens que eram admirados por seu futuro brilhante e de quem agora se perdoam os lapsos por causa de seus supostos feitos passados. Aos 77 anos, Wash, nos meus cálculos, perdeu o interesse pelo exercício da advocacia há pelo menos uma década. Pode-se dizer a mesma coisa a meu respeito, mas acontece que não sou um ícone. Esta vida pode deixar a gente mole. Há sempre advogados mais jovens, de mente ágil, transbordando de ambição, para pensar por você, escrever os pareceres e preparar as minutas dos contratos. Wash sucumbiu a isso. É, em grande medida, um advogado *pro forma*, uma presença tranquilizadora para os clientes mais velhos, aos quais está ligado por pertencerem aos mesmos clubes e terem estudado nas mesmas instituições.

– Acabei de falar com Martin – acrescentou Wash. – Ele encontrou Jake Eiger no elevador.

– E daí?

– Jake perguntou por Bert.

– Ah...

Indagações inoportunas do cliente. Vivenciei o costumeiro instante particular de agradecimento por não estar no comando.

– Precisamos decidir o que dizer a Jake. Martin teve de participar de uma reunião por telefone... Só nos falamos por um segundo. Mas ele deve terminar logo. Sugeriu que nos reuníssemos.

Eu disse a Wash que ficaria de prontidão.

No intervalo, retomei minha atual rotina na G&G – tentar descobrir alguma coisa para fazer. Quando entrei para a firma, 18 anos antes, foi com a promessa de que Jake Eiger teria muito trabalho para mim, e durante anos até que isso ocorreu de fato. Reescrevi o Código de Ética dos Empregados da TN, liderei investigações externas – atendentes de voo que vendiam drinques de suas próprias garrafas, um gerente de hotel cujo critério de contratação para as camareiras era se elas engoliam seu esperma depois da felação. Mas a ocorrência desses casos foi diminuindo e nos últimos dois anos cessou por completo. Restou-me prestar serviços diversos a Bert, a Brushy e a alguns outros sócios que permanecem em alta com Jake, atuar em julgamentos para os quais eles estão muito ocupados, mantendo a esperança, depois de 18 anos no exercício da advocacia privada, de que de algum modo, em algum lugar, exista um cliente de um milhão de dólares disposto a aceitar um ex-policial e ex-beberrão como seu principal advogado. Considerando meus hábitos de trabalho desleixados e minha falta de clientela, meu valor econômico para a firma vem se reduzindo a quase zero. É verdade que ainda recebo um cheque polpudo a cada trimestre, apesar de três anos consecutivos de reduções; e há pessoas, como Martin, que parecem propensas a me apoiar, como um ato de sentimentalismo persistente. Mas tenho de me preocupar com a possibilidade de que alguém como Pagnucci decida que o tempo se esgotou... E há também a questão do meu orgulho, presumindo que me restou algum.

Não eram pensamentos felizes enquanto eu dava uma olhada na *Blue Sheet,* nosso informativo diário, e o restante da floresta perdida de correspondências e memorandos que são produzidos pela G&G todos os dias. Eu tinha um trabalho meio irrelevante a realizar na conta 397, o desastre aéreo que vinha proporcionando uma ocupação de tempo integral a Bert e empenhos ocasionais de minha parte, durante os últimos três anos. Havia cartas a assinar, além de uma minuta de documentos de pagamentos que eram devidos a Peter Neucriss, o advogado do querelante principal, um sacana meticuloso que me obrigava a reescrever tudo quatro vezes. As cartas de hoje eram supostamente da TN, escritas em papel timbrado da TN – vários editais relativos ao fundo de acordo, que deveríamos salvaguardar e que era controlado pela TN –, e escrevi minha imitação impecável da assinatura de Jake Eiger, depois voltei à *Blue Sheet,* à procura de notícias interessantes. Apenas o de sempre. Um almoço do departamento de contratos para discutir as alterações das taxas de juros; os relatórios de atividades deveriam ser entregues até às 17 horas ou seríamos multados; e o item que mais apreciei, uma correspondência misteriosa, a fotocópia de um cheque de pagamento à firma no valor de 275 dólares, com um bilhete de Glyndora, do departamento de contabilidade, indagando se alguém sabia quem o mandara e por quê. Certa ocasião, houve um cheque de uns 750 mil dólares que permaneceu em suspenso por três dias seguidos, sem ninguém saber de quem era, e quase o reivindiquei. Carl e diversos funcionários menos graduados também haviam enviado quatro memorandos separados aos sócios, em papel comum e e-mails, pedindo-nos que pressionássemos os clientes para que pagassem os honorários antes do término do ano fiscal, na semana seguinte, em 31 de janeiro.

Esse pensamento de contas a vencer me fez lembrar do cartão de crédito de Kam Roberts. Disse a Lucinda onde poderia me encontrar quando Wash ligasse e caminhei pelos corredores até a biblioteca jurídica, um andar acima, no 38º. Três associados, todos em seu ano inicial de prática, batiam papo em torno de uma mesa. À visão rara de um sócio naquele ambiente, eles se separaram, em silêncio e intimidados, para voltarem a tornar seu tempo lucrativo.

– Não tão depressa – eu disse.

Fora eu quem recrutara os três. Uma grande firma de advocacia é basicamente organizada pelos mesmos princípios do esquema Ponzi, a fraude no estilo "pirâmide". Os únicos ingredientes seguros de crescimento são novos clientes, contas maiores e – principalmente – mais pessoas na base, cada uma delas se tornando um pequeno centro irradiador de lucro, trabalhando noite adentro e ganhando mais para os sócios do que leva para casa. Por isso, temos um interesse de sanguessuga por novos talentos, e sempre os cortejamos. Nos verões, oferecemos um teste de adaptação a 15 estudantes de direito, em condições que fazem um pernoite em um acampamento parecer trabalho forçado. Mil e duzentos dólares por semana para que possam ir a partidas de beisebol e concertos e desfrutar almoços suntuosos, uma experiência que vale mais como apresentação a uma vida de realeza do que ao exercício da advocacia. E quem é o encarregado de atrair essas crianças? Este seu criado.

Quando fui designado para o subcomitê de recrutamento, Martin tentou explicá-lo como um tributo a meu charme anticonvencional. Os jovens se identificariam com meu comportamento descontraído, sugeriu ele, com minhas excentricidades casuais. Eu sabia que, com sua natural habilidade para a burocracia, Martin havia se empenhado em uma derradeira esperança de demonstrar minha utilidade a nossos sócios. Mas a verdade é que não aprecio muito as pessoas mais jovens. Pergunte a meu filho. Tenho ressentimento de sua juventude, de suas oportunidades, do zilhão de meios pelos quais são intrinsecamente melhores do que eu. E, para ser franco, eles também não se impressionam muito comigo. Mas 19 vezes, todo outono, tenho de me sentar em algum quarto de hotel desolado, próximo a uma faculdade de direito de primeira linha, e observá-los se pavoneando em seus trajes de advogados, alguns deles tão impressionados consigo mesmos que dá vontade de espetá-los com um alfinete e ficar vendo-os estourar por ali. É demais.

– Tenho este extrato de cartão de crédito bancário como prova em um processo e estou tentando descobrir em que o cara gastava seu dinheiro – expliquei. – O que é Infomode?

No ambiente suntuoso da biblioteca, os três me escutavam com a solenidade estudada que é reservada aos jovens e ambiciosos. Era um lugar confortável e antiquado, com poltronas, estantes e mesas de carvalho, além de um balcão no segundo andar margeado de livros de lombadas douradas que circundavam toda a sala. Leotis Griswell, o falecido fundador da firma, gastara generosamente ali, movido mais ou menos pela mesma teoria que explica por que os católicos gostam de glorificar suas igrejas.

Lena Holtz sabia o que era Infomode.

– É um serviço de informações por modem. Sabe como é. Você disca e pode fazer compras, obter cotações do mercado de ações, informações de agências de notícias. Qualquer coisa.

– Mas se disca o quê?

– Venha ver.

Ela me levou até um laptop em uma das seções de consulta da biblioteca. Lena era o meu triunfo do ano, trabalhara na revista jurídica da universidade e pertencia a uma rica família suburbana de West Bank. Passara por tempos difíceis antes de ingressar na faculdade, que a deixaram com uma fascinante determinação de dar o máximo de si mesma. Com pouco mais de 1,50 metro de altura, de pernas e braços pequenos e sempre dando a impressão de que há espaço de mais em suas roupas, ela não é grande coisa para se olhar, não quando se observa com mais atenção, mas todas as peças se encaixam em harmonia. Cabelos, cosméticos, roupas – Lena tem o que se costuma chamar de classe.

Eu lhe entregara a fatura de Kam Roberts, e ela já estava digitando a toda força no computador. Um telefone tocou lá dentro.

– Está vendo? – disse ela, enquanto a tela se iluminava e cores anunciavam INFOMODE!

– E que tipo de informações podemos obter? – perguntei.

– O que você quiser... horários de voos, preços de antiguidades, boletins meteorológicos. Eles estão conectados a duas mil bibliotecas.

– E como posso saber o que ele estava fazendo?

– Pode procurar pelas informações da fatura. Apareceriam direto na tela.

– Sensacional!

– Mas precisaria da senha.

Evidentemente, eu não tinha nada.

– O serviço não é gratuito – explicou Lena. – Eles fazem a cobrança no cartão de crédito toda vez que a pessoa tem acesso a uma biblioteca. Como agora, registrei esta chamada na conta dele.

– De que maneira?

– O número da conta está bem aqui, no extrato do cartão. Mas para se ter certeza de que estou mesmo autorizada a usar o cartão, precisamos da senha.

– O que é essa senha? "Rosebud"?

– O nome de um filho. Aniversário de nascimento. Ou de casamento.

– Sensacional!

Fiquei sentado ali, meio encurvado, contemplando aqueles rabichos iridescentes se irradiarem na tela, como se as letras ardessem, fascinado como sempre pelo pensamento de fogo. Talvez fosse por isso que Bert tinha o cartão, para poder registrar as cobranças do Infomode em outro nome. Peguei de repente o braço de Lena.

– Experimente Kam Roberts.

Soletrei.

A tela se iluminou outra vez: SEJA BEM-VINDO AO INFOMODE!

– Que coisa! – exclamei.

Uma vez estudante de arte, sempre estudante de arte. Como adoro as cores!

"Registro de Faturas", digitou Lena. A listagem que se desenrolou na tela parecia o extrato do banco, uma relação de cobranças efetuadas a cada um ou dois dias, com a indicação do tempo de uso e do custo. Era o que se podia esperar de Bert. Tudo para algo chamado "Linha Esportiva" ou para outro serviço discriminado como "Caixa de Correio". Calculei que Linha Esportiva se relacionava com os resultados dos jogos. Perguntei sobre a caixa de correio.

– É justamente o que parece ser. Você recebe mensagens de pessoas que estão on-line. Como um e-mail.

Ou, como ficou demonstrado, era possível deixar recados, lembretes para si mesmo ou para alguém que entrava em sua conta, com a sua permissão. Fora isso que Bert fizera. A mensagem que encontramos fora deixada três semanas antes e parecia não fazer sentido.

Dizia:

Ei, Arch –

SPRINGFIELD

Especial de Kam 1.12 – U. cinco, cinco Cleveland.
1.3 – Seton cinco, três Franklin.
1.5 – SJ cinco, três Grant.

NEW BRUNSWICK

1.2 – S.F. onze, cinco Grant.

Lena pegou um bloco amarelo em outra seção de consulta e anotou tudo.

– Isto significa alguma coisa para você? – perguntou.

Absolutamente nada. Resultados de beisebol em janeiro? Coordenadas de mapas? A combinação de um cofre? Ambos ficamos olhando para a tela, desolados. Foi nesse instante que ouvi meu nome sair pelo alto-falante no teto:

– Sr. Malloy, compareça, por favor, à sala do Sr. Thale.

O aviso foi repetido duas vezes, parecendo mais sinistro a cada vez. Senti a ameaça apertar meu coração. O que diríamos a Jake? Levantei-me, agradeci à Lena. Ela desligou a máquina, e a mensagem de Bert, o que quer que significasse, desapareceu em uma pequena estrela luminosa, que persistiu por mais um instante na tela opaca.

B. COM WASH

Aliviado por ter-me encontrado, Wash recebeu-me em sua sala com uma cordialidade que se poderia esperar ao entrar em sua casa. George Washington Thale III possui o tipo de charme destinado a refletir a melhor criação, uma amabilidade constante que ele irradia até mesmo para as secretárias. Quando concentra toda a sua atenção e maneiras afáveis em você, a sensação é de que acaba de conhecer alguém que saiu diretamente dos livros de Fitzgerald, o descendente de um mundo antigo e rico a que todos os americanos outrora aspiraram. Ainda assim, nunca consigo esquecer a expressão "camisa estufada", em referência àquele homem formal, antiquado e pomposo. Wash tem uma barriga enorme e flácida, que parece subir para o peito quando ele se senta. Com suas gravatas-borboleta e seus óculos de aros de chifre, o rosto com manchas senis e seu cachimbo, ele faz um tipo, um desses emblemas ultrapassados de prosperidade, cuja mera visão faz pensar que em algum lugar há um garoto esperando por sua herança.

Wash perguntou como eu estava, mas era evidente que ainda se inquietava por Jake, e logo discou a extensão de Martin em seu telefone com viva voz. Naquela grandiosa sala de esquina, decorada com madeiras escuras e objetos coloniais avivados por tons de dourado e vermelho, o exercício da advocacia mostra uma aparência fácil e elegante, um mundo em que os homens de importância tomam as decisões, que são executadas por apaniguados a distância. Ele preencheu esse espaço com *memorabilia* de George Washington – retratos e bustos, pequenos mementos, coisas que supostamente foram tocadas por G.W. Wash tem algum parentesco em nono ou décimo grau, e sua extrema afeição a todas aquelas coisas sempre me pareceu secretamente deplorável, como se sua própria vida nunca pudesse ter o mesmo gabarito.

– Estou com Mack – informou Wash, assim que Martin atendeu.

– Ótimo! – respondeu Martin. – São exatamente os homens que procuro.

Pude perceber, pelo tom de Martin, meio adulador, que ele também se encontrava na companhia de outra pessoa.

– Mack – acrescentou ele –, acabei de esbarrar com Jake, e conversamos sobre o andamento de alguns dos casos da 397 de que Bert vem cuidando. Convidei-o a vir até aqui. Achei que todos poderíamos querer conversar a respeito.

– Jake está *com* você? – indagou Wash.

Só agora ele percebia o que Martin quisera dizer ao falar que todos deveríamos nos reunir.

– Bem aqui – confirmou Martin.

Um tom alegre e otimista. Firme. Martin é como Brushy, como Pagnucci, como Leotis Griswell em seu tempo, como muitos outros que agem com perfeição, um advogado em todas as horas de vigília. Administra a firma; planeja a recuperação do rio e as construções na margem. Aconselha os clientes, reúne 14 advogados mais jovens em uma sala e se empenha em jogos de guerra com todos os seus casos importantes. Viaja de um lugar para outro, participa de intermináveis reuniões por telefone com pessoas em quase todos os fusos horários do mundo, durante as quais escuta, opina, edita instruções e lê sua correspondência. Algo relativo à lei está sempre por perto, e também em sua mente. E ele adora tudo – é como um gourmet se empanturrando em uma refeição sem fim, comendo tudo o que está em seu prato. Com Jake ali, com a crise se aproximando, ele parecia mais animado, mais confiante, mais ansioso por enfrentar a situação. Mas quando Wash tornou a me encarar, seu rosto pálido e envelhecido se mostrava abalado, e ele parecia mais apavorado do que eu.

C. APRESENTANDO A VÍTIMA DO CRIME

Se você já viu alguma vez *O Nascimento de Vênus,* com a deusa na metade de uma concha e todos os serafins inclinados para trás com os ventos, porque ela é grandiosa, então já viu os advogados de uma grande firma quando o diretor jurídico de seu maior cliente aparece. Durante os nossos primeiros minutos com Jake Eiger, na ampla sala de esquina de Martin, tomando café e esperando que este se livrasse dos habituais telefonemas urgentes, cerca de meia dúzia de sócios esticou o pescoço pela porta para dizer a Jake como ele estava em boa forma física ou que sua última carta sobre esse ou aquele assunto refletia a mesma força e sensibilidade do discurso de Gettysburg; e lhe dirigiam convites para jantar, ir ao teatro e a jogos de basquete. Jake, como sempre, aceitou toda essa atenção com a maior amabilidade. Seu pai era um político, e ele sabe como fazer essas coisas, acenando, rindo, respondendo com os gracejos mais variados e hábeis.

Conheço Jake desde que éramos bem jovens. Estudamos juntos na escola secundária, em Loyola, Jake dois anos na minha frente. Você e eu, Elaine, éramos daqueles católicos que cresciam pensando que faziam parte de um grupo minoritário, os devotos que, na sexta-feira, se abstêm de carne e comem peixe, usam cinza na testa e dão passagem a mulheres vestidas de preto; sabíamos que os protestantes nos consideravam uma organização clandestina com lealdades estrangeiras, como os franco-maçons e a KGB. Jack Kennedy, como não podia deixar de ser, era o nosso herói, e, por causa dele, acho, os Estados Unidos para os católicos eram realmente diferente. Mas a gente é sempre criança, e nunca terei certeza absoluta de que há um lugar à mesa para mim.

Mas Jake era um garoto católico, germano-irlandês, que pensava que entrara para o country club do homem branco. Eu o invejava por isso, e por muitas outras coisas, por seu pai ser rico e por seu relacionamento fácil com as pessoas. Muito atraente, do tipo artista de cinema, tem cabelo liso, louro acobreado, que nunca sai do lugar; e só agora, que já passou há um ou dois anos dos 50, Jake começa a mostrar menos da radiância que sempre nos fez pensar que ele se encontrava sob a luz de um refletor. Tem olhos fascinantes – com cílios abundantes, que quase nunca vemos em um homem e que lhe proporcionaram, desde a infância, afora isso corriqueira, a aparência enganadora de alguém intenso, experiente e adulto. Sempre houve muitas garotas atrás dele, e eu desconfiava de que Jake as tratava com a maior crueldade, cortejando-as à sua maneira suave e repelindo-as depois de ter conseguido se infiltrar entre suas pernas.

Ainda assim, quando eu me encontrava na décima quarta versão de quem eu seria, tendo me decidido contra Vincent Van Gogh, Jack Kerouac e Dick Tracy, e pensava em experimentar a ideia de meu pai, a faculdade de direito, Jake, entre todas as pessoas, se tornou uma espécie de ideal. Nossos caminhos se separaram depois da escola secundária, mas meu papel como o futuro marido de Nora fez com que retomássemos o contato em pequenos eventos familiares, e Jake assumiu o encargo de me dar indicações e conselhos sobre a faculdade e o exercício da advocacia. Mais tarde, quando comecei a trabalhar na CAE, ele me procurou para pedir um favor um tanto suspeito, que anos mais tarde se sentiu na obrigação de retribuir, levando-me para a firma.

Uma pessoa racional ficaria grata a Jake Eiger por isso. Ganhei 228.168 dólares no ano passado, e isso depois que cortaram meus pontos pela terceira vez consecutiva. Sem Jake, é bem provável que eu estivesse em um escritório pequeno, com uma decoração barata, trabalhando por conta própria, circulando pelos tribunais criminais ou olhando ansioso para o telefone mudo. Mas Jake voa, e eu flutuo. Ele ainda está indo em direção às estrelas, mas no caminho me soltou para que eu vire cinza enquanto caio de volta pela atmosfera. Um tipo inferior poderia ficar amargurado, porque sem mim Jake Eiger seria um cara bonito de meia-idade, procurando meios para explicar por que renunciara ao exercício da advocacia anos atrás.

– Wash, Mack... – Martin soltara o fone, depois de se livrar da última interrupção, e sua secretária conseguiu finalmente fechar a porta. – Sobre o Irmão Kamin.

– Ah, sim.

Sorri com alegria e esperei para ver Martin dançar na corda bamba.

– Jake já sabe, é claro, que Bert está em outra de suas licenças remuneradas autoconcedidas.

– Certo.

Sorrisos. Wash foi além, soltou uma risada. Martin é muito engraçado.

– E eu pensei que faria mais sentido partilhar com Jake tudo o que vem nos preocupando. Tudo mesmo. Não quero que haja nenhum mal-entendido.

Martin continuou, com uma seriedade impressionante. A sala mantinha-se quieta enquanto ele falava, com janelas em três lados, cheia de quadros abstratos e *objets d'art* mirabolantes, do tipo que Martin adora – relógios esquisitos, uma mesa lateral com um tampo de vidro que cobre uma cidade inteira esculpida em madeiras estranhas, o cajado de um xamã que emite o som de uma cachoeira quando é virado de cabeça para baixo. Em vez da habitual foto da família, uma pequena escultura mostrando Martin, a mulher e três filhos, no melhor estilo de filhinhos do papai, empoleirava-se em sua credência. Ele estava sentado por trás da mesa, uma tora grande e mal-acabada tirada do tronco de algum carvalho de mil anos, para a qual todos os móveis da sala convergiam sutilmente.

Percebi a intenção de Martin muito antes de Wash, que estava sentado em uma das cadeiras Barcelona que formam um proscênio em torno da mesa. Quando finalmente percebeu que Martin detalhava nossas suspeitas em relação a Bert, Wash fez uma menção vaga de protestar. Mas era evidente que Wash não dispunha de tempo para pensar na situação mais a fundo e por isso tratou de se conter.

Martin pegou a chave da credência – mantinha-a escondida na barriga de borracha de uma dançarina de hula embutida em um relógio – e mostrou a pasta com documentos que eu vira no dia anterior. Explicou a Jake que não encontráramos nenhuma trilha de documentos autorizando aqueles cheques. Ao começar a sentir que havia algo errado, Jake ficou inquieto. Mas Martin, o homem de princípios e sólidos compromissos, não vacilou um instante sequer. A G&G tem sido sua vida desde seus dias como braço direito de Leotis Griswell, e ele adora o alvoroço, o trabalho de manter todos unidos. Sua fé é de que a equipe é maior do que a soma de suas partes. Ele é o meu herói aqui, o homem que admiro, e estava sendo admirável agora. Ontem mesmo o Comitê tomara a decisão de esperar um pouco antes de comunicar ao cliente. Martin, no entanto, manifestava sua fidelidade a algo mais significativo do que as regras e a autoridade da firma de advocacia: Valores. Dever. O código do advogado. O cliente, inesperadamente, fizera uma pergunta que convidava à verdade, e Martin não seria cúmplice em ocultá-la.

Àquela altura, Martin explicava o plano do Comitê, como eu procurava Bert, na esperança de demovê-lo. A Jake Martin pediu um pouco de paciência, duas semanas, com a promessa de que no fim desse prazo eu apresentaria um relatório completo. Para resumir, ele contornou a mesa e sentou-se na beirada.

– Se pudermos dizer a Bert que você... a TN encara o problema com compreensão – disse ele a Jake –, acho que há uma possibilidade, uma chance real, de recuperarmos o dinheiro. Nesse caso, talvez possamos evitar o escândalo. E isso me parece o melhor para todos.

Martin parou de falar. Já apresentara sua apelação, concentrando em Jake todo o seu considerável charme e formidáveis poderes. Agora, só nos restava esperar. Era, no todo, um momento da mais extrema ousadia. A Gage & Griswell, provavelmente, estava prestes a se juntar à cidade perdida de Atlântida, como uma civilização que afundou no mar. Pensei que Wash podia apagar, e até eu senti a pele arrepiada, na expectativa da reação de Jake. Por sua vez, Jake parecia pior do que em qualquer outra ocasião em que eu já o vira, com a palidez mortal do homem em estado de choque.

– Inacreditável... – Essa foi a primeira coisa que Jake disse. Depois, levantou-se, andou em círculos ao redor de sua cadeira, primeiro em uma direção, logo na outra. – Como vou explicar isso lá em cima?

Ele fez a pergunta mais para si mesmo, as pontas dos dedos nos lábios, e era evidente que não sabia a resposta. Parou, visivelmente aflito, relutante em discutir as repercussões, como se estivessem além de seu léxico, como um homem que não consegue dizer palavrões.

– Estamos aqui para ajudá-lo – murmurou Wash.

– E como vocês ajudaram... – respondeu Jake, estremecendo ao pensamento.

A TN passava por momentos difíceis, se é que se pode falar assim de uma empresa com uma receita anual bruta de 4 bilhões de dólares. Quase tudo o que eles possuem – os hotéis, as locadoras de automóveis, as companhias aéreas – é sensível às flutuações do movimento turístico, que tem sido bem pequeno desde a nossa primeira guerrinha contra Saddam Hussein. Também não era de surpreender, uma vez que qualquer um com um diploma universitário em administração poderia dizer que um aglomerado de empresas se movimenta em termos cíclicos. Para diversificar, a TN comprara havia dez anos um negócio de *traveler's checks,* o que constituía seu acesso à área bancária no Sunbelt, ou o "cinturão do sol", no sul e sudoeste dos Estados Unidos, bem a tempo de ver sua carteira de empréstimos ir pelo ralo. Após as guerras suicidas de tarifas aéreas no verão do ano passado, a companhia perdeu cerca de 600 milhões de dólares, o terceiro ano consecutivo com prejuízo. Para estancar a sangria, os diretores externos contrataram Tadeusz Krzysinski como CEO, o executivo principal, a primeira pessoa em um nível superior ao de vice-presidente que não vinha dos quadros da própria empresa. Entre muitas reformas, Tad estalara o chicote para reduzir as despesas, e, pelo que se dizia, estava pressionando Jake por seu relacionamento com a G&G, na teoria de que deveria haver mais competição nos serviços jurídicos para a TN. Krzysinski teria falado com entusiasmo sobre uma firma de duzentos advogados de Columbus, que aprendera a apreciar em sua última encarnação, como presidente da Red Carpet Rental Car.

Isso, para dizer o mínimo, é um motivo de preocupação na Gage & Griswell, uma vez que a TN nunca representou menos de 18 por cento de nossa receita. Martin e Wash vinham tentando converter Krzysinski, almoçando com ele, convidando-o para reuniões, lembrando com insistência como seria dispendioso substituir nosso conhecimento da estrutura e de questões legais do passado da TN. Em resposta, Krzysinski tem enfatizado que a decisão é de Jake - seu diretor jurídico, como a maioria, deve ter liberdade para escolher os advogados externos com quem trabalha -, uma atitude hábil, pois tanto Jake quanto a G&G contam com apoio no conselho da TN. Mas Jake tem a ânsia de conquistar terreno, típica do calejado burocrata de uma corporação. Cobiça um lugar no conselho, o título de primeiro-vice-presidente, que somente Krzysinski pode lhe conceder, e demonstra uma disposição aduladora de agradar a seu novo CEO, com quem, na verdade, parece muitas vezes contrafeito. Como acontece com frequência nas grandes empresas, tem havido mais conversa do que ação. Jake encaminhou apenas algumas migalhas de casos para a Columbus, como faz com várias outras firmas. Mas nos negócios, como no esporte, o alto comando nos apoia até o dia em que somos despedidos. Jake, àquela altura, virou-se para mim.

– O caso é muito delicado. Mack, quero saber de tudo o que você fizer. E, pelo amor de Deus – acrescentou –, seja discreto.

Jake está acostumado ao papel de executivo. Permaneceu imóvel por um momento. Esguio, de estatura mediana, com a mão sobre os olhos. Usava um elegante terno trespassado, em um suave cinza axadrezado, e suas iniciais – J.A.K.E., de

John Andrew Kenneth Eiger –, um elemento decorativo muito apreciado, apareceram na manga da camisa quando ele apontou para mim.

– Santo Deus! – murmurou Jake, em uma reflexão final, nada mais restando para dizer.

Wash levantou-se logo após Jake. Na situação crítica, seu rosto envelhecido assumiu a textura endurecida de uma cabaça, e ele ficou parado, um mistério para si mesmo, sem saber se censurava Martin ou confortava Jake, e acabou optando pelo segundo. Um garoto de escola primária saberia o que ele ia dizer: dê-nos tempo. Não seja precipitado. Assim que descobrirmos Kamin, tudo pode ser resolvido.

Por trás de sua mesa de carvalho de mil anos, Martin observou-os desaparecer, antes de me perguntar:

– O que você acha?

Ele mantinha as mãos sobre a barriga, o rosto pendia calculadamente entre os suspensórios, o queixo encostado na elegante camisa feita a mão, de espalhafatosas listras verticais.

– Poderei responder assim que recuperar a sensação dos braços e das pernas. – Meu coração ainda palpitava forte. – Pensei que não íamos contar absolutamente nada.

Martin é um desses homens que abundam na profissão de advogados, cujos cérebros parecem fazê-los parecer um quarto maior do que a vida. Sua mente está sempre disparando na velocidade de um elétron. Você se senta com ele e sente-se cercado por todos os lados. Por Deus, você pergunta, no que esse cara está pensando? Sei que ele revirou três vezes cada palavra que eu disse antes que qualquer outra pudesse escapar da minha boca. Acompanhar esse tipo de velocidade intelectual, do tipo que os boxeadores têm com as mãos, requer uma compreensão sagaz da natureza humana. Não fica necessariamente claro para quais fins tudo isso é usado. Martin não seria confundido com Madre Teresa. Como qualquer pessoa que se destaca na trilha do sucesso da advocacia, ele é capaz de retalhar seu coração se for necessário. E conversar com ele, como sempre digo, é uma espécie de competição, em que seus comentários hábeis e calorosos e a sensação de que ele sabe exatamente quais são suas intenções nunca são mútuos. Eu conheço você, mas você não me conhece. Sua verdadeira residência é inacessível, em algum lugar nas proximidades do Monte Olimpo. Mas Martin raramente se mostrava tão misterioso quanto agora. Parecia incólume a qualquer coisa que ocorrera ali. Enfrentou minha indagação com um ligeiro e inescrutável aceno de mão, como se não pudesse alterar o que já acontecera.

– O que acha que Krzysinski vai dizer quando Jake lhe contar essa história? – perguntei.

Martin fechou os olhos para avaliar a questão, como se ainda não tivesse lhe ocorrido; e quando tornou a me encarar, passou por seu rosto cansado uma tênue insinuação de algo próximo do humor, uma ironia aceita. Ele se levantou para me cumprimentar no exato instante em que um de seus relógios estranhos começava a se manifestar como um esquilo em algum lugar da sala.

– Acho melhor você encontrar Bert – foi tudo o que me disse.

6
A vida secreta de Kam Roberts
Parte 1

A. BOAS NOTÍCIAS

Na maior parte do tempo em que gravo isto, falando tudo, não vejo os rostos de Carl, Wash e Martin. Não posso realmente imaginá-los com as folhas nas mãos. Portanto, deve haver outra pessoa a quem me dirijo, sentado aqui, tarde da noite, em meu quarto de móveis comprados em um bazar de caridade. No silêncio, a voz parece ser o espírito, da mesma forma como uma vela é mais bem representada por uma chama. Talvez o Dictaphone seja apenas um meio, um caminho para promover a comunicação com os mortos queridos. Talvez seja, na verdade, uma mensagem prolongada para a doce Elaine, com quem eu costumava conversar três vezes por dia. Hoje, senti sua ausência com maior intensidade, senti falta do ouvido sempre disponível, para o qual venho murmurando os comentários desconexos, mesmo enquanto fico sentado no escritório, apático e amargo, perplexo com a caçada a Bert.

Tornei a examinar o extrato do cartão de crédito de Kam Roberts. Meus pés estavam em cima da mesa, uma peça grande e antiga, com a formidável aparência de camadas superpostas de uma barca a vapor, a superfície rosada perdida em uma colcha de retalhos de recados telefônicos descartados, memorandos ignorados e vários sumários e transcrições que ainda tinha de arquivar. Quando ingressei na G&G, com o apoio de Jake Eiger, e fui promovido a sócio, naqueles anos iniciais em que Jake me inundava de trabalho, tive a opção de redecorar a sala, mas nunca me dei o trabalho, bêbado demais para me importar com isso, eu acho. Tenho convivido durante todo esse tempo com o que é, na verdade, um ambiente de segunda mão, a enorme mesa de nogueira, as estantes com porta de vidro, duas poltronas de couro com tachões de latão e braços curvos, um bonito tapete oriental, se bem que um tanto puído, um computador e minhas próprias coisas. O único objeto com que me importo mais está na parede, uma espetacular gravura de Beckmann – as pessoas desregradas habituais em um café. Durante o dia, tenho uma boa vista do rio e da extremidade ocidental de Center City, cercada pela Interestadual, a rodovia US 843.

Perguntei-me, taciturno, o que podia fazer para deixar Martin feliz e encontrar Bert. Ainda queria conversar com a aeromoça que mora no apartamento acima do dele, mas não sabia o seu nome – ela não o colocara na caixa de correio –, e a perspectiva de me aproximar novamente daquele cadáver me deixava todo arrepiado. Liguei para a telefonista de informações em Scottsdale, e depois de duas chamadas localizei a irmã de Bert, a Sra. Cheryl Moeller, a quem eu conhecera no enterro da mãe. Ela não sabia onde o irmão se encontrava, havia meses que não tinha notícias dele, o que era de se imaginar. Também não conseguiu se lembrar de nenhum amigo de Bert chamado Archie. Não deu a impressão de que gostava do irmão mais do que antes e me assegurou no fim que Bert acabaria aparecendo, como sempre acontecia.

Colegas, Elaine – seja lá para quem estou falando –, tenho de dizer que seu investigador ficou embatucado. Repassei o extrato mais uma vez. Por que Bert se registrava em quartos de hotel nas noites de jogo quando tinha um apartamento vazio a pouco mais de um quilômetro de distância? Em um impulso repentino, liguei para o U Inn. Falei com a telefonista do hotel e usei o que costumávamos chamar no departamento de Crimes Financeiros de pretexto de chamada. Disse que estava tentando obter informações sobre um cara com quem eu tivera uma reunião de negócios no U Inn em 18 de dezembro. Perdera minha pasta em um táxi e queria saber se eles tinham seu endereço ou um telefone em que pudesse encontrá-lo.

– Qual é o nome do cavalheiro? – perguntou a telefonista.

– Kam Roberts.

Eu procurava uma pista sobre o paradeiro de Bert. Ouvi os estalidos de teclas de computador, depois passei a maior parte da eternidade esperando na linha até que um cara chamado Trilby se apresentou como subgerente. A primeira coisa que perguntou foi meu nome e telefone, e eu dei.

– Vou verificar nossos registros, Sr. Malloy, e pediremos ao Sr. Roberts que o procure.

Má ideia. Bert não tinha a menor intenção de esperar por um encontro com nenhum de seus sócios.

– Entro em férias a partir de hoje. Preciso me comunicar com ele imediatamente. Alguma possibilidade?

– Um momento, por favor.

Demorou muito mais do que isso, mas Trilby parecia bastante satisfeito consigo mesmo quando voltou a falar:

– O senhor deve ter uma percepção extrassensorial, Sr. Malloy. Ele está hospedado no hotel neste momento.

Meu coração parou.

– Kam Roberts está aí? Tem certeza?

Ele riu.

– Não posso dizer que alguém aqui o conhece, mas há um cavalheiro com esse nome no quarto 622. Devo lhe pedir que ligue para o senhor? Ou podemos avisá-lo de que vai passar por aqui?

Pensei depressa.

– Posso falar com ele?

Trilby só retornou à linha depois que ouvi uma prolongada versão sinfônica de "Raindrops Keep Falling On My Head".

– Ninguém atende no quarto, Sr. Malloy. Por que não passa aqui no final do dia? Daremos o recado para que ele o espere.

– Está certo. Ou passo aí ou telefono.

– Como preferir – disse Trilby enquanto escrevia um bilhete.

Depois de desligar, permaneci sentado por um longo tempo, olhando para o rio. Havia um edifício no caminho, ainda com a decoração de Natal, luzes e uma aba de azevinho em torno do telhado. Não fazia muito sentido. Bert tinha todos os motivos para ficar sumido – seus sócios, a polícia, e talvez até mesmo quem enfiara aquele executivo de olhos esbugalhados em sua geladeira estivesse à sua procura. Mas por que se esconder em Kindle, onde mais cedo ou mais tarde acabaria esbarrando com alguém conhecido? O que quer que fosse, eu tinha de chegar lá bem depressa, antes que Bert recebesse aquele recado idiota, em que eu usara meu verdadeiro nome, e que, sem a menor dúvida, o faria fugir outra vez.

Desci no elevador e atravessei a rua para a academia onde costumo jogar squash com Brushy. Vesti a roupa, enfiei a carteira no bolso e comecei a correr. A temperatura estava em torno de zero, e por isso consegui carregar meu considerável traseiro irlandês pelas ruas com certa rapidez, mas perdi o fôlego depois de quatro quarteirões. Continuei até que meus pulmões de fumante dessem a impressão de que iam explodir e parei, por fim, deixando o suor congelar no nariz.

Atravessei Center City até chegar aos bairros em que as casas habitadas por duas famílias se empoleiravam como galinhas por trás de gramados congelados, e as árvores desfolhadas, rígidas e escuras, assomavam por cima dos caminhos do parque. Impelido por minha disposição, corri mais alguns quarteirões, afastando-me do percurso habitual e indo até as cercanias do gueto, a fim de passar pela escola de St. Bridget, onde, por mais de 31 anos, Elaine fora a bibliotecária – "alimentando os famintos", como ela dizia. Era uma pessoa de opinião. Com nossa mãe, transformei-me em uma espécie de bola humana do *tetherball* – o jogo em que se amarra uma bola com um cordão em um poste e dois jogadores batem nela, lançando-a em direções opostas –, sempre perto o bastante para ser impelido em outro sentido quando ela se sentia pressionada e se enfurecia por uma coisa ou outra. Elaine, porém, era mais esperta e se mantinha a distância. Graças a esse exercício, desenvolveu, suponho, um forte temperamento do contra. Quando todos se sentavam, ela ficava de pé, andava pela cozinha enquanto a família jantava. Preferia seu eu solitário a qualquer companhia, e isso parece nunca ter mudado.

Elaine acabou como uma dessas solteironas católicas, um tipo espiritual que jamais se integrou por completo ao mundo secular, uma pessoa que ia à missa às 5 horas da manhã todos os dias, sempre convivendo com as freiras e identificando as pessoas, até mesmo as lojas, por suas paróquias. Teve seus momentos mundanos, alguns cavalheiros amigos com os quais pecou, e era também uma figura sensacional, umas dessas velhas irlandesas inteligentes, com uma ironia cáustica. Toda a sagacidade de nossa mãe perdurava nela, mas enquanto Bess baixava o sarrafo com palavras e julgamentos rancorosos, o humor de Elaine se concentrava acima de tudo em si mesma. Aqueles pequenos comentários sarcásticos murmurados quando a pessoa se levantava, virava as costas, e que sempre atingiam o alvo com precisão. Sua única fraqueza aflorou naturalmente – bebia à beça. Na noite em que deixou nossa casa, meio de porre de tanto licor de ameixa, subiu pela rampa e entrou na US 843, foi a última noite de bêbado da minha vida.

Nos Alcoólicos Anônimos, grupo do qual me afastei – da mesma maneira como deixei a igreja, impressionado pela fé, mas relutando em me empenhar nos rituais diários exigidos –, disseram que eu deveria me submeter a um poder fora de mim. Nem pense em vencer o demônio sozinho. A ajuda que eu peço, Elaine, é a sua. E às vezes, ao fazê-lo, como ocorreu enquanto eu corria pelas ruas gélidas a caminho do U Inn ou sentado agora à noite, sussurrando ao Dictaphone, eu me surpreendo com uma verdade desagradável.

Sinto dez vezes mais saudade de você do que de Nora.

B. MÁS NOTÍCIAS

Acabei chegando aos arredores do campus, em seu lindo bairro progressista, restaurado desde o início do século, com suas livrarias e seu vago ar boêmio. O U Inn ficava na esquina da Calvert com a University, e dei uma longa volta pelo estacionamento, depois passei correndo pela porta da frente, acenando para o porteiro, no meu papel de hoje, de mais um hóspede do hotel, um executivo viajante que vive de lanches do frigobar e aeróbica matutina. Corri por todo o caminho até o elevador, entrei com uma mulher gorda, que assoviava para si mesma, e subi até o sexto andar.

Silêncio total no quarto 622. Encostei o ouvido na porta, sacudi a maçaneta. Como já imaginava, nenhum dos truques de Pigeyes funcionaria em um hotel como aquele. As portas eram reforçadas, e as fechaduras antigas haviam sido substituídas por uma dessas engenhocas eletrônicas, pequenas caixas de metal com luzes em cuja fenda temos de passar um cartão de plástico, que distribuem hoje em dia no lugar de uma chave. Bati com força na porta. Nada feito. Um cara suspeito, em um casaco de pele de lagarto, se aproximou, e fiquei olhando para ele, até que pegou um pouco de gelo e desapareceu por uma porta sob a placa de SAÍDA, na outra extremidade do corredor escuro. O corredor estava em silêncio, exceto pelo zumbido de um aspirador de pó em um dos quartos.

Eu já planejara o movimento seguinte. O cara que me atendera no telefone havia dito que ninguém ali conhecia Kam de vista. Eu um duvidava um pouco disso, mas precisava contar com a sorte. É o sentido de levar uma vida perigosa. Tinha de descobrir o que Bert andava fazendo. E seria muito melhor se o surpreendesse sorrateiramente em vez de sair me alardeando. Tirei o cartão de crédito de Kam Roberts da minha carteira.

Desci para o saguão, fui até a recepção, falei com uma loura atraente, uma estudante, calculei, como muitos dos empregados.

– Sou o Sr. Roberts, do 622. Saí para correr um pouco, e como um tolo peguei meu cartão de crédito em vez do cartão do quarto.

Mostrei o cartão de crédito casualmente, batendo com ele na beira do balcão, enquanto acrescentava:

– Agradeceria se pudesse me providenciar outro.

Ela desapareceu por uma porta no fundo. Era sem dúvida um lugar bastante esquisito, ainda mais quando se está acostumado à vida de muita grana, frequentando apenas a primeira classe. Desculpava-se seu mal estado pela localização conveniente – não havia outro hotel em um raio de quase 2 quilômetros da universidade – e por um clima de entusiasmo meio acanhado. O U Inn, como era de se esperar, transmitia uma vibração universitária. Tudo tinha as cores da universidade, branco e vermelho alaranjado. Perto da recepção havia flâmulas, pompons e blusões de moletom pregados nas paredes. A tabela do time de basquete, o Hands – um cartaz de papelão com a foto colorida de Bobby Adair, o aspirante a astro daquele ano – estava presa nos dois lados da mesa. Enquanto eu olhava para essas coisas, percebi que talvez uma partida do Hands trouxesse Bert de volta à cidade, independentemente de qualquer coisa.

Mas não havia nenhum jogo naquele dia. Nem tinha havido na noite passada. Nem haveria no dia seguinte. A verdade é que muitas coisas não se encaixavam. Os jogos disputados em casa estavam assinalados em vermelho na tabela, enquanto as partidas realizadas fora dali estavam marcadas em preto. Eu não tinha levado a fatura do cartão de Kam, mas a lera várias vezes nas últimas 18 horas e estava quase certo de que gravara na memória a maioria dos registros. O que me incomodava era que as datas não batiam. Em 18 de dezembro, a última vez em que Kam estivera ali, o Hands jogara uma partida em casa. Mas segundo a tabela, o time fora a Bloomington, Lafayette e Kalamazoo desde então, e em dias diferentes daqueles em que Kam assinara contas nas mesmas cidades.

– Sr. Roberts? – A loura voltara. – Posso ver de novo seu cartão de crédito, só por um instante?

Eu não o guardara no bolso, e ela tirou-o de minha mão. O instinto me dizia para começar a correr, mas a moça parecia ter saído direto de uma carroça de feno, com aqueles olhos doces da cor de centáureas azuis. Uma dos vinte milhões de louras da América com uma aparência padronizada demais para ocultar qualquer trapaça. Ela tornou a desaparecer na sala interna, mas se ausentou apenas por um segundo.

– Sr. Roberts – disse ela, ao voltar –, o Sr. Trilby gostaria de lhe falar um minuto lá atrás.

A loura abriu uma porta no lado do balcão para mim e apontou para o pequeno escritório no fundo, mas esperei no limiar, o coração tremulando como uma mariposa.

– Há algum problema?

– Acho que ele disse que tinha um recado.

Ah, sim. O velho amigo Mack Malloy telefonara. Um cara perceptivo, o tal de Trilby, provavelmente queria me dizer que Mack parecia um impostor. Havia três homens lá atrás, um negro por trás de uma mesa, que presumi ser Trilby, e o cara com aparência de réptil que eu vira lá em cima, no corredor. O terceiro foi o último a se virar para me fitar.

Pigeyes.

Eu me estrepara.

C. IRIA GOSTAR SE SEU PARCEIRO FIZESSE ISSO COM VOCÊ?

Esta não é uma história das mais agradáveis, Elaine. Pigeyes e eu trabalhamos juntos por quase dois anos, vida e morte, muito uísque, muita risada, eu sou um garoto que fez universidade, estudante de arte, ainda inexperiente, ele é o cara que conhece a malandragem das ruas desde os 7 anos. Enquanto circulamos pela cidade à noite, eu falo alto sobre Edward Hopper e Edvard Munch e ele apalpa cada prostituta que encontramos. Uma dupla e tanto.

Trabalhar com esse cara sempre foi uma aventura. Pigeyes era um daqueles policiais de estilo antigo, que pensa que os pais devem cuidar dos filhos, que temos de ir à igreja e rezar a Deus para que salve nossa alma. Depois disso, tudo depende mais ou menos do lugar em que nos encontramos, de como encaramos a situação, certo ou errado, sabe como é, às vezes temos de firmar muito bem a vista para perceber. Eu andava com ele havia cerca de 18 meses quando descobrimos um ponto de drogas, apenas uma pequena fábrica de empacotamento, em um prédio residencial sinistro. Seguíramos um merdinha qualquer até lá, tínhamos certeza de que o negociando trocando pacotes, e decidimos invadir o domicílio, em nome da perseguição de um criminoso, antes que o apoio chegasse. Pigeyes sempre foi desse tipo de mocinho – achava que estava em um filme, e se animava com a adrenalina do perigo, como se estivesse com uma agulha espetada no braço.

Seja como for, você já assistiu a esta cena no cinema: entramos de arma na mão, muitos gritos e protestos em duas ou três línguas diferentes, gente saltando por janelas, escapando pela escada de incêndio, e um pobre coitado correndo primeiro para um lado, depois para outro, com uma máquina de lacrar quentinha debaixo de um braço, e uma balança, no outro. Chutei a porta do banheiro, e lá estava uma garota sentada em uma latrina, com a saia estampada sobre a barriga, segurando um bebê com uma das mãos e usando a outra para enfiar um saco cheio de pó em si mesma.

Pusemos quatro pessoas deitadas no chão, de barriga para baixo. Pigeyes fez a sua cena de fúria habitual, metendo o revólver nos ouvidos dos caras, berrando várias coisas terríveis, até que alguém choramingou ou se cagou na calça de verdade, e ele concentrou sua atenção nem uma mesinha de jogo no canto da sala, coberta de dinheiro. Era uma grana alta, deixada ali em pilhas, como se fosse simplesmente papel. Pigeyes já chamara o pessoal da Narcóticos pelo rádio, para nos ajudar na prisão, mas sem a menor hesitação pegou duas pilhas de notas, 3 ou 4 mil dólares em cada uma delas, e me entregou uma. Aceitei, mas devolvi quando voltamos ao carro, após a chegada dos caras da Narcóticos.

– O que é isto? – perguntou ele.

– Vou para a faculdade de direito.

Àquela altura, eu já fora aceito.

– E daí?

– E daí que não devo fazer uma merda dessas.

– Ei, cara, isto é o mundo real!

E ele me fez um sermão. Despejou a verdade em cima de mim. Será que eu pensava que a turma da Narcóticos não mordiscava uma parte da grana? O que deveríamos fazer, deixar tudo ali arrumadinho, para que os sacanas dos traficantes recuperassem tudo quando o Juiz Nowinski decidisse que nossa invasão fora ilegal? Ou deveríamos esperar, torcendo para que os idiotas da Unidade de Confisco se dispusessem a sair do campo de golfe para obter um mandado judicial, e nesse caso o dinheiro se perderia na sala de algum escrevente ou talvez até mesmo na sala de um juiz? Por acaso eu achava que os traficantes diriam alguma coisa? Estavam se mijando de medo, pensando que fariam uma viagem pelo rio.

– Ou você simplesmente quer ser capaz de dizer à mamãe que é um cara certinho? – arrematou Pigeyes.

– Pô, cara, vamos com calma. – Já passáramos por isso antes. O que ele fazia era apenas da sua conta, eu pensava, não era o único, e sempre tentava não me envolver. Agora, porém, ele me queria que eu embarcasse também. – Faça o que você quiser, eu vou fazer o que quero. Tenho o resto da minha vida em que pensar. Só isso.

Ele ficou sentado ali, me olhando, um sujeito de rosto naturalmente desagradável, já meio flácido e com papada, seus olhinhos de porco sem nenhum branco e sua expressão facial agora meio paralisada e desconfiada. Era o que se costuma chamar de situação delicada. Como ingressar na Yakuza. Você tem de cortar um dedo para provar que é leal. O que ele queria? Em retrospectiva, creio que, para Pigeyes, antes de eu cair no mundo precisava saber que não podia julgar, que todos têm seus momentos. Por isso, levei o dinheiro para casa, mostrei à minha mulher, deixei três semanas na gaveta de meias e acabei dando à minha irmã para que ela o doasse à St. Bridget. É isso aí, Elaine, foi assim que arrumei aquela grana, e não, como lhe falei na ocasião, em uma coleta na delegacia. Recebi um bilhete da coordenadora da oitava série que guardei durante todos esses anos, algo sem sentido, uma vez que eu não ia contar a ninguém a história verdadeira, pois era um policial que deveria ter prendido Pigeyes por sua ação ilegal, na hora, em vez de cantar "Que Sera, Sera" ou fazer um donativo de caridade com um dinheiro que, por lei, eu roubara.

Dois meses mais tarde, comecei o curso na faculdade de direito e poucas semanas depois fui transferido para Crimes Financeiros. Pigeyes ofereceu uma grande festa quando eu saí. Tudo para o melhor.

A polícia, em qualquer cidade a que se vá, é uma espécie de fraternidade dissimulada. A Força Policial. Estreitamente unida. Confiam em primeiro lugar uns nos outros e quase nada nas demais pessoas. Há muitos motivos para isso, talvez o mais importante seja o fato de que ninguém gosta da polícia. E quem poderia gostar? Os policiais ficam olhando de esguelha, esperando que a pessoa cometa o menor deslize. Já fui policial, mas quando vejo uma radiopatrulha parada na esquina, a primeira coisa que me ocorre é: por que este filho da puta está de olho em mim?

Além do mais, os policiais estão de fato sozinhos. Todo esse círculo de advogados, promotores, juízes, carcereiros, todo esse mundo de leis se torna tão distante quanto Pago Pago no momento em que um policial entra em um porão à procura do suspeito de um assalto que uma senhora viu passar correndo. Você se dirige à porta do porão, espera no limiar, sai cinco minutos depois, sacudindo a cabeça, frustrado, pois não conseguiu encontrá-lo, enquanto todo aquele bando de advogados, carcereiros, e assim por diante, não tem ninguém para perseguir. É somente você ali – e não apenas a sua vida está em jogo, como será somente por sua causa que o cara será apanhado. Não há sistema. Por isso é tão fácil dar uma porrada no filho da puta falastrão depois que ele está algemado, na traseira da radiopatrulha, ainda falando da mãe do tira ou da violação da porra dos seus direitos constitucionais, mesmo que tenha acertado um velho de 77 anos com um paralelepípedo na cabeça para roubar o dinheiro da sua aposentadoria. Porque era apenas você que estava ali. E ele é seu. E só outros policiais são capazes de compreender isso.

E é por esse motivo, mesmo esquecendo todo o resto – que os policiais formam uma fraternidade dissimulada, que ninguém gosta deles –, mesmo desconsiderando essas coisas, que um tira não entrega outro tira. Quando você está lá, e não tem mais ninguém, faz o melhor que pode. E se em alguns dias não está no seu melhor, então não é pior do que os outros, não é mesmo? Pode tentar de novo amanhã. E quem pode julgar? E se alguém começar esse jogo, o de "eu vi você bancar o bandido", toda a polícia vai ter histórias para contar.

Uma nova cena: dois anos depois eu estava saindo da aula de Direito Constitucional II, e lá estavam dois federais, os tipos autênticos, de fala arrastada, terno de poliéster e sapatos brancos, querendo falar comigo. Perguntaram se eu havia trabalhado com Gino Dimonte, e isso e mais aquilo, uns poucos tópicos para o aquecimento, e depois a coisa veio para valer: queriam saber se eu estivera em uma apreensão de tóxicos três anos antes, no mês de abril. Saquei na hora. Um dos traficantes finalmente entrara em cana federal, em vez de estadual, e encontrou pela frente o assistente do procurador geral, formado em uma universidade aristocrática e ansioso por lhe reduzir alguns meses no acampamento de verão se ele falasse sobre os tiras de Kindle que metem a mão em dinheiro sujo. É claro, o traficante não entregou todo mundo que tinha no bolso, e de quem poderia precisar de novo, mas denunciou Pigeyes. Percebi tudo isso de cara, vi logo aonde eles queriam chegar e fui dizendo: "Sim, sim, é evidente que me lembro desse caso, havia dinheiro na mesa." Um instante de insanidade. No que eu estava pensando? Foi a coisa mais esquisita que já me aconteceu. Cinco segundos no corredor da faculdade e mudei a porra da minha vida. Não houve um policial que não tomasse conhecimento da minha resposta – e pode ter certeza de que eles souberam antes mesmo que a tinta secasse no relatório dos federais – e também não houve quem não pensasse que eu agira assim porque a faculdade me levara a pensar que eu era superior. Os tiras são muito sensíveis na questão de classe, é algo gravado no cérebro, e não conseguem esquecer que ganham 40 mil dólares por ano para manter o mundo seguro para milionários, levam bala pelos magnatas, que usam seu cadáver para limpar os sapatos. Mas não foi isso, eu não estava tentando ganhar novos amigos, e para dizer a verdade jamais gostei muito de dedo-duro. E também não foi por que tenho um caráter excelente que prima pela verdade. A quem estou querendo enganar? Já menti por motivos piores do que ajudar um companheiro. Acontece apenas que, naquele momento, eu me encontrava parado ali, na faculdade de direito, com suas paredes de lambris, e algo me dominou, aquela coisa do tempo de garoto, quando chegara à conclusão de que eu não pertencia a nada, a sensação de que o mundo era constituído de objetos. Acho que era nesse ponto em que eu estava, o garoto esperto do quarto ano primário olhando para sua vida como Alguma Coisa Nesta Imagem Destoa, e sempre pensando que essa Alguma Coisa era eu.

Seja como for, eu já passara da metade da história quando me ocorreu, como um raio, que aquilo não ia acabar bem. Os agentes tinham vindo com aquele papo habitual de imunidade, diga a verdade e nada vai lhe acontecer, não vamos deixar sequer um fiapo cair em seu terno novo, mas percebi de repente que os federais não eram meu único problema. Teria de explicar a história à Comissão de Admissão e Ética, que é sempre rigorosa com os novatos. Imunidade. Crimes. Quebra de confiança. Não causaria boa impressão com aquela história de dinheiro de tóxicos roubado em minha gaveta de meias. Por isso encerrei o relato afirmando que, já no carro com Pigeyes, eu disse a ele que fizesse um inventário da minha parte, e também da sua, e devolvi o dinheiro para que ele pudesse entregar tudo na sala das provas.

De certa forma, depois disso, as coisas ocorreram em uma sequência natural. Testemunhei no tribunal apenas o que dissera no depoimento aos agentes, nada mais. Nos meus últimos seis meses na polícia, fiquei atrás de um arquivo, nem cheguei perto da rua, e até o pessoal da turma auxiliar, os caras que não são obrigados a prestar juramento, cuspiam em meu café quando eu virava as costas. Pigeyes foi indiciado, levado a julgamento, e testemunhei contra ele. Pigeyes pagara 30 mil dólares a Sandy Stern, a quem eu descreveria, há uns poucos anos, como um advogado de defesa judeu. Sandy fez parecer que o governo não tinha um grande caso. Só contava com dois traficantes de merda que tiveram de admitir que estavam de cara comprimida contra o chão; o inventário de um cara da Narcóticos, que só encontrara 2 mil dólares em dinheiro na mesa, enquanto os traficantes diziam que havia 40 mil; e tinham a mim. É claro que, na cadeira de testemunha, eu só podia dizer a verdade, com meu velho parceiro Pigeyes me lançando um olhar mortífero, e alguma coisa inquietante aflorou à superfície, como ossos borbulhando em alcatrão. Stern perguntou se eu tinha inveja de Pigeyes, se o considerava um policial melhor do que eu, e respondi que sim, concordei também que nunca verificara o que Pigeyes deixara na sala das provas. Admiti que os chicanos não sabiam distinguir um tira anglo de outro, e até disse sim quando Stern indagou se eu não era, na verdade, o único policial que confessara ter tirado dinheiro daquela mesa. O assistente do procurador ficou com cara de quem estava precisando de pomada para hemorroidas, e o júri se decidiu, em duas horas, pelo veredicto de inocente. Quando saí do tribunal, eu tinha alcançado o ponto máximo no placar: creio que não havia uma única alma ali, nem o juiz, nem mesmo os fanáticos desdentados que fazem ponto no fundo da sala, que não pensasse que eu era mais baixo do que o limo no fundo de um poço. Nora, que nunca foi de deixar passar um ponto de vulnerabilidade, resumiu a coisa com perfeição: "Acha agora que vai conseguir o que quer, Mack?"

Consegui? Houve reviravoltas estranhas, reconheço. Uma das mais esquisitas foi o fato de a CAE me adotar publicamente. Acharam que delatar um amigo era sinal de caráter e me deram um emprego, uma vez que eu demonstrara tamanha fidelidade às normas do comportamento íntegro, em outro contexto. Pigeyes, no entanto, ficou arruinado. Para os jurados, é sempre a noite de estreia, mas os policiais presentes já conheciam o número de Stern, e não precisavam de um julgamento para saber que Pigeyes tinha as mãos sujas. Todos os seus amigos no departamento – e havia um milhão – continuam a lhe prestar favores no dia a dia, conseguem que ele receba seus vencimentos em dobro, mas em matéria de ascender na hierarquia, de promoção, ele passou a cheirar mal; para os altos escalões, era como se usasse botas de chumbo. Desde então, Pigeyes vem trilhando um caminho infeliz, ladeira abaixo, recebendo o tipo de disciplina que é aplicada em Roma, onde mandam o padre pederasta morar em um convento. Sua punição é o departamento de Crimes Financeiros. Pessoalmente, sempre gostei da complexidade dessa área, porque havia mais na investigação de um caso do que encontrar a namorada de um bandido e ficar sentado em sua casa até ele aparecer para um chá-chá-chá. Para Pigeyes, no entanto, esse tipo de investigação mais elaborado nunca vai substituir o ato de sacar seu revólver.

Pelo que ouvi dizer, ele leva uma vida triste. Hoje em dia, participa de raras apreensões de drogas, sem ser chamado, e prefere pegar a coca em vez do dinheiro. Pelas costas, os caras o chamam de Nariz Branco ou Homem de Neve, e não é por causa do inverno. Ele sempre foi um tira típico, cheio de tiques e complexos, odiando de certa forma todo mundo, e por isso nunca houve uma Sra. Pig, apenas as garotas habituais nos bares frequentados por policiais, e as mulheres à beira de uma encrenca, que achavam uma boa ideia trepar com alguém da polícia. Ele nunca teve muita coisa. Até então. Agora, tinha a mim.

D. PIGEYES E EU RENOVAMOS O CONTATO

– Eu não *disse* que esse cara ia acabar aparecendo? Não falei, porra?

Pigeyes estava na maior felicidade, tão exultante quanto um galo que acaba de comer todas as galinhas do terreiro, e até pensei que ele ia se jogar para a frente e me dar um abraço. Não posso deixar de admitir que tive pensamentos sinistros em relação aos meus sócios, que haviam me lançado às cegas em uma trilha que levara direto ao meu maior inimigo – mesmo contando minha ex-esposa –, um homem que, a julgar por seus comentários, estava obviamente me esperando.

– Peço que me ajude, pois a memória falha – disse ele. – Este não é você.

Pigeyes mostrava o cartão de crédito.

– Como, seu guarda? – perguntei.

– Detetive, seu bosta.

– Detetive Seu Bosta, desculpe.

Pessoalmente, eu não podia acreditar que fizera aquilo. Mas a verdade é que fiz. Procurar Bert e caçoar de mim mesmo com a ideia de outra vida, eu estava me transformando em um novo homem. Junto da porta, o policial mais jovem, vestido de lagarto, com cabelos compridos e costeletas brilhantes, fez uma careta e executou uma pirueta completa. Eu esperava por isso. Ele, porém, não conhecia a história. Se Pigeyes acabasse logo comigo, talvez nunca tivesse uma boa história para contar. Ele me fitava com aqueles seus olhinhos pretos, sem nenhum branco visível, enquanto essa realidade aflorava em nós dois. E depois ele estendeu um dedo na minha direção, grosso como uma estaca, e me lançou seu olhar típico, um laser direto ao coração.

– Não vai começar de novo – murmurou ele.

Naquele momento Trilby falou, um negro mais para o gordo, de meia-idade, sentado atrás de sua mesa. Ele e sua amiguinha lá na frente haviam feito um bom trabalho, levando-me a cair na armadilha. Era evidente que os dois detetives haviam passado por lá muito tempo antes à procura de Kam, deixando instruções para que entrassem em contato se alguém relacionado com ele aparecesse no hotel. Enquanto me deixara à espera no telefone, Trilby deve ter ligado para Pigeyes, que agradeceu exultante a qualquer que fosse o ídolo que adorasse assim que ouviu meu nome. Até aquele momento, Trilby vinha acompanhando nosso diálogo pelo canto do olho, o rosto meio virado, a fim de poder alegar que não vira nada, caso algo ruim ocorresse. Mas de repente tomou coragem para perguntar quem eu era.

– Um bêbado – respondeu Pigeyes.

É sempre estranho como isso pode me atingir.

– Sou um advogado, Sr. Trilby.

– Cale esta boca! – gritou Pigeyes.

Ele não era tão alto assim, provavelmente mentia ao dizer que tinha 1,78 metro, mas parecia um armário, sem pescoço, sem cintura, um monte de carne flácida em uma estrutura um bocado sólida. A raiva lhe proporcionava uma espécie de aura, uma impressão de calor. Ninguém podia ignorar sua presença. Vestia um casaco esporte e uma camisa de malha, por baixo da qual dava para perceber a camiseta. E usava botas de cowboy.

Seu parceiro viu que ele fervia de ódio e se postou na sua frente; Gino recuou para a porta. E com o segundo detetive, recomeçamos tudo.

– Dewey Phelan.

Ele tirou a identificação do bolso, e até trocamos um aperto de mão. Tira bom, tira mau. Mutt e Jeff. Porra, fui eu que inventei esse jogo, mas ainda assim me senti aliviado por falar com o jovem e magrela Dewey, talvez nos seus 23 anos, de cor pálida e uma pele cheia de furinhos, como um pudim, e aqueles cabelos pretos sebosos caindo sobre os olhos.

– Deve compreender qual é a pergunta, Sr. Malloy. Achamos que estava tentando entrar em um quarto de hotel que não é seu. Entende agora? Talvez possa explicar.

Dewey ainda não era muito competente naquele jogo. Trocava os pés a todo instante, como um garoto de 5 anos que está com vontade de fazer xixi. Pigeyes se mantinha ao lado da porta, um braço em cima de um arquivo, observando a cena com um olhar azedo.

– Estou procurando por um dos meus sócios.

É melhor a verdade. Não havia muito sobre o que blefar, e naquele momento tudo se concentrava em parecer disposto a falar.

– Hum... – Dewey balançou a cabeça, tentando pensar no que perguntar em seguida. – E como é o nome do seu sócio? E que tipo de sócio ele é?

Soletrei Kamin. Dewey escreveu em seu caderninho de espiral, que apoiou na coxa.

– Falsa identidade – disse Pigeyes.

Lá atrás, junto do arquivo, ele fez gestos em direção ao cartão de crédito, que Dewey agora segurava. Pigeyes ia me acusar do crime de fingir que era outra pessoa. Eu esquecera até então que o Estado reivindicava um interesse por quem eu era ou queria ser. Olhei para Dewey quase como se ele fosse um amigo.

– Sabe, Gino e eu temos uma história antiga. Mas você pode explicar uma coisa a ele. Não há falsa identidade quando se usa o nome de alguém com sua permissão. Este cartão de crédito pertence a Kamin. Entende?

Dewey não entendeu.

– Obteve este cartão dele, é isso o que está querendo dizer? Foi Kamin quem lhe deu?

Ele olhou para Pigeyes por um segundo, talvez para conferir como estava se saindo. Tive a impressão, porém, de que lhes revelara alguma coisa. Havia algo como uma luzinha se acendendo no rosto de ambos. Bert era Kam ou vice-versa. Eles não sabiam disso.

– O cartão é de Kamin? – perguntou Dewey.

– Isso mesmo.

– E ele o entregou a você?

– O cartão é de Kamin, vim aqui à sua procura, e até onde sei é o quarto de hotel de Kamin. Tenho certeza de que ele lhes dirá que me deu sua permissão.

– Teremos de perguntar a ele.

– Tudo bem.

– Qual é o endereço?

Eu o atiçara demais. Percebi isso, mas não com a rapidez necessária. Mais cedo ou mais tarde, quando Bert não atendesse aos telefonemas, eles iriam ao apartamento. E seria merda no ventilador quando abrissem a geladeira. Tentei por um instante calcular quantos dias se passariam até chegarmos a esse ponto, e o que aconteceria então.

Enquanto isso, Dewey anotara o endereço de Bert e recuara para conversar com Pigeyes. Dewey, sem dúvida, estava explicando que não tinham nenhum motivo real para me prender, e Gino dizia: uma ova que não temos, nós o pegamos de roupa esportivas usando o nome de outra pessoa. Mas até Pigeyes era capaz de compreender que, tendo em vista o nosso passado pitoresco, se ele me encanasse sem base legal, o processo de indenização por prisão retaliativa acarretaria sua aposentadoria imediata.

Por tudo isso, eu começava a concluir que me safaria daquela situação sem grandes problemas quando ouvi Gino dizer:

– Vou buscá-la.

Ele voltou em um instante, com a estudante de olhar doce que eu encontrara na recepção. Imaginei que queria revisar a minha cena lá na frente com o cartão, descobrir se ela podia fornecer alguma informação incriminadora contra mim que lhe tivesse passado despercebida. Estava enganado.

– Não é este o cara, certo? – perguntou Pigeyes à moça.

A sala era pequena e tornava-se cada vez mais apinhada, cinco pessoas agora, e a maior parte do espaço já era ocupada pela mesa de Trilby, que se achava vazia, exceto pela fotografia dos filhos, todos crescidos, e da esposa. Havia uma flâmula da universidade e um relógio em uma das paredes. A moça olhou ao redor antes de dizer:

– É claro que não.

– Descreva-o.

– Em primeiro lugar, ele era negro.

– De quem está falando? – indaguei.

Dewey me lançou um olhar de advertência e balançou a cabeça de forma quase imperceptível: não interrompa. Pigeyes mandou a garota continuar.

– Vinte e tantos anos. Calculo 27. Os cabelos com grandes entradas. Corpo atlético. Bonito.

Ela deu de ombros, talvez como desculpa pelas observações francas de uma moça branca.

– E quantas vezes você o viu?

– Seis vezes. Sete. Ele vem aqui com frequência.

Tornei a falar:

– Mas que história é essa? O que pensam que fiz, roubei a carteira desse sujeito?

Eu tentava adivinhar agora, ansioso e confuso.

– Ei, bacana, acho que é hora de você ficar de boca fechada – disse Dewey.

– Está me interrogando, falando sobre alguém na minha presença. Quero saber quem é.

– Dá para acreditar neste cara?

Pigeyes virou-se, mordeu o nó do dedo.

– Ah, vamos contar logo a ele.

Dewey deu de ombros. Aonde eles queriam chegar? Gino acabou percebendo. A ficha caiu.

– Muito bem, é o que você está querendo – disse Pigeyes. Ele acenou com a pata imensa para a garota. – Diga ao Sr. Malloy de quem estávamos falando.

A garota não estava entendendo nada. Também deu de ombros, um pouco volumosos na blusa branca.

– Do Sr. Roberts – explicou ela. – Kam Roberts.

– Seu amigo. – Os olhinhos duros de Pigeyes, no outro lado da sala, faiscavam como ágata. – E agora você pode nos dizer alguma coisa que faça sentido.

7

Onde eu vivo

A casa em que Nora Goggins e eu levamos a nossa vida conjugal era mais ou menos quadrada, de alvenaria com revestimento de vinil, persianas pretas, três quartos, em uma comunidade suburbana de classe média chamada Nearing. Nora sempre disse que poderíamos morar em um lugar melhor, mas eu não queria; tínhamos uma casa de veraneio no lago Fowler, e isso já era luxo suficiente para mim. Havia muitas despesas irrelevantes – o BMW, minhas roupas e as dela, os clubes de grã-finos. Em retrospecto, creio que essas coisas não dão ideia do que era exatamente a casa. As trepadeiras subiam pelas paredes. Plantadas quando compramos a casa, tornaram-se tão grossas quanto galhos de árvore e começaram a desenvolver casca, seus tentáculos sinistros encontram rachaduras na argamassa e, pouco a pouco, acabarão por derrubar tudo. Comprei a casa quando o garoto nasceu. Nora pagou. Nearing nunca será um lugar de classe, e Nora, tem noção do valor das coisas.

Ela é uma Corretora Imobiliária típica, uma dessas mulheres de comunidade suburbana que vemos vestidas com a maior elegância na hora do almoço. Não suportava ficar em casa. Cambaleou até a linha de chegada com Lyle, fazendo ingressar na escola secundária, mas dava para perceber que efetuara os cálculos em um papel de rascunho e registrara que porcentagem de seus neurônios morria a cada dia. Até mesmo bêbado, eu sentia que havia nela algo selvagem e infeliz, Nora nunca seria domada. Lembro-me de uma ocasião em que a vi; ela estava na horta. Tinha uma paixão doméstica diferente a cada ano, e naquele verão foram os legumes. Havia abundância de coisas verdes: os pés de milho com suas folhas largas, lembrando mãos graciosas, a densidade de selva das ervilhas, as pontas dos aspargos se espalhando como renda. Ela estava de pé no pequeno quintal da nossa casinha suburbana, com Lyle grudado em suas pernas, o olhar perdido na distância, a mente repleta de visões solitárias, como Colombo, que via o redondo quando todos os outros viam somente o plano.

Nora, por fim, disparou rumo à terra de visitas a imóveis com seus clientes. Nova no mercado, com uma alegria irrefreável, iluminada como um foguete, ela adorou aquilo, o retorno ao mundo dos adultos. Era como se tivesse outra vez 21 anos... e, lamentavelmente, sob todos os aspectos. Quando cheguei à conclusão de que alguma coisa estava acontecendo, fiquei mais ou menos paralisado. Já não bebia mais, e por isso permanecia em casa com minhas fantasias angustiantes, pensando nos caras que se mudavam de Kansas City e que ganhavam algo especial do comitê de recepção formado só por Nora. Ela exibia com prazer o seu santuário interior, enquanto eu, o ex-bebum mais rodado do que pneu de caminhão, ficava em casa vivendo um romance pervertido e particular com Palmita de la Mano. Isso não é o pior do sexo? Que tenhamos de *pensar* a respeito? Os homens em particular. Você sabe como é, não engravidamos, e por isso só temos um meio de provar a coisa. "Você tem trepado?" É como perguntar a um gordo se ele teve alguma oportunidade de comer ultimamente. Juro que fiquei deprimido por dias depois do meu último checkup, quando o médico perguntou, no estilo moderno, se eu era sexualmente ativo, e tive de responder que não. Mas estou divagando.

Em suas andanças, Nora tinha a companhia de sua gerente, uma mulher chamada Jill Horwich, com quem ela sempre saía para tomar um drinque ou viajava para convenções. Jill era como muitas outras Corretoras Imobiliárias – divorciada, a principal provedora de um bando de crianças. Eu imaginava que ela gostava de trepar sem compromisso porque assim a tensão era menor, algum macho encontrado em um bar era melhor do que um homem se fazendo de acessório fixo na cozinha, mais uma boca para alimentar. Nora parecia impressionada com o modo de vida de Jill.

Mas não chegava a ser novidade que Nora fosse ousada. Pouco depois que a conheci, em nosso segundo encontro, para ser mais preciso, Nora Goggins me deu a primeira chupada que recebi na vida. Ainda conto como um dos instantes mais excitantes da minha existência o momento em que ela abriu meu zíper, saudou o João olho no olho e o abocanhou com a confiança de uma cantora de boate agarrando o microfone. E também não é da emoção de um menino que estou falando. Sabia que encontrara algo raro, uma garota mais corajosa do que eu, uma característica que achava irresistível, ainda mais em uma moça católica. Imaginei que se tratava de alguém para seguir pela selva, que não demonstraria medo das criaturas selvagens, e com a força interior para abrir seu próprio caminho. Em vez disso, significava que ela era uma pessoa de opiniões firmes, e mais tarde se sentiria frustrada por nossa vida. Ela me azucrinava, dizia a todo instante que eu lhe falhava em termos emocionais, e tudo indica que concebeu anseios secretos que eu nunca poderia satisfazer.

O barulho que fiz ao chegar em casa naquela noite despertou o Menino Abominável, que desceu pela escada aos pulos, esfregando os olhos, sem camisa, mas ainda usando o jeans, dando a impressão de que fora atacado por alguma besta errante. Ele é uma criatura mal-apessoada, para ser franco; da minha altura, mas ainda não muito desenvolvido, com uns poucos pelos esparsos que sobem pelo peito, em meio à acne. Os cabelos peculiares, como a grama muito crescida em uma encosta de um campo de golfe, estavam desgrenhados. Acabamos nos encontrando à mesa da cozinha, fazendo uma refeição com cereais.

– Uma noite difícil?

Ele soltou um grunhido vagamente afirmativo. A mão atravessada sobre o rosto, o braço pousado sobre a caixa de cereais, como se esta fosse a única coisa que o impedisse de desabar. Àquela altura, vestira uma *chemise* chique de raiom, paga por mim, é claro. A listra vermelha que ela exibia, logo concluí, não era da estampa, mas de ketchup.

– A que horas você chegou em casa?

– Uma.

Ele se referia às 13 horas, e não a 1 hora da manhã. Olhei para o relógio: 19h48. Lyle acabara de acordar. Ele vive ao contrário. Assim como seus amigos, considera um atraso de vida começar o dia em qualquer momento desse lado da meia-noite. Nora, como não podia deixar de ser, atribui a existência libertina de Lyle ao péssimo exemplo que ele recebeu do pai beberrão ao longo dos anos.

– Deveria tentar ler Santo Agostinho. Ele faz muitas advertências sobre uma vida de excessos.

– Ora, pai, cale a boca!

Se houvesse um resquício mínimo de humor em suas palavras, talvez eu não sentisse tanta vontade de lhe dar uma porrada. Mas tive de me conter, com o pensamento de que, se batesse em Lyle, ele contaria à mãe, que contaria a seu advogado, que contaria ao juiz. Se eu acreditasse que assim tirariam o garoto de mim, não hesitaria em acertá-lo, mas só acarretaria mais ordens restritivas para cima de mim.

Segundo aquela esplêndida educação que adquiri na universidade, foi Rousseau quem iniciou, na cultura ocidental, o culto à criança, inocente e perfeita em seu estado natural. Qualquer um que já tenha criado um ser humano desde seu nascimento sabe que isso não passa de uma mentira. As crianças são selvagens... pequenos animais egocêntricos que aos 3 anos já dominam todas as formas de má conduta, inclusive violência, fraude e suborno, a fim de conseguir o que querem. A que vivia em minha casa nunca melhorou. No último outono, descobri que o sacana não estava sequer matriculado na instituição universitária à qual eu pagava religiosamente, enviando-lhe um cheque no início de cada trimestre. No mês passado, levei-o para jantar fora e o surpreendi tentando afanar a gorjeta da garçonete.

Ameaço despejá-lo umas três vezes por semana, mas a mãe lhe disse que a sentença do divórcio determina que eu o sustente até que ele complete 21 anos. Brushy e eu presumíramos que isso significava pagar seus estudos. E Nora, que acha que o garoto precisa de compreensão, ainda mais porque ela não precisa prover quase nada, pensaria, com toda a certeza, ser essa mais uma oportunidade para uma discordância de princípios e, provavelmente, obteria uma ordem judicial para que Lyle e eu fizéssemos terapia... mais 500 dólares por mês. Por isso, o pensamento com frequência me apunhala, com a dureza intensa de uma faca enferrujada: agora tenho medo dele também.

Pode acreditar, não sou tão otimista quanto pareço.

Levantando-se para pegar outra tigela de cereais, meu filho perguntou onde eu estivera.

– Estava lidando com aspectos desagradáveis do meu passado – respondi.

– Mamãe, no caso?

Ele achava que estava sendo engraçado.

– Esbarrei com um detetive que conheci há muito tempo. Lá no U Inn.

– É mesmo? – Lyle acha que é legal eu ter sido da polícia, mas não podia perder a oportunidade de me enquadrar no papel inverso. – Está metido em alguma encrenca, papai?

– Se um dia eu precisar me livrar da cadeia, meu caro, sei onde posso encontrar um especialista.

Exibi um olhar significativo, que fez Lyle se mandar para o outro lado da cozinha.

Pigeyes ficara desesperado por ter de me deixar ir embora. Ele e Dewey conversaram a respeito do assunto por uns 15 minutos, e aparentemente concluíram que era melhor conferir minha história sobre Bert. Gino me devolveu o cartão de crédito e me orientou a ficar de sobreaviso, porque em breve eu voltaria a ter notícias dele. E pelo jeito como falou, não seria para me dar um buquê de flores.

Agora, comendo ruidosamente o meu jantar, desejei não ter sido tão precipitado com o nome de Bert. O problema, que pouco a pouco aflorava em minha cabeça, era que a próxima escala de Pigeyes e Dewey, depois de abrirem a geladeira de Bert, seria a G&G. E iriam querer saber tudo sobre Kamin. Àquela altura – provavelmente dentro de uma semana –, seria difícil não mencionar em nossas respostas o dinheiro sumido. E a partir do momento em que isso se tornasse um caso de polícia, todos teriam de agir com dissimulação. Mesmo que Krzysinski mantivesse a calma quando Jake lhe desse a má notícia, não haveria como abafar a história depois que a polícia entrasse em cena, já não existiriam soluções diplomáticas. Seria *sayonara,* G&G. Eu precisava fazer alguma coisa.

Mas a informação de que havia um ser humano vivo chamado Kam Roberts me deixara com a sensação de um astrônomo que acaba de descobrir que há um segundo planeta em nossa órbita, também chamado Terra. Se não era Bert – e Bert não tinha 27 anos, não era negro nem estava perdendo os cabelos quando eu o vira pela última vez, 12 dias antes –, então por que Kam Roberts vinha usando o nome de Bert ao contrário e recebendo sua correspondência no apartamento de Bert?

Eu guardara no bolso da camisa a mensagem do Infomode que Lena copiara. Estudei-a por um instante, e em total desespero até mostrei a Lyle. Expliquei que parecia que fora Bert quem o escrevera.

– Aquele cara que nos levou a alguns jogos do Trappers? Tem de entrar na mesma onda dele.

– Obrigado, Sherlock. E qual é a onda em que você quer entrar? Arrombamento de cofre?

Lyle continuou impassível. Era como se eu tivesse perguntado sobre o budismo. Ele deixara um maço de cigarros na mesa, e peguei um, como um pequeno confisco.

– Ei, cara, compre os seus! – protestou o garoto.

– Estou salvando você, preservando sua saúde, garantindo seu futuro.

Ele não me achou engraçado. Nunca achava. Se eu começar a contar os empreendimentos nesta vida em que fracassei, creio que vou queimar as pilhas desta coisa antes de acabar. Mas, de certa forma, Lyle e eu nos encontramos em nosso próprio platô. Quando eu ainda bebia, houve momentos em que, alucinado, pensava que meu amor por aquele menino me sufocaria com sua intensidade emocionante. Era sempre a mesma imagem, o garoto gorducho de 2 anos correndo por toda parte, o riso livre como uma cachoeira, mais suave do que música, e eu o amava demais, com uma ternura tão melancólica que me debruçava sobre meu copo sem a menor vergonha de minhas lágrimas. Foram esses os momentos mais íntimos que tive com meu filho, esse tipo de contato imaginário enquanto ele dormia um sono profundo, e eu me encontrava em algum bar, a 6 quilômetros de casa. Falando em termos práticos, não lhe fiz muito bem. Até onde posso imaginar, isso me torna igual a três quartos dos pais que conheço, que só assumem as funções quando são obrigados. Em algum momento, porém, Lyle percebeu minha vulnerabilidade, compreendeu que em relação a ele me sinto totalmente paralisado pelo arrependimento. Dê a isso o nome que quiser, um processo de vingança ou de loucura mútua, mas ambos sabemos que o fato de ele pressionar meu botão e de eu me recusar a saltar tem a mesma dinâmica emocional pervertida de, digamos, um ritual de tortura ou de um tipo de sadomasoquismo familiar. Com seu comportamento, Lyle me censura, enquanto eu clamo por sofrer essa punição que tanto amo, senão por ele, então por algo que só ele representa.

Com o cigarro, bati em retirada para a sala de estar e fiquei andando de um lado para outro. Voltei à academia para me vestir, e ao escritório, para pegar a pasta da audiência de Toots Nuccio no dia seguinte e ler alguma coisa. Por fim, subi e fiz a mesma coisa de todas as noites: tentar adormecer furtivamente. Devo descrever meu quarto, o cenário dos ditados noturnos? Hiroshima depois da bomba. Livros, jornais, pontas de cigarro. Publicações intelectuais e revistas jurídicas espalhadas por toda parte, lidas quando eu estava com alta disposição de ânimo. Um abajur de latão colonial, com a cúpula arrebentada. Ao lado da mesinha de cabeceira de cerejeira há um retângulo de carpete menos desbotado do que o resto, afundado nos cantos pelos pés da cômoda de Nora, um dos poucos móveis que ela levou. Com Lyle por perto, não há muito sentido em limpar e arrumar absolutamente nada, e agora meu cantinho do mundo parece pressionado e comprimido por todos os lados.

Ao lado da cama há um plástico estendido no chão e, sobre ele, um cavalete com uma tela inacabada e muitos tubos de tinta amassados na prateleira, as impressões digitais em pigmentos coloridos. Aos 18 anos, eu ia ser um Monet. Quando criança, na casa de minha mãe, como vítima de suas diatribes estridentes, encontrava um pouco de consolo concentrando-me no que não mudava, na permanência de uma linha, no silêncio do papel. Não sei quantas vezes, em quantas salas de aula, desenhei personagens de histórias em quadrinhos, Batman, Super-Homem, Dagwood. E eu era bom, diga-se de passagem. Os professores elogiavam meu trabalho, e à noite, quando ia para The Black Rose com meu velho, divertia seus amigos ao reproduzir com perfeição uma foto de jornal. "O garoto é muito bom, Tim", alguém sempre dizia. Isso lhe dava o prazer habitual daqueles momentos no bar com outros homens, deixando que se vangloriassem de seu próprio filho. Em casa, porém, tomava cuidado para não irritar mamãe, que não considerava essa vocação grande coisa. "Desenhar imagens sem sentido", era o que ela murmurava sempre que se abordava o assunto. Só quando tirei D no curso de desenho, em meu primeiro ano na universidade, é que comecei a compreender que ela podia ter razão.

Este é o problema: só vejo bem em duas dimensões. Não sei se é uma questão de percepção de profundidade ou algo no cérebro. Visualizo o quadro, mas não a figura do qual é extraído. Se falsificar fosse uma profissão legítima, eu seria o Sr. Pablo Bosta Picasso. Consigo reproduzir de modo impecável qualquer coisa no papel como se seguisse um traçado. Mas a vida real me derrota. As dimensões ficam diminuídas, distorcidas, nunca saem direito. Minha carreira como pintor, concluí pouco antes de ingressar na polícia, seria uma espécie de inferno de segunda mão em que nunca faria nada original. Por isso, me tornei advogado. Outra daquelas piadas, embora meus sócios fiquem arrepiados sempre que a conto.

Em casa, em particular, gosto de fingir. Normalmente, quando acordo sobressaltado às 3 horas da manhã, não é o relatório de Wash ou o Dictaphone que me ocupam. Em vez disso, repinto Vermeer, e imagino a emoção de ser o homem que transfigurou a realidade com tanta ousadia. E assim me descubro com frequência altas horas da noite, a luz intensa, a página lustrosa do livro de arte e as tintas acrílicas úmidas de algum modo ofuscantes, enquanto tento não pensar demais na imagem que saltou das chamas para me despertar.

E que imagem é essa?, vocês perguntam. É a de um homem, para ser franco. Eu o vejo saindo do fogo e, quando acordo, sobressaltado, o coração disparado, a boca ressecada, estou à sua procura, esse cara que sabe muito a meu respeito. Ele está próximo à esquina, sempre no meu encalço. Usando um chapéu. Carregando uma faca. Em sonhos, às vezes posso divisar o brilho da lâmina quando ele passa pela claridade azulada de uma lâmpada de rua. Isso é algo constante na minha vida, eu e esse cara, o Sr. Estranho Perigoso, como diz o pessoal da polícia, o sujeito que está à solta e vai fazer alguma coisa terrível com você. É contra ele que as mães advertem as filhas para que tomem cuidado em uma rua deserta. É o assaltante do parque, o invasor de domicílio que ataca às 3 horas da manhã. É possível que eu tenha entrado para a polícia por pensar que assim poderia agarrá-lo, mas a verdade é que ele continua a me perseguir à noite.

Mas, afinal, do que tenho medo? Cinco anos nas ruas e saí inteiro, um emprego que estou me esforçando para manter e habilidades de uma espécie ou outra. Mas estou olhando para o grande 5–0, e os números ainda fazem com que algo se agite dentro de mim, como se fossem o calibre de uma arma apontada para a minha cabeça. Isso derruba uma pessoa. Deito-me aqui, na cama em que trepei milhares de vezes com uma mulher que, imagino agora, nunca se importou realmente com o que eu fazia; escuto o ronco catarrento do silenciador apodrecido do que eu costumava chamar de meu carro, acompanho desolado os sons da partida dessa criatura errante que foi outrora uma criança meiga. O que há para me assustar tanto, Elaine, exceto isto, minha própria e única vida?

Nessa noite acordei somente uma vez. Não foi tão terrível quanto em outras ocasiões. Sem sonhos. Sem facas nem chamas. Apenas um único pensamento, e o seu horror, para variar, não era grande demais para ser definido.

Bert Kamin provavelmente está morto.

Fita 3

Ditada em 26 de janeiro às 21 horas

8
Homens da cidade

Quarta-feira, 25 de janeiro

A. ARCHIE ERA UM CARA FRIO

Quando cheguei ao escritório na manhã de quarta-feira, Lena estava à minha espera.

– Esse cara é um jogador?

Dava para perceber que ela já sabia que a resposta era sim.

– Mostre-me.

Fui com ela para a biblioteca.

Quando entrevistei Lena no campus da universidade no ano passado, notei que havia algo intrigante em seu currículo – sete anos para concluir o curso superior. Perguntei-lhe se estivera trabalhando.

– Não foi bem isso. – Ela pegou sua pasta, uma ruiva pequena, com um olhar de quem conhecia o mundo. – Passei por um período difícil.

– Até que ponto?

– Muito difícil.

Ficamos olhando um para o outro na sala de entrevistas, um cubículo à prova de som que não era maior do que um closet; serviria muito bem para uma câmara de tortura.

– Pensei que estava apaixonada por um cara – explicou Lena. – Mas estava mesmo era apaixonada pelas drogas. Sou do Narcóticos Anônimos.

Ela aguardou minha reação. Havia meia dúzia de outras boas firmas de advocacia na cidade, e estávamos entrevistando com antecedência. Se a franqueza não funcionasse, ela poderia mentir na vez seguinte ou torcer para conseguir uma vaga antes que alguém perguntasse. Era uma excelente aluna. Alguém correria o risco. Podia-se perceber todos esses cálculos em seu rosto determinado.

– E eu sou do AA – murmurei, apertando-lhe a mão.

Lena tem se saído muito bem aqui. Até de forma brilhante. Assumira o controle de sua vida com a determinação de um atleta, o que, sempre que testemunhei, me coloriu com os tons que saem da mesma paleta que os sentimentos turvos – inveja, admiração, a convicção permanente de que sou uma fraude, e ela, a coisa autêntica.

Na biblioteca, ela me colocou diante de um terminal de computador e acionou os códigos para projetar na tela a mensagem de Bert. Fitei-a outra vez.

Ei, Arch –

SPRINGFIELD

Especial de Kam 1.12 – U. cinco, cinco Cleveland.

1.3 – Seton cinco, três Franklin.

1.5 – SJ cinco, três Grant.

NEW BRUNSWICK

1.2 – S.F. onze, cinco Grant.

– Procurei em Sportsline – disse Lena. – Não fornece apenas resultados de jogos. Tem também uma tabela de apostas. De Las Vegas? Apresenta os rateios e cotações. Aqui está.

A lista estendia-se por páginas· basquete, universitário e profissional, e hóquei, com a cotação para cada jogo, em linhas separadas.

– Perguntei a mim mesma: algum desses esportes tem relação com Springfield ou New Brunswick? – acrescentou ela.

Havia uma espécie de santuário do basquete em Springfield, Massachusetts, mas nada encontrei em Nova Jersey.

– Futebol americano – informou Lena. – Foi lá que jogaram a primeira partida oficial de uma competição universitária. Em New Brunswick. E o primeiro jogo de basquete foi em Springfield.

Fiz com que Lena pusesse o texto de volta na tela, a fim de examinar outra vez a mensagem de Bert. Três semanas antes, as finais da liga nacional de futebol americano haviam acabado com meu fim de semana.

– São jogos. Acho que ele vem apostando nos resultados. – Lena olhou para mim, querendo verificar como estava se saindo; muito bem. – Faz sentido. Franklin e Grant... Eles estão no dinheiro, não é mesmo? Nas notas de dólares. Não encontrei Cleveland.

– Grover Cleveland aparece na nota de mil dólares.

– Ele *vem apostando*... e apostando alto. Como está cobrindo os prejuízos?

Uma viciada, Lena tinha uma visão arraigada: um dia a pessoa paga por seu pecado.

Considerei sua pergunta. Apostando entre 5 e 10 mil dólares por dia, Bert dava a impressão de um homem propenso a roubar.

– Não posso imaginar o que isso significa – acrescentou ela. – O que é Especial de Kam?

Eu também não tinha a menor ideia.

– E quem é Arch?

Isso era mais óbvio para mim.

– Um *bookmaker*.

Os atuários, na verdade, são calculistas de probabilidades de colarinho branco. Archie, eu acho, não conseguiu resistir a determinar probabilidades em algo mais divertido do que tabelas de mortalidade. Era uma noção engraçada, um tipo de colarinho branco recebendc apostas em uma daquelas torres de aço.

– Se esse tal de Archie tivesse o número da conta e o nome de Kam Roberts, poderia ligar e recolher as apostas da caixa de correio, não é mesmo? – perguntei a Lena. – E poderia fazer a mesma coisa com dezenas de outras pessoas também se tivesse um acordo igual com toda essa gente.

– Mas por que ele faria isso?

– Porque a atividade de *bookmaker* é ilegal, e é melhor ele não ser apanhado.

Mesmo quando eu fazia a ronda das ruas, antes que grampear telefones se tornasse algo tão difundido, os *bookmakers* já viviam mudando de ponto. Alguém com muita grana para torrar batia em uma porta em algum bairro pobre e se propunha a pagar 3 mil dólares pelo aluguel de um mês de um apartamento, sem perguntas. Usava o lugar por quatro semanas, depois se mudava para outro, sempre na esperança de se manter à frente dos federais. Mas hoje em dia, não importa o que *bookmakers* façam, ao receberem apostas pelo telefone, há sempre a possibilidade de haver alguém na escuta. Archie não recebia telefonemas de ninguém. Podia-se conferir as cotações na Sportsline e deixar apostas para ele na caixa de correio do Infomode. Archie era um *bookie* eletrônico, um homem do seu tempo.

O que também explicava a referência à Arch Enterprises no extrato do cartão de crédito de Kam Roberts. Archie resolvera o dilema antigo do *bookmaker* – como posso cobrar sem dar aos apostadores a chance de mudar de ideia até sexta-feira? Aquele esquema era preciso e profissional. As transações eram feitas pelo cartão de crédito. Ganhos e perdas. Provavelmente uma vez por mês era enviado um memorando de crédito ou débito. Para um vencedor, era tão bom quanto dinheiro na mão – dava para lavar passagens de avião, jantares em restaurantes, um terno, uma gravata, qualquer coisa que fosse cobrada. Se o apostador perdia, Arch recebia pelo banco. E, com toda a certeza, sempre se usavam artifícios intermediários. Tudo indicava que a Arch Enterprises devia ser subsidiária de uma *holding*, que por sua vez pertencia a um fundo. Talvez criado em Pico Luan?

– Qual é o caso, afinal? – indagou Lena. – Posso trabalhar nele?

Era melhor do que cuidar de contratos de títulos ou coberturas de indenizações.

Agradeci a ela, depois voltei para a minha sala, um pouco decepcionado comigo mesmo. Como sempre, deixara que minha delirante imaginação prevalecesse. Archie não era o amante de Bert. Era um *bookie*. Mesmo assim, ainda havia muitas coisas naquela história que não se encaixavam. Eu continuava sem saber o que Bert tinha a ver com Kam e não conseguia imaginar o que Pigeyes e seus colegas estavam investigando. Não era pelo jogo, que seria da competência da Divisão de Costumes. Pigeyes e Dewey estavam trabalhando no caso pelo Crimes Financeiros. Mas aquela informação servia pelo menos para uma coisa. Fazia com que minha teoria da madrugada parecesse ainda melhor, e disse a mim mesmo outra vez, em voz alta, embora controlada:

– Bert está morto.

Sincelos de luz metalizada moviam-se lentamente pelo rio. Era preciso avaliar a situação de Bert com o que chamo de lógica policial. Procure a explicação simples. O homem na geladeira não amarrara uma linha de pesca em torno do pescoço sem ajuda. Os Bandidos quiseram mostrar algo. E, tendo em vista a localização do corpo, parecia que se tratava de uma coisa relacionada com Bert. Mas agora Bert estava desaparecido, e eu descobrira, ainda por cima, que ele andava envolvido em um esquema de jogo incomum, o tipo de situação em que as pessoas acabam se desentendendo por causa de dinheiro, aquela história de quem passou a perna em quem, das brigas clandestinas que são resolvidas com sangue, uma vez que não se pode entrar com uma ação judicial. Fiquei imaginando se Bert teria outra geladeira no porão.

Uma coisa era certa: eu não tinha a menor intenção de voltar para verificar, ainda mais agora que enviara Pigeyes nessa direção. Poderia ser esclarecedor dar uma olhada no que havia no computador que eu vira na sala de Bert, para descobrir se incluía novas referências a Kam, seus especiais e sua vida. Contentando-me com a segunda melhor opção, fui até a sala de Bert, no fim do corredor. A porta estava trancada – o que era típico de Bert, obsessivo e zeloso dos segredos de seus clientes, para não mencionar os seus. Haviam transferido sua secretária para outro setor enquanto o chefe se encontrava ausente sem licença, mas eu sabia onde ela costumava guardar a chave, e entrei na sala.

O apartamento de Bert tinha aquele ar de desleixo, mas a sala de trabalho, tendo em vista suas compulsões, era obsessivamente arrumada. Cada objeto limpo e em seu lugar. Os ornamentos dos advogados são mais ou menos padronizados: diplomas nas paredes, retratos da família e uns poucos mementos discretos que assinalam os pontos altos de suas carreiras e servem para impressionar os clientes. Wash, por exemplo, mantém as recordações de determinadas grandes transações em uma estante – declarações publicadas no *National Law Journal* preservadas em caixinhas de acrílico; "bíblias" de transações, em que milhares de documentos, todos em papel ofício, recebem encadernação de couro, com o nome e a data do acordo gravados em dourado na lombada. Até eu tenho um desenho emoldurado, feito por um dos artistas da emissora de TV local, em que apareço defendendo a TN perante o júri em um caso importante, a demissão de um piloto que fora contratado como John e, mais tarde, assumira o nome e a genitália de Juanita.

Correndo os olhos pela sala de Bert, tudo o que se percebe, à primeira vista, é que o cara é louco por esportes – lembranças de partidas em todas as paredes, bolas de beisebol autografadas, um blusão do Hands com os autógrafos, em tinta indelével, de todos os jogadores do time campeão de 1984, emoldurado e pendurado em uma das colunas de concreto. Não havia mais nada visível que fosse do seu interesse, exceto o enorme filtro de água gelada em um canto.

Trabalhando na 397, eu aprendera todos os códigos de Bert para entrar na rede. Sentei-me diante do computador, verifiquei os diretórios, apertando as teclas para acessar documentos diferentes, na esperança de encontrar mais indicações do que ele vinha fazendo com Kam Roberts e Archie. Mas não havia nada. Passei a examinar a interminável correspondência de Bert à procura de pistas, algo inútil, mas também, não posso deixar de admitir, desfrutando um pouco da emoção pervertida de bisbilhotar, avaliando a vida do velho Bert como advogado.

Seu jeito esquisito impediu Bert de obter um entrosamento maior com os clientes, e ele conquistou bem poucos para a firma. É o que costumam chamar de "advogado de serviço", como eu, alguém que faz o trabalho para o qual foi contratado um dos nossos sócios de destaque. Nesse aspecto, porém, o Comitê o adora. Bert registra a cada ano uma carga de trabalho de 2.500 horas e, com seus métodos intensivos, consegue grandes resultados nos tribunais. Cada caso merece seu empenho total. Se aparece um cliente com um probleminha, por exemplo, representando falsamente que a noite é dia, Bert o defende sem um pingo de hesitação. É um desses advogados que não concordam em nada com a outra parte. Tudo gera correspondência. Se a pessoa mudar um horário de 14 para 15 horas, Bert lhe escreverá uma carta. Que não terá nada a ver, aliás, com a conversa que supõe registrar. Se o outro advogado disser que seu cliente não poderá se apresentar porque fará uma cirurgia de coração aberto, Bert escreverá na carta que o sujeito não vai comparecer porque tem uma consulta médica. Com proezas desse tipo, ele transformou em inimigos metade dos advogados de contencioso da cidade. Na verdade, foi por isso que comecei a trabalhar na 397, porque Jake não pode perder tempo com 150 advogados de querelantes, e a maioria desses caras quer ligar um gravador antes de sequer cumprimentar Bert com um bom-dia.

Lá fora, no corredor, ouvi meu norne sendo repetido pelo sistema de alto-falante, com o pedido de que entrasse em contato com Lucinda. O que significava que era hora de ir para a audiência de Toots. Já ia desligar o computador quando vi um nome no diretório de Bert que meu coração saltar: Litiplex.

Apertei as teclas para acessar o arquivo. Estava nervoso, tinha certeza de que pressionaria uma tecla errada, apagando tudo, mas isso não aconteceu, embora não houvesse muita coisa para ver, apenas um pequeno memorando mascarado.

GAGE & GRISWELL
Memorando Interno
Produto do Trabalho do Advogado
Confidencial

20 de novembro

PARA: Glyndora Gaines, supervisora
Departamento de contabilidade
DE: Robert A. Kamin
REF.: Requisição de cheque da 397 – Litiplex Ltd.

Nos termos do anexo, segundo novo acordo com Peter Neucriss, favor providenciar, em minha assinatura, cheques em separado para a Litiplex Ltd. nas quantias indicadas nas faturas.

Reli esse memorando quatro ou cinco vezes. No fim, depois de entender o máximo que pude do seu sentido, tratei de imprimi-lo.

– Ei!

Tive um sobressalto. Com o barulho da impressora, não ouvira a porta se abrir. Era Brushy. Estava parada com o meu casaco e o dela, além da pasta do caso de Toots, segurando tudo nos braços.

– Faltam dez minutos. Vamos chegar em cima da hora.

Acho que eu estava com uma expressão reveladora, porque ela se aproximou da mesa de Bert, à qual eu me sentara. Ainda pensei em desviá-la, a fim de que não pudesse ler o memorando por cima do meu ombro, mas no todo me sentia muito satisfeito comigo mesmo, e com minha habilidade de detetive, para me esforçar nesse sentido.

– Mas que coisa! – murmurou ela. – O que é o "anexo"?

– Não tenho a menor ideia. Bem que procurei, mas não há nenhuma outra menção à Litiplex. Acho que terei de perguntar a Glyndora. Pretendia mesmo conversar com ela.

– Você disse que o Comitê afirmou que não havia documentos dando cobertura aos cheques.

– E é verdade.

– Talvez esse memorando seja falso. Sabe como é, Bert queria ter alguma coisa para mostrar caso alguém perguntasse por que assinara os cheques.

Era possível. E até fazia sentido. A possibilidade de Bert não chegar a nenhum tipo de "acordo" com Peter Neucriss aproximava-se do nível de certeza matemática. Neucriss é o advogado número um de lesões pessoais em Kindle, um pequeno demônio corpulento, cujo comportamento arrogante e sucessos no tribunal levaram-no a ser chamado de "O Príncipe", pela frente, com o "das Trevas" acrescentado quando ele vira as costas. Ele e Bert não trocavam uma palavra gentil desde o caso *Marsden,* de anos atrás, quando Neucriss, nas alegações finais, referiu-se a Bert como "o advogado da quarta dimensão", arrancando risos dos jurados. Faria sentido, refleti, conversar com Neucriss também, embora tal perspectiva nunca fosse das mais desejáveis.

– Vai me contar o que acontecer quando conversar com essa gente? – perguntou Brushy.

– É claro que sim, mas na base advogada e cliente. Não quero essa história circulando antes que eu descubra tudo.

– Ora, Malloy, você me conhece... sempre guardo os seus segredos.

Ela me deu o seu sorriso especial, insinuante, cativante, impregnado de sua própria personalidade e de muitas aventuras secretas antes de me tanger apressada porta afora.

B. O CORONEL

– Por favor, enuncie seu nome e soletre o último nome para o registro.

– Meu nome é Ângelo Nuccio, N, u, c, c, i, o, mas desde garoto as pessoas me chamam de Toots.

O coronel, como é conhecido, exibiu um enorme sorriso de apresentador de televisão para os membros do Grupo F da Comissão de Admissão e Ética da Ordem dos Advogados, acomodado ordenadamente a uma mesa comprida a seu lado.

Julgávamos o nosso processo perante aquele júri de três membros, constituído por advogados, voluntários com ânsia de julgar os outros em audiência. Em reação a Toots, Mona Dalles, que presidia o júri, aquiesceu um pouco, mas os dois homens que a ladeavam mantiveram expressões de absoluta e autoimposta neutralidade. Mona é da firma de advocacia Zahn, a maior concorrente da G&G, e é conhecida como amável, equilibrada e inteligente, qualidades que não eram muito úteis no caso de Toots, na perspectiva da defesa. Precisávamos de alguém confiável. Os rolos de fita de um enorme gravador giravam na frente de Mona, preservando, para aqueles que pudessem querer escutar no futuro, o estágio final de uma das vidas públicas mais fulgurantes do país.

O coronel Toots tem 83 anos e é uma ruína física. As pernas curtas e tortas, uma das quais foi baleada em Anzio, são frágeis por causa da artrite; os pulmões são corroídos pela fumaça de cigarro, retorcidos, como os imagino, como folhas mortas, o que lhe rendeu uma respiração arquejante, que pontua cada palavra. Tem diabetes, que afeta a vista, e diversos problemas circulatórios. Mas não se pode deixar de tirar o chapéu, o cara ainda está cheio de gás – o coronel Toots andou a toda a sua vida inteira. É um homem da cidade que foi um pouco de tudo – soldado em três guerras, cômico patriota de bater no peito; político; clarinetista talentoso, que em duas ocasiões contratou toda a orquestra sinfônica do condado de Kindle para acompanhá-lo em uma interpretação, até que razoável, de uma peça de Mozart para clarinete; gângster; advogado; amigo de prostitutas, pistoleiros e de quase todas as pessoas na área metropolitana de Tri-Cities que o bom senso lhe dizia que podiam ser úteis. Quando eu era guarda na ronda, há vinte anos, ele ainda se encontrava no auge, um conselheiro municipal eleito por South End, que, quando não estava fazendo política, dedicava-se a subornar juízes, vender empregos, ou, pelo que se dizia, matar um ou outro cara. Nunca se podia ter certeza com Toots. Era um estranho absoluto nos reinos da verdade. Mas era também um contador de histórias que teria fascinado Ulisses, encantando todos até mesmo quando fazia relatos que o juízo normal de qualquer um classificaria de repulsivos – como comprara votos dos "pretinhos" em troca de perus ("novembro é um bom mês para eleições") e como atirara nos joelhos de um idiota que havia se recusado a pagar uma dívida de sinuca.

Aos 83 anos, o coronel Toots sobreviveu a tudo, menos à CAE, que já o acertara meia dúzia de vezes ao longo de sua carreira e continua disposta a fazê-lo. Durante uma recente investigação federal, descobriu-se que o coronel pagara, por 14 anos consecutivos, todas as taxas de Daniel Shea, o principal juiz da divisão fiscal do condado, no *country club*. Shea sensatamente morrera antes que a procuradoria federal pudesse indiciá-lo por diversas fraudes fiscais. O governo não podia provar que as decisões no tribunal de Shea haviam sofrido influências externas, e por isso não dispunha de muita base para uma ação judicial contra Toots. Mas os pagamentos violavam vários dispositivos éticos, e o Departamento de Justiça encaminhara o caso à CAE, onde meus ex-colegas, caras sisudos, metidos a cruzados, perceberam no mesmo instante que podiam pegar Toots, independentemente dos seus 83 anos.

Assim, às 10 horas daquela quarta-feira, Brushy, eu e nosso cliente chegamos ao velho prédio de escola em que a CAE funciona. Nossa mera presença já era um sinal de derrota. Por insistência de meu cliente, eu recorrera a um grande número de manobras para adiar aquela audiência por dois anos e meio. Agora, o golpe de misericórdia era inevitável.

Aceitei as alegações da Ordem dos Advogados, uma coletânea de transcrições do grande júri apresentadas por Tom Woodhull, o vice-presidente, que anos atrás fora meu chefe. Ele apareceu pessoalmente para encerrar a apresentação – tranquilo, alto, bonito e totalmente inflexível. Chamei Toots para depor, esperando assim dar a impressão de que me sentia ansioso por iniciar a defesa.

– Quando se tornou advogado? – perguntei a meu cliente, depois que ele fez uma descrição espalhafatosa de seus serviços na guerra.

– Fui admitido no exercício da advocacia há 62 anos e 19 dias. Mas quem está contando?

Ele deu o mesmo sorriso piegas que exibia cada vez que ensaiávamos essa parte.

– Cursou a faculdade de direito?

– Frequentei a Universidade de Easton, onde o meu professor de contratos foi o falecido Sr. Leotis Griswell, da firma em que você trabalha, um homem que sempre foi minha consciência ao longo da vida profissional.

Virei o rosto, com receio de não conseguir reprimir um sorriso. Dissera a Toots para abandonar aquele número, mas ele não aceita uma correção com facilidade. Estava sentado em sua cadeira com a bengala encostada nos joelhos, uma trilha de saliva nos lábios de tanto respirar pela boca, um homem enorme e cilíndrico, barrigão e charuto, com sobrancelhas hirsutas que serpenteavam pela metade da testa. Vestia-se no estilo habitual – um paletó esporte verde chocante, uma tonalidade intermediária entre as melancias mais claras e um limão. Eu seria capaz de apostar uma quantia considerável como nenhum dos homens que presidia o julgamento possuía uma gravata tão brilhante.

– Qual tem sido a natureza de sua prática da advocacia? – indaguei em seguida, uma questão meio arriscada.

– Eu diria que tem sido uma prática de caráter bastante geral – respondeu Toots. – Creio que se pode mesmo dizer que sou um ajudante. Sou procurado por pessoas que precisam de ajuda, e trato de ajudá-las.

Era o máximo que podíamos fazer, uma vez que Toots, em 62 anos como advogado, não tinha como indicar um único caso em que atuara, um testamento que elaborara, um contrato que formulara. Como ele dissera, era procurado por pessoas com determinados problemas, e Toots os resolvia. Era um conceito muito católico, a prática da advocacia por Toots. Afinal, quem pode explicar um milagre? Toots também ajudava muitas autoridades públicas. Havia um procurador federal assistente, um homem dos mais afáveis, para quem ele comprava ternos; um senador estadual dos mais importantes ampliara sua casa três vezes usando os serviços de um empreiteiro amigo de Toots pelo custo extraordinariamente reduzido de 14 mil dólares. Tamanha generosidade transformara o coronel em um homem bastante influente, ainda mais porque todos compreendiam seus métodos. Em primeiro lugar, ele confiava em seu charme enganador. Se isso falhava, sempre tinha alguns amigos para quebrar janelas, incendiar lojas ou, até mesmo, como acontecera com uma cantora de cabaré que brigara com ele, para realizar uma extração de amígdalas sem anestesia.

– Alguma vez teve casos nos tribunais da divisão fiscal?

– Nenhum. Nunca. Se eu tivesse de ir lá hoje, precisaria que alguém me explicasse o caminho.

Olhei para Brushy, a fim de verificar o que ela achava do rumo do depoimento. Brushy estava sentado ao meu lado, em um *tailleur* escuro, tentando registrar cada palavra em um bloco. Exibiu um leve sorriso, mas apenas por amizade. Era uma profissional com experiência suficiente para não acalentar mais esperanças do que eu.

– Conhecia o juiz Daniel Shea?

– Sim. Conhecia o juiz Shea desde que éramos ambos jovens advogados. Fomos grandes amigos.

– E como o administrador afirma aqui, pagava as taxas que o juiz Shea devia ao *country club?*

– É claro que sim.

Toots não fora tão categórico quando o pessoal da receita federal lhe fizera a mesma pergunta, havia uns dois anos, mas interrompera a entrevista logo no início; não seria muito prejudicial quando Woodhull iniciasse a reinquirição, que de qualquer forma seria implacável.

– Pode fazer o favor de explicar como isso ocorreu?

– Será um prazer. – Toots segurou a bengala, empurrou-a para a frente, como se estivesse passando a marcha. – Por volta de 1978, encontrei Dan Shea em um jantar da Associação dos Cavaleiros de Colombo, e começamos a conversar sobre golfe, como velhos amigos costumam fazer. Ele me disse que sempre desejara ser sócio do Bavarian Mound Country Club, que ficava perto de sua casa, mas infelizmente não conhecia ninguém que pudesse propor seu nome. Ofereci-me para essa tarefa, com o maior prazer. Pouco depois, o presidente do clube, o Sr. Shawcross, chamou minha atenção para o fato de que Dan Shea vinha tendo dificuldades para pagar suas taxas. Como eu era seu proponente, achei que cabia a mim pagá-las, o que fiz desde então.

– Mencionou esses pagamentos ao juiz Shea?

– Nunca. Não queria que ele se sentisse constrangido. Sua esposa, Bridget, sofria de graves problemas de saúde na ocasião, e as despesas e aflições o sufocavam. Conhecendo Dan Shea, tenho certeza de que ele tencionava resolver a questão, mas tinha outras preocupações em que pensar primeiro.

– E alguma vez conversou com ele sobre algum dos casos da sua firma que estavam sendo julgados em seu tribunal?

– Nunca – repetiu Toots. – Como poderia? Os advogados mais jovens do meu escritório têm uma porção de casos. Jamais me passou pela cabeça que tivessem algum no tribunal do juiz Shea. Afinal, há tribunais de mais hoje em dia.

Toots abriu os braços e sorriu, revelando os cacos amarelados que restaram de seus dentes.

Brushy me entregou um bilhete. "O dinheiro", dizia.

– Ah, sim. – Ajeitei minha gravata. – Já determinamos que o Sr. Shawcross, ao comparecer ao grande júri, declarou que você efetuou esses pagamentos em dinheiro e lhe pediu que nunca falasse a respeito com ninguém. Pode explicar isso, por favor?

– Sem a menor dificuldade. Não queria que se tornasse conhecido dos sócios do clube que o juiz Shea vinha tendo problemas com o pagamento das taxas. Achei que seria muito constrangedor para ele. Por isso, paguei em dinheiro, para que o contador e os outros não vissem meu nome em um cheque, e pedi ao Sr. Shawcross que fizesse a gentileza de guardar segredo.

Com um evidente esforço, ele se virou para encarar os três advogados que presidiam a audiência e acrescentou:

– Eu só estava tentando ajudar um amigo.

Nenhum deles pegou um lenço para enxugar os olhos. Woodhull passou cerca de 15 minutos tropeçando na reinquirição. Toots, que não perdera uma só palavra durante meu interrogatório, tornou-se de repente virtualmente surdo. Woodhull tinha de repetir cada pergunta três ou quatro vezes, e Toots até reagiu algumas vezes apenas com um olhar vago e aturdido. Por volta do meio-dia, Mona determinou um recesso. Já era suficiente por aquele dia. Sete advogados, todos tínhamos de consultar nossas agendas para verificar quando a audiência poderia recomeçar. Descartamos todas as manhãs e tardes até a terça-feira seguinte, até todos estarem livres.

– Como me saí? – perguntou Toots ao nos retirarmos.

– Sensacional! – respondi.

Ele se iluminou como uma criança e soltou uma risada. Era evidente que também pensava assim. Depois que o acomodamos em um táxi, Brushy comentou:

– Por que um cara de 83 anos se arrisca a ser expulso da Ordem? Por que ele simplesmente não renuncia?

A carreira de quarenta anos de Toots como conselheiro municipal por South End terminara no início da década de 1980, quando se descobrira que a Comissão de Parques e Jardins da cidade, que ele controlava através de nomeações, vinha aprovando, havia dez anos, a concessão da remoção de lixo para a Eastern Salvage, uma companhia que pertencia, por meio de vários intermediários, a um dos filhos de Toots. Desde então, Toots se limitara ao papel de homem para as ocasiões desesperadas. Ele precisava da licença de advogado para proporcionar um ar de legitimidade às suas atividades. Expliquei tudo isso a Brushy enquanto voltávamos para a Torre em meio à multidão do meio-dia. Na noite anterior, caíra um pouco de neve, que já se transformara em uma papa cinza e rangia sob nossos sapatos.

– Não há seção nas Páginas Amarelas para intermediários, pessoas que procuram contornar os problemas entre bandidos e representantes da lei. Além do mais, seria uma mácula em sua honra. Lembre-se de que se trata de um homem que queria usar suas medalhas na audiência. Ele não pode aceitar a desgraça pública.

– Honra? – repetiu Brushy. – Ele já mandou matar pessoas. Aqueles caras do South End? Toots almoça com eles. E janta.

– O que também é uma honra.

Ela balançou a cabeça. Entramos na Torre, subimos pelo elevador para a área de recepção da G&G, onde estantes de carvalho haviam sido instaladas, ocupadas por dezenas de livros antigos, comprados a quilo, para proporcionar o clima adequado. Nossos escritórios foram redecorados havia cerca de dois anos, sob a orientação de Martin, passando a ter o estilo de um pavilhão de caça inglês. Aquela área da recepção tinha agora tábuas de pinho e cadeiras de couro marrom, paisagens e cenas de caça nas paredes, em molduras de latão, uma porcaria decorativa de segunda classe, mas quem queria saber minha opinião? Esse tipo de cenário, porém, tornava mais fácil cair em um certo estado de fuga – caras novas a cada dia, jovens circulando com expressões ansiosas e angustiadas, tanta coisa importante acontecendo sem ter nada a ver comigo. Lançamentos de títulos. Fechamentos de grandes negócios. Podia ver tudo de uma distância considerável. Homens com símbolos fálicos pendurados no pescoço. Mulheres com metade das pernas à mostra. O que andavam fazendo neste verde planeta de Deus? Por que se importavam tanto, enquanto eu não dava a mínima?

– Eu já disse a Toots que não temos condições de vencer – expliquei. – Mas ele insiste em me pedir adiamentos.

– Isso é evidente. – Brushy sacudiu a pasta. – Dois anos e quatro meses. Para quê?

Ela já se afastava pelo corredor. Tinha uma reunião com Martin, mas ainda me lembrou do nosso jogo às 18 horas.

– Tempo.

– E o que ele pretende fazer com esse tempo?

– Morrer – respondi, antes de me virar.

9
Clientes difíceis

A. A RAINHA-ESCRAVA DA CONTABILIDADE

Como a casa de máquinas de um transatlântico, em que mãos sujas de fuligem jogam carvão em enormes fornalhas, o departamento de contabilidade da firma arde em nosso porão. No 32º, entre um banco de investimentos e uma agência de viagens, sua localização dá a impressão de um porão sob um porão, porque se encontra isolada dos outros três andares que ocupamos. Em muitos aspectos, no entanto, é o coração da G&G: à contabilidade comunicamos as horas de trabalho cobráveis, em uma base diária; desse departamento saem todos os meses as declarações de serviços prestados. Ali funciona, rodando na potência máxima, o motor de criação de lucros da firma de advocacia.

Uma das coisas mais peculiares em minha passagem da CAE para a G&G foi me acostumar a um mundo em que o dinheiro – que eu sempre encarara, primeiro como policial e depois como advogado em defesa do interesse público, como um mal em si mesmo – é, em vez disso, o eixo de todo o universo. É por dinheiro que os clientes nos contratam – para ajudá-los a ganhar ou a conservar o que já possuem. E Deus sabe que é dinheiro o que queremos deles. A esta altura do calendário, quando nosso ano fiscal se encerra, a firma assume o clima do campus antes do Grande Jogo. Temos reuniões dos sócios sobre cobrança que não são muito diferentes das concentrações de torcida, em que Martin e Carl, este especialmente, fazem discursos destinados a nos incutir coragem para exigir que os clientes paguem suas contas. Foi uma das muitas hábeis inovações de Carl, transferir por um mês o encerramento de nosso ano fiscal para 31 de janeiro, a fim de proporcionar aos clientes a oportunidade de acertar suas contas em qualquer dos meses do calendário. Em 2 de fevereiro, o Dia da Marmota – quando, segundo a lenda, ela sai da hibernação, marcando o início de mais seis semanas de frio –, depois que toda a receita é contabilizada, os sócios se reúnem em trajes a rigor e o Comitê anuncia os "pontos" de cada um – nossa participação nos rendimentos da firma.

A contabilidade ocupa duas salas, engalanadas de fluorescência, nove mulheres em um ambiente de fórmica branca. Suas cifras são comunicadas todos os dias ao Comitê e a diversos setores. A supervisora, permanente no comando, é Glyndora Gaines. Quando entrei, ela estava de pé, estudando um recorte de jornal. O jornal se achava aberto em sua mesa, a única coisa ali, além de um retrato emoldurado de seu filho. Ela se afastou assim que me viu.

Eu estava de sobretudo, de saída para falar com Peter Neucriss. Ligara três ou quatro vezes para Glyndora, sem que ela me atendesse, e perguntei se recebera meus recados.

– Ando muito ocupada – respondeu ela, a mulher que acabara de ler o *Tribune*.

Tratei de segui-la pela contabilidade, enquanto ela se esgueirava entre arquivos.

– É muito importante – insisti.

– E o que estou fazendo também é, cara. Estamos 10 por cento abaixo do orçamento e procurando meios de redistribuir todas as despesas. Você não quer ganhar algum *dinheiro*?

Glyndora é uma mulher de atitude firme – e põe atitude nisso! –, uma dessas afro-americanas que parecem um dínamo, cujo principal pesar é o de ter apenas uma vida para se enfurecer pelas indignidades dos últimos séculos. Ninguém se dá bem com ela. Nem os advogados, nem os assistentes, nem os demais funcionários. Durante seus anos como secretária, Glyndora trabalhou com metade dos advogados da firma. Não se entrosava com nenhuma outra mulher e durou apenas uma semana com Brushy. Era intimidativa demais para Wash.. e para muitos outros. Em todos os atritos subsequentes, Glyndora foi protegida – adivinhem por quem? –, isso mesmo, por Martin Gold, o santo padroeiro dos excêntricos locais. Ele parece considerá-la divertida e, até onde sei, mostra-se propenso a perdoar todos os pecados, exceto a preguiça, em nome da competência. E não se pode negar que Glyndora é capaz. É esse o problema. Ela se ressente da maneira como foi escravizada pelas circunstâncias. Teve um filho aos 15 anos e o criou sozinha. Depois disso, não teve mais chance de subir.

Reconhecendo que Glyndora não podia resistir a uma oportunidade de provar como é competente, Martin acabou por colocá-la com Bert, o advogado com quem ela trabalhou por mais tempo. Glyndora dava entrada em suas petições, organizava sua agenda, cuidava de sua correspondência de rotina, preenchia os espaços em branco nos formulários de interrogatório, inventava desculpas quando ele tomava um chá de sumiço e até compareceu ao tribunal em seu lugar em duas emergências. (E tudo isso ganhando apenas 10 por cento do que Bert tirava, o que, como filho de sindicalista, não posso deixar de notar.) O problema é que há cerca de um ano eles começaram a brigar. Não se trata de eufemismo nesse ponto. Não estou me referindo a olhares irritados ocasionais nem mesmo a uma ou outra troca de palavras mais bruscas. Eram berros nos corredores, papéis voando de um lado para outro, clientes nas portas das salas de reunião olhando aturdidos. Ou seja, Cenas para valer, com C maiúsculo. No fim, alguém que deve ter tido experiência no exército ou na polícia teve a ideia certa: promovê-la. Glyndora se mostrara menos tirana como chefe do que fora como subordinada, e era evidente que adorava ter seu universo particular. Bert, é claro, lamentou muito quando se separaram. E como não podia deixar de ser, Glyndora adorou isso também.

– Glyndora, é aquele caso da Litiplex. O dinheiro.

Isso fez com que ela parasse. Estávamos na frente de uma fileira de arquivos cinza. O rosto dela se contraiu, na desconfiança habitual, enquanto eu acrescentava:

– Quando procurou pela documentação, acho que pode ter perdido um memorando. De Bert. Talvez anexado a algum acordo com Peter Neucriss?

Ela balançou a cabeça no mesmo instante, um matagal de cabelos compridos, que os alisadores haviam deixado opacos. Em resposta, fiz um firme aceno de cabeça.

– Ei, cara... – Glyndora gesticulou com a mão, abrangendo tudo ao redor. – Tenho oitenta mil fichas aqui e já verifiquei tudo. Se acha que pode fazer um serviço melhor, Mack, à vontade. Fechamos às 17 horas.

O telefone tocou nesse momento, e ela atendeu, exibindo as unhas compridas e sinistras, pintadas com um vermelho brilhante. Glyndora já passou dos 40 anos e não apresenta muito desgaste. É uma mulher atraente de verdade, e sabe disso... Uma construção sólida e imponente, beirando 1,80 metro sem salto alto, uma fêmea em cada pedacinho, com um fenomenal par de faróis, um rabo negro para ninguém botar defeito e um rosto altivo e orgulhoso, com um olhar arrogante e um nariz aquilino, que revela as aventuras semitas pela África Ocidental há vários séculos. Como todos os seres humanos de boa aparência que já conheci, ela pode ser encantadora quando deseja alguma coisa, e no meu caso, em determinados momentos, é até um tanto provocante, explorando, acho, uma certa suscetibilidade que tenho. Passei a maior parte da vida com mulheres assim, que sofriam da frustração tipicamente feminina de sentirem que nunca tiveram um meio seguro de começar... Além do mais, um corpo não pode ignorar a atração que ela exerce. Há anos que ouço homens falarem de Glyndora com admiração, mas sempre a alguma distância. Como Al Lagodis, um velho amigo da polícia, me disse um dia, quando apareceu para almoçar, eu precisaria de um pau igual a uma barra de ferro. Ela não tinha nenhum proveito para mim naquele momento.

– Já lhe disse, Mack – insistiu Glyndora, depois que largou o telefone –, não tenho tempo para isso.

– Eu a verei às 17 horas. Poderá me mostrar o que já verificou.

Ela soltou uma risada. Glyndora e hora extra não imprescindível excluíam-se mutuamente.

– Quando então? – perguntei.

Ela pegou sua bolsa, guardou alguma coisa lá dentro e me lançou um sorriso tenso, que dizia: vá se foder. E afastou-se pelo corredor, onde eu não podia segui-la. Ainda gritei seu nome, mas em vão. Ela me deixou parado ao lado de sua mesa. O jornal do qual recortara uma notícia continuava aberto na mesa. Ainda restava uma pequena parte do título. WES, talvez parte de um T. West, oeste? Levantei os olhos. Sharon, uma das subordinadas de Glyndora, observava-me, uma mulherzinha parda em um vestido rosa que era meio número mais apertado. A 6 ou 7 metros de distância, ela me fitava de sua mesa, com suspeita... Subordinada contra chefe, mulher contra homem, todas as pequenas e silenciosas competições de um escritório. Não importava o que eu estivesse procurando, pensava Sharon, não deveria encontrar.

Exibi um sorriso tolo e tratei de me afastar da zona proibida que era o território de Glyndora.

– Diga a ela para me ligar – murmurei.

Sharon limitou-se a olhar. Ambos sabíamos que eu não tinha a menor chance.

B. O PRÍNCIPE DAS TREVAS

O voo 397 da TransNational Air desceu em uma terrível bola de fogo no Aeroporto Municipal do Condado de Kindle em julho de 1985. Por coincidência, uma equipe de TV se encontrava no local para cobrir a chegada do Circo de Pequim em um portão próximo, e assim as cenas que filmou foram repetidas muitas e muitas vezes por todo o país: o 397 quicando com a roda da frente, tornando a se elevar pelo ar, parecendo um pouco com esses livros infantis em que hipopótamos dançam balé, tudo em câmera lenta e gracioso, até que o avião se inclinou para a frente, bateu em cheio com o nariz, e o fogo se espalhou, atingindo primeiro a cabine de comando e, depois, se estendendo por toda a aeronave, iluminando as janelas à passagem. Não demorou muito para que os motores e a parte inferior da fuselagem explodissem em uma memorável erupção de chamas laranja e amarelas. Não houve sobreviventes - 247 pessoas estorricaram-se ali.

Àquela altura, entraram em cena os advogados dos querelantes, os homens e mulheres que comovem os júris com o sofrimento das viúvas e órfãos e depois ficam com um terço do que é concedido por compaixão. Como alguém que trabalha no mesmo ramo, pouparei os altos e poderosos... e me limitarei a ressaltar que Peter Neucriss, o chefe da brigada entre os advogados dos querelantes, entrou com três ações judiciais em nome das famílias de vítimas do acidente não apenas antes de os restos mortais serem sepultados, mas até mesmo, em um dos casos, antes de terem literalmente esfriado. Em seis meses, havia mais de 137 processos, inclusive quatro ações de litisconsórcio, em que algum advogado ousado declarava representar a todos. Todas essas ações foram concentradas no juiz Ethan Bromwich, do Tribunal Superior do Condado de Kindle, um ex-professor de direito de Easton cujo brilho só é superado por sua admiração pela própria competência. E em todas as ações, a TransNational Air, nossa cliente, era a ré principal.

Ser a empresa aérea em um desastre de avião é mais ou menos como guiar um carrinho de trombada em um parque de diversões. Há mais motoristas do que se pode contar; ninguém conhece as regras de direção nem se importa com elas; todos seguem o seu próprio rumo particular; e cada pessoa parece experimentar o maior prazer em bater nas outras por trás. Não é apenas a existência de 247 vítimas individuais, cada uma delas com parentes e advogados querendo dinheiro para aliviar seu sofrimento, mas há ainda dez ou 12 corréus, todos furiosos por terem sido envolvidos. Todo mundo é processado, não apenas a empresa aérea e o espólio do piloto, como também qualquer filho da puta que tenha tido a má sorte de deixar uma impressão digital no avião: as pessoas que fizeram a fuselagem, os fabricantes dos motores, os controladores de voo, até mesmo a companhia que destilou a gasolina – qualquer um que tenha o bolso cheio e possa ser culpado ou forçado pela perspectiva de dez anos de litígio judicial a jogar alguns milhões no bolo. E todos eles têm uma seguradora com um limite de desembolso, que entra em cena à procura de um meio de negar cobertura a quem sempre lhe pagou os prêmios ou, falhando isso, culpar terceiros e obrigá-los a pagar. Existem cata-ventos que não apontam em tantas direções. Atribuímos a culpa às pessoas na torre de comando; por sua vez, elas alegam que os *ailerons* não funcionavam; e o fabricante fala em erro do piloto. Os querelantes ficam de lado, sentido-se triunfantes com a desgraça alheia.

Cerca de um ano após a queda do 397, Martin Gold iniciou um esforço que me pareceu tão romântico e irrefletido quanto as Cruzadas: acertar as contas do 397. Martin possui uma mente que parece uma câmara úmida de Wilson, o artefato em que os físicos nucleares traçam o curso de complexas reações atômicas; ele é provavelmente o único advogado que conheço que poderia sequer começar, muito menos alcançar o êxito, em um processo de negociação que, em determinado momento, fez com que fosse procurado por 163 advogados.

Sob o que Martin sempre teve o cuidado de se referir, até mesmo no escritório, como "O Plano Bromwich", os réus, o que significa, na maior parte, suas seguradoras, juntaram um fundo de 288,3 milhões de dólares. Em troca, os querelantes, liderados por Neucriss, concordaram que as indenizações, considerando o conjunto de todos os casos, não poderiam exceder essa quantia. Ao longo dos últimos cinco anos, cada caso individual foi levado a julgamento ou, com mais frequência, acertado em particular, com o capitão Bert comandando a equipe de contencioso da TN e supervisionando a administração do fundo de acordo, que a G&G aplicou em uma conta remunerada.

Recentemente, com a resolução das últimas ações, tivemos uma revelação imprevista: restarão milhões de dólares que, pelos termos do plano, permanecerão como propriedade da nossa estimada TransNational Air. Na verdade, o único problema para a TN tem sido abafar essa notícia, pois seria um pesadelo em termos de relações públicas explicar como, depois de tudo somado e subtraído – os chamados honorários advocatícios, juros, indenizações e a contribuição inicial da TN ao fundo –, a companhia ainda lucrará quase 20 milhões de dólares por matar 247 pessoas. Mais pertinente ainda, os advogados dos querelantes, que acham que todo dólar lhes pertence por direito, usariam essa vulnerabilidade para arrancar um quinhão maior, e os corréus lamentariam ao extremo, como não poderia deixar de ser. Temos realizado uma campanha meio acanhada para que cada um dos querelantes receba o pagamento e assine o acordo antes de apresentarmos as contas finais ao Juiz Bromwich. Mesmo assim, se alguém der bastante bebida a Tad Krzysinski, o CEO da TN, em um ambiente íntimo, pode fazê-lo cair na gargalhada com as piadas inevitáveis sobre derrubar mais aviões.

Quando finalmente consegui me encontrar com Neucriss, por volta das 16h30, ele estava diante de um prato com filé de atum. Como acabara de sair do tribunal, ele saboreava uma refeição ligeira, preparando-se para a labuta noite adentro. Peter mantém uma cozinha completa e um cozinheiro no escritório. O ar mais próximo se achava impregnado de gengibre, mas ainda persistia o clima frenético do tribunal. Sua gravata de *foulard* de 100 dólares fora afrouxada; as mangas da camisa branca de seda estavam enroladas; ele se levantou enquanto comia, expressando cada pensamento de livre associação como se fosse uma ordem. Quatro ou cinco associados entraram na sala para fazer perguntas sobre provas de que precisariam no dia seguinte. Era um caso de erro médico em um parto, que nas mãos de Peter valia pelo menos 10 milhões de dólares. A mãe prestaria depoimento pela manhã.

Enquanto isso, permaneci sentado na pose do suplicante, que é como Peter prefere ver todo mundo ao seu redor. Esperava obter uma resposta rápida e ir embora. Trouxera as minutas dos documentos de pagamento pela 397, e mencionei de passagem a Litiplex, usando a explicação que Wash dissera que fora empregada com os outros – correspondência que não conseguíamos situar. Peter não teria uma ideia a respeito?

– Litiplex... – Peter pôs a mão na testa. Ficou com o olhar perdido na meia distância por um momento. – Conversei com alguém sobre isso.

– É mesmo? Foi com Bert?

– *Bert*?

– Ele deixou a cidade, não dá para perguntar a ele.

– Já imaginava. Foi visitar a família em Marte. – Neucriss revirou os olhos. – Não, não foi ele. Quem?

Ele tamborilou com os dedos, gritou por uma das secretárias, depois a deteve, batendo com as mãos em um estrondo.

– Já sei quem me perguntou sobre a Litiplex. Por Deus, como vocês são atrapalhados! Será que nunca conversam entre si? Gold. Foi Gold quem levantou o assunto. Ele também se mandou da cidade ou apenas saiu para almoçar?

Senti um aperto no coração, sem entender direito o motivo, sabia apenas que havia algo errado. Havia advogados dos querelantes com quem Martin podia conversar em confiança, enquanto um simples olá na rua para Peter exigia uma armadura completa para Martin, e um Alka-Seltzer depois.

– Martin? – perguntei.

– É isso aí. Gold me telefonou há três ou quatro semanas. Com a mesma conversa mole que você usou, falando sobre outra coisa, e depois mencionando de passagem essa tal de Litiplex, na esperança de que eu não percebesse. O que vocês estão tramando agora?

– Nada – respondi.

Mentir para Peter não é sequer um simples pecadinho: é a mesma coisa que falar com um francês em francês. Wash dissera que Martin telefonara para alguns advogados de querelantes com indagações discretas sobre a Litiplex, mas nunca me passara pela cabeça que Neucriss estivesse incluído nessa lista. Tentei dissipar a curiosidade que esse interrogatório sobre a Litiplex parecia ter despertado. Disse que estávamos apenas preparando uma petição para a distribuição, queríamos cobrir todos os detalhes, e quem podia saber de tudo melhor do que Peter?

Com Neucriss, a lisonja é sempre o melhor caminho. Talvez por ser o reino da suprema limitação no mundo social, o direito parece atrair mais desses tipos, os caras autoimpressionáveis que consideram a advocacia o caminho para uma fronteira em que a vontade e o ego podem ser virtualmente ilimitados. Único sócio em uma firma de 17 advogados, Neucriss é o único advogado que eu conheço que ganha mais todos os anos do que um bom lançador canhoto na Liga Nacional de Beisebol. Entre 4 e 6 milhões de dólares por ano são as estimativas conhecidas, e naquele ano, com cerca de 30 milhões de dólares prestes a serem pagos em acordos da 397, seus rendimentos, como ele diz, no seu estilo afetado, "vão alcançar os oito dígitos".

Esse sucesso não foi obtido por uma adesão incondicional ao escrúpulo. As contribuições políticas de Peter são extensas – ele atinge todos os limites, e dá em nome dos 16 associados, da esposa e dos filhos. Mesmo assim, não deixa nada ao acaso. Suas testemunhas são instruídas com a maior habilidade; documentos desaparecem; e no passado corrupto, que talvez ainda não tenha acabado de todo, quando a apresentação de dinheiro comprava favores judiciais, Neucriss era um craque nesse tipo de manobra. O pior de tudo isso é que sua própria proeminência é uma espécie de propaganda revoltante da falibilidade do sistema de júri. Bastam dez minutos com ele para se conhecer a história completa: um ego delirante e incontrolável, um tipo qualquer de distúrbio de caráter. Mas, de alguma forma, o desempenho de exagerado sentimentalismo de Peter nos julgamentos, sua voz ufanista de barítono e a juba prateada vêm atraindo comentários entusiasmados, há quarenta anos. E ele segue em frente, ainda que todos nós saibamos que, independentemente de seus triunfos, de sua riqueza, dos louvores nacionais que recebe e de toda a adoração que ele compra, a única força motivacional na natureza mais certa do que a gravidade é o desejo de Peter por mais.

Neucriss continuou a falar sobre Martin, que sempre ficava com os nervos à flor da pele quando tinha de tratar com ele.

– Como foi mesmo a linha de Gold? Parecida com a sua. Uma carta a ser encaminhada. Perguntei a ele: "Mas qual é a sua? Está me achando com cara de correio? Pensei que isso fosse brincadeira de adolescente."

Neucriss soltou uma risada, de boca cheia. Sendo profano, sempre deixa Martin nervoso.

– Mas o que pode me dizer, Peter? Sabe o que é a Litiplex?

– Como é que eu vou saber? Não tenho a menor ideia. Ligue para informações e pergunte sobre a Litiplex. Como é que você consegue aguentar, Malloy? Cento e quarenta advogados correndo de um lado para outro, esbarrando uns nos outros. Dois sócios seniores cuidando da correspondência. E agora você vai cobrar 500 dólares de Jake Eiger para procurar um envelope e dizer que são os advogados dos querelantes que tornam as despesas tão altas.

Jake e Neucriss pelo menos se falavam, pois o pai de Jake fora um daqueles políticos que Neucriss costumava assediar, havia algumas décadas. Peter se afastara mais tarde, circulando pelas grandes firmas de advocacia, Gogue e Magogue de seu universo. A seu modo sorrateiro, ele até tentava atrair meu apoio. Sabia qual era a minha posição na G&G... Todo o mundo jurídico, local e nacional, estava mapeado em sua cabeça. Pendurado pelas pontas dos dedos, eu poderia ser levado para o seu lado, contra meus sócios. Em vez disso, tratei de me esquivar, com uma tentativa de ironia.

– Se eu não o conhecesse melhor, Peter, diria que está me oferecendo um emprego.

No exato instante em que falei, percebi que o tom era errado. Os olhos sagazes de Neucriss registraram alguma coisa, a possibilidade de corrupção, que por aqui sempre paira no ar, como dióxido de carbono. Ele se segurou por um segundo antes de rejeitar o pensamento.

– Não você, Malloy. Não passa de um velho burro de carga.

Isso foi tudo o que ele disse. Morto ou agonizante, não especificou, mas de qualquer forma, em sua opinião, meus ossos seriam em breve pisoteados, triturados por outro burro de carga que tomaria o meu lugar. Ele voltou ao trabalho, e segui meu caminho, tentando não me sentir diminuído por sua avaliação, mas é claro que estava absolutamente arrasado. Eu não valia sequer ser subornado.

Eu estava na rua, o sobretudo aberto, para a curta caminhada até a Torre, fustigado pelo intenso tráfego de pedestres, por todos os lados, trabalhadores indo para casa à luz minguante e triste da tarde de inverno. Lá em cima, o céu escurecia na cor de uma panela queimada. A neve da manhã era agora apenas umidade nas paredes, congelando sobre os montículos de sujeira que aderiam ao concreto e deixariam meus sapatos sujos.

Naquele intervalo, tentei definir o que vinha fazendo. Não podia dizer que acreditava em Peter. Era mais seguro apostar na existência do coelhinho da Páscoa. Mas também não podia imaginar por que ele tinha algo a esconder. Começava a me sentir mal-humorado, com a disposição de ânimo do policial, que no passado me fora tão familiar, que me fazia pensar em todos como suspeitos. Bert. Talvez Glyndora. Até mesmo, possivelmente, o emissário de Deus neste mundo, Martin Gold. A vaga imprevisibilidade do comportamento de Martin me incomodava bastante: a maneira como ele agira com Jake; o fato de ter telefonado para Neucriss, o que só costumava acontecer quando alguém estava pagando o que devia. Parei em uma esquina, onde um garoto metido em um blusão com capuz vendia jornais enquanto um vento repentino levantava o cachecol para meu rosto. E ali, na cidade em que passara toda a minha reles vida, entre os desfiladeiros que há muitos anos percorria, deprimido e desolado, pleno da ilusão – convincente, embora momentânea – de que não sabia onde me encontrava.

C. A GAROTA DE OUTRO

Por razões inexplicadas, sempre sofro um choque ao contemplar as coxas alvas e roliças de Brushy em seus shorts esportivos. Sua acne adolescente ainda aflorava nas partes do corpo que normalmente se mantinham ocultas, no alto dos braços e no decote em V da blusa de tênis, mas eu me sentia cativado por seu fascínio de menina. Ela, porém, não permitiu que eu a admirasse por muito tempo e começou a lançar a bola por toda a quadra de squash. Seguíamos mais ou menos a mesma rotina todas as semanas. Eu me deslocava bem para a esquerda e direita, tinha um alcance superior, batia na bola com mais firmeza. Brushy tinha um modo meio desajeitado de bater com o braço esticado, mas saltava por toda a quadra de paredes brancas como um esquilo, e ia em todas as bolas, preferindo me atropelar a desistir de uma jogada porque eu estava em seu caminho. Toda semana, as duas primeiras partidas eram de igual para igual. Eu corria de um lado para outro, gritava imprecações, até palavrões, sempre que errava uma bola. Depois, Brushy, que não jogava bolas na altura dos meus joelhos por deferência, começava a lançar uma depois da outra, até me deixar claudicando, tão sem fôlego que eu tinha a sensação de que ia desmaiar a qualquer momento.

Estávamos no intervalo habitual entre a segunda e terceira partidas, no pequeno corredor ao lado da quadra, enxugando o suor. Ela queria saber como haviam sido minhas visitas a Glyndora e Neucriss.

– Não deram em nada – respondi. – Ninguém sabe de nada. Talvez você tenha razão. Bert estava apenas tentando falsificar alguma coisa para encobrir sua pista.

Ela passou a me fazer perguntas, e discorri um pouco sobre Archie e seu sistema de apostas, minhas desventuras no dia anterior, em que, na minha versão, ficar heroicamente diante de meu antigo e temível rival na polícia.

Brushy absorveu tudo o que contei, e com sua fria determinação costumeira chegou logo à conclusão:

– Mas, afinal, de quem é o cartão de crédito, de Bert ou de Kam?

Eu não tinha a menor ideia.

– E onde foi que encontrou o cartão, Mack?

Eu ainda guardava essa parte só para mim. Não queria que ninguém me forçasse a outra vez chegar perto da geladeira de Bert. Invoquei as palavras, "advogado e cliente" e levei Brushy de volta à quadra, onde ela me estraçalhou de novo, 21 a 7, jogando bolas curtas nos cantos e ricocheteando no teto, de onde caíam para cima de mim como enormes granizos azuis.

– Seria a morte para você se eu vencesse apenas uma vez? – protestei, ao sairmos.

– Sabe disso muito bem, Mack. Você tem um caráter fraco. Ia querer vencer todas as semanas.

Claro que neguei, mas ela não acreditou. Brushy já se encaminhava para o vestiário das mulheres quando perguntei se não queria jantar comigo, o que fazíamos de vez em quando, nas ocasiões em que ambos ficávamos no escritório até mais tarde.

– Não posso. Talvez no final da semana.

– Quem é o felizardo?

Brushy franziu a testa.

– Tad. Vou encontrá-lo para um drinque.

Os encontros ocasionais de Brushy com Krzysinski, para almoço, coquetéis ou jantar, vinham ocorrendo havia algum tempo, e ninguém na G&G sabia direito o que pensar a respeito. Tad tinha ocupado seu cargo na TN havia apenas um mês quando foi citado pessoalmente em um caso de fraude com ações, de que Brushy cuidara e vencera, com o deferimento de uma petição para o arquivamento. Supostamente, Krzysinski apenas se mantinha em contato, mas todos na firma desconfiavam de que ele estivesse recebendo o habitual de Brushy ou torciam para isso, uma vez que qualquer linha direta de contato com a cúpula era sempre apreciada, tendo em vista a precariedade de nosso relacionamento com a TN. A parte que não se ajustava era a reputação de Krzysinski de homem sério, dedicado à família, nove filhos, alguém que já voltara de Fiji somente para acompanhar a família à missa no final da tarde de sábado. Por outro lado, como diria minha mãe, o diabo sempre encontra um meio de se infiltrar no lar mais seguro.

Saudei o anúncio de Brushy com um movimento lascivo das sobrancelhas.

– Uau, isso é que é vida!

Entre nós, Brushy em geral recebe muito bem esse tipo de brincadeira, mas naquele momento ela protestou.

– Não gosto desses comentários – disse, os olhos falseando.

Brushy queria ser considerada uma conselheira de titãs, uma pessoa importante que é uma companhia lógica para tomar drinques com um dos 500 da *Fortune*. Em vez disso, ali estava seu parceiro de squash e amigo presumindo que ela teria uma das mãos em um martíni e a outra nas partes pudendas de Tad. Fiquei parado ali, no corredor, pelo menos um palmo mais alto, suando, e me senti vulnerável pela ausência de qualquer comentário inteligente.

– Acontece que você está enganado, Mack, e vai se mostrando pior do que todos os outros. Por que pensa de repente que *minha* vida sexual é da *sua* conta?

– Porque não tenho minha própria vida sexual?

Ela continuou zangada.

– Talvez você deva trabalhar isso – aconselhou-me, antes de se afastar pelo estreito corredor branco que levava aos vestiários.

A porta era muito pesada para ser batida, mas Brushy bem que tentou. Era raro, mas havia instantes assim entre nós, quando alguma coisa vibrava, talvez a oportunidade perdida. Tempos atrás, sobretudo, Brushy fazia um homem saber que se encontrava disponível logo depois de lhe dar bom-dia, e por dez anos ou mais existiu essa coisa entre nós sobre a grande diversão que eu estava perdendo. Eu sorria, mas me mantinha a distância. Não porque fosse virtuoso, diga-se de passagem. Mas já era bastante ruim ser conhecido no escritório como alguém que vivia de porre, e havia algo em Brushy que a fazia parecer meio intimidadora, talvez pela história antiga do estagiário que trabalhara na sala de correspondência e espalhara para todo mundo, depois de uma noite mágica de verão, que Brushy o inspirara tanto que deram nove trepadas, chegaram a contar, das 19h30 até a manhã seguinte. A façanha levara o rapaz a ser conhecido, dali por diante, apenas como *Nueve*, e projetara uma mortalha de insegurança sobre todos os outros homens no escritório. Houve um clima palpável de comemoração no dia em que o garoto finalmente voltou à faculdade.

Seja como for, durante o período em que minha vida parecia demonstrar alguma lei da termodinâmica ou entropia, tudo para o efeito de que se as coisas podiam piorar iam piorar, com minha irmã morrendo, Nora me corneando, Lyle em sua onda funk de adolescente e eu largando a garrafa, finalmente passei uma tarde com ela, no Dulcimer House, um hotel de classe, logo depois da esquina. O sexo com Brushy foi... breve. Não falhei por completo, mas vários pensamentos de lar e esposa, uma vida sóbria e até mesmo doença venérea me dominaram de repente, deixando-me mole como água e rápido como mercúrio.

"E daí?", disse Brushy. E sua bondade me deixou feliz. Para Brushy, no fim das contas, o importava era a conquista. Não restava a menor dúvida de que ela se sentia melhor por descobrir que não perdera grande coisa.

Quanto a mim, é provável que já esperasse por isso. Só tinha um sexo bom quando estava de porre, o que deve revelar alguma coisa a meu respeito, eu bem que gostaria de saber o quê. De qualquer forma, a vida era mais fácil quando eu podia atribuir a culpa por qualquer infortúnio à garrafa. Eu estava no maior porre – por isso é que gastei 20 dólares com aquela vigarista que me chupou em um táxi; por isso é que comi aquela garota, mesmo depois que ela vomitou. Muitos caras perdem a capacidade depois de chegar tão longe, mas, de vez em quando, ao tomar meia garrafa de Seagram's 7, eu me incendiava como um fogo de artifício.

Sem isso, não resta muito para dizer. Volta e meia alguma fantasia ainda me domina, as coisas mais insólitas – uma garota em um anúncio de cosmético ou alguma mulher de aparência comum cuja saia se levanta de modo provocante no momento em que ela atravessa a rua –, e me descubro empenhado na Diversão Mais Antiga do Homem. Sei que é repugnante imaginar um homem adulto, grandalhão, com a mão em sua pistola, mas não é tão novidade assim. Depois, sou invadido pela vergonha católica, mas também pela curiosidade. E me pergunto: o que há de errado comigo? Apenas estou meio morto por essa região ou será que nenhuma mulher pode ser tão boa quanto aquela com que sonho? E com o que eu sonho?, vocês podem indagar. Com pessoas. Casais, para ser franco. Admito isso, gosto de olhar. Filmes pornôs, mas em meu próprio cinema. O homem nunca sou eu.

Era nisso que eu pensava ao sair do vestiário para a área de recepção do Dr. Goodbody's Health Club. Havia algumas cadeiras, com uma mesa no meio, onde se achava empilhada a maioria dos jornais da semana, além das habituais revistas de saúde e forma física. Sentindo-me um tanto apático, arriei em uma das cadeiras, pensando mais ou menos que precisava procurar alguma coisa nos jornais, embora no momento não me recordasse do quê. O destaque da seção de esportes era o Super Bowl no domingo seguinte, a grande decisão do futebol americano. O ponto alto do interesse local era o jogo do Hands com Milwaukee, na noite de sexta-feira. Os resultados do Hands e do Meisters na temporada estavam em um boxe de uma página interna, e verifiquei, de passagem, que Bert ou Kam, quem quer que fosse, ganhara a aposta de 5 mil dólares a que chamara de Especial de Kam no Infomode, na partida contra a Cleveland State. Remoí um pouco esse assunto. O extrato do cartão apresentava um crédito de 9 mil dólares para dezembro. Ele andara ganhando, Bert ou Kam, o que significava que ninguém precisava roubar para pagar Archie.

E depois me lembrei, subitamente, por que queria dar uma olhada no jornal – para verificar o que Glyndora recortara. Folheei duas vezes, em vão, o *Tribune* daquele dia. Já ia desistir quando finalmente encontrei a notícia, na última edição, na seção local: Executivo do West Bank desaparecido. A esposa de um proeminente executivo de uma companhia de seguros, Vernon "Archie" Koechell, confirmara que o marido não aparecia em casa nem no trabalho havia duas semanas. O sumiço de Koechell fora comunicado à Polícia Unificada de Kindle, que investigava uma possível conexão com um crime financeiro não revelado. Na página de continuação, havia uma foto de Archie, um tipo executivo de aparência aristocrática, de cara redonda e bico de viúva. Era uma foto antiga, já tinha uns vinte anos, mas o reconheci mesmo assim, não havia dúvida. Já nos encontráramos cara a cara, por assim dizer, e muito tempo se passaria antes que eu pudesse esquecer o homem que vira na geladeira de Bert.

10
Seu investigador retoma hábitos perniciosos

A. SEU INVESTIGADOR É ENGANADO

Glyndora mora em um tríplex em uma dessas áreas restauradas próximo a conjuntos habitacionais. Juro por Deus que, ao ressuscitar dos mortos, quero ser corretor imobiliário. Eles vendem às pessoas um apartamento de três cômodos por 200 mil dólares, e quando elas saem pela manhã descobrem que seus carros não têm mais calotas. A dois quarteirões de distância dá para ver os garotos, em agasalhos esfarrapados, jogando basquete e olhando pelas cercas de arame, os olhos mortos, expressões vazias. Mas ali a construção era reminiscente de um cenário de Hollywood, a perfeição em cada detalhe, e a impressão de que se podia estender a mão através deles. O efeito era o estilo colonial Williamsburg. Pequenos badulaques no telhado e grades de ferro batido; pequenas mudas de árvores famintas, desfolhadas em janeiro, plantadas em quadrados abertos na calçada. Não se podia deixar de pensar em um cenário de parque temático.

– Glyndora, sou eu, Mack.

Encontrara seu endereço na lista de funcionários da firma, e não era uma visita esperada. Pelo interfone apresentei minhas desculpas por incomodá-la em casa.

– Preciso conversar com você, e não tenho muito tempo.

– Está certo. – Silêncio. – Fale logo, cara.

– Pare com isso, Glyndora. Não precisa ser tão engraçada. Deixe-me entrar.

Nada.

– Glyndora, não me sacaneie.

– Procure-me amanhã.

– Para você fazer o que fez hoje? Vou ficar parado aqui, congelando os ovos, apertando a campainha e gritando seu nome. Vou fazer a maior cena até que todo mundo no prédio comece a especular sobre suas companhias. E pela manhã irei direto ao Comitê para contar como você tentou me evitar.

Alguma coisa aqui pode ter passado por uma ameaça. O Comitê em particular. Fiquei batendo os pés ali na entrada por mais um minuto, no escuro, respirando vapor, com o queixo encolhido no cachecol até que finalmente ouvi a campainha.

Ela me esperava no alto da escada, iluminada por trás pela luz de seu próprio apartamento, e bloqueando a passagem para a porta. Usava um vestido caseiro simples, sem maquiagem, e os cabelos duros se achavam soltos; pareciam um tanto disformes. Empurrei-a ligeiramente pelo limiar de sua porta, acenando com as mãos para indicar que não aceitaria um não como resposta. Lá dentro, tratei de me sentar no sofá e abri o sobretudo. Fiz o melhor possível para parecer pesado e inamovível.

– Não vai me oferecer um café? Faz muito frio lá fora.

De pé junto da porta, ela não fez nenhuma menção de se mexer.

– Escute, Glyndora, há umas coisinhas que preciso falar com você. Primeiro, talvez possa pensar de novo e tentar se lembrar se viu um memorando de Bert sobre os cheques da Litiplex. Segundo, o nome Archie Koechell significa alguma coisa para você?

Ela ia tentar me vencer no olhar, como alguns artistas de parque de diversões fazem com certas criaturas repelentes, como cobras ou ursos. Pôs as mãos na cintura e balançou a cabeça lentamente.

– Você atendeu o telefone de Bert durante anos, Glyndora, e esse tal de Archie é muito amigo dele. Pense bem. Ele é um atuário. E está desaparecido. Como Bert. Saiu uma notícia sobre isso no jornal de hoje. Você não leu?

Nada. A mesma expressão intensa de rancor. Soprei as pontas dos dedos para aquecê-las, e pedi de novo um café.

Ela foi desta vez, mas não antes de me amaldiçoar, balançando a cabeça em incredulidade. Vagueei pelo apartamento. Muito simpático. O tipo de gosto da classe média discreta, como eu gostaria de ter em minha casa. Carpete claro de trama berbere, tecidos estampados com flores grandes nas almofadas dos móveis de ratã. Havia uma espécie de quadro de decorador, um movimento de ondas inócuas, por cima do sofá. Afora isso, as paredes eram vazias. Glyndora não ligava muito para imagens.

Ela se manteve ausente por algum tempo. Fui dar uma olhada na cozinha, bem pequena, ligada ao espaço exíguo que o arquiteto devia ter chamado de "área de comer", mas não a encontrei ali. E também não havia café sendo preparado. Pude ouvir seus movimentos, através de uma ou duas portas, e tive a impressão de detectar sua voz. Talvez ela estivesse no banheiro ou vestindo a indumentária de batalha. Não estranharia se Glyndora mantivesse uma animada conversa consigo mesma, mas também pensei em pegar o telefone para verificar se ela entrara em contato com outra pessoa. Prendi a respiração, porém não consegui captar nenhuma palavra.

No outro lado, em um canto da sala de jantar, havia uma pequena *étagère* redonda, uma estante de diversas prateleiras de metal cromado e vidro. Havia vários animais de vidro – Steuben, se perguntarem ao ex-marido de Nora Goggins – e retratos do filho de Glyndora, uma foto de formatura na escola secundária, com o capelo de formatura na cabeça, e outra menor, mais recente, em uma moldura. Um garoto de boa aparência, esguio e musculoso, com o corpo forte da mãe e a beleza transmitida pelo sexo masculino, mas com uma expressão maliciosa desfocada que nunca emanara de Glyndora desde o dia de seu nascimento.

– Ainda aqui?

Olhei para trás. Ela parecia remotamente divertida, talvez consigo mesma.

– Ainda me aquecendo.

Ela arrumara os cabelos, avermelhara um pouco os lábios, mas sua atitude continuava inflexível.

– Escute, Glyndora, você é esperta, e eu também. Portanto, vamos deixar a brincadeira de lado.

– Você deixou a polícia há vinte anos, Mack, e eu nunca fui uma idiota. Portanto, leve sua conversa para outras bandas. Estou cansada.

Glyndora assume com frequência a sua negritude diante dos brancos, em particular quando se lança na ofensiva. No escritório, hoje, ela me tratara da mesma forma.

– Deixe disso, Glyndora. Já lhe disse qual é a situação. Eu sou o Homem das Perguntas, e você é a Dama das Respostas. Se não quiser assim, podemos nos sentar e discutir o problema amanhã: você, eu e o Comitê.

Eu esperava que a renovação da ameaça, que fora suficiente para me levar através da porta, pudesse abrandá-la. Mas a ideia pareceu diverti-la.

– Tenho de fazer o que você quer, hein?

– É isso aí.

– Dava para imaginar. Você gosta assim, certo?

Dei de ombros.

– É o que aprecia. Só você e eu, e não tenho opção.

– Não é nada disso, Glyndora.

– É, sim. Foi por isso que veio à minha casa depois de escurecer, porque não tenho opção.

Glyndora tem o que se poderia chamar de questões fundamentais. Para ela, tudo se reduz sempre à mesma coisa, amo e escrava. Ela avançava em minha direção agora, rebolando um pouco, aquele andar em que os quadris balançam para um lado e para o outro, em uma atitude deliberada, ao mesmo tempo provocante e desafiadora; levantei-me para recebê-la, mas ela chegou ainda um pouco mais perto do que deveria. Glyndora sabia o que estava fazendo, e eu também, ambos já víramos aquilo no cinema. Ia me fazer recuar com sua ousadia. Apertara a cintura do vestido e se projetou para cima de mim, com sua formidável anatomia, oscilando nas pontas dos pés, as mãos nos quadris. Era como se me lançasse um desafio.

– E agora me diga, Sr. Mack, o que tenho de fazer por você?

Assim tão perto, sua pele escura era um complexo de cores, pontilhista. Seu sorriso era insinuante, revelando uma falha nos dentes que eu nunca notara nos 15 anos em que a conhecia. Repeti em um murmúrio:

– Não é nada disso.

Ela continuou ali, a cabeça erguida, os olhos firmes. Como adulto, sempre achei que os padres, professores e investigadores criminais não devem ter conhecimento carnal das pessoas sobre as quais exercem sua autoridade. É claro que as tentações abundam. Não sei dizer o que se passa pela cabeça das mulheres, mas às vezes parece que entram em fila para trepar com um policial. Pode-se pegar um cara baixinho e atarracado, meio careca, de aparência suja, do tipo que se senta no fundo do bar a noite inteira, sem atrair companhia nenhuma, mas basta meter um uniforme nele, uma pistola na cintura, e ele passa a ser irresistível. É uma coisa impressionante. Para alguns homens na polícia, era como um sonho que se converte em realidade, seriam capazes de trabalhar de graça, enquanto outros não estavam nem aí.

Para mim, era uma das poucas áreas da vida em que conseguira demonstrar algum autocontrole. Mas não era perfeito. Conheci uma garota de programa de Minnesota que me deixou tonto, testemunha em um caso de escravas brancas em que fazíamos nosso esforço habitual para agarrar os cafetões, escondendo-nos atrás de uma árvore. Tinha 20 ou 21 anos, uma loura espetacular, com uma carinha tão inocente que parecia ter saído de um barco a vela de um fiorde. Uma vida terrível. Fugira de casa porque seu velho a enrabava todas as noites, metera-se com a turma errada na cidade grande e, que Deus me perdoe por falar como alguém que teve uma educação católica, depois, fez tudo no mundo para se degradar. Havia um grande astro da TV, um comediante, que lhe pagava 2 mil dólares cada vez que vinha à cidade, levava-a para seu hotel e cagava em cima dela, para depois – respire fundo – observá-la comer sua merda. Não estou inventando. Seja como for, Big Bad Mack achava que ela era sensacional. E, por Deus, aquela era a vida dela, era a maneira como ganhava seu sustento, do jeito como uma planta se vira para os raios do sol. E chega o dia em que eu deveria acompanhá-la da delegacia a seu apartamento, a fim de buscar um caderninho de endereços em que ela anotara os nomes de alguns crioulos que eram seus cafetões. Nós dois sabíamos o que andava fermentando, que a natureza se achava prestes a seguir seu curso, e ela abriu a porta para aquele lugar sórdido – lembro que a porta era como uma cara bexiguenta, alguém batera ali com um machado ou um pé-de-cabra – e lá dentro estava um pequeno *chihuahua,* esse animal pigmeu, cheio de feridas pretas de sarna ou alguma outra doença canina similar, atacando os nossos pés. Ela disse ao bicho para se mandar e saiu perseguindo o pobre cachorrinho por toda parte, chutando e xingando, com um olhar de ódio tão concentrado e intenso que meu coração murchou no mesmo instante. Foi o que me despertou, admito, ver as marcas terríveis deixadas nela por toda a crueldade, pelas surras, pelas agressões, como acontecera com a porta.

E agora eu me encontrava desperto com Glyndora. Resfolegando à beira dos 50 anos, barrigudo, sabia que não era a imagem que excitava aquela mulher nas noites de calor erótico. Mas alguma coisa meio desvairada se ligou dentro de mim, querendo saber até onde aquilo iria, e sentindo a ousadia que está sempre me empurrando quando não morro de medo. Levantei os indicadores e, com uma desfaçatez excitante, encostei-os na ponta de seus seios, um de cada vez, e depois, delicadamente, como alguém lendo braile, pressionei as pontas dos outros dedos contra o tecido fino do vestido. Podia sentir por baixo as rendas do sutiã.

O momento que se passou entre nós foi o que costumávamos chamar nas ruas de p.m.e. – uma porra muito estranha. Ninguém deveria estar levando a sério. Eu não deveria apertar seus peitos, e Glyndora não deveria gostar. Era como se estivéssemos ambos sendo filmados. Eu podia ver tudo na imaginação – os corpos aqui, os espíritos pairando 5 metros acima, lutando como anjos pela alma de alguém. Em teoria, apenas disputávamos poder e território. Mas, com todas aquelas faces, o eu secreto se libertava, começava a se agitar. Os profundos olhos castanhos de Glyndora permaneceram fixados nos meus, divertidos, com um desafio determinado: eu vejo você. E daí? Eu vejo *você*. Mas a verdade é que nos sentíamos excitados demais.

Esse contato, embate, chame do que quiser, durou apenas segundos. Glyndora levantou os braços e afastou minhas mãos devagar. Seus olhos nunca se desviaram dos meus. A voz soou incisiva:

– Você não poderia dar conta, cara.

Ela virou-se para a cozinha.

– Quer apostar?

Glyndora não respondeu. Em vez disso, ouvi-a murmurar que precisava de um drinque.

Eu estava tinindo – o corpo a 4 mil volts. Era a ideia que fascinava, eu brincar com ela brincando comigo. E o Senhor Dureza lá embaixo também despertara. Ouvi-a esbarrar em um armário e praguejar.

– O que foi? – perguntei.

Ela não tinha uísque. Ofereci-me para sair, comprar uma garrafa. Queria que Glyndora relaxasse. Podia ser uma longa conversa, uma noite ainda mais longa.

– Você faz um café.

Apontei para ela, mas não demorei enquanto me inclinava pela pequena cozinha; tive medo de ver o que estava se mostrando. Algo em mim já se apegava à estranha intimidade daquele instante entre nós. Ao menor convite, poderia ter dado um beijo de despedida.

Fui até a Brown Wall's, uma loja que vira ao chegar, um homem adulto quase correndo pela rua, na calada do inverno, com a bandeira meio desdobrada. A loja ficava em uma zona neutra, entre os conjuntos habitacionais e as moradias da classe mais alta, os tijolos pintados de spray com os sinais das gangues, as vitrines com cartazes alegres e coloridos, mas protegidas por grades. Peguei uma garrafa de Seagram's na prateleira, com a sensação de que contemplava algo pornográfico ao olhar para todos aqueles soldados de vidro, dispostos lado a lado. Acabei me lembrando dar um pulo até uma farmácia próxima, a fim de comprar um pacote de camisinhas, para qualquer emergência, disse a mim mesmo, porque um escoteiro se mantém sempre alerta. E depois desci pelo quarteirão, indiferente aos três membros de uma gangue que se postavam na esquina, observando meus movimentos. Subi todos os degraus da frente em um só pulo e toquei a campainha, esperando ser reintroduzido no paraíso.

E toquei por um minuto e meio, em pressões intermitentes, antes de começar a me perguntar por que ela não respondia. Meu primeiro pensamento? Que sou um tremendo idiota? Que deixara a cabeça menor pensar pela maior? Nada disso. Para dizer a verdade, preocupei-me com ela. Teria se sentido mal? Um dos assaltantes da vizinhança entrara pela janela e a acertara durante a minha ausência? Só depois é que me lembrei do pequeno e fatal estalido, a que não dera a menor importância enquanto descia voando pela escada. E de repente, parado ali, na entrada do prédio, murcho por causa do frio, compreendi que era o som da tranca sendo empurrada para seu lugar, o ruído de uma mulher se trancando para a noite.

Uma coisa devo admitir – não me retirei como um cavalheiro. Esmurrei aquela campainha, como se fosse a porra do nariz de Glyndora. Depois de uns cinco minutos, ouvi sua voz, firme, apenas uma vez, e não pelo tempo suficiente para me permitir uma resposta.

– Vá embora – disse ela, alto e firme, e sem esperar por mim.

Tenho de ser honesto: não foi um bom momento. Conseguira pegar o carro antes de Lyle naquela noite, a banheira do Chevy; Nora ficara com o automóvel, um BMW verde-jade, que eu sempre dirigia com tanto prazer que tinha a sensação de ter tomado um comprimido. Retirei-me para aquele ferro velho ambulante, onde sempre me sentia contrafeito com as manchas nos bancos deixadas por Lyle e seus amigos, e tentei avaliar a situação. Muito bem, disse a mim mesmo, uma mulher não queria deixá-lo entrar em seu apartamento, depois o enganou e trancou a porta. A conclusão é... Preencha o espaço em branco. Fotos? Talvez houvesse um cara escondido no armário com uma câmera.

Mas eu não podia deixar de lhe conceder o merecido crédito. Glyndora sabia onde se encontrava a barriga deste porco-espinho. Deixe ele se engraçar outra vez com as mulheres, e depois ponha uma bebida em sua mão. A garrafa tinha um estranho peso mágico em minha palma. Sempre bebera uísque de centeio, como meu velho. E adorava. Experimentei um arrepio de excitamento quando passei o polegar pela etiqueta do imposto no gargalo. Era um bêbado bem-educado, que jamais começava antes do anoitecer, mas às 14 horas já podia sentir uma certa secura nas glândulas salivares, e o primeiro trago era sempre o suficiente para me deixar tonto. Costumava pensar todo o tempo em Dom Perignon, o monge que fora o primeiro a destilar champanhe. Ele rolara pela escada e anunciara aos irmãos que correram em seu socorro: "Estou bebendo estrelas."

Tudo parece irremediavelmente triste, pensei de repente, olhando pela noite desolada para o apartamento de Glyndora. Minha respiração embaçava as janelas, e liguei o carro para acionar o aquecimento. Toda a atração daquele empreendimento fora a perspectiva de assumir um surpreendente e repentino controle sobre minha vida. Mas senti outra vez que havia um titereiro distante, cujos cordões estavam costurados em minhas mangas. Os fatos fundamentais se tornaram mais uma vez evidentes: eu não passava de um vagabundo perdido.

E me fiz a mesma pergunta de sempre – como pudera acabar assim? Era apenas uma questão de natureza? Em meu bairro, se o seu velho era um policial ou um bombeiro, você o considerava um herói, esses místicos homens de coragem, pondo seus capacetes e casacos para enfrentar um dos mais inescrutáveis eventos da natureza, como a substância se transforma em calor e cor, como as brilhantes chamas multiformes dançam enquanto destroem. Aos 3 ou 4 anos, eu já ouvira falar tanto sobre essas coisas, a descida pelo poste e coisa e tal, que tinha certeza de que meu pai era capaz de voar quando calçava as botas e vestia a capa de combate ao fogo. Ele não podia. Foi o que aprendi com o passar do tempo. Meu pai não era um herói. Era um ladrão. Falava a respeito, só que nunca aplicando a si mesmo. Mas como Jasão e Marco Polo, voltava com tesouros de cada aventura.

Ouvi muitas vezes meu pai explicar sua lógica ao discutir com minha mãe, em acessos de autodefesa embriagada. Se uma casa está pegando fogo, mulher, por que não retirar as joias antes que se derretam? Afinal, você está arriscando sua vida ali... Acha que se você saísse e perguntasse aos moradores, parados lá fora, vendo as chamas consumirem suas vidas, eles diriam que não? Quando estudei economia na universidade, não tive a menor dificuldade em compreender o que significava o direito de posse.

Mas eu não me sentia propenso a perdoá-lo. Costumava especular, quando garoto, se todos sabiam que ele roubava. As pessoas no meu bairro pareciam perceber, vinham bisbilhotar, na expectativa de comprar por uma ninharia os pequenos objetos que cabiam sem problemas nos casacos de borracha. "Por que acha que fizeram tão grandes os bolsos nesses casacos?"

Era o que meu pai costumava dizer, nunca para mim, mas para quem quer que fosse examinar as pratarias, os relógios, as joias, as ferramentas, as mil e uma coisas que entravam em nossa casa. Ele ria ao fazer essas exposições de corrupção. Se um visitante indagasse qual era a procedência, meu pai soltava uma gargalhada e dizia a piada sobre os bolsos dos casacos. Era um pouco de burrice, é verdade, mas ele queria que pensassem que era ousado – todas as pessoas assustadas agem assim, querem ser iguais àqueles que as assustam. Eu tinha uma prima, Marie Clare, que um dia pediu a meu pai que procurasse um vestido de batizado para sua filha, e ele arrumou uma coisa linda... Por que acham que fazem tão grandes os bolsos dos casacos?

Para mim, quando era pequeno, a vergonha de tudo isso parecia às vezes me empolar o coração. Quando comecei a me confessar, confessei por ele. "Meu pai rouba." Os padres nunca se mostravam interessados. "É mesmo?" Eu queria deixar meu nome e endereço, na esperança de que o fizessem parar. O pai de um menino é o seu destino. Mas esse tipo de roubo era uma questão social, perdoável e corriqueiro. Diziam-me para respeitar meu pai, rezar por sua alma, e que era melhor me preocupar com meu próprio comportamento.

"Muito da vida é vontade." Eu já torcera a tampa dourada da garrafa antes de perceber o que fazia e repeti essa frase antiga para mim. Ouvira-a de Leotis Griswell, não muito antes de sua morte. Contemplei a garrafa aberta como se fosse um olho cego, e por algum motivo isso me levou a olhar para baixo, para outra coisa, outra fonte de prazer. O perfume forte do álcool me provocou uma pontada de angústia, tão intensa e dolorosa quanto a visão distante de uma mulher adorável, cujo nome jamais saberei.

Muito da vida é vontade. Leotis me falava a respeito de Toots, seu antigo aluno. Leotis possuía uma habilidade que observei em muitos dos melhores advogados, defensores fervorosos que ao mesmo tempo mantêm seus clientes a distância. Quando falava sobre eles, costumava se mostrar um homem de sangue-frio. Não queria que eu me deixasse enganar por Toots. "Ele vai lhe apresentar desculpas sobre sua vida difícil, mas nunca perdi tempo com a sociologia. É negativo demais. Não preciso saber o que oprime as massas. Qualquer sujeito com um olho na cabeça pode perceber isso: é a vida. Mas de onde vem aquele espécime raro? Qual é a diferença? Ainda passo horas especulando. De onde surge a força para *não* se render. A vontade. Muito da vida é vontade."

Uma certa incandescência sutil irradiava-se do velho ao dizer isso, o corpo fraco ainda abrigando o enorme espírito, e a lembrança disso e do padrão que ele fixou como pessoa me puniam agora.

De qualquer forma, Leotis falou certo, sobre a vida e a vontade. É uma convicção apropriada para um homem nascido nos últimos anos do século XIX, mas defasada para qualquer outro. Acreditamos agora que uma nação tem direito à autodeterminação, mas uma alma é escrava do destino material: roubo porque sou pobre; acaricio o sexo de minha filha porque minha mãe fazia isso comigo; bebo porque minha mãe era às vezes cruel e me xingava e porque meu pai me deixou esse traço de personalidade, como se fosse alguma infeliz estrela guia em meu gene. De modo geral, ainda prefiro a perspectiva de Leotis, a mesma que me ensinaram na igreja. Opto por acreditar na vontade em vez do destino. Bebo ou não bebo. Tentarei encontrar Bert ou não tentarei. Pegarei o dinheiro e fugirei ou vou devolvê-lo. É melhor encontrar opções além da servidão de causa e efeito. Tudo remonta a Agostinho. Optamos pelo Bem. Ou pelo Mal. E pagamos o preço.

E isso pode ser a maçã mais doce da serpente. Parecia que eu nem precisava engolir.

Estou bebendo estrelas.

Quinta-feira, 26 de janeiro

B. SEU INVESTIGADOR PERDE ALGO ALÉM DO AUTORRESPEITO

Acordei tantas manhãs jurando que nunca mais faria isso que havia quase prazer na angústia. Sentia-me como uma coisa tirada do lixo. Fiquei absolutamente imóvel. A luz do sol seria como uma bala no cérebro. Ao longo da linha interna da cabeça às tripas havia uma sensação biliosa, um impulso de regurgitar já se manifestando.

– Calma – murmurei para mim mesmo, e foi nesse instante que percebi que não me encontrava sozinho.

Quando abri os olhos, deparei com um garoto a me encarar. Latino, ao que parecia, agachado a cerca de um braço de distância, por baixo do painel, no banco do motorista. Uma das mãos segurava o toca-fitas, já meio retirado, revelando as entranhas desoladas do carro, fios coloridos e espaços escuros. Cortar os fios seria a etapa seguinte. A porta estava entreaberta por trás dele, e a luz do teto, acesa. Havia uma brisa de ar frio me subindo pelo nariz.

– Fique frio – disse ele.

Não vi um revólver nem mesmo uma faca. E era apenas um garoto. Treze, 14 anos. Ainda com espinhas por toda a lateral do rosto. Um dos pequenos e doces vampiros urbanos, excursionando pela madrugada para assaltar bêbados. À beira dos 50, eu ainda podia arrebentar aquele pequeno sacana. Ou pelo menos machucá-lo. Ambos sabíamos disso. Tornei a conferir seus olhos. Seria um tremendo triunfo se houvesse apenas um traço, uma vírgula, um apóstrofo de medo, qualquer sinal mínimo de hesitação.

– Caia fora – falei.

Eu não me mexera. Estava meio dobrado, como uma sacola de compras descartada, estendido de lado, sobre o banco do passageiro. Com a adrenalina, despertava depressa, sentindo-me tonto, a cidade girando. E havia violentos movimentos em minha barriga.

– Não se mexa, cara.

Ele virou a chave de fenda para me enfrentar.

– Vou acabar com você, seu merdinha. Vou reduzir você a pó de bosta, e depois disso nunca mais vai poder sacanear ninguém.

Balancei a cabeça com vigor, em um aceno decidido. O que foi um grave erro. Como se inclinar demais para trás em uma cadeira. Revirei um pouco os olhos. E me soergui, apoiado em um cotovelo. Com isso, aconteceu.

Vomitei em cima dele.

Por completo. Escorria das pestanas. Sua cabeça cabeluda ficou cheia de fragmentos de vômito. As roupas se encharcaram. Ele se afogava no vômito, cuspindo e tremendo, me xingando, em um protesto incoerente.

– Pô, cara! – balbuciava ele. – Pô, cara!

Suas mãos dançavam de um lado para outro, e percebi que ele tinha receio de tocar em si mesmo. E o garoto se mandou bem depressa. Eu estava tão ocupado esperando que ele me matasse que nem vi quando deixou o carro, só percebi que tinha ido embora quando o vi correndo pela rua.

Muito bem, Malloy, pensei, você vai gostar desta. Fiz várias tentativas antes de conseguir me erguer e depois entendi que aquela história, como o relato do que acontecera de fato entre mim e Pigeyes, ficaria sem ser contada. Afinal, eu fora mau. Fraco. Tomara um trago. Uma garrafa. E sacaneara o destino.

Meu companheiro no AA, meu anjo da guarda, era um cara chamado Giandomenico, UND, como dizíamos na polícia, último nome desconhecido. Embora eu não aparecesse em uma reunião havia 16 meses, sabia que ele conversaria comigo, diria que ainda tenho o que é preciso para conseguir. Hoje não era diferente de anteontem. Era um dia em que eu não ia beber. Eu resistiria pelo dia de hoje, e depois pensaria no amanhã. Conhecia o refrão. Memorizara todos os 12 passos. De certa forma, a longo prazo, eu descobrira que o AA era uma coisa mais triste do que ser um bêbado, por ter de escutar aquela gente. "Meu nome é Sheila, e sou uma alcoólica." E depois vinha a história, como ela roubava, se prostituía, batia nos filhos. Juro por Deus que às vezes eu me perguntava se as pessoas não estavam inventando aquelas coisas só para fazer com que os outros não se sentissem tão mal assim por suas vidas. Era um culto meio exagerado para mim, a Igreja da Autoacusação, como eu chamava, aquele negócio de dizer que não passo de um merda e me entregar a um poder superior, o UND, que me manterá a salvo da pinga, o demônio. Aceitei bem o apoio, fiquei todo emocionado e lacrimejante pela quantidade de pessoas que apareciam a cada semana para segurar minha mão, e torço para que todos ainda estejam resistindo, sãos e salvos. Mas sou excêntrico demais e relutante em contemplar o mistério de por que, com a morte de minha irmã, eu não mais sentia a necessidade incontrolável de beber. Finalmente, enchera até mesmo a minha taça sem fundo de sofrimento? Ou aquilo era, como temera nos momentos mais sombrios, alguma forma de celebração?

O pequeno condomínio de Glyndora se destacava no outro lado da rua, cinza sobre cinza, as cores quase indecifráveis na claridade reduzida do inverno, ainda parecendo um cenário de cinema, exceto pelo cartaz na frente, anunciando que ainda havia unidades disponíveis a partir de 179 mil dólares. Qual fora sua intenção na noite anterior? Tudo aquilo, aquele interlúdio, teria sido apenas pelo riso? Tinha a impressão de que Glyndora não apreciava esse tipo de sutileza. Ela dizia as coisas na cara. Mas, por algum motivo, queria que eu saísse de lá. Era medo de que eu descobrisse alguma coisa? Talvez um namorado? As roupas de alguém estavam no armário, os sapatos junto da porta. De Archie? Ou de Bert?

Tratei de me empertigar. Diverti-me um pouco ao pensar em Lyle entrando no carro com seus amigos depois da meia-noite e sentindo o cheiro. Seria capaz de apostar uma grana alta que não saberia a quem culpar. Ficaria sentado ali, tentando imaginar quem vomitara no carro duas noites atrás. O sacana já me deixara coisa muito pior. Ainda assim, abri as janelas e joguei o tapete na rua. Empurrei o toca-fitas de volta à sua frágil membrana de plástico no painel. Pensei naquele ladrãozinho correndo por North End, no frio, à procura de uma torneira. Estaria com um cheiro e tanto quando chegasse à escola. É isso aí, eu me sentia mau e engraçado. Deslizei pelo banco para me acomodar ao volante, e foi só nesse instante que percebi a falta de algo em meu quadril. E comecei a praguejar.

O filho da puta do garoto levara minha carteira.

11
Está tudo bem

A. SEU INVESTIGADOR É INTERROMPIDO

Se Bert Kamin estava morto, então quem ficara com o dinheiro?

Essa pergunta me ocorreu de repente, ao me postar diante de um espelho na academia, onde fora me limpar antes de seguir para o escritório. Fazer a barba e tomar um banho de chuveiro não melhoraram em muito o meu estado. Ainda tinha a aparência furtiva de um bandido em um cartaz de procura-se, e a dor de cabeça me fazia lembrar daqueles homens das cavernas que costumavam abrir buracos de ventilação no crânio. Telefonei para Lucinda, informando onde me encontrava e pedi que tomasse as providências necessárias para cancelar e substituir meus cartões de crédito. Depois, procurei um canto isolado no vestiário para meditar sobre a situação. Quem ficara com o dinheiro? Martin dissera que o banqueiro com quem falara em Pico insinuara que era de Bert a conta em que os cheques haviam sido depositados. Mas não se podia considerar uma afirmação taxativa.

Um refúgio, até mesmo falso, é o lugar em que se encontra um pouco de sossego, e por isso me irritei quando o atendente veio informar que me chamavam ao telefone. Uma das coisas que mais detesto no mundo dos negócios, no final do século, é essa besteira do acesso instantâneo: com faxes, telefones celulares e todas essas coisas dos caras muito diligentes, que sempre nos encontram em qualquer lugar. A concorrência no mundo da grana alta converteu a privacidade em coisa do passado. Eu imaginava que era Martin, o Senhor Impaciência, que gosta de nos ligar com sua última ideia brilhante sobre um caso, do interior de um avião, às 23 horas, quando se encontra a caminho de Bangladesh. Mas não era ele.

– Mack? – disse Jake Eiger. – Gostaria de conversar com você o mais depressa possível.

– É claro. É só me dar tempo para falar com Martin ou Wash.

– É melhor só nós dois. Por que não sobe direto para cá? Preciso lhe dar algumas informações. Sobre a nossa situação.

Ele limpou a garganta, de uma maneira vagamente significativa, e por isso desconfiei no mesmo instante do que estava para acontecer. Os poderes constituídos na TN haviam analisado aquele fiasco – Bert e o dinheiro – e concluído que havia uma certa firma de advocacia que podiam muito bem dispensar. Cancele a expedição de busca e arrume as malas. Eu teria de dar a notícia a meus sócios como um "vazamento".

Já fazia um tempo que Jake e eu não nos sentávamos para uma conversa franca. Nossos encontros se tornaram desagradáveis depois que me divorciei de sua prima... e da decisão de Jake de parar de me encaminhar os casos da TN. Nunca falamos sobre nenhum dos assuntos. Aquilo que não mencionamos é, na verdade, mais ou menos a base de nosso relacionamento.

Como sempre, uma longa história. Jake não foi um estudante dos melhores; sempre desconfiei de que ele entrou para a faculdade de direito por pressão do pai. É muito inteligente – às vezes até brilhante –, mas tem dificuldades para pôr os pensamentos no papel. Um mago na múltipla escolha, mas bloqueado quando tinha de escrever ensaios. O termo que ele inventara para si mesmo era "escriptofóbico", mas acho que no jargão de hoje diríamos que ele tem deficiência de aprendizado.

Eu trabalhava na CAE havia cerca de um ano quando Jake me convidou para almoçar. Pensei que era uma espécie de obrigação familiar – uma das tias de Nora enchendo o saco dele com a sugestão de pagar o almoço para o Mack e dar alguns conselhos, talvez assim ele ainda venha a ser alguém na vida. Mas logo percebi que Jake estava apreensivo. Fomos a um desses restaurantes elegantes no terraço de um edifício, e ele contraiu os olhos por causa do sol. O vento agitava as franjas do guarda-sol por cima de nós.

– Uma linda vista – comentou Jake.

Ambos estávamos bebendo. Ele também se sentia infeliz. A beleza de Jake dava margem apenas para a descontração infantil. A preocupação era como um cartaz pintado em sua testa.

– Qual é o problema? – perguntei.

Só podia haver alguma coisa. Não mantínhamos um autêntico relacionamento social.

– O exame na Ordem.

Não entendi a princípio. Pensei que fosse um desses comentários elegantes e espirituosos que ele costumava fazer, além da minha compreensão, uma conversa de garoto rico. Ele iniciava o seu terceiro ano na G&G, o lacaio predileto de Wash, saíra havia três anos da faculdade de direito, passara um ano como assistente de um juiz, e o exame na Ordem já deveria ter ficado em um passado distante. Pedi o almoço. Dava para ver o Trappers Park lá de cima, e conversamos sobre o time durante um tempo.

– Eu bem que deveria ir lá – comentou Jake. – Não tenho muita oportunidade.

– Anda ocupado com grandes negócios?

– O exame da Ordem – repetiu ele. – Acabei de fazer pela terceira vez.

E ele me fitou de uma longa distância, no jeito agoniado que devia usar com as mulheres que queria comer. Eu não precisava de um guia para saber que estava sendo comprometido.

– Três reprovações, e é o fim da linha – acrescentou Jake.

Três fracassos, e tinha-se de esperar cinco anos para fazer o exame outra vez. Eu conhecia as regras. Fora um dos caras que as formularam.

– A firma vai ter de me despedir – continuou ele. – E meu velho morreria. Isso mesmo, morreria.

Sua carreira como advogado, em termos práticos, estaria liquidada, mas sem dúvida a pior parte para Jake seria o pai.

Enquanto eu crescia, o pai de Jake era colega de Toots no Conselho Municipal, uma figura de considerável influência. Investido dos poderes medievais tipicamente exercidos por um conselheiro em DuSable, Eiger *père* vivia em nossa unida aldeia católica como um príncipe entre os plebeus. Em 18 de junho de 1964, dia em que completei 21 anos, meu pai me levou ao conselheiro municipal Eiger para lhe pedir que me arrumasse um lugar na polícia. Àquela altura, eu já tinha dois anos de universidade e, de certa forma, me sustentava vendendo aspiradores de porta em porta; circulara pelo departamento de arte, e era uma espécie de *beatnik* de livraria, o jovem perturbado médio, um rapaz irlandês que ainda morava em casa com a mamãe, absolutamente confuso com o caminho a seguir na vida. A polícia pelo menos seria um ponto de partida e me livraria do exército, o que era uma coisa que eu não dizia a ninguém em voz alta, e sem nenhuma política de esquerda envolvida, apenas um *pit stop* na trajetória da vida que eu não queria fazer, pois jamais gostei de receber ordens de quem quer que fosse. Três anos depois, arrebentei o joelho e tentei a faculdade de direito, sem convocação, sem Vietnã para me atrapalhar, e segui em frente, satisfeito por voltar à escola, uma dessas estranhas coisas acidentais que ocorrem na vida.

Sentado em seu escritório, que parecia uma sala de recreação em um porão, ornamentado com mapas e cartazes políticos de campanhas passadas, além de quatro daqueles enormes telefones no estilo antigo, pretos e suficientemente pesados para serem usados como arma de um crime, ocupando a maior parte do espaço na mesa, o conselheiro municipal Eiger me assegurou de que o meu pedido de ingresso na polícia mereceria toda a consideração. Não se podia deixar de amá-lo, um homem tão cumulado de poder e tão generoso no exercício desse poder. Era o tipo de político que se podia compreender, cujas linhas de lealdade estavam há muito gravadas, e eram bem conhecidas: primeiro ele próprio, depois sua família, em seguida os amigos. Não era contra a lei ou os princípios. Acontecia apenas que não eram elementos operacionais. Eu era um cadete previamente escolhido que iniciaria o curso na Academia de Polícia em três semanas. Agora, seu filho estava sentado à minha frente, e, mesmo que Jake negasse que o pai estivesse a par de qualquer coisa, a mensagem ainda era a mesma. Eu devia. Devia à família. Você sabia que o velho dele pensaria assim.

Mas fiz uma única tentativa de integridade.

– Jake, acho que devemos conversar sobre outra coisa.

– É claro. – Ele baixou os olhos para seu copo. – Fiz o último exame na semana passada. Havia uma questão, e me atrapalhei todo... Uma questão de processo civil sobre a revisão de uma sentença de divórcio, e escrevi resmas sobre o direito matrimonial.

Jake balançou a cabeça. O pobre e belo Jake parecia prestes a chorar. E, de repente, não pôde mais se conter. Um cara quase adulto, soluçando como uma criança em seu gim.

– Desculpe... Sabe como são essas coisas – balbuciou, empertigando-se.

Comemos em silêncio absoluto por uns dez minutos, e depois ele se desculpou outra vez e deixou a mesa.

Algo peculiar que se aprende na vida é que o que torna grandes as Grandes Instituições são as coisas que as pessoas lhes atribuem, não sua operação concreta, que muitas vezes é apenas prosaica. A pontuação no exame para a Ordem era assim. Mandamos as provas para dez professores em todo o estado, um para cada questão. Elas são devolvidas em pilhas tão descuidadas como se fossem lixo. As secretárias passam dias separando, depois somam as notas de cada candidato, e os advogados da equipe conferem a aritmética. As somas eram os resultados. Setenta era o mínimo para aprovação, 69 estava reprovado. Jake tinha 66 quando encontrei seus exames na mesa de um assistente administrativo na noite em que saí a caçá-los. O cara que verificara a questão de processo civil dera três a Jake, no máximo de dez. Um três e um oito são muito parecidos, mesmo que você não tenha o menor talento para a falsificação. Eu não corria o menor risco; ninguém jamais saberia. Sem contar comigo, é claro.

Ainda assim, vocês podem perguntar por que eu faria isso? Não por causa de Jake, Deus sabe, nem mesmo porque meu velho e minha mãe ficariam envergonhados se soubessem que eu não ajudara um amigo. Nada disso. Creio que estava pensando em Woodhull e seu lacaio, que confundem ética com ego, aqueles presunçosos que se consideram no direito de julgar os outros, meus colegas, mais uma equipe em que eu não queria jogar, mais um grupo que não permitiria que reivindicasse minha alma. O mesmo motivo pelo qual dedurei Pigeyes e depois menti, não querendo jogar por nenhum dos lados.

Jake me levou para almoçar na semana seguinte à divulgação dos resultados. Estava satisfeito como um cachorrinho novo. Babou em cima de mim, e eu não disse nada. Dei-lhe os parabéns quando ele me disse que passara. Apertei sua mão.

– Você pode pensar que vou esquecer, mas saiba que isso jamais acontecerá – declarou ele.

– *No comprendo.* Agradeça a si mesmo. Foi você quem prestou os exames.

– Não me venha com essa merda.

– Ora, Jake, a prática leva ao conhecimento. Você passou. Certo? Não se fala mais nisso.

– Você é um cara legal. Depois da minha cena em nosso último encontro... passei mal. E pensei: um policial, pelo amor de Deus! Você foi falar essas coisas para um cara que foi da polícia!

O olhar de Jake dizia tudo. Nós, companheiros. Nós, amigos. Ao longo dos anos, Jake nunca perdeu essa presunçosa noção de fraternidade. Sua vida consiste agora em jogar golfe e trepar pelas costas da terceira esposa, mas naquela ocasião, 21 anos antes, pude perceber que restaurara a fé central de sua vida: éramos pessoas especiais, capazes de contornar qualquer adversidade se permanecêssemos unidos. Tive vontade de cuspir na sua cara.

– Esqueça, Jake – falei então. – Esqueça tudo.

– Nunca – respondeu ele.

E eu sabia que aquilo era uma maldição.

B. SEU INVESTIGADOR VISITA A AMÉRICA DE HERBERT HOOVER

Esperando por Jake, sentei-me na recepção do 44° o Nível Executivo da TN, sentindo-me inferior. Predomina por ali um clima de autoimportância que sempre me deixa murcho. Alguém ainda vai me explicar por que esse nosso sistema, que supostamente enaltece a diversidade e a opção individual, acaba se tornando, em vez disso, o veículo pelo qual todos sempre escolhem a mesma coisa. Com suas linhas aéreas, bancos e hotéis, a TN fez negócios no ano passado com dois em cada três americanos que ganham mais de 50 mil dólares por ano. Muitas dessas pessoas acham que a TN não é mais do que uma espécie de ônibus voador, mas em uma sociedade de massa até uma conexão trivial com 25 milhões de vidas, em particular as mais proeminentes, proporciona a uma instituição uma aura extraordinária de grandiosidade e poder.

A secretária de Jake me serviu de guia, e Sua Beleza se levantou para me cumprimentar. A sala é tão ampla que, juro, ele acenou quando entrei. Assim que ficamos a sós, Jake sentou-se no canto de sua mesa, que mergulhava por mais de um palmo no grosso carpete. Não se podia deixar de pensar que era uma pose que ele vira em algum anúncio de revista. Jake vestia paletó. Seus cabelos estavam penteados com perfeição. Para preencher o tempo no início dos nossos encontros, Jake gosta de conversar comigo sobre o velho bairro, os caras da escola secundária, nosso lugar entre as gerações. Mas hoje ele foi direto ao assunto. Como eu receara, era em Bert que ele pensava.

– Escute, meu velho companheiro, tenho de confessar que estou meio por fora da situação. Afinal, o que está acontecendo lá embaixo?

– Eu bem que gostaria de poder lhe dizer, Jake.

– E você não está ajudando muito. Soube que foi conversar com Neucriss.

As notícias viajam depressa.

– Ele me telefonou antes que o seu elevador chegasse ao térreo – explicou Jake –, querendo saber qual era o problema. Posso perguntar o que você estava fazendo?

– Ei, vamos com calma. – Falei com a maior amabilidade. Nunca ofendo Jake. Passara todos aqueles anos vendo meu velho beijar o anel do capitão dos bombeiros. – Sabe como é, Jake, estou apostando em pressentimentos. Não consigo descobrir o que é a Litiplex. Talvez os querelantes saibam. Não podia imaginar que Martin já tentara a mesma coisa com Peter.

Jake aceitou calmamente. Estava me avaliando.

– É verdade, ele já tinha falado. E quando você apareceu, acionou as campainhas de alarme. Não podemos ter esse tipo de confusão.

Era evidente que Neucriss, ao telefone, se divertira a valer: esses idiotas que você contrata a 300 dólares por hora. Não sei como aguenta. Dois deles ocupados em cuidar da correspondência. Ah, ah, ah. Jake sentira a espetadela, e era eu quem pagava o preço.

– Escute, Mack, meu amigo, vamos revisar o lance.

Jake é um mestre dessas frases, o idioma executivo, mais uma moda em que ele está por cima. Abranda a ofensiva, mas nem por isso deixava de ser tão duro quanto o pai, e eu sabia que, apesar de toda a elegância, Jake ia ser bem rude.

– Ele... – Jake apontou para a porta do conjunto de salas do CEO; baixara a voz. – ...o cavalheiro polonês aqui ao lado. Ele gosta de mim, ele não gosta de mim. Quem sabe o que pode acontecer de um dia para o outro? Vamos presumir que ele não é o presidente do meu fã-clube. Certo? Digamos que ele pensa que eu uso os advogados errados e pago demais para os que escolho. Tudo presumido. Mas ele tem de me aturar. Sabe por quê?

– O conselho?

– O conselho, isso mesmo, o conselho. Porque há uma facção ali, muitos membros que acreditam que sou capaz de voar sem asas. E sabe por quê?

– Por quê?

– Porque eu... e os advogados que escolho cuidamos de um desastre de 300 milhões de dólares para esta companhia, uma confusão judicial em que reservamos 100 milhões para pagar a nossa parte, e nós... eu, sua firma, Martin... demos um jeito de mudar a situação, ao ponto de *ganharmos algum dinheiro* para esta companhia. Quase 20 milhões de dólares. Cada dólar que restar naquele fundo será um emblema de orgulho. Para todos nós. E um ponto a mais no placar. Certo?

Fiz um aceno de cabeça.

– É claro.

Eu tinha de ficar sentado imóvel para ouvir tudo isso, como se fosse uma criança assistindo a uma aula, sorrindo afetado, fingindo que ele inventara a fusão a frio.

– Agora, vamos examinar esse suposto negócio do Bert. É muito perturbador. Para ser franco, não acredito nessa história. Se acreditasse, ficaria mais alarmado. Mas no fim, se formos pacientes para chegar ao fundo do poço, talvez fazendo uma revisão da contabilidade, acho que podemos descobrir que é outra coisa que está acontecendo. Mas assim é se lhe parece... Muito bem, investigue. Examine tudo. É a atitude responsável a adotar. De qualquer modo, vamos ficar de olho na bola, meu velho. Se você sair por aí atiçando os advogados dos querelantes, eles podem querer uma contagem meticulosa antes das liquidações no mês que vem... Se você fizer isso, e caras como Neucriss perceberem que temos um excedente, eles farão todo o possível para nos arrancar até o último centavo. Para não mencionar nossos corréus. Portanto, independentemente do que você possa pensar que aconteceu com Bert, uma coisa assim seria muito pior para todos nós. Certo? Por isso, vamos continuar com o maior cuidado. Foi o que eu lhe disse no outro dia. *Seja discreto.*

Mais ou menos como se fosse uma deixa, Tad Krzysinski, o presidente do conselho e CEO, enfiou a cabeça pela abertura da porta lateral. Em um mundo perfeito, aquele cara seria alguém a quem se poderia odiar com a maior tranquilidade, um sacana como Pagnucci, um tremendo sucesso embriagado em seu ego. Mas ele não é nada disso. Com um pouco mais de 1,60 metro, é um sujeitinho espirituoso, e em cada sala que entra dá a impressão de que alguém acabou de instalar ali um reator nuclear compacto, uma força tão vital que a pessoa tem a leve sensação de que será arremessada através das paredes.

– Mack – cumprimentou-me.

E avançou pela sala para bombear minha mão. É um ex-ginasta musculoso, com um olhar cativante. Levei um momento para especular, como de hábito, sobre o que acontecia entre Brushy e ele, mas Tad sempre parece tão animado que não há como adivinhar.

– Tad – respondi.

O cara não dá muita importância às convenções, é sempre o primeiro a lhe dizer quem ele é, filho de um bombeiro hidráulico, uma de oito crianças, agora com nove suas, alguém que dorme apenas três horas por dia e confessa que só se importa com sua família, seu Deus e a crescente riqueza das pessoas que depositaram sua fé nele, soltando uma grana alta para comprar ações ordinárias da TN. Dava para perceber que só de fazer um aceno de cabeça e apertar a mão ele já deixava Jake apavorado. Eram os dois lados da consciência étnica, os americanos, outrora excluídos, que desde os anos 1960 encontraram seu caminho para a terra das grandes corporações – Jake, um cara fraco sem raízes, que aspirava a todas as coisas vãs com que se sonha na mobilidade vertical, e Krzysinski, que aceitava como a Sagrada Escritura todas as coisas em que os imigrantes acreditavam sobre trabalho árduo, firmeza e a capacidade de mudar a face do mundo. Eu me encontrava entre os dois, apreensivo, com um súbito reconhecimento de que se tratava de uma união impossível. Jake tinha seus adeptos poderosos no conselho da TN, mas Krzysinski não conseguia deixar de odiá-lo. E era por isso que Jake encarava o excedente da 397 como seu salva-vidas.

– Já que você está aqui, Mack, imagino que estamos metidos em outra encrenca.

Tad bateu em meu ombro, jovial, riu da própria piada e até conversou com Jake sobre um problema que tinham em Fiji. A TN, é claro, tem hotéis por toda parte. Tóquio. Paris. Mas chegou ao Extremo Oriente na frente de todas as outras, e nesses tempos de vacas magras aquelas operações se tornaram particularmente importantes. Não são poucos os dias em que Tad se mantém mais preocupado com o primeiro-ministro Miyazawa do que com Bill Clinton. Alguém devia se sentar e pensar a respeito disso, porque muito em breve os altos executivos se tornarão uma superclasse sem estado, pessoas que vivem pelos negócios e partidas de golfe e se importam muito mais com o lugar em que uma pessoa fez seu curso superior do que com o país em que foi criada. É a Idade Média de novo, aqueles pequenos ducados e feudos sem subordinação a ninguém, hasteando suas próprias bandeiras e prontos para admitir qualquer vassalo que empenhe sua vida pelo suserano. Todos ocupados em dar tapinhas nas costas porque os Vermelhos entraram pelo cano e especulando quem vencerá quando a Coca-Cola solicitar um lugar na ONU.

Assim que Tad finalmente desapareceu, Jake lançou um olhar venenoso para suas costas.

– Vamos dar uma volta.

Jake saiu pelo corredor, e parti atrás dele, cumprimentando as pessoas que conhecia. Para mim, uma visita aqui em cima não podia deixar de ser efusiva, tinha de ser um esforço para lembrar às pessoas que eu não era um bêbado nem estava morto. Quando chegamos ao elevador, um mensageiro, um dos membros dessa cavalaria do salário mínimo que se esgueira pelo tráfego de Center City de bicicleta, saiu apressado lá de dentro, usando um colete refletor laranja por cima do blusão surrado. Jake e eu entramos e ficamos sozinhos lá dentro.

– Quero ter certeza de que estamos cantando o mesmo hino – disse Jake.

Ele apertou o botão com a indicação "Fechar Portas" e virou-se para me fitar.

– Bert? – murmurei.

– Isso mesmo.

O elevador começou a descer, e Jake apertou o botão para o andar inferior.

– Você sabe o que eu quero, Mack: dar um jeito nessa situação. E se Kamin não aparecer?

– O que acontece?

Ele deu um passo em minha direção, ficamos separados por um palmo apenas, o dedo de Jake ainda pressionando o botão de fechar as portas enquanto o elevador ia parando.

– Ninguém aqui em cima precisa ouvir mais nada.

Ele me encarou com uma expressão solene antes que as portas se abrissem lentamente e depois saiu para a luz mais clara.

12
Revelando segredos

A. MENINOS E MENINAS JUNTOS

— SOS – anunciei, enfiando a cabeça pela abertura da porta na sala de Martin.

Sua secretária não estava, eu batera na porta e entrara pelo corredor. Glyndora se encontrava ali.

– Oh, merda! – exclamei.

Saiu espontaneamente, e os dois ficaram aturdidos. Foi um estranho momento. Glyndora lançou-me um olhar de quem cogitava minha morte, e meu primeiro pensamento foi o de que ela estava ali para se queixar de minha técnica de investigação. Era um dos muitos papéis de Martin, o de Senhor Dá um Jeito em Tudo, encarregado dos desgostosos, encrencados e fracos. Um sócio some ou tem um problema de abuso de substância, Martin dá um jeito. Poder-se-ia pensar em compaixão, mas é diferente; é mais o seu espírito olímpico. Estou aqui, sou a montanha.

Martin, porém, pareceu despreocupado ao me ver. Até sorriu e acenou para que eu entrasse na sala, com todos os seus objetos extravagantes. Fez um comentário sobre Glyndora lhe mostrar os números de recebimentos do dia anterior, o sócio administrador e a chefe da contabilidade avaliando nosso progresso no final do ano. Por algum motivo, contudo, fixei-me na pose em que os encontrara inicialmente. Nada inconveniente: ela se postava a certa distância de Martin, a alguns passos de sua cadeira. Mas estava no lado que ele ocupa à mesa, Martin virado em sua direção, e para a claridade leitosa que entrava pelas janelas amplas por trás dela, sentado com as pernas estendidas, as mãos na barriga, relaxado, exposto de uma maneira atípica, muito diferente do nosso Martin habitual, sempre alerta.

Talvez, no entanto, fosse apenas o choque de ver Glyndora, que para mim continuava carregada, como um ímã.

Seja como for, Martin disse que já haviam acabado, e com essa deixa Glyndora se retirou, passando por mim na porta sem sequer me olhar. Admito que fiquei desapontado.

– Acabei de conversar com Jake – comuniquei a Martin, assim que ela saiu.

– Problemas?

Ele podia perceber por meu rosto, imaginei. Meu coração ainda pulava como um esquilo. À sua maneira, Jake irradiara uma perspectiva sinistra. Comecei a relatar a reunião, e Martin escutou, absorto. Examinando-o com mais atenção, pode-se constatar a nítida aparência étnica de Martin; é um desses morenos cabeludos que se espera encontrar enchendo um caminhão de cargas, com uma barba tão cerrada que empresta ao rosto uma tonalidade azulada. Seu pai era um alfaiate que cortava as roupas de vários gângsteres, e Martin se refere de vez em quando à criança que foi quando está empenhado em conquistar um cliente de raízes humildes ou preocupar um oponente; ele tem diversas histórias picantes sobre a entrega de smokings no famoso bordel da Dover Street, em South End. Ao contrário de mim, no entanto, Martin não se refugia no passado e não permite que ele o domine. Exibe a nobreza descontraída de alguém que foi criado passando os verões em Newport. É casado com uma britânica alta e graciosa, chamada Nila, a quem se imagina, no instante em que se a vê, em um aprazível jardim, com um Pimm's Cup na mão, um típico drinque inglês. Chapéus enormes, saia e blusa, uma anágua por baixo. Ele é, meticulosamente, o homem que decidiu ser e não demonstrou muita reação ao que relatei, porém algo o levou a me interromper de uma forma um tanto abrupta.

– É melhor guardar isso mais um pouco. Meus colegas e eu devemos provavelmente ouvir juntos. – Ele se referia ao Comitê. – Carl voltou à cidade.

Martin propôs uma reunião às 16 horas, e me encarregou de organizá-la. Voltei para Lucinda, pedi-lhe que cuidasse de meus telefonemas, embora tentasse entrar em contato com Pagnucci, pois queria falar com ele pessoalmente. Parei por um momento ao lado da mesa da minha secretária, examinando a lista das empresas de cartão de crédito com as quais ela falara. E me ocorreu pela primeira vez que também tinha na carteira o cartão de Kam Roberts. Não tinha a menor ideia do que fazer com aquilo.

Brushy entrou à sua maneira resoluta e se mostrou surpresa ao deparar comigo.

– Puxa, Mack, você está horrível!

Não havia a menor dúvida de que era verdade. Jake me injetara adrenalina, mas ainda assim parece que meu coração bombeava óleo sujo.

– Está doente? – acrescentou ela.

– Talvez um pouco gripado. – Afastei-me, mas, preocupada, Brushy segui-me até minha sala. – E posso também estar deprimido.

– Deprimido?

– Pela nossa conversa ontem.

– Ora, Mack, você me conhece, o tipo mediterrâneo estouvado. Vou falando as coisas.

– Não é isso. Achei que tinha razão.

Brushy parecia ela própria, os cabelos curtos, enormes brincos de pérolas, um rosto franco, sólida e vigorosa, como se fosse capaz de cair de joelhos e lhe dar uma chupada.

– Talvez eu tivesse mesmo – disse ela, exibindo o que poderia passar por um sorriso.

– Sei disso – continuei. – Até saí ontem à noite, e houve um momento em que pensei que ia dar uma boa trepada.

Eu poderia encher toda a sua arcada dentária.

– E? – perguntou Brushy.

– E o quê?

– E? – insistiu ela, a Madame Meta-se Com a Sua vida.

– E terminei sendo assaltado.

Ela soltou uma gargalhada. Perguntou se eu estava bem, e depois cantou, meio desafinada, alguns acordes de "Looking for Love in All the Wrong Places", que fala de se procurar pelo amor nos lugares errados.

– Não precisa tripudiar.

– E por que eu deveria tripudiar? – perguntou ela, rindo de novo.

Virei as costas, dei uma olhada na correspondência. Mais memorandos do Comitê sobre o ritmo lento das cobranças; a *Blue Sheet*. Ouvi-a fechar a porta, e o estalido da tranca me fez sentir um estranho frêmito amoroso, uma inspiração vã suscitada por nossa conversa e pelas últimas 24 horas, uma recordação inútil do que acontecia quando homens e mulheres ficavam a sós. Brushy, no entanto, não estava pensando em nada disso.

– Já viu o jornal? – perguntou.

Ao que parecia, houvera outra notícia naquela manhã sobre Archie, dizendo apenas que ele ainda não fora encontrado. Brushy relatou a notícia e indagou:

– Acha que é o mesmo cara sobre o qual falaram no outro dia lá no banho a vapor?

Ela nunca perdia um detalhe sequer.

– Acho, sim. – Sem me entender direito, acrescentei enquanto folheava a correspondência: – E, diga-se de passagem, ele está morto.

– Quem está morto?

– Ele. Archie. Vernon. Mortinho.

– Não é possível. Como sabe?

Contei a ela.

– Bert tem um problema em sua geladeira que nem bicarbonato de sódio pode resolver.

Brushy sentou-se em meu sofá velho, passando os dedos pelos cabelos enquanto eu descrevia o cadáver.

– Por que ainda não tinha me contado isso?

– Ei, vamos cair na real. A melhor pergunta é por que lhe conto qualquer coisa. Esta é uma situação de advogada e cliente, sem brincadeira. A polícia vai me espremer se souber que cheguei perto daquele cadáver.

– Bert o matou?

– É possível.

– *Bert*?

– A sugestão foi sua – respondi.

– Nunca!

– Provavelmente, não.

– Então quem foi?

– Outra pessoa. Deve ter sido o pessoal que controla essas coisas.

– Ora, eles não fazem mais isso, não é?

– Não pergunte a mim. A italiana é você.

– Estava me referindo aos caras do ramo.

– Ele não era do ramo, Brush. Se você banca apostas, tem de estar bem relacionado.

– Por quê?

– Por quê? Porque esse é um negócio que *eles* dominam. Por todo o país. E não gostam de concorrência. Você quer bancar apostas, tudo bem, mas deve dar a eles uma comissão... é o que chamam de pagamento da taxa de pedágio. Caso contrário, eles fazem um bom estrago na pessoa ou a deduram a seu tira predileto. Em troca, prestam muitos serviços valiosos. Se alguém tem um cliente que demora a pagar, eles podem apressar as coisas, com toda a certeza. Não se pode operar sem eles.

Brushy continuava completamente aturdida. Ainda não entendia o porquê.

– É como aquela seguradora que é sua cliente. Como é mesmo o nome?

Ela me disse, uma companhia de bom tamanho, que lhe entregava todo o seu contencioso de cobertura no centro-oeste.

Dava uma nota alta, e só de dizer o nome ela teve dificuldade em esconder seu orgulho.

– Digamos que eles têm quatro bilhões em cobertura de propriedades e seguros pessoais na Califórnia. Como podem ter certeza de que não vão afundar se tudo por lá desmoronar?

– Usam o resseguro.

– Exatamente. Procuram umas poucas companhias grandes e confiáveis e, literalmente, seguram o seu seguro. E os *bookies* fazem a mesma coisa. Um bom *bookie* não é um jogador. Assim como a sua seguradora também não é. O *bookie* cobra uma taxa de 10 por cento em sua aposta se você perder. Ao apostar 100, você deve a ele 110 quando seu time perde. É de onde ele tira o seu dinheiro. Em qualquer jogo, o *bookie* quer que você aposte no perdedor, e eu aposte no vencedor. Recebe 110 de você, fica com 10 e me paga 100.

Brushy me interrompeu.

– Não tem a menor possibilidade, Malloy. Ele teria de usar o seu dinheiro para me pagar.

– Engraçadinha. – Simulei uma pequena pancada em seu bíceps, e continuei: – Sempre que o *bookie* sente que há risco, quando tem muito mais dinheiro vencedor do que perdedor ou vice-versa, ele faz a mesma coisa que a seguradora. Passa adiante. Ressegura. Chame como quiser. E nesse negócio, se você quer passar adiante, então é melhor fazer parte da rede. Do contrário, ninguém vai querer chegar perto de você. E se precisar da organização grande e confiável, da turma que sempre pode absorver seus riscos, são eles a quem poderá recorrer.

– E o que Archie fez de errado?

– Talvez não tenha pago a taxa de pedágio.

Os caras se enfureciam por menos do que isso. Com a sua operação por cartões de crédito, Archie podia ter pensado que não precisava deles. Mas até mesmo um atuário que operava com as cotações de Las Vegas teria de ressegurar as apostas em algum momento. E eu bem que podia ter uma conversinha franca com alguém ligado ao ramo. Foi nesse momento que Toots me passou pela cabeça.

Tendo esgotado as respostas, convidei Brushy para almoçar.

– Não posso – respondeu ela. – Pagnucci está na cidade. Prometi almoçar com ele.

– Pagnucci? – Não era um dos aliados conhecidos ou uma ligação notória de Brushy, mas tratei de morder a língua, recordando o dia anterior. – O que ele está fazendo? Veio pelo Dia da Marmota?

Era também o palpite dela. Em nossa firma, um sócio tem a garantia de 75 por cento do que ganhou nos 12 meses anteriores, recebendo no fim de cada um dos três primeiros trimestres de nosso ano fiscal. Depois, em 31 de janeiro, o Comitê divide o restante e anuncia os resultados no Dia da Marmota. Todos se vestem a rigor e vão jantar no Club Belvedere. Somos servidos com a maior elegância, brincamos uns com os outros. Na saída, cada um de nós recebe um envelope, indicando sua participação na receita da firma. Ninguém vai de carona com um colega para esse evento. Todo sócio volta para casa sozinho, em plena euforia por seu sucesso ou na mais profunda depressão. As reclamações começam no dia seguinte, e muitas vezes se prolongam pelo resto do ano até o próximo Dia da Marmota. Alguns sócios fazem campanha junto ao Comitê, relacionando todas as suas boas ações e realizações, alardeando os muitos novos clientes, o índice elevado de cobranças bem-sucedidas. Para atenuar a discórdia, Pagnucci, que organiza o primeiro esboço de distribuição, faz a ronda dos sócios influentes, para se certificar de que aceitarão a opinião do Comitê sobre seu valor. Pelo menos, é o que ouvi dizer. Ele nunca marcou um almoço comigo para tratar do assunto. De modo geral, só tenho informações pelas fofocas, antes ou depois da distribuição, uma vez que sua participação, como suas partes íntimas, só deve ser conhecida por você. Quando tive a minha primeira redução, há três anos, fiquei irritado o bastante para um dia, tarde da noite, dar uma olhada na gaveta de Martin, onde ele guarda o registro da distribuição. Quase cortei os pulsos ao constatar que todos os parasitas e perdedores estavam ganhando muito mais dinheiro do que eu.

– Que tal almoçarmos amanhã? – perguntou Brushy. – Conseguirei um lugar com toalhas na mesa. Preciso conversar com você.

Ela tocou em meu joelho. Seu rosto redondo irradiava sentimento. Emilia Bruccia é provavelmente a única pessoa que conheço que sente alguma preocupação por meu espírito.

B. SEGREDOS DA POLÍCIA

Depois que Brush saiu, peguei o telefone e liguei para o McGrath Hall, quartel-general da Força Policial Unificada do Condado de Kindle. Vinte e dois anos, mas eu ainda sabia o número de cor. Falei com Al Lagodis, que estava agora na Divisão de Registros, e avisei que ia até lá. Não lhe dei chance de dizer não e, mesmo assim, percebi que ele ficou tão entusiasmado como se eu informasse que estava vendendo uma rifa para uma obra de caridade.

O Hall é um enorme prédio de pedras cinzentas, do tamanho de um castelo, na orla sul de Center City, no ponto em que os grandes edifícios acabam e as ruas se tornam sujas e desoladas, cheias de tabernas com cartazes espalhafatosos, anunciando dançarinas, lugares em que bêbados e pervertidos, descarregados dos escritórios na hora do almoço, bebem ao lado de vigaristas. Cheguei lá em dez minutos. Tive de me identificar na entrada, e chamaram Al para me buscar.

– Como vai você?

Al me deu aquele olhar cheio, uma expressão de sinceridade morta, enquanto me conduzia.

– Sabe como eu vou.

– Tão bem assim?

Ele soltou uma risada. Al e eu nos conhecemos desde a época em que fui para o Crimes Financeiros, e ele achou que eu agira certo no caso com Pigeyes. Não que Al fizesse qualquer coisa pessoalmente, exceto, como sempre desconfiei, oferecer alguns murmúrios confidenciais ao FBI – conversas sigilosas, um café, algumas informações concretas, a que ele se referia como "rumores". Era um dos poucos caras ali que ainda falavam comigo, embora ele preferisse fazê-lo quando não havia ninguém por perto. Vinte anos e o velho Al ainda era esquivo, torcendo para que ninguém o visse com Mack Malloy, o lendário filho da puta. Não constatei grandes mudanças por ali. Havia mulheres agora, circulando pelos corredores escuros, usando armas, gravatas e camisas que, aos meus olhos, não eram feitas para pessoas com seios, mas até mesmo elas tinham aquele andar gingado de tira, na base de "tente fazer alguma coisa comigo".

– As coisas ficaram mais bonitas por aqui – comentei.

Ele tinha uma estação de trabalho, divisórias de aço pintadas com o azul da polícia, o típico plástico ondulado na janela e uma porta. Sem teto. O lugar onde você tem de manter a voz baixa e pode, literalmente, tocar nas paredes quando estende os braços. Al trabalhou por 14 anos em Crimes Financeiros. Quando Pigeyes foi transferido, ele tratou de sair – discrição e valores, sabemos como são essas coisas – e foi para a Divisão de Registros, que de qualquer forma é um fim de linha melhor. É agora um desses policiais que deixaram para trás os dias de atribulações, encontraram seu beco sem saída no mapa da vida na polícia e podem se esconder até o momento da aposentadoria, que no caso de Al ocorrerá logo, quando ele completar 55 anos. O Hall está cheio de pessoas assim, caras com barrigas penduradas e vozes abafadas. Ele trabalha das 8 às 16h30. Supervisiona burocratas, preenche formulários. Ninguém atira nele, ninguém dá um chute em seu traseiro. Tem suas recordações para mantê-lo animado e uma esposa para enquadrá-lo sempre que toma um trago a mais e começa com aquela conversa de retardado de como seria bacana voltar às ruas. Um bom sujeito, com as feições inchadas pelo álcool.

– Preciso que você verifique umas coisas para mim, Al.

– Pode falar.

Eu estava sentado ao lado de sua mesa pequena, e ele podia se inclinar de sua cadeira para fechar a porta. Foi o que fez.

– Você trabalhou no Crimes Financeiros por muito mais tempo do que eu. Preciso de informações de Pico Luan... a identidade de quem controla uma conta bancária lá.

Al sacudiu a cabeça.

– Não dá. Esqueça. – Ele se apressou a perguntar, tentando parecer indiferente: – Qual é o caso?

É claro que fui vago.

– Não sei direito. Estou meio confuso. Aconteceu mais ou menos o seguinte. O cara me disse que conversou pelo telefone com o gerente geral de um banco em Pico Luan e o gerente revelou nas entrelinhas de quem era a conta. O que acha?

– Não é típico de todos com quem já falei. Não pelo telefone. Esses caras têm a mesma conversa. Procure a embaixada. Fale com seu diplomata. Preencha um formulário. Espere um século. E depois mais outro. Eles lhe enviarão um lindo documento, parecendo a coisa mais honesta do mundo, cheio de carimbos e fitas, lembrando um veterano em uma parada militar. Mas é conversa mole, eles não revelam sequer o primeiro nome da mamãe quando se trata de quem é a grana no banco. Você já esteve por lá. Sabe como as coisas funcionam.

Eu sabia, mas não pensara duas vezes no primeiro dia, quando Martin nos falara de seu telefonema para o banco; afinal, era Martin. Agora, subitamente, eu me perguntava como ouvira tudo sem contestar.

– É como tentar agarrar fumaça.

É demais!, pensei.

– Uma vez ou outra – continuou Lagodis –, ficamos tão desesperados que contratamos um cara asqueroso que se dizia advogado e alegava ter ligações internas nos bancos. Era um tremendo vigarista. Noventa e nove por cento filho da puta, se quer saber minha opinião. Pode experimentá-lo, se quiser. Eu confesso que acredito mais nos aleijados que se levantam e andam nas reuniões religiosas de milagres.

Al tornou a balançar a cabeça, mas eu lhe disse que aceitaria o nome. Depois de arrastar a cadeira pelo chão, ele se levantou, foi para o clamor da área central da Registros, com seus terminais de computador e arquivos, algumas mesas vazias na hora do almoço. Do lugar em que eu estava, conseguia ver apenas um cara, de uniforme, comendo um hambúrguer e olhando por cima do *Tribune*. No Hall, o quartel-general, unidades como Registros, em particular, permanecem como uma espécie de remanso do passado, onde parece que todos tomam Valium, e até se pode jurar que cada trinta segundos correspondem a um minuto do mundo real, mas me senti reanimado por respirar de novo aquele sombrio ar burocrático, aquela coisa impassível da polícia, a sensação de total invulnerabilidade.

A triste verdade é que nunca perderei o sentimento de ser tira. Jamais estive em uma paisagem moral mais plana. Nem mais feliz, em decorrência disso. Os policiais sabem de tudo – do chefe dos escoteiros que faz explorações nos meninos, do executivo que ganha 300 mil e é surpreendido roubando mais, da mãe que espanca seu bebê até deixá-lo todo roxo e depois chora em agonia quando você chama a ambulância para levar a criança. Você a vê estender os braços, se ajoelhar, suplicar, derramar um rio de lágrimas, vê a intensa violência de sua agonia, compreende que está lhe tirando todo o seu universo, vesgo ou não, que tudo se concentrava naquela criança, não apenas a sua dor desvairada, mas também uma escassa esperança, se talvez ela conseguisse lançar seu sofrimento para um reino em que fosse mais tangível, poderia ser mais fácil controlá-lo. Percebe tudo e se pergunta como é possível que uma parte disso não esteja em você. É apenas porque hoje você está do lado certo, usando o uniforme azul.

– Joaquin Pindling – li o nome no cartão que Al me entregou. – Mas que tipo de nome é esse?

– Posso garantir que ele vai lhe custar dinheiro. Mas também é possível que um cara como você, com tanta personalidade, prefira ir até lá pessoalmente, fazer novos amigos, obter as informações por conta própria.

– Fazer novos amigos do tipo que deixarão meus bolsos mais leves?

– Tudo é possível. Mas é claro que sempre pode encontrar alguém que não demonstre a mesma disposição que você para fazer novos amigos. Nesse caso, você se tornaria uma espécie de perito, com grande experiência no Devido Processo Legal em Pico Luan.

– É um assunto fascinante, posso apostar.

– E põe fascinante nisso. Já conversei com alguns estudiosos do assunto. As condições penitenciárias em Pico Luan, meu amigo, não são como o Regency on Beach. Deixam você cagar em um buraco enorme no meio da cela, tão fundo que ninguém sabe onde a merda vai parar. Os guardas à noite gostam de brincar de cabra-cega com os presos brancos. Tome cuidado onde pisa, cara. Se você perder, vai descobrir onde a merda cai.

– Entendido.

Al esperou um pouco, vendo como eu reagia. Ainda estava de pé. Usava uma gravata, e ali dentro, em pleno inverno, uma camisa de mangas curtas, um tanto esticada sobre a barriga de cerveja. Contei que esbarrara com Pigeyes, mas ele já sabia. Assim era a polícia. Aquilo era notícia de ontem.

– Ele me deixou ir embora – arrematei.

– É melhor não haver a próxima vez. Ele vai arrancar sua cabeça e cagar no seu pescoço. Pelo que ouvi dizer, ele ainda treme de raiva cada vez que fala em você. Acho que seu ressentimento nunca vai passar.

– É possível.

Eu pensara em perguntar a Al se ele sabia o que Gino andava investigando, na esperança de obter mais informações sobre Kam, mas concluí que, de modo geral, provavelmente já exigira demais da minha sorte.

– É isso aí – disse Al, só para preencher o silêncio, levantando a calça, que caía uns 10 centímetros cada vez que ele se balançava nas pontas dos pés. – Você precisa tomar cuidado com uma porção de coisas.

Essa parte não era novidade.

13
Quem disse que os advogados não são durões?

A. AS PAREDES DE TOOTS

Fui recebido no escritório de Toots com um estilo de grandeza cerimonial que, com certeza, era dispensado a todos os visitantes. Claudicando em sua bengala, o charuto apagado, mas acomodado com o maior conforto no canto da boca, me apresentou a todas as secretárias e à metade de seus sócios, o grande e renomado Mack Malloy, que estava ajudando o coronel com aquele probleminha de ética. Depois, me conduziu à sua sala e iniciou uma conversa prolongada sobre cada um dos mementos na parede.

A sala de Toots deveria ser transferida intacta para um museu, senão como um monumento à vida política no século XX, pelo menos como homenagem à capacidade de um indivíduo para a autoapreciação. Era um virtual santuário do coronel

Toots Nuccio. É evidente que havia fotos autografadas do coronel com todos os presidentes democratas, de FDR, Franklin Delano Roosevelt, em diante, e duas com Eisenhower, Toots de uniforme em ambas. Havia placas da B'nai Brith (Homem do Ano), Pequenas Irmãs dos Pobres e do Museu de Arte do Condado de Kindle. Havia um prêmio especial da sinfônica, um clarinete moldado em bronze; relíquias religiosas recebidas de clérigos agradecidos; e uma longa carta laudatória da Liga Urbana, talvez o único elogio que Toots tenha recebido de negros nos últimos trinta anos, mas que, mesmo assim, fora emoldurada. Havia um martelinho que ele ganhara do Conselho Municipal ao se aposentar, seus anos de serviço gravados no cabo de latão, e dezenas de fotos com astros dos esportes e luminares políticos, alguns desaparecidos há tanto tempo que seus nomes tinham sumido da memória. No foco absoluto de atenção, por cima de sua solene mesa antiga, ficavam suas medalhas, alinhadas em uma caixa de tampa de vidro, com uma pequena lâmpada de alta intensidade focalizada na estrela de prata, pregada em veludo preto. Passei o instante obrigatório a admirá-la, especulando como sempre se fora mesmo concedida por bravura ou como parte das negociações inevitáveis de Toots. Dentro daquelas paredes, a gente tendia a compreender que a autocongratulação, aquela coleção de troféus e fitas, era muito mais real para Toots, muito mais importante do que os eventos que supostamente celebrava.

– Não imaginei que você fizesse visitas – comentou ele, quando finalmente se sentou.

– De vez em quando. Preciso conversar sobre um problema.

– Trata-se de uma audiência?

Eu lhe disse que era outra coisa e puxei minha cadeira para mais perto da mesa.

– Toots, posso lhe fazer uma pergunta? Entre amigos?

Ele exibiu a hipocrisia habitual, dizendo que por mim faria qualquer coisa. Respondi no mesmo estilo, afirmando que ele era a única pessoa nos três condados que eu sabia que podia responder à minha pergunta. Ele sorriu, profundamente satisfeito por qualquer elogio, sem se preocupar com sua sinceridade.

– Gostaria de saber se você ouviu algum comentário por aí. Há um cara de seguro, um atuário, para ser mais preciso, que os jornais dizem que desapareceu. Vernon Koechell. É chamado de Archie. O que eu quero descobrir é se você sabe de algum motivo para alguém querer liquidá-lo.

Toots soltou uma risada satisfeita, como se eu tivesse feito um comentário picante, na fronteira do bom gosto. O rosto velho e murcho não deu sinal sequer de uma vaga ofensa, mas notei que ele puxou a bengala, e nos olhos leitosos surgiu o que talvez fosse um vestígio de algo letal.

– Mack, meu amigo, posso fazer uma pequena sugestão?

– Sim.

– Faça outra pergunta.

Parei por aí.

– Deve entender, Mack, que tenho uma regra na vida. Sempre a segui, desde a época em que nem tinha barba no queixo. Já o conheço há bastante tempo agora. É um cara esperto. Mas deixe-me partilhar minha maneira de pensar com você. Não fale sobre os negócios dos outros. São estritamente da conta deles, e são eles que devem se preocupar.

Recebi o conselho com expressão solene. Toots deu uma piscadela.

– Entendo, coronel, mas acontece que tenho um problema.

– E qual é? Esse cara está com sua apólice ou o quê?

– É o seguinte, coronel. Tenho um sócio desaparecido, um cara chamado Kamin. Bert Kamin. Não tenho a menor ideia de onde ele se meteu. Esse tal de Archie é metido a executivo, mas anda bancando apostas. E Kamin vinha apostando com ele. Pelo menos, é o que parece.

Fiz uma pausa para avaliar Toots. Tinha sua atenção total.

– De qualquer maneira, Archie está morto. Isso é um fato. Uma coisa que eu sei. E muito em breve, a qualquer momento, a polícia vai aparecer para conversar comigo a respeito. E, para ser franco, não quero me meter em encrencas com as pessoas erradas. E foi por isso que perguntei. Preciso saber qual era a dele, porque talvez tenha de driblar a polícia.

Tentei parecer humilde e sincero, reverenciando um dos muitos poderes que dominavam a vida de Toots. Mas ele não comprou.

– Está jogando limpo, Mack?

– Tanto quanto qualquer outro.

Toots riu. Gostava dessas coisas. Tirou o charuto da boca, contemplou à luz difusa da sala a ponta estraçalhada. Parecia um naco de algas marinhas escuras na ponta de um anzol recolhido.

– Sabe como os *bookies* operam, não é, Mack?

– Não muito bem.

– O cara banca as apostas, mas de vez em quando tem de descarregar, certo?

– Como as companhias seguradoras. Ele não absorve todo o risco. Até aí eu compreendo.

– Esse cara tinha muita sorte. De alguma forma, ele sempre descarregava as apostas que ia perder.

Esperei.

– Como era possível que só passasse adiante as apostas perdedoras, coronel? Não as descarregava antes? Ou seja, antes do evento. Da corrida, do jogo, seja lá do que for.

– É claro que ele fazia isso.

Eu sabia que me encontrava agora em um terreno dos mais delicados. Toots contemplava seu charuto, com evidente adoração.

– Está querendo dizer que ele sabia quais seriam os resultados dos eventos? É isso? Ele sabia que os jogos eram combinados?

– Você partilha os riscos e partilha também as certezas – continuou Toots. – *Capisci?* Um cara deve ajudar os amigos. Do contrário, não tem amigos, só inimigos. Certo? A vida é assim, não é mesmo?

– É como parece ser, Toots. Não há vítimas.

Toots gostou dessa. E não houve necessidade de explicar.

– Como pode ver, Mack, você fez uma pergunta, depois outra, disse-me algumas coisas, eu lhe disse outras coisas, tivemos uma conversa. Entendido? Alguém pergunta, algumas coisas você sabe, outras, ignora. Certo?

– Certo.

– É isso aí. – Toots soltou uma risada rápida, presunçosa, um tanto assustadora. – Vamos ganhar a audiência?

– Eu gostaria de poder lhe dizer que sim, coronel. A caminhada é difícil.

– Dê o melhor de si. Não receberei a pena de morte, certo?

Concordamos nesse ponto.

– E quem vai comparecer, você ou a moça?

– Ela é muito boa.

– É o que dizem, é o que dizem. Sabe das coisas, pelo que ouvi dizer.

Eu sabia que Toots ia investigá-la.

– Uma mulher vivida, conhece o mundo.

– Um mundo vasto.

– Tentarei comparecer, coronel. Tenho de me preocupar também com esse outro problema. Bert. Archie.

Ele compreendia. Às vezes um cara ficava em uma situação difícil. Toots me acompanhou até a porta.

– Não se esqueça da minha regra.

Ele apontou com o charuto. Não fale sobre os negócios dos outros. Estava bem gravado em minha mente.

B. SEGREDOS DA CONTABILIDADE

Quando voltei à Torre, o elevador parou no 32°. Ninguém entrou, mas senti que o destino me chamava; saí e fui avançando pelo corredor para a contabilidade. Quando passei pela porta, a supervisora da seção, a Sra. Glyndora Gaines, estava sentada bem ali.

Sentei-me ao seu lado. Sua mesa estava completamente limpa, exceto por uma pasta, que ela examinava. Ali reinava um estado de ordem que aumentava a impressão habitual de uma alma dominante e infatigável. Glyndora continuou a estudar a pasta, determinada a nem sequer reconhecer minha presença. Talvez houvesse um vestígio, um vapor, de um sorriso sendo condenado ao esquecimento.

– Glyndora, apenas por curiosidade, não estou dizendo que vou fazer isso, você sabe como é, só somente *se*. E se eu contasse ao Comitê que você vem se esquivando às minhas indagações? E se eu agisse como um dos seus chefes em vez de um cara tolo?

Eu tentava parecer razoável, talvez não muito simpático, mas calmo. Na sala grande além da porta, muitas pessoas se movimentavam, pressionadas pela agitação do final do ano fiscal, as calculadoras acionadas a todo vapor, os telefones emitindo seus trinados eletrônicos. Havia cheques em diversas mesas, formando pilhas coloridas.

– Vai falar com o Comitê? Pois então diga o seguinte. – Glyndora empertigou-se em sua cadeira, lançando um olhar de supervisora pela porta. – Conte que foi ao meu apartamento, tocou a campainha, criando o maior tumulto, falou uma porção de coisas sobre Bert, e, quando o deixei entrar, não disse mais nada sobre ele. E um momento depois, você, um sacana, metia uma das mãos no meu peito, e a outra, na minha bunda, e só consegui me livrar de você, velho safado, porque, apesar de toda a sua conversa sobre os AA, saiu para comprar uma bebida. Conte isso ao Comitê.

Ela sorriu, à sua maneira, muito tensa, como se estivesse apertando uma porca ou um parafuso, e avaliou o efeito de suas palavras. Com Glyndora, tudo é uma competição, e ela sabia que precisava me vencer. Minha versão da história pareceria muito fraca. Pior do que isso, ridícula. Ninguém acreditaria que eu estava apenas posando com a mão em seu seio. E, se soubessem que eu andara bebendo de novo, meu tempo como Olho Vivo, o Detetive Particular, provavelmente estaria encerrado, sem mencionar meu emprego.

– Glyndora, tenho certeza de que você sabe o que está acontecendo.

Ela inclinou-se para a frente, deixando proeminente seu equipamento frontal, em uma blusa de floreados laranja. Havia uma grossa camada de púrpura em seus lábios, como pólen.

– Vou lhe dizer o que sei, Mack. Você é um fraco, um babaca.

Ela me olhou de esguelha outra vez, divertida com o pensamento de que conhecia meus segredos. Mas eu também já passara por lá, e aprendera alguns dos seus.

– E você gosta de brancos.

Soltei essa, e balancei a cabeça, imitando-a. Ainda assim, arrependi-me no mesmo instante. Ela se empertigou, empinou os ombros. Seguíamos de novo o mesmo curso – eu ganho de você, rá, rá, rá. Mais uma competição. O jogo dos insultos, alguma espécie de significado falso. Não era isso o que eu queria e fiz o que parecia, nas circunstâncias, um tanto ousado, ao me inclinar e pegar uma de suas mãos. O contato, minha enorme mão rosada em sua mão parda, foi chocante para ambos. E era essa a intenção.

– Sabe que eu sou como você, Glyndora. Trabalho aqui. Não estou tentando ser seu amo e senhor. Alguma vez já fiz isso? Pode me chamar de insensível, grosseiro e não sei mais o quê. Mas alguma vez saí dos meus afazeres para tentar lhe impor alguma coisa? Os caras me disseram "Descubra Bert", e eu quero encontrá-lo. Vou dizer a verdade, é uma coisa que eu *preciso* fazer. Assim, dê-me uma chance, está bem? Seja uma pessoa.

Na desolação do tom que assumi, ouvi de repente uma confissão para mim mesmo. Desde o início, falara sobre aquela aventura, localizar Bert, como um esforço sem muita dedicação para restaurar minha vida. Mas isso era um subterfúgio, eu me iludia com fantasias de fugir com o dinheiro ou ganhar a estima dos meus sócios. Contudo, de certa forma, eu apostara muito mais naquele empreendimento do que estava disposto a admitir. Talvez minha vida estivesse nos estertores. Talvez minhas chances fossem mínimas. Percebia agora, porém, que prometera a mim mesmo que não sairia daquela casa de diversões da maneira como entrara. Alguém dentro de mim acreditava nisso, era uma coisa ligada ao que, mesmo de uma forma tênue e indefinida, se podia chamar de esperança.

E, ao admitir isso, eu fazia com Glyndora exatamente algo contra o qual ela advertia todo mundo – ser vulnerável; nesse caso, expor-se para ela tripudiar. Glyndora me encarou aturdida, incrédula, ofendida, e não de todo feliz com o contato físico. Livrou-se da minha mão, recuou a cadeira para poder me contemplar de uma perspectiva mais distante enquanto continuávamos a avaliar um ao outro. Ela tem seu esquema, o número "ei, sou uma negra sacana e durona", e faz isso no piloto automático, uma peça de retórica racial que é tanto máscara quanto código, como o comediante Steppin Fetchit no palco. É claro que eu sei que ela fala a sério. Sei que é durona. Assim como Groucho, que não queria ser sócio de um clube que o aceitasse como sócio, Glyndora quer ser a primeira a rejeitar o outro. Missão cumprida. Mas flutuando em seus olhos de vez em quando há alguma apreensão, um reconhecimento de que ela é outra pessoa. Não sei se ela se deixa envolver por fantasias malucas de como está sendo envenenada por panelas de alumínio ou se é uma leitora secreta do Corão. Mas há nela mais do que deixa transparecer. E esse é o insulto final que lança contra a maioria de nós. O de que nunca nos deixará entrar. Glyndora, no entanto, tem seu lugar secreto. Ele fala com confiança, um cidadão de seus próprios lugares secretos. Alguém que lá esteve por um instante com ela, na noite anterior, e agora batia outra vez em sua porta.

– *Preciso* encontrar Bert – repeti.

Por fim, ela se inclinou para mim e falou em um tom mais suave, talvez um apelo seu.

– Não, Mack, não precisa. Basta dizer a eles que procurou.

Era uma mensagem. Glyndora desempenhava o papel de intermediária, de oráculo, mas mesmo assim fiquei sem saber se era uma súplica ou uma advertência.

– Você tem de me dar mais alguma coisa, Glyn. Estou sem pistas. A quem está dando cobertura? Fale-me pelo menos sobre o memorando.

Sua postura voltou a ser rígida, o rosto endureceu. Era como observar um livro sendo fechado.

– Está pedindo demais, cara.

Não estava claro se o excesso era do seu lado ou do meu, se eu queria informações a que não tinha direito ou se elas só poderiam ser dadas a um custo que Glyndora não queria pagar. Mas a resposta, qualquer que fosse a opção, era não. Ela levantou-se e passou por mim. Corria em busca de cobertura. Pensei no que fazer. Podia exigir suas chaves e revirar sua sala. Podia contratar um serviço e providenciar trinta temporários para examinar seus arquivos. Mas acabara de fazer um acordo. Sem me virar, falei antes que Glyndora pudesse se afastar demais:

– Só uma coisa. – O barulho dos saltos cessou, e por isso compreendi que ela aguardava no limiar da porta. – Nunca coloquei a mão, nem uma única vez, em sua bunda.

Quando olhei para trás, ela sorria um pouco, apenas uma insinuação. Mas, pelo menos, isso eu conseguira. Só que ela não cederia um palmo sequer.

– Isso é o que você diz.

– É um pacto com o demônio.

Assim falou Pagnucci. Carl, Wash, Martin e eu estávamos sentados na mesma sala de reuniões em que nos encontráramos no início da semana. Havia um momento raro de sol de inverno, uma parte do círculo escapando das nuvens, como algo pendendo de um bolso. As pesadas cortinas haviam sido cintadas pelo decorador em caráter permanente, e a longa mesa de nogueira faiscava com o brilho da claridade tardia, como se fosse um caramelo. Eu encontrara os três à minha espera e relatara rapidamente a conversa com Jake Eiger naquela manhã. Omiti o memorando de Bert e a visita a Neucriss. Glyndora me deixara inibido nos dois tópicos, e eu não me sentia ansioso por confrontar Martin, cujos motivos permaneciam desconcertantes para mim. Ele e Carl receberam gravemente a mensagem que eu lhes trouxera, mas Wash foi mais lento na absorção.

– Ele está nos dizendo que, se não conseguirmos resolver esse crime, não informaremos nada – explicou-lhe Martin. – Jake está preocupado com Jake. Não pode procurar Krzysinski com essa história sem pôr em risco sua própria posição. Afinal, quem colocou Bert no comando do fundo da 397? Ele quer que nos mantenhamos de boca fechada.

– Ahn... – murmurou Wash, sendo incapaz de esconder sua satisfação. – E onde acabamos com Jake?

– Na cama, eu diria – respondeu Martin. – De mãos dadas... mãos sujas. Ele não pode nos cortar, não é? É nosso refém.

– E somos reféns dele – acrescentou Pagnucci, provocando com seu comentário um silêncio solene.

– Mas comunicamos o problema ao cliente – insistiu Wash, continuando a se confundir todo. – Cumprimos o nosso dever. Se ele prefere não cumprir o seu...

O dorso de sua mão elegante e muito branca viajou para a terra do esquecimento moral. Wash já se vendera. Uma solução impecável. Cinco milhões desaparecidos e um segredo eterno.

– Jake disse que, na verdade, não acredita nessa história – ressaltei. – Espera que uma revisão da contabilidade prove que não é verdade.

– Isso é besteira – afirmou Pagnucci. – Ele só está fazendo pose. Sabemos que o cliente não está realmente informado. Se continuarmos assim, será a mesma coisa que não termos falado nada.

Com a única diferença, é claro, de que havia um risco de descoberta muito menor. Uma auditoria na conta da qual o dinheiro desaparecera estaria sob a direção e o controle de Jake. Ele nos daria cobertura, a fim de se proteger. Era esse o sentido, compreendi agora, do comentário que ele fizera naquela manhã sobre a verificação da contabilidade.

Permanecemos em silêncio outra vez, todos os quatro. Ao longo daquela reunião, minha atenção concentrara-se em Martin. Wash já fixara seu curso pelo caminho da menor resistência, e para Carl o método de resolver problemas era também evidente, uma questão de custos e benefícios. Sua cabeça já totalizava as somas e subtrações. Mas os cálculos de Martin, em consonância com seu caráter, não podiam deixar de ser mais complexos. Como uma figura aristotélica, seus olhos se elevavam para o céu ao longo de uma meditação superior. Martin é o genuíno Homem de Valores, um advogado que não considera a lei apenas um negócio ou um esporte. Participa de um milhão de comitês bem-intencionados. É contra a bomba, a pena de morte, as agressões ao meio ambiente; é a favor do aborto, da alfabetização e dos programas habitacionais para os pobres. Há anos que é presidente da Comissão Riverside, empenhada em tornar o rio suficientemente limpo para que se possa nadar nele ou beber sua água, objetivos que francamente não serão alcançados até muito depois de termos colonizado

Marte, mas ainda o levam a uma excursão pelas margens cheias de sujeira, dominadas pelo mato, e assim ele descreve em voz alta as ciclovias e ancoradouros que vê em sua cabeça.

Como qualquer Homem de Valores que é um advogado, Martin não está nisso somente para fazer o bem. Essas atividades o tornam proeminente, ajudam a atrair clientes. Acima de tudo, conferem-lhe a mesma coisa que o conhecimento do direito transmite a todos nós: uma sensação de poder. Martin sempre mantém a mão no acelerador. Quando fala sobre a oferta pública de ações, no valor de 400 milhões de dólares, que promovemos para a TN há dois anos, seus olhos brilham como os de um gato no escuro. Quando diz "capital aberto", pronuncia as palavras como um padre que está distribuindo hóstias fala em "o corpo de Cristo". Martin tem uma perfeita noção da maneira como os negócios controlam os Estados Unidos, e quer ter uma participação no comando.

Mas o que o excita não é apenas a sensação de ser importante em decorrência disso. É também o que seus clientes querem saber: certo ou errado, permissível ou não. Ele é o navegador, é quem está com a bússola, o homem que diz aos poderosos, senão sobre a moral, pelo menos sobre os princípios e as regras. Seus clientes podem sair pelo vinhedo e sujar as botas de lama. Martin permanece no escritório, determinando o curso deles pelas estrelas. À noite, quando vai dormir e pede a bênção de Deus, Martin diz ao Senhor que ajudou seus clientes a seguirem com graça e rapidez pelo mundo difícil e ambíguo que Ele criou para nós. Embora talvez nem mesmo Martin possa explicar a lógica, ele acredita que se empenha em um empreendimento que é fundamentalmente bom.

Escutando isso, tenho certeza de que vocês cantarolam um hino de exortação aos valores morais e marcham na cadência. Tudo bem. Só estou tentando dizer como são as coisas. Mas não riam. É fácil ser um poeta por trás dos portões de uma universidade ou um monge em um mosteiro, sentindo que há uma vida espiritual à qual se dedica. Mas venham para a cidade fervilhante, com tantas almas clamando eu quero, eu preciso, onde a maior parte do planejamento social consiste em imaginar meios para mantê-las acuadas – venham e tentem imaginar os meios pelos quais uma vasta e turbulenta comunidade pode ser mantida em contato com as aspirações mais profundas da humanidade para a melhoria geral da espécie, o que é o bem de muitos e o direito de poucos. Sempre achei que era essa a tarefa do direito, e ela faz com que a física de alta energia pareça um programa de jogos na televisão.

Wash finalmente interrompeu o silêncio prolongado ao formular a indagação que ninguém se mostrara disposto a fazer:

– Como alguém poderia descobrir?

Martin chegou a sorrir, mas não disse nada, olhou para cada um de nós, baixando o queixo, de uma maneira breve e sugestiva. O gesto por si só, o mero reconhecimento do que havia naquela sala, era um tanto chocante. O próximo passo seria um juramento de sangue.

– Para onde acham que Bert foi? – indaguei. – Já há trezentas pessoas aqui fazendo essa pergunta.

– Basta dizer que, até onde sabemos, ele está em Pico Luan – respondeu Pagnucci. – Aposentado. Dá para se aceitar. E encaminhamos sua correspondência para o banco de lá. Nada disso me preocupa.

– Aposentado? – repeti. – Assim de repente? Ele só tem 41 anos.

– Não há uma única pessoa que conheça Bert Kamin mais ou menos que não o julgue capaz de algo tão impulsivo – afirmou Wash, acenando com seu cachimbo.

Era verdade. Bert fizera coisas ainda mais estranhas, meia dúzia de vezes, nos últimos cinco anos.

– É uma coisa possível, até mesmo viável. Carl, e quanto à sua preocupação de que Jake ignore nosso relatório... – Wash encostou o isqueiro aceso no fornilho do cachimbo. – Não acredito que Jake Eiger mentiria.

Era uma espécie de falsa ilação, mas todos percebemos aonde Wash queria chegar. Se um dia o segredo vazasse, poderíamos dizer que depositáramos nossa fé em Jake – que ele seria honesto, reverente e sincero, na defesa dos melhores interesses da TN, revelando o que todos deveriam saber. Que havíamos considerado o silêncio lá em cima como um desejo da TN de resguardar as aparências e proteger o fundo de indenizações de um ataque implacável dos advogados dos querelantes. Trataríamos de nos mostrar chocados pela atitude de Jake. Diante da calamidade, Wash, que colocara Jake na TN como um esporo anos atrás, conduziria seu protegido para o afogamento.

Mas Martin percebeu no mesmo instante o esquema de Wash.

– Se seguíssemos por esse caminho – declarou ele, o homem que eu amo, um cara que poderia fazer Keats pensar duas vezes sobre se beleza é verdade e vice-versa – e chegasse o dia em que tivéssemos de explicar, todos nós mentiríamos. Você ouviria quatro versões diferentes do que aconteceu nesta sala.

Seu olhar se deslocou em direção a cada um de nós e acabou se fixando em mim.

– Temendo me repetir – disse ele –, espero que você encontre Bert.

D. O DIRETOR FINANCEIRO

– Foi inquietante.

Pagnucci fez o comentário quando seguíamos para a minha sala após a reunião, passando pelo corredor revestido de livros. Martin e os decoradores haviam concluído que seria o toque certo preencher os corredores com a jurisprudência federal e estadual em lombadas douradas, embora seja uma coisa terrível para os associados, que nunca sabem onde encontrar os volumes de que precisam.

Carl viera de Washington pela segunda vez naquela semana. Ansiosos por agradar à TN e reduzir seus acordos operacionais com outras grandes firmas, abríramos o escritório em Washington havia 15 anos, para cuidar dos problemas junto à Administração Federal de Aviação e à Comissão de Aeronáutica Civil. Quando os regulamentos de aviação seguiam um rumo normal, contávamos com cerca de trinta advogados sem nada para fazer. Entra em cena Pagnucci, que tinha sido chefe de gabinete do Ministro Rehnquist, no Supremo Tribunal Federal, com 6 milhões de dólares em contas anuais, graças a Ronald Reagan, que, em 1982, tornara Carl o membro mais jovem, de todos os tempos, da Comissão de Valores Mobiliários.

O que se diz sobre as firmas de advocacia é que há os descobridores, os supervisores e os trabalhadores que pegam no pesado. Os primeiros são pessoas como Carl, Martin e Brushy, que descobrem um alto estilo e grandes clientes com muito dinheiro para contratá-los; depois, vêm os sócios de serviço, caras como eu, que cuidam para que se execute um trabalho eficiente, supervisionando o terceiro grupo, os jovens que atuam como estivadores na biblioteca entre os fantasmas de árvores mortas. A triste realidade é que há muito menos descobridores do que supervisores, e os primeiros exigem uma fatia cada vez maior do bolo. Carl deixou sua antiga firma porque não eram bastante sintonizados, ou seja, não lhe pagavam o que ele achava que merecia, e sua presença entre nós, nesses termos, significa que temos de evitar que algo semelhante aconteça aqui. Não são muitos os meios para se conseguir isso. Talvez se possa convencer os associados a permanecer por mais uns 15 minutos após a meia-noite ou efetuar a cobrança de taxas extras ridículas – 50 centavos por página para passar documentos confidenciais por nossa máquina de picar papel –, mas, no fim das contas, a melhor maneira de proporcionar aos caras de destaque uma vantagem é ter menos gente para partilhar o bolo, dispensar alguns supervisores e dar a Carl os seus pontos. Muitas pessoas na G&G afirmavam que nunca faríamos isso, porém a pressão existe, e Carl, que chefia o subcomitê financeiro da firma, jamais manifestou a mesma determinação. Sem dúvida ele pensava que era isso o que eu queria agora – pressioná-lo sobre o pagamento do próximo ano –, e, assim que minha porta foi fechada, tratou de levantar outro assunto.

– Quais são as últimas da Unidade de Pessoas Desaparecidas?

– Estamos avançando, mas ainda não o encontramos.

– Hum...

Pagnucci permitiu-se franzir um pouco a testa.

– Eu tinha um pedido a lhe fazer, como diretor financeiro.

Ele fez um aceno de cabeça. Sem palavras. Estava se preparando para resistir. Inconscientemente, levou uma das mãos à cabeça. Há uma área calva do tamanho de uma laranja na parte posterior de seu crânio, e dá para perceber, pela maneira como ele sempre passa a mão ali, que é uma coisa que o leva à loucura – a imperfeição, a falta de controle, o fato de que é um cara como qualquer outro, sujeito aos caprichos do destino.

– O que diria se eu anunciasse que gostaria de fazer uma viagem a Pico Luan?

Carl refletiu a respeito. Mesmo pressionado, ele não estava propenso a concordar muito depressa.

– No início da semana, você não achava uma boa ideia.

– Foi a única pista que me restou.

Carl balançou a cabeça. Ele estivera certo desde o início; podia aceitar isso. De minha parte, ainda existia um resquício de lealdade que me impedia de lhe contar que havia algo estranho no relato do telefonema de Martin para o International Bank of Finance.

– Há um advogado ali que eu gostaria de contratar. Dependendo de sua aprovação. – Entreguei-lhe o cartão que recebera de Lagodis. – Dizem que esse cara faz magia negra para arrancar os segredos dos bancos.

Pagnucci deixou escapar um grunhido, mas afora isso não teve outra reação. Longe das câmeras, ele leva uma vida e tanto; esse cara baixo e esguio, com um bigodinho aparado, pode ser surpreendente. Está na esposa número quatro – todas eram louras, deslumbrantes de dar inveja, de um casamento para o outro cada vez mais altas – e vai para o trabalho ao volante de um ou outro carro de Fórmula 1 modificado, um Shelby ou um Lotus, só máquinas possantes. Em algum momento, talvez durante o dia inteiro, sua vida de fantasia deve ser delirante, provavelmente os filmes de John Wayne, coisas banais desse tipo. Mas nada disso transparece no escritório. Ele não contrai um músculo sequer. Parecia não ter mais nada a dizer agora. Tocou na ponta do bigode com a unha esmaltada.

– Para dizer a verdade, eu pensava em debitar a viagem na conta de recrutamento – acrescentei. – Provavelmente, levarei alguém comigo para servir como testemunha em quaisquer entrevistas. Mas queria que você soubesse, para não haver protestos quando as contas chegarem.

– Já conversou com Martin ou Wash a respeito?

– Prefiro não fazer isso.

Eu estava dizendo muita coisa a Carl agora, e ele absorveu em silêncio, como tudo o mais. Eu assumia um risco. Mas Carl, por sua natureza, gostava de guardar as coisas para si. E eu não podia imaginá-lo vetando sua própria ideia.

– Você está se mostrando um cara muito mais complicado do que eu imaginava – comentou Pagnucci.

Inclinei ligeiramente a cabeça. Pensei que podia ser um elogio. Antes de abrir a porta, Carl disse:

– Mantenha-me informado.

Ele saiu, presunçoso e arrogante, deixando para trás sua aura habitual: cada um por si.

O autointeresse racional é o credo de Carl. Ele faz seu culto no altar do livre mercado. Da mesma forma como Freud pensava que tudo era sexo, Pagnucci acredita que toda interação social, não importa quão complexa, pode ser ajustada pela procura de um meio de fixar um preço. Habitação urbana. Educação. Precisamos da competição e da motivação do lucro para fazer com que tudo funcione. Evidentemente, sei que é uma teoria e tanto. Deixem que todos se esforcem para mergulhar seu balde no rio, e depois cada um pode fazer o que bem quiser com a água que conseguir. Alguns farão vapor, outros pensarão em beber e alguns decidirão tomar banho. A livre iniciativa vai florescer; as pessoas ficarão felizes; e teremos todas essas coisas elegantes indispensáveis, como vinagre balsâmico e cigarros mentolados. Mas que tipo de sistema social ético assume como preceitos fundamentais as palavras "eu" e "meu"? Nossas crianças de 2 anos começam assim, e passamos os vinte anos seguintes tentando lhes ensinar que há mais do que isso na vida.

Fiquei no escritório até mais tarde, limpando tudo o que ignorara enquanto circulava pela cidade nos dois dias anteriores. Memorandos e cartas. Respondi a todos os telefonemas. Não comera muita coisa. Estava cansado, com a sensação de que os olhos e ossos estavam sendo corroídos pelo ácido da ressaca. De vez em quando fechava os olhos e pensava que ainda podia sentir no fundo da garganta o gosto intenso do uísque de centeio, que tratava de saborear.

Acabei pegando o Dictaphone. A cidade além da janela, àquela hora, dava uma impressão de serenidade pintada, toda feita de formas negras e luzes aleatórias: um desenho em xilogravura – cinza sobre índigo e preto. Um carro solitário dispara pela superestrada. Sou mais uma vida me escondendo em meio aos ocasionais arquejos e rangidos de um prédio enorme, na escuridão, falando comigo mesmo. A luz no mastro de um quebra-gelo da guarda costeira balança pelo rio.

Parece cada vez mais óbvio, até para mim, que nunca mostrarei uma só palavra disso a ninguém do Comitê. Ignorando os insultos, que podia riscar, já lhes mentira ou escondera coisas de cada um deles pelo menos meia dúzia de vezes. E para você, doce Elaine, um Dictaphone ou palavras datilografadas não conseguirão melhorar nossa comunicação. Assim, todos indagamos: para quem estou falando?

Na minha imaginação, há rostos. Não me perguntem de quem. Mas vejo um ser racional e sensato que vai se apossar desta coisa, alguém de características em grande parte indecifráveis, mas a quem, mesmo assim, me descubro a falar de vez em quando. Você. O universal Você. O Você Você em minha mente. Sexo, idade e disposição desconhecidos. Uma experiência jamais imaginada. Um alguém flutuando como poeira nas extensões exteriores do cosmos. Mas ainda assim... eu penso, companheiro, isto é para você.

Tento imaginar reações, é claro. Você pode ser um policial ou um agente do FBI, com uma alma tão áspera quanto uma lixa, que tranca isto no cofre à noite para se certificar de que sua esposa não ficará abalada pelas palavras terríveis, e somente quando se encontra sozinho é que folheia as páginas, procurando por outra passagem sobre a minha mão na minha manivela. Talvez seja um irlandês de 50 anos, que pensa que não pareço nem um pouco com você. Ou um garoto que diz que tudo isso é muito chato. Ou um professor que conclui que é vil de modo geral.

Quem quer que seja, quero algo de Você. Não admiração, Deus sabe, não sinto muita por mim mesmo. De que outra maneira posso chamar, senão de conexão? Procure compreender. Deixe que essa poderosa luz mágica flua pelos hiatos do espaço e do tempo. De mim. Para você. E de volta. Do modo como os raios explodem do céu para a Terra, ricocheteiam, tornam a se lançar pelos ares e o universo além. Seguindo em frente para sempre, rumo às regiões em que os físicos nos dizem que a matéria é igual ao tempo. Enquanto em determinado lugar deste humilde planeta uma árvore é partida, um telhado fumega, um ser humano se senta desperto e aturdido com o milagre da energia e da luz.

Fita 4

Ditada em 30 de janeiro à 1 hora

14
Vocês de novo

Sexta-feira, 27 de janeiro

A. O SUSPEITO DE HOMICÍDIO

Manhã de sexta-feira. Eu passava pelas portas giratórias da Torre quando um cara ainda jovem me deteve, a pele bexiguenta, os cabelos penteados para trás, cheios de gomalina, e um paletó exótico, feito com a pele de alguma criatura com um coração de duas câmaras. Familiar de algum lugar, como um ator de TV.

– Sr. Malloy?

Ele me mostrou um emblema, e é claro que o reconheci nesse momento, o companheiro servil de Pigeyes, Dewey.

– Vocês de novo.

– Gino gostaria de trocar uma palavrinha com o senhor.

Olhei em todas as direções. Não acreditava que podia estar a menos de 100 metros de Pigeyes sem captar uma sensação sua, como um detector de mísseis sintonizado no infravermelho. Dewey indicava o meio-fio, onde avistei apenas um furgão enferrujado.

Perguntei o que aconteceria se eu dissesse não.

– Ora, cara, você pode fazer o que quiser. Eu não me arriscaria a sacaneá-lo. Você se meteu em uma tremenda sujeira.

Pigeyes estava puto da vida, era o que Dewey me dizia. Havia um tom vagamente queixoso em suas palavras. A vida forja todos os tipos de confrarias, e Dewey e eu estávamos em uma das mais estranhas: parceiros de Pigeyes. Não havia muitas pessoas no mundo que pudessem compreender seu apuro, e eu ainda era uma delas, apesar de tudo. Olhamos um para o outro por um momento enquanto a multidão de Center City passava apressada, e depois o segui até o meio-fio e o furgão, que dava a impressão de ser um carro de entrega cansado de tanto trabalhar, com manchas senis de ferrugem na carroceria e seis dessas portinholas cinzentas do tipo bolha, duas atrás e duas de cada lado.

Quando Dewey abriu as portas traseiras, deparei com Pigeyes lá dentro, em companhia de um cara negro, outro tira. Era um furgão de vigilância. Não dava para saber há quanto tempo eles me vigiavam; pelo menos, o tempo suficiente para saberem que eu não estava lá em cima. Poderiam ter me seguido desde a minha casa ou, então, o que era mais provável, ligaram para Lucinda e foram informados de que eu ainda não chegara. Havia câmeras de vídeo montadas em tripés giratórios em cada uma das portinholas, além de duas fileiras de equipamentos de gravação em pequenos painéis de madeira por trás do assento do motorista. Todo o interior fora revestido de um carpete cinza peludo, desgastado em diversos pontos, com várias marcas de queimadura de cigarro. Os caras passavam longas noites ali, suplicando uns aos outros que não peidassem, vigiando alguém, traficantes ou chefões da máfia, talvez algum maluco que dissera que tinha vontade de matar um senador. Havia porta-copos fixados nas paredes e bancos acarpetados sobre os espaços das rodas. Pigeyes estava sentado ao lado das aparelhagens eletrônicas, usando um boné. Imagino que era a sua fantasia quando realizava uma missão secreta. Fiz um aceno de cabeça em vez de dizer seu nome, e Dewey me segurou pelo cotovelo, a fim de me ajudar a subir. Lá dentro, o furgão recendia a fritura.

Fiquei impressionado pelo acesso de Pigeyes a esse equipamento. A vigilância era uma unidade separada. Quando eu estava na polícia, eles descartavam um pedido de ajuda do Crimes Financeiros mais depressa do que a correspondência de propaganda. Mas Pigeyes possuía seu próprio departamento de polícia, com ligações e regras particulares. Seus primos eram tiras, assim como dois de seus irmãos, e ele tinha um dos "seus homens", como dizia, em cada canto do Hall. Podia resolver qualquer problema – licença e falta por doença, dinheiro para as despesas e o pagamento de um informante. É evidente que ele retribuía os favores, e fora da polícia também, diga-se de passagem. Os caras com que fora criado, sujeitos que agora importavam atum recheado com heroína marrom ou viviam do jogo, sempre gritavam por ele quando se metiam em encrenca, e Gino sempre encontrava um meio de ajudar. Sem perguntas. O Banco Nacional Pigeyes de Favores Devidos e Cobrados. A única coisa que eu achava desconcertante era que ele gastasse seus trunfos para me vigiar.

Assim que me sentei em cima da roda, Pigeyes se levantou. Não podia haver nenhuma dúvida, ele estava mesmo infeliz.

– Você pensa que é muito esperto, Malloy, mas não passa de um bosta. – Esperou para ver se eu pegava a isca, mas me recusei a morder. – Sabia que eu estava em cima da porra do cartão de crédito, não é?

Olhei para o tira, negro, alto, que usava um paletó de *tweed* e suéter de lã, mas sem gravata. Ele se mantinha junto dos equipamentos. Podia apostar que o furgão estava aos seus cuidados.

– Ele está tendo visões outra vez – comentei.

– Não banque o engraçadinho comigo, Malloy. É uma história e tanto a que ele está contando, aquele garoto. Quanto pagou a ele?

– Não sei do que você está falando.

Mas é claro que eu sabia agora. Pigeyes estivera procurando Kam Roberts da mesma maneira que eu – com o cartão de crédito de Kam Roberts. Sendo da polícia, ainda mais em Crimes

Financeiros, ele tinha vantagens inegáveis. O pessoal do banco precisava de amigos nessa divisão, caras que pudessem fazer uma visitinha a algum pobre coitado que já tivesse ultrapassado seu limite em 20 mil dólares, para sugerir-lhe que teria de fazer um pagamento em breve, do contrário poderia se enquadrar em uma fraude penal. Agora, era a retribuição. Cada vez que uma transação era registrada na conta de Kam Roberts, o centro de computação no Alabama ligava para Pigeyes. Ele podia acompanhar Kam por todo o planeta; e, quando Kam aparecesse nos três condados, Gino poderia localizar seu paradeiro, agarrá-lo, se tivesse sorte, ou, pelo menos, indagar por onde andara, descobrir como ele era, pedir ao dono da loja, ao gerente do hotel, que, se esse cara aparecesse ou alguém perguntasse por ele, que lhe desse um toque. E fora assim, eu compreendia agora, que ele se postara à minha espera no U Inn.

Estava tudo muito bem, mas aparentemente Gino e Dewey haviam passado o último dia correndo por todo o North End, investigando uma porrada de compras de aparelhos de CD, tênis de luxo, blusões Starter e videogames, recebendo descrições sistemáticas de um latino de 13 anos, não de um negro de 27 anos com entradas na testa.

Dewey usava uma unha para palitar os dentes enquanto os três me observavam.

– Não paguei a ele – expliquei.

– É claro que não pagou – disse Dewey. – Ele afirma que afanou sua carteira quando você estava apagado em um Chevy, perto da área revitalizada.

– Parece-me que foi isso mesmo.

– Mas não para mim – protestou Pigeyes, a voz esganiçada. – Pelo que ouvi, você está no Plano de Vida do AA. Eles não têm um plantão?

Eu parecia muito esperto, pela perspectiva de Pigeyes. Nas ruas, todo mundo sabe que adolescentes costumam ser usados para o trabalho sujo porque, em termos práticos, não há cadeia para menores. As gangues empregam meninos de 12 anos para entregar tóxicos, e até como pistoleiros. Pigeyes imaginava que eu dera ao garoto o cartão de Kam Roberts e lhe dissera que podia comprar até não poder mais ou até que os tiras aparecessem, e nesse caso a história seria a seguinte.

– Você está ganhando tempo para ele se mandar, Malloy. – Eu não tinha certeza se Gino se referia a Bert ou a Kam Roberts ou se os dois eram, na verdade, a mesma pessoa. – O que esse cara representa para você?

– Quem? – indaguei.

– Quem estou procurando, seu sacana?

– Kam Roberts?

Era apenas um palpite. Ele me arremedou, uma cara comprida, com uma pitada de Brando.

– Kam Roberts?

Pigeyes repetiu o nome meia dúzia de vezes, a voz subindo na escala. E depois ele se tornou perigoso. Havia remela em seus olhos e algo inflamado perto da ponta do nariz; dava para entender por que as pessoas andavam falando em Pigeyes e drogas. Por outro lado, ele sempre fora rápido na raiva.

– Porra, você vai me dizer onde ele está! Agora!

– Você tem mandado judicial contra ele?

Eu ainda queria saber o que Kam, quem quer que fosse, fizera para ser procurado assim.

– Nada disso, Malloy. É dando que se recebe. Não tem rua de mão única.

– Bateu no endereço errado, Pigeyes. Não sei nada sobre esse cara, além do que lhe contei na última vez. – Levantei dois dedos. – Palavra de escoteiro.

– Sabe o que eu penso, Malloy... que você está sujo neste caso. – O instinto de Pigeyes era altamente confiável, e sua propensão para me considerar suspeito não precisava ser explicada. – Acho que tudo se soma. Estamos procurando por seu amigo, o Sr. Kamin.

Pigeyes pôs as mãos nos joelhos. Inclinou a cara para cima de mim. A respiração era pesada, a pele marcada por uma luz cruel.

– Por acaso não esteve no apartamento dele nos últimos dois dias?

Eu sabia havia 72 horas que aquilo ia acontecer, mas os jornais já noticiavam sobre Archie, e os detetives de homicídios sempre têm acordos com os repórteres – jantar e drinques, e soletram o nome certinho. Pensava, com certeza, que ouviríamos uma notícia na Rádio 98 e que uma das secretárias desfilaria pelos corredores, dizendo "Oh, meu Deus, já souberam o que aconteceu no apartamento de Bert?". Por isso, aquilo me pegou de surpresa.

É bem provável que você já tenha percebido, o Você Você, mas sou de fato louco. Dizendo isso, estou me referindo ao que as pessoas costumam fazer, não que eu aja sem motivo, mas que os meus motivos, somados uns aos outros, não fazem muito sentido. Contraditórios, você pode dizer. Em conflito. Sou um cara tão esperto que tenho todas as respostas, depois assovio no escuro, com todos os medos aflorando dentro de mim e, pior ainda, meto-me em proezas como arrombar quartos de hotel e apartamentos que dariam calafrios no cara mais ousado do trapézio voador. Mas de vez em quando até mesmo um cabeça-dura como eu recebe um toque de despertar da realidade, e, sem nenhum aviso prévio, eu senti, na radiância da aura habitual de ameaça de Pigeyes, que corria perigo. De alguma forma, com todas as minhas preocupações, as visões dos bons tempos sobre o que eu faria quando encontrasse Bert, não percebera a oportunidade que oferecia a Gino. Sabia que ele me examinaria, enfiaria o proctoscópio até o fundo. Mas eu tocara em uma porção de coisas no apartamento de Bert. Maçanetas, por dentro e por fora. Correspondência. O pessoal da Homicídios se estava lá agora, procurando impressões digitais em todas as superfícies. Meu inimigo jurado, o detetive Gino Dimonte, encontra um cadáver, minhas digitais e evidências de um comportamento muito peculiar de minha parte. Adivinhe o que acontece em seguida? O pânico chegou com o mesmo ímpeto súbito das lágrimas.

– Já disse, o cara é meu sócio. Estou sempre indo a seu apartamento.

Gino sabia qual era a minha manobra. Se admitisse que fora ao apartamento recentemente, daria a ele a chance de me acusar de violação de domicílio e suspeita de homicídio, já que estivera perto do cadáver. Se negasse, não teria como explicar minhas digitais.

– Está mentindo, Malloy. Se são tão ligados, conhece os amigos dele? Conhece um *bookie* chamado Vernon Koechell?

– Não.

– Nunca ouviu falar dele?

– Não o conheço.

– Não foi isso que eu perguntei, Malloy.

Eu estivera no Banho Russo falando sobre Archie, e não seria preciso muita pressão para atiçar a memória de alguém sobre quem levantara o nome. Pigeyes poderia adulterar uma porção de coisas, como as provas técnicas, os relatórios de investigação. Uma impressão digital tirada da maçaneta poderia ser identificada como indício colhido na geladeira ou no cortador de legumes. Meus cabelos encontrados no chão da cozinha poderiam aparecer na lapela do Sr. Koechell. Compreendi de repente por que não houvera notícias sobre o corpo de Archie. Seria fácil abafar a história nos jornais, pelo menos por algumas horas, se a polícia precisasse de tempo para pegar o assassino. Nas dobras por baixo de meu queixo, pude sentir que começava a se acumular uma umidade reveladora.

– Esse tal de Koechell... Eu andava à sua procura. Sabia disso?

– Não.

Fiquei aliviado pela oportunidade de dar uma resposta honesta.

– Preciso fazer a ele algumas perguntas sobre Kam Roberts.

Em meio a toda aquela sensação, confusa e intensa, percebi subitamente o que Pigeyes investigava, pelo menos no começo. Tudo se tornou claro como um pássaro batendo asas pelo céu frio quando recordei a conversa com Toots. Jogos combinados. Kam Roberts e Archie. Era por isso que a missão cabia ao Crimes Financeiros, e não à Divisão de Costumes. "Especial de Kam – U cinco." Talvez Bert também estivesse envolvido.

– Tive um pouco de sorte. Esbarrei em um sacana bêbado que eu conhecia, bastou pressioná-lo por um segundo e ele me deu o nome de Robert Kamin, me disse para procurar o cara, parece que ele conhece Kam Roberts. E é o que estou fazendo. Dou até uma olhada no apartamento de Robert Kamin.

– Com um mandado judicial? – indaguei.

Era uma pergunta, um obstáculo. O medo ainda me dominava, me sufocava como um tijolo no peito.

Pigeyes soltou uma risada desdenhosa.

– Um mandado para o apartamento dele não faz a menor diferença para você, seu demente. – Ambos sabíamos que ele tinha razão. – Mas tudo bem, mostre-lhe o mandado.

Dewey pegou a pasta ao lado do banco de passageiro. Fechei os olhos por um instante, apesar do esforço contrário.

– Agora, Malloy, vou perguntar outra vez: por acaso esteve naquele apartamento?

Fui tira naquela época em que a polícia teve de começar a ler os direitos do suspeito antes de prendê-lo, nos termos do caso Miranda. Nunca vi sentido nisso. Era uma boa ideia, podia admitir, deixava todo mundo em pé de igualdade, ricos e pobres, todos saberiam das mesmas regras. Mas o problema era a natureza humana, não a classe social, pois um homem acuado nunca vai se calar. Se ele se recusa a responder e diz o que eu sabia que deveria dizer, que era "chame meu advogado", então vai para a delegacia, é fichado e levado ao tribunal. Para alguém metido em uma encrenca, só há uma saída: explicar tudo, na esperança de que alguma merda compre sua liberdade.

– Pigeyes, o que você acha que eu fiz?

– Perguntei se esteve naquele apartamento. – Ele apontou para Dewey, indicando que devia fazer uma anotação. – Já é a segunda vez que ele não responde.

– Gino, sou o cara que lhe deu o nome de Bert e disse que o procurasse. Escreva *isso*. – Dewey, é claro, não se mexeu, e acrescentei: – Que sentido isso faria, se eu estivesse escondendo alguma coisa?

Ele sabia aonde eu estava querendo chegar – se matara Archie, por que haveria de sugerir que procurasse Bert? Mas sabia qual era a típica resposta policial: se ninguém fizesse coisas estúpidas, ninguém seria preso.

– Com você nada faz sentido, Malloy. Não é um cara sensato. Pode me explicar por que mandou um garoto cheio de espinhas na cara circular por toda a cidade com a porra daquele cartão de crédito? Pode me explicar por que o cara que estou procurando e o cara que você procura têm os mesmos nomes, só que invertidos? E, antes de tudo, pode me explicar por que procura esse tal de Robert Kamin? Ou por que não sabe nada sobre o sacana amigo dele chamado Vernon Koechell? Pode me explicar por que está dando cobertura a essa bicha?

Bicha. Não encaixei a referência. Não sabia se ele se referia a Archie, Kam ou Bert.

– Talvez na terceira vez, a do encantamento, a coisa funcione – continuou Pigeyes. – Vamos tentar de novo, escute com toda a atenção. Sim ou não. Nos últimos dias, você esteve naquele apartamento?

Tive a sensação de que ele enfiara o punho inteiro na minha garganta.

– Preciso de um advogado, Pigeyes?

– Pensei que você fosse advogado.

Os três riram. O negro cobriu o rosto com a mão. Era muito esquisito. Usava um anel de diamante quadrado que faiscava em seus dedos.

– Vou explicar por que estou perguntando, Malloy. Porque procurei por toda parte, lá no apartamento de Kamin. Verifiquei a poeira nas janelas. Os carimbos na correspondência. Abri a geladeira para ver se tinha comida estragada, conferi a data de validade nas embalagens do leite e do suco de laranja. Sabe o que descobri?

– Não.

Sem desviar os olhos de mim, ele apontou para Dewey, mandando-o fazer outra anotação. Tentei me manter resoluto, mas ele abria buracos em meus olhos, lia cada pensamento em minha cabeça. Sabia que me controlava. Já me vira assustado antes. Conhecia a expressão, e a saboreava. E eu o conhecia também. Observara-o arrastar pobres garotos para interrogatório na delegacia, vestir um avental de açougueiro todo manchado que guardava em seu armário, sabendo que aqueles jovens acreditariam em absolutamente qualquer coisa sobre a polícia de Kindle. Tinha a mesma expressão agora. Ia acertar o golpe com o cutelo na nuca, apresentar o corpo, os relatórios deturpados, as amostras de cabelo, as enzimas no sistema digestivo e tudo, de alguma forma, significava Malloy. Inclinou-se ainda mais, a cara quase encostando na minha. O Sr. Estranho Perigoso em pessoa.

– Porra nenhuma. Foi isso o que descobri: absolutamente nada. O cara desapareceu há duas semanas pelo menos. E, se você não esteve naquele apartamento, pode me dizer como apareceu com um cartão de crédito que o banco informa que só despachou há 12 dias?

Ele saboreava as palavras enquanto as pronunciava, e sorria um pouco.

E eu também sorri.

Por conta do pânico acabei sentindo frio. Poderia ter arrotado ou entoado uma canção. Senti que podia voar. Gino dissera, sem nenhuma possibilidade de dúvida, que não havia nada na geladeira, e, até onde eu podia perceber, ele estava se divertindo demais me intimidando para se incomodar em mentir. Quem tirara o corpo de lá e por que eram perguntas para mais tarde.

Satisfeito por ter me sacaneado, Pigeyes cambaleou de volta à divisória entre os bancos da frente e sentou-se para soltar uma gargalhada; riu tanto que teve de segurar o chapéu para que não caísse. Estava se divertindo um bocado. Seus companheiros ali, Dewey e o crioulo, também riam. Ninguém sentia pena de Malloy. Por fim, Pigeyes enxugou os olhos.

– Vamos ser francos, está bem? Estou cagando e andando para o que você anda fazendo, Malloy. Robert Kamin? Não me importo se ele comeu a mulher do sócio sênior... ou o próprio sócio sênior, diga-se de passagem. Tudo o que quero é descobrir esse tal de Kam Roberts, quem quer que ele seja. Você me dá isso, ele me dá isso, e podem continuar em suas vidinhas de merda. Sinceramente. – Gino bateu com a mão no peito. Tive a impressão de que ele usava a mesma camisa do outro dia.

– Vai me contar por que precisa dele? – indaguei.

– Vai me contar onde posso encontrá-lo?

– Não sei, Gino. – Ele avaliou a resposta, a dúvida persistindo em seus olhos, e tratei de acrescentar: – Jamais me encontrei com o cara em toda a minha vida. O cartão de crédito foi para o endereço de Kamin. Não me pergunte por quê. Isso é tudo o que sei.

Isso, a Infomode, e mais uma ou duas coisinhas. Mas eram só da minha conta. Além do mais, quem sabia melhor do que Pigeyes que eu minto de vez em quando?

– E ponto final. Certo? Você fez um grande trabalho de me apertar os colhões.

Pigeyes gesticulou para Dewey.

– Mostre a ele.

Dewey abriu a pasta. Eles tinham um desenho. Estava em papelão, feito a lápis, metido em um plástico transparente. Furgão de vigilância. Desenhista da polícia. Pigeyes contava com o maior apoio. Dewey me entregou o desenho.

Um cara negro, de 20 e tantos anos, boa aparência, entradas na testa.

– Já o viu alguma vez? – perguntou Dewey.

E essa era a parte mais estranha. Eu já vira o cara.

– Não tenho certeza – respondi.

– Talvez?

Onde? Jamais me lembraria. Ou pelo menos não naquele momento. Se me recordasse, seria quando estivesse meio adormecido, ou limpando a bunda, ou tentando pensar em alguma manobra esperta para incluir em uma petição perdedora. Talvez fosse o sujeito da faxina ou alguém que pega o mesmo ônibus que eu. Mas eu já o vira, com certeza. Continuei, no entanto, a fazer um aceno negativo de cabeça.

– Este é o Kam? – perguntou.

Pigeyes passou a língua por cima dos dentes.

– Quem é ele?

– Juro por Deus, Gino, que não faço a menor ideia. Se o encontrar na rua, efetuarei uma prisão de cidadão. E você será o primeiro cara que chamarei.

– Robert Kamin saberia?

– Terei de perguntar a ele na próxima vez em que o encontrar.

– E quando será isso?

– Não sei. Ele parece um tanto indisposto.

– É, parece mesmo. – Ele partilhou um olhar e um sorriso, com os outros dois policiais. Encontrar Bert, desconfiei, ocupara recentemente uma boa parte do tempo deles. – O que me diz de Koechell?

– Juro por Deus que também nunca o encontrei. – Ergui a mão. – Juro. E também não tenho a menor ideia de onde ele está agora.

O que também era verdade. Pigeyes pensou um pouco na situação.

– Qual deles é a bicha, por falar nisso? – perguntei. – Koechell?

Pigeyes tornou a pôr as mãos nos joelhos, a fim de poder se inclinar para a minha cara.

– Por que não estou surpreso que isso lhe interesse tanto?

– Se está tentando me menosprezar, Pigeyes, terei de chamar a Comissão de Direitos Humanos.

Voltáramos ao ponto por que já passáramos. Diversão e jogos. A bexiga de Gino despejara o mijo quente da vingança apenas por um momento. O reservatório se enchia de novo, e ele estava pronto para abrir a braguilha outra vez. E a coisa lhe voltou, como a estrela guia de seu universo: não gostava mesmo de mim.

– Se eu lhe dissesse que dá para enfiar um foguete Saturno no traseiro de Archie Koechell, você me contaria por que está tão curioso?

– Só estou querendo encontrar pistas sobre a vida social de Bert. Nada mais. O cara sumiu. E você sabe disso. Meus sócios ficaram preocupados e me pediram para procurá-lo.

Dei de ombros, em um gesto de absoluta inocência.

– Se você o encontrar, vou querer saber. Ele me fala sobre Kam e pode ir para casa. Mas, se tentar me sacanear, Malloy, a carga toda vai cair em cima de você: arrombamento e violação de domicílio, fraude com cartão de crédito, usurpação de identidade. Vou foder você para valer, grandalhão. E não pense que não vou gostar.

Eu estava careca de saber disso. Dewey abriu a porta do furgão por dentro, e saí para a rua, saboreando a luz do dia e o frio, a grandiosidade dos espaços abertos. Por duas vezes, pensei. Dois milagres. Murmurei palavras de agradecimento a Elaine. Pigeyes me deixara ir embora.

15
Brushy me diz o que quer e eu ganho o que mereço

A. BRUSHY ME DIZ O QUE TEM NO CARDÁPIO

Para nosso almoço na sexta-feira, Brushy escolhera The Matchbook, um restaurante sossegado e antiquado, que tentava preservar um pouco do clima de santuário de lazer para a classe executiva. O cliente saía do nível da rua para uma sensação de suave clausura. O teto era baixo, e a ausência de janelas era disfarçada por pequenos fachos de luz que desciam sobre o papel de parede imitando mármore a partir do alto das colunas de estuque usadas para dividir a sala. Os garçons de colete preto e gravata-borboleta não tratavam ninguém pelo primeiro nome nem se mostravam tão camaradas a ponto de darem a impressão de que a refeição ficaria por conta deles.

Depois da minha aventura com Pigeyes, tive uma manhã sem incidentes, ruminando periodicamente sobre o corpo desaparecido da geladeira de Bert. Queria acreditar que o desaparecimento nada tinha a ver com minha visita ao apartamento, mas encontrava a maior dificuldade para me convencer disso.

Acabei procurando Lena na biblioteca. Ela estava com os pés em cima da mesinha de carvalho em um canto, absorta em um dos grossos volumes de jurisprudência federal, como se fosse um romance, irradiando o fascinante ar de alienação de todas as mulheres intelectuais. Perguntei se tinha um passaporte e o fim de semana livre e se ainda queria trabalhar naquele caso de jogo, o mesmo em que decifrara o código no Infomode. Lena reagiu com o maior entusiasmo. Tratei de delegá-la como representante – seguindo o procedimento usual de uma firma de advocacia, a merda de sempre –, mandei que ligasse para o serviço de viagens executivas da TN e mexesse os pauzinhos, se fosse necessário, para pegarmos um avião no domingo para Pico Luan, com reservas, preferivelmente, em um hotel decente na praia. Ela anotou tudo.

No restaurante, Brush e eu sentamo-nos lado a lado em um reservado no fundo. O maître a cumprimentara pelo nome e nos levara para um canto, em uma parte elevada do salão, onde uma coluna e uma planta proporcionavam um pouco mais de privacidade. A mesa era ornamentada com enormes guardanapos de linho e um esplêndido antúrio, parecendo um símbolo priápico, a toalha imensa, branca e engomada como um colarinho clerical, estendendo-se até o chão. Olhei ao redor, admirado. Para Center City, The Matchbook era um lugar sensacional. Poucos anos antes, eu teria me rendido de bom grado à tentação e tomado um drinque antes do almoço, o que representaria o fim do meu dia. Perguntei à Brushy quando estivera ali pela última vez.

– Ontem – respondeu ela. – Com Pagnucci.

Eu tinha esquecido.

– E como foi?

– Estranho.

– O que ele queria? Alguma coisa relacionada com o Dia da Marmota?

– Só em parte. Basicamente, acho que ele tentava descobrir por que venho almoçando com Krzysinski.

– Espero que tenha lhe dado um tapa na cara.

Brushy apertou o meu joelho com força bastante para doer.

– Ele não entrou nessa. Era trabalho.

– Pagnucci? Uma surpresa e tanto. O que ele queria saber?

– Disse que é um período turbulento para a firma. Perguntou o que eu achava das coisas, como ia meu trabalho. Deu a impressão de que pensava em uma revisão administrativa.

– Como se a estivesse preparando para uma crise da meia-idade?

– Mais ou menos. Achei que ele estava tentado projetar um contexto. Sabe como é, para o Dia da Marmota. Pontos. Mas no fim das contas ele acabou perguntando se eu achava que o meu relacionamento pessoal com Tad era bastante forte para que a TN permanecesse como minha cliente, aconteça o que acontecer?

– Aconteça o que acontecer?

– Foram as palavras dele.

Pensei por um momento. Brushy e Pagnucci formariam uma grande dupla, uma advogada de contencioso e um cara de títulos mobiliários, dois italianos empreendedores.

– Ele disse isso expressamente? Que estava pensando em deixar a firma e levar você junto?

– Mack, é de Pagnucci que estamos falando. Ele nunca diz nada com todas as letras. Sempre dá a entender que se trata apenas de uma remota curiosidade.

– Como um jogo em uma reunião social. Quem Você Gostaria de Ser se Não Fosse Você?

– Isso mesmo. E tratei de cortá-lo. Disse que gostava dos meus sócios, que me orgulhava do trabalho que fazemos e não ficava pensando nessas coisas.

– Bom para você. Leotis não poderia ter feito melhor. Ele ficou desconcertado?

– Concordou plenamente. Deu a volta por cima. "É claro, é claro." Tentou agir como se isso não significasse nada para ele.

– É óbvio que Carl pensa que eu não conseguirei encontrar Bert, que o dinheiro não vai voltar e que a TN vai nos dizer adeus, e a firma também. Certo?

– Talvez. É provável que ele esteja apenas sendo cauteloso. Considerando todos os ângulos. Você conhece o Carl.

– Talvez ele *tenha certeza* de que não encontrarei Bert.

– Como poderia?

Eu não podia imaginar muita coisa que fizesse sentido. Ainda mais depois que Carl abençoara minha viagem a Pico.

O garçom se aproximou, pedimos chá gelado, mas depois Brushy mudou de ideia e pediu vinho branco. Examinamos o cardápio, quase meio metro de comprimento, antiquado, com folhas de papel velino e do tipo que ainda tem um cordão com uma borla. Eu continuava perplexo com a jogada de Pagnucci, porém Brushy me interrompeu quando voltei ao assunto.

– Mack, acha mesmo que eu queria almoçar com você para conversarmos sobre Pagnucci?

Respondi que, se pensasse assim, provavelmente não teria ido.

– Quero que tente ser sério em uma coisa, Mack. Você feriu meus sentimentos ontem.

Encolhi-me todo por dentro. Algum antigo mecanismo retrátil embutido. Outro sermão de outra mulher sobre a maneira como eu a decepcionara. Teríamos uma reconstituição feminista dos meus comentários picantes sobre seus quadris errantes.

– Ora, Brush, pensei que já tivéssemos superado isso. Sou eu, nós, você e eu. Amigos para sempre.

– É justamente esse o problema.

Ela se virou para mim de um jeito descontraído, de tal forma que ficamos mais ou menos na posição de joelho contra joelho. Brush encostou-se na parede, apoiou um braço no encosto da banqueta e pousou o rosto cheio e o cabelo macio sobre a mão, em uma pose atraente. Seu olhar era franco e cordial, como uma adolescente em uma sala de diversão.

– Pensei que na próxima vez em que você quisesse dançar uma valsa, Mack, seria comigo.

Levei um instante para absorver.

– É mesmo?

Ao que parecia, era um daqueles acordos tácitos entre homem e mulher que sempre me escapavam.

– É, sim.

Ela fez biquinho. Uma graça.

– Eu pensava que tinha perdido minha chance, Brush. Imaginei que já havíamos acabado com isso.

– E eu acho que imaginei que tínhamos apenas começado.

Seus olhos pequenos eram luminosos, com uma vida intensa, transbordando de indagação. Assim como uma grande instituição, por exemplo, uma universidade ou o Presidente dos Estados Unidos, Brushy quase nunca era formalmente rejeitada. Segundo as pessoas que sabem de tudo, com as quais trabalhei como novato, as intrigantes bisbilhoteiras que sempre dão um jeito de descobrir essas coisas, Brushy desenvolvera, ao longo dos anos, a abordagem perfeita: "Estou me perguntando se deveria deixar que você faça amor comigo." Os constrangidos ou os sinceramente desinteressados podiam recuar, sem danos maiores para nenhuma das partes. Fiquei comovido por ela entrar nesse jogo comigo, mas me senti confuso na presença da emoção real. Enquanto eu me mantinha aturdido, ela, como sempre, assumiu a dianteira.

– A menos que não haja a chama – acrescentou Brushy.

Senti, com isso, seus dedos pousarem de leve na minha coxa, e depois, enquanto ela me encarava fixamente, a palma de sua mão encostou lá embaixo e a mão deslizou para o alvo. Ela deu um apertão no meu pequeno negócio que poderia ser considerado, no esquema geral das coisas, afetuoso. Eu não tinha mais dúvida sobre o motivo que a levara a escolher um restaurante com toalhas de mesa.

Como reagir? A adrenalina, o choque suscitou uma animação, uma espécie de loucura, que em retrospectiva atribuo à vertigem do sentimento raro de que havia algo significativo em jogo. Ela era, como eu sempre soubera, uma mulher infernal. E me diverti vagamente ao pensar em como a situação era parecida com a que eu imaginara com Krzysinski. Mas Brushy possuía o talento de todas as fêmeas sedutoras: perceber as fantasias de um cara e brincar com elas sem se sentir aviltada.

– Eu diria que há uma chama – respondi, ainda absorto no olhar fixo, seus olhos verdes irradiando um brilho astucioso. – E diria também que você daria um escoteiro e tanto.

– Um escoteiro?

– Isso mesmo, madame, porque se continuar a esfregar essa vara, vai ter muito mais do que uma chama.

– É o que espero.

Estávamos olho no olho, nariz no nariz, contudo, no ambiente respeitável do The Matchbook não haveria nenhum abraço. Em vez disso, virei-me um pouco na banqueta, demorei por um instante com os dedos em seus joelhos e depois me inclinei, como se estivesse prestes a dizer uma piadinha, e, enfiei a mão entre suas pernas na direção do ponto zero feminino, defendido pela tênue camada da meia-calça. Sempre fitando-a nos olhos, peguei o tecido, dei um puxão brusco, de tal forma que Brushy se encolheu. Mas continuou a me observar, divertindo-se muito, enquanto eu encontrava a abertura que rasgara, e com toda a ternura de que era capaz, aninhei as pontas de dois dedos nos lábios vaginais.

– É isso o que chamamos de oportunidades iguais? – indagou Brushy.

– Talvez. Mas deve compreender, Brush, que fui mais longe do que você. Ainda é um mundo dos homens.

– Ahn...

Ela inclinou-se para trás, puxou a toalha da mesa, estendendo-a de uma maneira casual por cima da minha mão, que já se encontrava sob o seu guardanapo. Abriu o cardápio, ajeitou-o entre sua cintura e a beira da mesa, formando mais ou menos um telhado, um túnel de privacidade. Depois, seus quadris se projetaram para a frente, os joelhos se entreabriram. Ela acendeu um cigarro. E tomou um gole do vinho. Sempre me fitando, saboreando seu prazer com um brilho intenso nos olhos, uma mulher que amava a vida quando esta se reduzia àquele aspecto.

– Não sei se posso concordar com você – murmurou ela.

As coisas corriam muito bem no quarto do Dulcimer House até que tirei a cueca. Foi nesse instante que Brushy soltou um grito. Cobriu a boca com as mãos.

– O que é isso?

Ela apontava para mim, e não era porque estivesse muito impressionada.

– Isso o quê?

– Essa erupção.

Ela me conduziu até o espelho. Lá estava eu, de pau duro com uma listra larga e pálida, no formato de uma faixa de terra, cobrindo o meu quadril. Havia uma extensão em forma de ilha, que se alargava ao cruzar a minha circunferência e desaparecia no matagal púbico. Fiquei olhando, aturdido, pensando que era uma terrível conspiração contra mim. Foi então que me ocorreu.

– A porra do Banho Russo.

– Ah, tá...

Ela recuou quando tornei a avançar em sua direção.

– É dermatite – insisti. – Nada mais do que isso. Nem sabia que eu tinha.

– É o que todos dizem.

– Brushy...

– É melhor procurar seu médico, Malloy.

– Brushy, tenha dó.

– Estamos nos anos 1990, Mack.

Ela atravessou o quarto, nua. Vasculhou suas roupas, e receei que fosse se vestir, mas era apenas um cigarro que procurava. Sentou-se à minha frente em uma poltrona de brocado, fumando, nua, os calcanhares no tecido caro, vazando os líquidos femininos sobre o estofamento. As figuras esguias ficam muito bem em cabides de roupas, mas uma mulher nua com as proporções típicas de Rubens, como Brushy, ainda era uma visão adorável. Eu permanecia rosado e em riste para a ação, contudo podia perceber, pela postura de Brushy, que alcançara meu ponto alto no almoço.

Deitei na cama, e, sentindo que tinha todo direito a isso, comecei a gemer.

– Não fique assim, Mack. Está me fazendo sentir mal.

– É o que espero.

– Será só por alguns dias.

Ela me deu o nome de um médico e disse que ele podia receitar até pelo telefone. Parecia uma autoridade no assunto, mas guardei todas as perguntas que ela não gostaria que eu fizesse.

Acabei me acalmando. Logo voltei a ser eu mesmo, primariamente triste, olhando para o teto de classe do Dulcimer, onde os adornos de gesso em torno do lustre se irradiavam em vários rabiscos esbranquiçados. Já estivéramos ali uma vez... com um sucesso similar. Sentira que fora um erro desde o início, a ida para o mesmo hotel – a mesma caminhada amigável até ali, um pouco tensos por conta da expectativa e do decoro, tentando, à distância de um grito do escritório, parecer qualquer coisa menos duas pessoas que iam transar; o mesmo tipo de recepcionista sicofanta; a mesma espécie de quarto, com móveis pesados, um pouco antiquados demais para continuarem a ser de bom gosto. Mais um fracasso na lista. Era como se, em minha vida, eu fosse prisioneiro dos ciclos.

– Tomei um porre há duas noites, Brushy – anunciei de repente. – O que pensa disso?

– Não muita coisa.

Achei que ela não falava a sério ao dizer que não tinha opinião. Quando virei a cabeça para contemplá-la na poltrona, ainda nua, ainda fumando, concluí por sua expressão tranquila que aquilo não fora um raio acertando sua cabeça.

– Você estava com uma aparência horrível ontem – comentou ela.

E depois me perguntou se eu gostara.

– Não muito – respondi. – Mas agora tenho a impressão de que não consigo tirar o gosto da boca.

– Acha que fará isso de novo?

– Creio que não. – No instante seguinte, sentindo-me quase tão durão quanto ela, acrescentei: – Mas é possível.

Continuei deitado ali, sentindo todo o peso de meu corpo gordo, a barriga, que mais parece uma daquelas bolas usadas para se fazer ginástica em academias, os alforjes de gordura pendurados por cima dos quadris.

– Nunca se cansa disso? – perguntei. – Outro advogado irlandês. Outro bêbado irlandês. Estou muito cansado de ser eu mesmo... de estragar tudo como costumo fazer. É um cansaço que não desaparece com o sono e fica pior ainda quando acordo. Não posso deixar de pensar em como seria maravilhoso começar de novo. Uma lousa completamente limpa. É a única coisa que ainda me excita.

– Fico triste quando você fala assim, Mack. Não combina com você. Só está pedindo para alguém lhe dizer que é um cara legal.

– Não, é sério. Não acreditaria se alguém me dissesse.

– Você é um cara bacana, Malloy. E também um bom advogado.

– Não sou, não. Está enganada, nas duas afirmações. Para dizer a verdade, Brush, acho que não dou mais para a advocacia. Livros, leis, petições. É uma vida de preto e branco, e sou um cara que adora cores.

– Deixe disso, Mack. Você é um dos melhores advogados da firma. Quando quer.

Soltei um grunhido.

– Antigamente, você estava lá o tempo todo. Eu tinha que gostar um pouco.

Quando eu bebia, trabalhava como um demônio, somava 2.200 a 2.400 horas por ano. Ficava no escritório até às 20 horas e, nos bares, até meia-noite... depois voltava para a Torre às 8 horas da manhã seguinte. Lucinda costumava trazer aspirina com meu café. Quando decidi mudar de vida no AA, esse foi outro dos hábitos que abandonei. Ia para casa às 18 horas, via a esposa, o filho. E me divorciei em um ano. Não me pergunte o que isso prova.

– Quer saber a verdade, Brush? Nem me lembro. É isso aí, não me lembro mais de como era ser tão ocupado. Não me lembro de qual era a minha situação na firma antes de Jake decidir que eu não passava de um monte de bosta.

– Mas do que está falando? Reclama porque ele não lhe manda nenhum trabalho agora? Pode ter certeza, Mack, que tem um grande futuro com aquele cliente. Krzysinski respeita você. Dê algum tempo. Tudo vai se resolver.

Krzysinski de novo. Remoí o assunto por um momento, depois decidi ser direto.

– Olhe, Brush, não há futuro. Jake parou de me mandar trabalho porque sabe que é o rabo dele que vai arder se alguém na G&G deixar cair a peteca, e ele acha que eu tenho a mão furada.

– Não é nada disso.

– É, sim. E provavelmente ele está certo. É evidente que eu gostava de atuar em julgamentos. Levantar-me diante de um júri. Sacudir as mãos por toda parte. Descobrir se conseguia fazer com que me amasse. Mas ninguém tem certeza se ainda sou capaz de suportar a pressão e permanecer sóbrio. Inclusive eu. Sem isso, não gosto de nada. Estou apenas viciado no dinheiro.

Eu me sentia ferido, deitado ali, me batendo com a verdade. Mas sabia que era isso mesmo. O dinheiro era pior do que a bebida e a cocaína. Por Deus, o doce ímpeto de gastar é inebriante. Você começa a visitar o alfaiate, compra um BMW, talvez arrume uma casinha de campo, encontra um ou dois clubes não tão exigentes que o recusem como sócio. E, antes de perceber, como no meu caso, mesmo ganhando 268 mil brutos, começa a procurar moedas na última gaveta para pagar o pedágio da ponte. Sem mencionar que eu era um cara que chegava rotineiramente de porre em casa, virando os bolsos pelo avesso à luz da varanda, especulando, de um jeito meio abstrato, onde tinham ido parar todas aquelas notas de 20 dólares. (Além das chaves de casa, que em uma ocasião acabei me lembrando de ter largado na caneca de lata de um mendigo.) Agora eu tinha uma "ex" com um lindo carro alemão e uma casa de campo, agradecendo a Deus por eu pagar pensão e ter algo para mostrar pelo dinheiro que eu ganhara.

– Somos todos – disse Brushy. – Viciados. Até certo ponto. Faz parte da vida.

– Não, Brush. Você falava a sério quando disse aquilo a Pagnucci. Adora o seu trabalho. Adora a G&G. Trabalharia lá de graça.

Brushy fez uma careta, mas eu acertara no alvo, e ela sabia disso.

– Do que se trata? – perguntei. – É sério. Nunca entendi. Para mim, você sabe, todas essas ações judiciais, tudo isso, não passa de o meu capitalista selvagem é melhor do que o seu. O que você tira disso? O direito?

– O direito, é claro. – Ela fez um aceno de cabeça, mais para si mesma. – Todo esse negócio de certo e errado. É elegante.

– Elegante?

Ela veio se deitar ao meu lado, de barriga para baixo. Podia ter aquelas pernas tortas e a pele ruim, mas parecia sensacional para mim, com uma bundinha arrebitada. Acariciei seu traseiro, e ela sorriu. A bandeira se desfraldava outra vez, mas eu sabia que não adiantava. Além do mais, sua mente se concentrava agora no direito, e este, como eu lhe dissera, era o verdadeiro amor de sua vida.

– É tudo. Mack, tudo mesmo. O dinheiro. O trabalho. O *mundo*. Você sabe como é, quando se é criança, a gente quer viver em um conto de fadas, brincar de casinha com Branca de Neve, e aqui estou eu, convivendo com todas essas pessoas sobre as quais leio no *Journal* e nas páginas de negócios do *Tribune*.

Brushy, Wash, Martin, todos eles acompanhavam os movimentos das grandes empresas americanas – financiamentos, aquisições, promoções –, ávidos como fãs de novelas de televisão, devorando o *Journal* e as páginas de negócios da imprensa local todas as manhãs, com uma fome que eu sentia apenas pela seção de esportes.

– Como Krzysinski.

Ela me lançou um olhar de advertência, mas deu uma resposta honesta.

– Isso mesmo, como Krzysinski. E essas pessoas *gostam* de mim. E eu gosto delas. Lembro como eu era confusa quando cheguei aqui. A única mulher que advogava na área de contencioso, e eu estava apavorada. Você se lembra?

– Não poderia esquecer.

Ela estava no fogo, se autoconsumindo como o sol. Brushy sabia que era uma mulher em um mundo de homens – um pouco antes da corrida do ouro das mulheres para a faculdade de direito – e confrontara suas perspectivas com uma mistura emocional combustiva de determinação inabalável e ansiedade devastadora. Era a única menina em uma família de cinco filhos, a do meio, e sua situação no escritório se comparava a algo que já enfrentara em casa, um jogo de sim e não que estava sempre fazendo consigo mesma. Realizava alguma coisa brilhante e depois procurava um de seus confidentes – eu ou qualquer outro – e explicava, com a maior sinceridade, como tudo fora acidental, que jamais se repetiria, como se sentia fadada ao desastre pelas expectativas criadas por seu próprio sucesso. O fato de escutá-la era por si só extenuante – e angustiante –, mas mesmo naquela época eu já me sentia atraído por Brush, da maneira como certas moléculas livres sempre reagem. Creio que partilhava todos aqueles ânimos alternados, o ímpeto, o medo, a propensão para primeiro culpar a mim mesmo.

– E agora, todas essas pessoas... *precisam* de mim. Atuei em um caso da Nautical Paper há uns dois anos. Meu pai trabalhou lá por um tempo, décadas atrás. Depois que ganhamos a ação, recebi um bilhete de Dwayne Gandolph, o CEO, me agradecendo pelo esplêndido trabalho que eu realizara. O que me deixou zonza. Como inalar Benzedrine. Mostrei para minha família, e ficamos passando o bilhete de mão em mão em torno da mesa de jantar. A família inteira ficou impressionada comigo... *Eu* estava impressionada comigo mesma.

Compreendi o que Brushy dizia, talvez mais do que ela própria, que sua participação neste mundo fora conquistada com tanto esforço que não podia deixar de ser valorizada, representava um símbolo importante demais para ser visto como qualquer outra coisa. Mas ela sorria de si mesma pelo momento. Puxa, era sensacional. Ambos pensávamos assim. Admirei-a tremendamente, pelas distâncias por que arrastara a si mesma e sua bagagem. Dei-lhe um beijo, e ficamos de sacanagem por uns dez minutos, dois adultos, ambos nus, em plena luz do dia, em um quarto de hotel, apenas se beijando e se acariciando. Mantive-a assim por um tempo, e depois ela me disse que tínhamos de ir embora. Havia a G&G, o escritório, trabalho por fazer.

Ambos rimos quando ela enfiou o punho pelo buraco na meia-calça. Vestiu-a assim mesmo, e indagou como eu estava me saindo em meus esforços para descobrir Bert.

– Não vou encontrá-lo – respondi.

Ela assumiu um ar irônico, e eu lhe disse o que ainda não contara a mais ninguém – que achava que Bert estava morto.

– Como Bert poderia estar morto? – indagou Brushy. – Quem ficou com o dinheiro?

Notei que ela precisara de apenas um momento para chegar à pergunta que só me ocorrera depois de uma semana.

– Não acha que é uma interessante galeria de oportunidades?

Ela tornara a sentar-se na poltrona, meio vestida, fez pose contra o brocado. Eu adorava contemplá-la.

– Está querendo dizer que, se alguém soubesse que Bert estava morto, poderia lançar a culpa em cima dele?

– É isso aí. – Eu saíra da cama, vestia a calça. – Mas eles teriam de saber com certeza. Não poderia ser mero palpite. Se Bert aparecesse de novo, ficariam em uma situação terrível.

– E como podiam ter certeza? – perguntou ela.

Fitei-a nos olhos, sem dizer nada.

– Está querendo dizer que alguém o matou, alguém da firma? Não pode acreditar nisso.

Na verdade, eu não acreditava. Havia lógica nessa teoria, mas pouco sentido. E foi o que eu disse a Brushy.

– São apenas teorias, certo? A morte de Bert? E todo o resto?

Ela queria mais do que a minha garantia. Mostrava sua verdadeira personalidade, implacável, espremendo a verdade até a morte, como uma cobra.

– É claro que são apenas teorias, mas escute só isso.

Relatei minhas reuniões no dia anterior, primeiro com Jake, depois com o Comitê. E desta vez peguei-a desprevenida. Ela se inclinou para a frente, a boca se contraindo em um pequeno e perfeito *o*. Estava aflita demais para simular bravura.

– Nunca! – exclamou ela, por fim. – Eles jamais concordariam com algo assim. Com esse tipo de cobertura. Possuem caráter de mais.

– Wash? – indaguei. – Pagnucci?

– Martin? – A reverência de Brushy por Martin era ainda maior do que a minha. – Você vai ver só, Mack. Eles farão a coisa certa.

Dei de ombros. Talvez ela tivesse razão, e, mesmo que não tivesse, sentia-se mais animada por pensar o melhor de seus sócios. Mas podia perceber que não conseguira me convencer.

– E Jake, meu Deus, que cara frágil! – acrescentou Brushy. – O que há de errado com ele?

– Você não conhece Jake. Se tivesse crescido com ele, veria o outro lado.

– Como assim?

– Eu poderia lhe contar muitas histórias.

Vasculhei sua bolsa à procura de um cigarro. Senti-me tentado a falar sobre o exame de admissão na Ordem, mas compreendi, pensando melhor, que ela pensaria pior de mim do que de Jake.

– Você não confia nele, não é? É isso o que está sugerindo. Ele não foi criado de modo que mereça confiança?

– Eu o conheço bem, é só isso.

Na poltrona verde, ela ficou imobilizada pela apreensão.

– Você não gosta de Jake, não é? Toda aquela história de companheiros não era pura encenação?

– Quem não gostaria de Jake? Rico, bonito, simpático. Todo mundo gosta de Jake.

– Você guarda ressentimento contra ele. Isso é óbvio.

– Está certo. Tenho ressentimentos contra uma porção de coisas.

– Não espere que eu diga que está errado.

– Sou amargo e mesquinho, certo?

Ela podia perceber o que eu pensava: que já ouvira aquela melodia antes, alguém já cantara as mesmas palavras, outra cantora.

– Eu jamais diria mesquinho. Escute, Mack, ele tem sorte. Algumas pessoas têm sorte na vida. Você não pode ficar de braços cruzados desprezando a sorte dos outros.

– Jake é um covarde. Nunca teve colhão para enfrentar o que deveria. E deixei que ele me convertesse também em um covarde. Essa é a parte que me angustia.

– Do que está falando?

– De Jake.

Fitei-a com a maior intensidade. Podia sentir que me tornava mesquinho, o filho de Bess Malloy, e Brushy também percebeu. Calçou os sapatos, ajeitou o fecho da bolsa. Fora repelida.

– Isso é uma conversa entre advogada e cliente, certo? – perguntou ela, depois de um longo momento de silêncio. – Tudo isso. Sobre Jake dizer para não contar?

Ela não estava brincando. Achava realmente que a comunicação era confidencial. Que estava proibida de repeti-la na TN ou a qualquer pessoa, e assim a CAE nunca poderia criticá-la por deixar de se manifestar, como cada um de nós tinha a obrigação de fazer, pelo código de ética do advogado.

– É isso mesmo, Brushy, você está resguardada. Não vai cair merda no seu sapato.

– Não era a isso que eu me referia.

– Era sim.

Ela não se deu o trabalho de responder. Uma certa melancolia familiar me atacou, irradiando-se do coração. A vida não é maravilhosa? Cada um por si. Arriei na cama sobre a grossa colcha bordada que nunca chegáramos a tirar e não conseguia olhar para ela.

Brushy acabou sentando-se ao meu lado.

– Não quero que você me fale mais nada sobre isso. Faz com que eu me sinta esquisita. E confusa. Vai lá no fundo. E não sei o que fazer. Como reagir. – Ela tocou em minha mão. – Também não sou perfeita, você sabe.

– É evidente que sei.

Ela esperou.

– Acho que essa coisa é assustadora e está fora de controle – acrescentou. – Tudo. E estou preocupada com você.

– Não precisa se preocupar. Posso ser um tremendo sacana, Brush, mas no fim das contas sei cuidar de mim mesmo. – Olhei para ela. – Sou como você.

Eu não sabia direito como isso se encaixava, nem ela. Brushy foi até a poltrona, pegou a bolsa, pensou melhor, parou para me dar um beijo. Decidira me perdoar, aquelas coisas, tudo podia ser resolvido. Segurei sua mão por um instante, e depois ela me deixou ali, sentado na cama, sozinho no quarto do hotel.

16
A investigação se aproxima do clímax – investigador avança

A tarde com Brushy me deixou em um estado e tanto. O desejo – um desejo genuíno – pegou-me de surpresa. Fiquei tonto, em um acesso adolescente, dominado por recordações extasiadas das qualidades impressionantes da pessoa de Brushy, a agradável fragrância do perfume suave e do creme para a pele, e a pura transmissão de um modo, ainda não definido, de sensação eletromagnética emitida pelo ser humano, que continuava a me pressionar o tórax e a virilha. Da minha casa, naquela noite, liguei para a casa de Brushy, mas só consegui falar com a secretária eletrônica. Disse a mim mesmo que ela devia estar no escritório, número que não tive a coragem de discar.

Eu havia telefonado para o médico que ela indicara, e ele me receitara uma pomada. Fui ao banheiro para me aplicar outro tratamento. Em minha servidão sensual, logo me descobri empenhado em outra coisa. Atividades indescritíveis. Masturbei-me em meu banheiro, imaginando aventuras amorosas desvairadas com uma mulher que estivera nua em meus braços poucas horas antes, e especulei sobre minha vida.

Acabara de colocar a arma no coldre quando notei o ronco catarrento de um motor em marcha lenta lá fora. Fui dominado no mesmo instante pelo tipo de sentimento de culpa que minha mãe teria adorado, apavorado pelo pensamento de que Lyle e seus amigos pudessem ter visto o meu vulto através das vidraças foscas da janela do banheiro. Daria uma cena e tanto, iluminado por trás, encurvado e balançando enquanto espremia o som do meu próprio sax. Ouvi a porta da frente bater, e cheguei a pensar em permanecer trancado lá em cima. Mas isso nunca funcionava com Lyle. Em quaisquer circunstâncias, eu me sentia obrigado a me impor.

Encontrei-o no momento em que ele subia a escada a galope. Nas diversas partes longas e magras de seu corpo, ele parecia um pouco mais organizado do que o habitual; desconfiei de que estivesse com uma garota. Tinha os cabelos penteados e usava um blusão de couro da Força Policial Unificada do Condado de Kindle, não o meu, mas o que ele comprara na loja para policiais na Murphy Street e que usava como se fosse um comentário tácito sobre o tempo em que eu levava o que, para ele, era uma vida mais autêntica. Passou por mim pisando duro e murmurando algo que não entendi a princípio.

– Mamãe está lá embaixo – repetiu Lyle.

– Mamãe?

– Lembra-se dela? Nora? É a noite do passeio com o filho.

Especulei se significava algo positivo o fato de Lyle tratar as fraquezas de seus pais com humor em vez de um desdém absoluto. Estávamos no corredor escuro entre os quartos, e depois de alguns passos ele se virou para mim, sorrindo.

– Ei, cara, o que você estava fazendo ainda há pouco no banheiro? Nós ficamos apostando.

– Você e sua mãe?

Assumi toda a dignidade que mostro em um tribunal e disse a ele que estava assoando o nariz. Para ser franco, ele não se importava a mínima, mas, quando se afastou pelo corredor escuro, me senti tão atordoado pela vergonha que pensei que ia cambalear. Com frequência humilhado e raramente salvo.

É apenas um pensamento católico o de que o sexo sempre o meterá em uma encrenca? Deus, pensei, Deus. Devia ter sido um momento e tanto. Um garoto e sua mãe apostando se o bode velho está mesmo lá em cima tocando uma punheta. Desci com o ânimo apropriado ao encontro de minha ex-esposa.

Nora estava parada sob as luzes fortes da porta da frente, emoldurada pelo umbral branco, apertando a bolsa, sem correr o risco de se aventurar mais adiante. Beijei-a no rosto, um gesto que ela recebeu com estoicismo.

– Como você está? – perguntou ela.

– Muito bem. E você?

– Muito bem.

Saque e rebatida antes de a bola quicar no chão. Ali estávamos nós, um impasse total, depois de 21 anos. Depois de armações, ondas e permanentes, Nora deixara os cabelos escorridos, quase pretos, parecendo essas garotas japonesas, que dão a impressão de que cercaram seus rostos com uma moldura laqueada. Ela renunciara também à maquiagem. Via Nora tão raramente que ela já começava a me parecer diferente. O trabalho do tempo não era mais imperceptível, pois já não a observava dia a dia. Seu queixo se tornava cheio, os olhos afundavam na sombra. Parecia muito bem, no entanto, exceto pela ostensiva agitação por se encontrar ali.

Nora tinha uma vida diferente agora, uma vida que julgava melhor e mais autêntica do que as décadas que passara comigo. Novos amigos. Novos interesses. Uma vida de cidade grande. Círculos femininos principalmente, sem dúvida, com reuniões, conferências, festas. Tenho certeza de que os dias transcorriam antes que ela despertasse para qualquer recordação minha... ou de Lyle. Um pé dentro daquela casa e alguma coisa assustadora a dominava, desconfiei, não era nostalgia, e sim o terror de que seria confinada de novo, aprisionada, mais uma vez mantida como refém de seu verdadeiro eu.

– Pode se sentar.

Movi a mão indicando o espaço além da ardósia preta do vestíbulo, em direção ao carpete bege e puído da sala de estar.

– É apenas um minuto. Lyle quis parar para pegar dinheiro. Vai me levar para sair.

– Dinheiro?

Com isso, ouvi passos lá em cima. Lyle se encontrava em meu quarto, procurando dinheiro. Nora ouviu a mesma coisa e exibiu uma ruga de alguma expressão feliz que vira na TV.

– Ele não está melhor – disse a ela. – Nem um pouco.

A evidência dessa observação pareceu nos dominar; de alguma forma, um sentimento de tragédia avolumou-se entre nós, tão grande que cheguei a pensar que os dois seriam derrubados como pinos de boliche. Nunca se podia pensar no futuro com Lyle, pela maneira como ele era agora e a suspeita de que isso projetava algo sombrio, que ele era pior do que um garoto infeliz. Era mais uma dessas pessoas – todo mundo conhece várias – que se tornam deficientes, entrevadas, não sendo sequer capazes de levar adiante as funções mais desanimadoras, como manter um emprego ou persistir com outra pessoa, o que nos proporciona nossa escassa quota de satisfações diárias. No momento do reconhecimento, ninguém – nem Nora nem eu – podia escapar da infeliz evidência de que nossas vidas foram outrora uma coisa, não apenas um fracasso do espírito, mas uma instituição de causa e efeito, da qual nem a lei nem a vontade podiam anular as lamentáveis consequências, que se prolongariam por mais uma ou duas gerações.

– E de quem é a culpa por isso, Mack?

A resposta, se quiséssemos ser honestos – o que não era o caso –, provavelmente era complexa. Poderíamos começar com vovó e vovô, e continuar daí. Mas eu conhecia Nora. Estávamos iniciando um jogo de Geografia Matrimonial, em que ela podia demonstrar como todas as estradas no mapa da culpa levavam apenas a mim.

– Desisto – eu disse. – Vamos brigar por outra coisa menos previsível. Um assunto novo. Vamos deixar de lado Lyle, dinheiro e eu.

– Olhe para a sua vida, Mack. Você é o Sr. Entropia. O que pode esperar de Lyle?

Suas observações através da janela do banheiro pareciam tê-la encorajado, embora normalmente ela não precisasse de muita desculpa.

Sr. Entropia, pensei. Havia universos inteiros salvos da autocensura por esse comentário. Por Deus, ali estava uma pessoa que não demorava muito para me deixar nervoso.

– Ele é trinta anos mais jovem do que eu e não tem as mesmas desculpas esfarrapadas.

Exibi um sorriso tenso, e ela fez várias caretas, insinuando que tudo bem, podia suportar ser rebatida daquele jeito. Ficamos nos confrontando, num silêncio em ebulição até que Lyle voltou; passou direto por mim, levando a mãe a reboque.

Depois disso, instalei-me diante da TV, na sala de estar. O Hands jogava contra o UW-Milwaukee, no habitual primeiro tempo duro – tanto seu banco quanto a autoconfiança cederiam nos últimos vinte minutos, quando o time retomaria seu papel de saco de pancada da década. Por dentro, continuei em uma prolongada fermentação. Nora Escrota Goggins. Entropia! Por quanto tempo ela guardara essa? Sempre havia uma ogiva de 100 megatons em seu silo.

Quando parei de beber, Nora costumava me dizer que eu não era mais divertido, um comentário que servia ao grande princípio da transitoriedade do relacionamento, pelo qual ela podia ao mesmo tempo me esnobar e apresentar desculpas para si mesma. Se eu não era divertido, ela deveria encontrar sua própria diversão. Chegamos a um período de sete semanas em que ela se ausentou em convenções de fim de semana três vezes, e depois houve uma noite durante a semana em que ela, minha esposa havia 19 anos, simplesmente não voltou para casa.

Quando passei pela porta, no fim da tarde seguinte, encontrei a casa limpa, senti o cheiro de uma refeição quente, uma raridade relativa, e percebi o plano no mesmo instante: a vida de volta ao normal. A ideia era a de que eu não deveria perguntar nada. Nenhum dos dois tinha dedos suficientes nas mãos e nos pés para contar as ocasiões em que eu fizera a mesma coisa naqueles 19 anos, noites em que eu ficara em um porre tão grande que sentia que tinha de me agarrar na grama para não cair do mundo, embora o cara do bar em geral soubesse o momento em que devia telefonar para Nora. Mesmo assim, por volta das 21h30 daquela noite, acabei tomando coragem.

– Estava com Jill – respondeu ela.

Jill Horwich, sua antiga gerente e companheira de excursões.

– Sei que começou a noite com Jill. Quero saber com quem mais esteve.

– Mais ninguém.

– Ora, Nora, não tente me enganar.

– Não estou tentando.

Quando a fixei com um daqueles olhares que ela poderia ter me lançado, Nora declarou:

– Não posso acreditar que isso esteja acontecendo.

Ela estava de pé, girando a aliança de casamento no dedo, em um canto da sala de estar onde havia um lindo vaso de latão com gladíolos. Naquele instante, confesso que fiquei aturdido com o fenômeno persistente da beleza.

– Mack, deixe como está. Sei que não tenho o direito de pedir isso, mas peço assim mesmo.

– Petição indeferida – respondi. – Vamos em frente. A verdade pura e simples.

– Você não vai querer saber.

– Tem toda a razão. Não quero. Mas estou perguntando assim mesmo.

– Por quê?

Ela me fitava com uma expressão desolada.

– Imagino que eu penso que é importante.

Silêncio.

– E então, quem é o cara?

– Não há nenhum cara, Mack.

– Nora, com quem você esteve?

– Já lhe disse, Mack. Estava com Jill.

Aperte a campainha quando tiver a resposta correta. Na tarde seguinte, antes de descobrir a verdade, eu estava sentado no escritório, sem, como de hábito, ter utilidade para quem quer que fosse, e tive uma conversa, pelo que me recordo, com Hans Ottobee, um decorador de interiores contratado para fazer alguma coisa com meus móveis. Dezenove anos, você pensa que já viu tudo de uma pessoa, e, de repente, um cara menciona uma unidade de parede modular, e você percebe outra coisa. Sempre adorei o cubismo. É uma ilusão maravilhosa, a de poder ver todos os lados ao mesmo tempo.

Em casa, naquela noite, não esperei muito. Ela cozinhara de novo. Peguei meu prato de carne assada no forno e fui logo perguntando:

– Há quanto tempo você é assim?

– O que está querendo dizer com "assim"?

– Poupe-me das explicações. Quando começou?

Finalmente tomei coragem para fitá-la nos olhos, e foi mais ou menos o fim do jogo.

– Sempre. – Ela piscou. – Até onde me lembro.

– Sempre?

– Lembra-se de Sue Ellen Tomkins?

– Da sua fraternidade na universidade?

Nora se limitou a fazer um aceno de cabeça.

– Acho que as mulheres não são como os homens – comentou ela. – Não espero que você compreenda.

– Santo Deus!

– Mack, isso está exigindo uma coragem incrível da minha parte.

Aparentemente, ela não levou em consideração que também não era nada fácil para mim. As pessoas que permanecem casadas, que resistem por um longo prazo, aguentam muita coisa uma da outra: excentricidades pessoais, hábitos perniciosos, problemas de saúde. Para alguns, é tolerância; para outros, o compromisso; para muitos, como eu, o medo do desconhecido. Por algum tempo, testei-me com a noção de que deveria aturar isso também. Pessoas continuam casadas sem sexo. Eu já conhecera muitas. Afinal, fui criado como católico. E quem jamais disse que devia ser assim? Mas tinha de ir ao fundo das coisas. Nunca vira aquela questão em termos normativos. Não estava preocupado que fosse uma perversão ou algo que faria minha santa mãe desfalecer. Também não dei pontos a Nora só porque era a última moda. Apenas parecia uma coisa horrível para não saber. Para ela não contar. E para eu não perceber.

O que haviam representado para ela aqueles muitos anos com o velho e bêbado Mack, cujas velas só se enfunavam em raras ocasiões, sob o sopro do desejo, e se abatiam sobre ela, navegando em suas ondas, o mastro em seu porto? O que ela pensava? O quanto simulava? Mentes inquisitivas sempre querem saber. Sentei-me ali, naquela noite, a escuridão angustiante rompida apenas pelo brilho da transmissão esportiva, com os ocasionais gritos estridentes e histéricos do locutor tentando analisar tudo, e me descobri admiravelmente caridoso. Duvidei que ela soubesse o que pensava. Devia se sentir indecisa, não era de fato ela própria. Não era uma questão de ressentimento nem de estar envolvido. Como ela poderia deixar de saber?, você pergunta. A lei governa os atos, não somente as más intenções, e parece que essa lição nos cala fundo. Nesta vida – apesar da teologia católica –, somos o que fazemos. Nora devia pensar em sua amiga na universidade de vez em quando, e ficara surpresa ao se descobrir estimulada pela lembrança. Deve ter atribuído às viagens da juventude a mesma ousadia incontida que a levava a chupar o pau de um cara no segundo encontro, e descartara suas reflexões persistentes como parte do universo de coisas incontroláveis e ofensivas que costumam se agitar na mente humana normal. Em algumas ocasiões, ela deve ter se confrontado com a pergunta: *será que eu sou?*, e em outros momentos confortou-se com os fatos: marido, namorados no passado, suas raízes no presente, seu filho. Deve ter sido uma surpresa e tanto experimentar um intenso prazer na primeira vez em que Jill Horwich pusera a mão em seu ombro e, depois, simulando descuido, roçara em seus seios. É o que eu penso. Não sabia, independentemente da incredulidade com que esse estado de conhecimento – ou graça – é recebido. Vemos uma pessoa, ouvimos uma voz, somos atraídos para ela na maior intimidade, e tanta coisa, no entanto, permanece desconhecida. Não importa a seriedade com que procuramos, os mistérios subsistem. Como diria Nora, nem sabemos com certeza quando olhamos no espelho.

Praticando o pecado original do homem, vi minha própria mente incontrolável projetando a imagem das duas, com o rosto de Jill enterrado até a testa na região feminina de Nora, e minha esposa se inclinando para trás em um êxtase que só aspirava a experimentar comigo. Vejo isso, admito, com uma precisão de detalhes imprópria, imaginando-a pelos olhos de Nora, outra dessas figuras que não consigo pintar. Depois, fico apático, imobilizado pelo arrependimento. Mas com frequência, no instante da sensação e do excitamento, naquela imagem de Nora finalmente livre, desfrutando suas sensações como a música mais refinada, eu mesmo também posso alçar voo, como se algo similar fosse possível até para mim.

Foi o que pensei, olhando sem ver para a TV, recordando de repente quanto gostava de beber e odiando o ambiente à minha volta. Os irlandeses não são os decoradores mais deselegantes do mundo, sombrios e vulgares, com tantos badulaques acumulando poeira que nunca consigo encontrar espaço em cima de uma mesa para pôr um copo, com excesso de rendas e todos os indispensáveis retratos de família? A casa de minha mãe também era assim, uma espécie de brutal ironia, pois Nora odiava Bess, tanto por seus hábitos mesquinhos, língua ferina e disposição para julgar os outros, quanto por seus humores instáveis, demonstrando um culto reverente por seus homens. O mais extraordinário, à medida que o tempo passou, é que ao fechar os olhos tenho a impressão de que as duas ocupam o mesmo espaço em meu íntimo.

A tela da TV foi tomada por um close enorme do árbitro. E nesse momento, assistindo à cena, uma incrível sensação de descoberta me dominou: de repente, eu estava ao mesmo tempo concentrado, salvo e livre.

– Este cara! – gritei para a casa vazia.

Eu o conhecia, já vira seu rosto.

No desenho de Pigeyes.

Aquele era Kam Roberts.

17
Eu não poderia ficar mais surpreso se o Hands tivesse vencido

A. O FANTASMA DO GINÁSIO

Entre as muitas nobres instituições que, anos atrás, haviam procurado a assistência jurídica de Leotis Griswell, figurava a universidade. Para os sócios dele, essa ligação tinha um valor inestimável, pois nos permitia obter lugares privilegiados para assistir aos jogos de futebol americano e basquete, além de realizar excursões particulares por importantes instalações da universidade, como o Bevatron, um acelerador de partículas, e o ginásio em que o Hands jogava suas partidas em casa. Eu já estivera na quadra, com suas enormes mãos desenhadas no meio do piso laqueado dentro de círculos vermelhos, percorrera os túneis e visitara os vestiários. Mais importante agora, também estivera no pequeno e feio vestiário dos árbitros, que ali se arrumavam antes da partida, sentavam-se para descansar no intervalo e, assim que soava a campainha final, tomavam um banho de chuveiro, vestiam-se às pressas, punham óculos escuros e escapavam, misturando-se com a multidão em vez de esperarem por algum vilão à espreita, disposto a discutir a validade de determinadas marcações.

Saí voando de casa, peguei um paletó esporte de *tweed* e fui guiando temerário pela beira do rio, de volta à cidade, atento aos carros da polícia, enquanto mexia no rádio à procura de uma transmissão do jogo. Tive de baixar as janelas para atenuar o cheiro de vômito que continuava ali, e o interior do Chevy ficou gelado. Eu soprava os dedos em cada sinal que parava. Descobri que o jogo estava no intervalo, e o Hands perdia por apenas uma cesta. Sentia-me desesperadamente ansioso por alcançar o ginásio enquanto os árbitros ainda estivessem na quadra, a fim de ter alguma chance de abordar Kam.

Falar com aquele cara, qualquer que fosse seu nome, seria perigoso. Até onde eu sabia, os *bookies* e ele podiam combinar o que quisessem, mas eu não esperava que Kam Roberts se mostrasse despreocupado com essas coisas, e era provável que quase tudo o que eu dissesse pudesse assustá-lo. É evidente que me sentia curioso, embora não fosse necessário ter muita imaginação para compreender como ter um árbitro no bolso podia determinar um resultado: uma falta aqui e ali, uma bola fora, um arremesso carregado, uma andada com a bola, tudo marcado ou não. Talvez fosse possível alterar vinte ou trinta pontos em uma partida sem ser óbvio demais, tendo em vista as reclamações habituais contra a arbitragem e o fato de que, em um esporte como o basquete, em que todos estão sempre se empurrando e se deslocando, o árbitro pode ver demais. Archie tinha uma relação importante com o tal Kam, não restava dúvida, mas eu deixara de ser policial. Só precisava saber de Bert – vivo ou morto, e, no primeiro caso, como fazer contato. Para meu próprio bem, além do meu impulso bisbilhoteiro habitual, nem sequer precisava saber onde Bert se encaixava no esquemão deles.

O ginásio, "A Casa do Hands", como era conhecido, era a estrutura normal da universidade antiga, uma massa formidável dos mesmos tijolos vermelhos com que se construíra a maioria dos prédios do campus. A estrutura só não era totalmente sombria por causa dos adornos no telhado, torres e ameias de pedras recortadas. Alguém terá de me explicar um dia por que os projetos arquitetônicos de tantas universidades antigas criadas com ajuda federal parecem ter sido concebidos por Clausewitz, que foi um grande estrategista militar da Prússia. Qual era a ideia? De que, se o Sul tornasse a se rebelar e pegar em armas, aqueles prédios poderiam ser convertidos em fortes?

No momento, eu bem que poderia usar uma milícia particular, já que sem isso parecia impossível estacionar. O manobreiro do estacionamento no outro lado da rua recusou com firmeza as duas notas de 20 que tentei forçá-lo a aceitar para que permitisse minha entrada com o Chevy. Tive de dar a volta no quarteirão, suando, praguejando, furioso, enquanto o tempo passava. Fora do ginásio, os vendedores ambulantes, com flâmulas e taças, bandeiras e broches, haviam se agrupado, sem nada para fazer, em companhia dos garotos negros, de blusões com capuz e casacos esfarrapados, que pairavam por ali só para sentir um cheiro do jogo e ter um vislumbre dos jogadores. Alguns torcedores começaram a sair antes do fim da partida, passando pelos portões em grupos de dois ou três. Não restavam mais que cinco minutos do intervalo àquela altura.

Os times deviam ter recomeçado o aquecimento, tentando parecer descontraídos e joviais, fazendo jogadas sem oposição, arremessos e tocos; os árbitros muito em breve os seguiriam de volta à quadra. Acabei deixando o carro em uma rua de estacionamento proibido. Com um pouco de sorte, se encontrasse logo o cara, poderia voltar em dez minutos.

Não tinha ingresso. Isso só me ocorreu quando vi o cara no portão. As entradas eram vigiadas durante toda a partida por causa dos garotos lá fora, que demonstravam considerável astúcia em seu empenho de entrar no ginásio. Fui correndo para as bilheterias da frente, que já estavam fechadas. Tive de conseguir um garoto para ir chamar uma velha irlandesa, que levantou apenas a metade da janela de um guichê, fitou-me calmamente e informou:

– Sinto muito, mas estamos com a lotação esgotada.

– Comprarei um ingresso para ficar de pé.

– O corpo de bombeiros não permite espectadores de pé.

Ela baixou a janela. Ouvi-a se afastando enquanto eu batia em vão no guichê. Voltei à entrada da frente e deparei com um cara acompanhado por três crianças pequenas, indo embora para metê-las na cama; ele não se importou em entregar seu canhoto do ingresso em troca de 10 dólares, e parti para um portão diferente. Os dois estudantes que se encontravam de serviço ali, um rapaz e uma moça, ambos usando blusões vermelhos, eram um tanto gordos e estavam obviamente apaixonados, ainda absorvidos na primeira emoção do amor, a notícia espantosa de que no voo da vida, solo até então, podia haver um copiloto. Observando-os, lembrei-me abruptamente de Brushy, um pensamento agradável a princípio, mas depois confuso e angustiado. Passei pela roleta entre os dois, balançando a cabeça, sorrindo, comentando para quem quisesse ouvir como me sentia satisfeito por ter lembrado que deixara os faróis do carro acesos. Enquanto me adiantava, ouvi a campainha, e a explosão do público; o segundo tempo começava.

Eu estava na rampa escura, por baixo da enorme multidão aos berros. Podia bancar um desses idiotas que entram correndo na quadra, mas o máximo que resultaria disso seria uma visita à delegacia, e talvez umas porradas com um cassetete.

Em vez disso, fui andando devagar pelo labirinto de corredores, tentando lembrar onde ficava o vestiário dos árbitros. Os tijolos antigos no interior do ginásio haviam sido pintados com uma tinta esmaltada, no vermelho alaranjado do Hands, que refletia a luz espectral. O ar tinha um certo cheiro salgado, não tanto do suor de excitamento, mas sim do jeito como um raio deixa a pungência de ozônio à sua passagem. Já havia uma redução no clamor do público, o que significava que o Hands começava a abrir as pernas. Passando por uma rampa de acesso, divisei o placar de quatro lados suspenso das vigas por cabos, envolto por nuvens azuladas de fumaça que se elevavam das arquibancadas. O Milwaukee obtivera uma vantagem de seis pontos nos primeiros quarenta segundos do reinicio do jogo. Talvez o Hands nem estivesse na quadra.

Acabei encontrando o que procurava, uma porta de madeira simples, pintada com o mesmo tom de vermelho dos tijolos e com o aviso de "Acesso Somente ao Pessoal Autorizado". Foi o meu único golpe de sorte naquela noite. O guarda, de blusão vermelho muito apertado, afastara-se pelo corredor de concreto, estava a uns 50 metros de distância, o rádio grudado no ouvido enquanto andava, provavelmente a caminho de uma mijada, agora que o intervalo acabara. Girei a maçaneta, abri a porta e passei, como se soubesse muito bem o que fazia. Havia uma escada de aço, depois um corredor comprido e baixo, iluminado apenas por lâmpadas incandescentes sem nenhuma proteção, uma passarela de manutenção ao longo dos canos, descendo para o porão do ginásio, onde os árbitros trocavam de roupa.

Era estranho me descobrir ali embaixo, enquanto o jogo se desenrolava, ruidoso, lá em cima. Era lá que estava o glamour.

O piso de freixo reluzia sob o brilho fenomenal das luzes do estádio. As animadoras de torcida, comoventes emblemas da juventude, simples em sua graça, como flores, balançavam a saia, pulavam a todo instante. Nas arquibancadas, aquela coisa atemporal, que remonta à época em que os seres humanos corriam em bandos, atingia com a força de uma corrente elétrica de alta voltagem 18 mil cidadãos sóbrios, que naquele momento não passavam de uma massa de frenéticos aos berros. Pessoas com problemas, com um filho deficiente ou uma hipoteca impossível de pagar gritavam tão alto que no dia seguinte não conseguiriam falar no trabalho. Agora, porém, não pensavam em mais nada, apenas se um garoto de corpo comprido conseguiria acertar uma bola de couro dentro de um aro.

E os árbitros também estariam ali, vestidos de preto e branco, em meio às cores e ao brilho, imagens da razão, lei e regras, a força que mantinha a disputa como um jogo em vez de degenerar-se em uma briga. Era aqui embaixo que eles se aprontavam, respiravam fundo, confrontavam a realidade... e, podem acreditar, como fedia! Literalmente. Recordei a visita anterior. O vestiário estaria impregnado do cheiro de suor, um espaço mínimo, com pouco mais de 2 metros de altura, como se tivesse sido lembrado somente depois que toda a obra estava pronta, e improvisado no caminho para os canos de esgoto. As paredes eram de madeira, pintadas com uma tinta de verniz vagabunda, amarelada, e brilhavam sob lâmpadas sem luminárias. Havia dois boxes para a troca de roupa, com um chuveiro e uma latrina; cada um deles por trás de uma cortina de lona azul, um arranjo que proporcionava o mesmo nível de privacidade de que os presos dispõem em uma cela coletiva.

Ao fundo, a passarela desembocava em um túnel, que subia para a quadra. O barulho e a claridade eram canalizados para baixo. Ao chegar à porta do vestiário, olhei pelo túnel de concreto que conduzia à quadra e pude ver as pernas e as bainhas dos casacos vermelhos dos seguranças postados ali para proteger a área. A multidão lá em cima e a fúria do jogo, os sons na quadra, apitos, berros, tudo chegava ali embaixo como uma música exótica.

A porta do vestiário era igual àquela por que eu passara na parte de cima, de madeira, pintada de vermelho. Se os seguranças tivessem sido espertos, teriam trancado a porta. Do contrário, eu me esconderia lá dentro e ficaria esperando. Peguei a maçaneta, empurrei, a porta não cedeu; sacudi-a mais duas vezes, comecei a praguejar. Não me restava opção a não ser ficar espreitando da passarela, a uns 3 metros de distância, esperando que os árbitros descessem correndo pelo túnel depois do jogo. Era provável que os seguranças me agarrassem. Iriam me arrastar para fora enquanto eu gritasse alguma coisa estúpida, como "Kam! Kam Roberts!".

Ainda segurava a maçaneta quando a senti se mexer. A tranca foi puxada por dentro, e meu coração disparou no instante em que a porta foi aberta na minha direção.

Bert Kamin me olhou de alto a baixo.

– Ei, Mack – disse ele –, não sabe como estou contente por vê-lo.

Ele acenou para que eu entrasse e tornou a empurrar a tranca assim que passei pela porta. E, depois, me disse uma coisa que eu já sabia:

– Estou metido em uma tremenda encrenca.

B. UM CORAÇÃO PERTURBADO

Bert nunca dominou realmente a arte da amabilidade. Em minhas suspeitas indignas a seu respeito, imaginei que ele relutava em pôr a mão no ombro das pessoas com medo do que pudesse revelar. Mas o fato é que Bert é apenas estranho. Seu comportamento usual é como o de um adolescente que deseja ser moderninho e sarcástico e transmitir um ar de superioridade cultural e intelectual. Masca chicletes e fala de um jeito cético, pelo canto da boca. Nunca entendi direito quem ele pensa que é – parece alguém que não chegou a assimilar os anos 1960, que queria estar por dentro do que acontecia, mas era muito durão ou sentimental para participar. Faz com que me lembre às vezes do primeiro cara que encanei, um ratinho "cativante" chamado Stewie Spivak, um estudante universitário, que parecia gostar muito mais de traficar drogas do que de consumi-las.

Bert ficou parado ali, balançando a cabeça, me dizendo que eu parecia muito bem, cara, muito bem, enquanto eu também o avaliava. Os densos cabelos pretos estavam muito mais compridos do que o habitual, e suas mãos se moviam a todo instante para ajeitá-los no lugar; precisava fazer a barba, e o brilho de desamparo em seus olhos era mais intenso do que nunca. Afora isso, estava bem-arrumado, com um casaco de couro preto por cima de uma combinação de roupas elegantes: suéter italiano sofisticado, calça social vincada, sapatos refinados e meias. Era esse o traje de um homem em fuga? Ele não parecia combinar com o papel, mas também jamais condizia com nenhum papel.

– Quem mandou você? – perguntou ele.

– Quem me mandou? – Fiquei um tanto surpreso com a pergunta. – Ora, Bert, quem você pensa que está enganando? Por onde andou? E o que está fazendo aqui?

Bert recuou, e os olhos se contraíram um pouco, tentando absorver minha agitação, à maneira de uma criança a quem tudo se perdoa. Mas permaneceu feliz pela companhia familiar.

– Estou esperando por Orleans – respondeu finalmente.

– Orleans? E quem é Orleans?

A essa indagação, os olhos de Bert se tornaram vidrados – uma aura de mistério cósmico os dominou. Era como se eu tivesse perguntado sobre o segredo do universo, da vida. O nível de incompreensão entre nós era imenso – dimensões diferentes. No silêncio, notei que havia um rádio ligado. Trancado ali, naquela masmorra, ele ainda ouvia o jogo. O teto era tão baixo que Bert se abaixava um pouco, por cautela, o que aumentava a impressão de algo mais dócil em seu caráter. Ainda não respondera quando calculei a resposta à minha própria pergunta.

– O árbitro – murmurei.

– Isso mesmo. – Ele fez um aceno de cabeça, bastante satisfeito. – Eu não deveria estar aqui. Nem você.

Kam Roberts era Orleans. Tentei definir a situação. Archie controlava Orleans, e Orleans, o árbitro, era amigo de Bert. Archie morrera e estivera por algum tempo na geladeira de Bert, enquanto Bert continuava vivo, escondendo-se de alguém, talvez apenas das autoridades da liga. Não dava para entender. Tentei de novo, esperando acalmá-lo e obter informações mais esclarecedoras.

– O que está acontecendo, Bert? A polícia está atrás de você em toda parte e procura ainda mais por Orleans.

Ele teve um sobressalto. Havia ali uma velha mesa de professor, provavelmente requisitada de uma sala de aula, na qual estava o rádio. Bert permaneceu encostado nela até eu mencionar a polícia.

– Essa não! Orleans? A polícia procura Orleans? Por quê? Você sabe por quê?

Compreendi nesse momento o que era diferente nele – as suas emoções eram aparentes. Sinistro e adolescente antes, ele parecia agora quase infantil. Mostrava-se mais nervoso do que eu era capaz de me lembrar, mas também agradavelmente sincero. Tive a sensação de que lidava com um irmão mais jovem.

– Não é como os relatórios de trânsito, Bert. Eles não explicam nada. Meu palpite é o de que pensam que seu amigo Orleans andou armando os resultados de alguns jogos. Para os *bookies*.

Ele não recebeu muito bem essa informação. Levou os dedos compridos à boca, ficou pensando a respeito. O vestiário dos árbitros, como eu me lembrava, era o mais miserável possível. No outro lado da quadra, onde o Hands trocava de roupa, os cartolas tinham posto carpete, banheiras de hidromassagem, sala de aquecimento, como se fosse um clube de luxo. Mas ali não havia nada parecido. No centro do vestiário, encontrava-se um banco velho sem encosto, de carvalho envernizado, rachado em um canto, e na parede diante da porta havia três armários imundos. Exibiam várias manchas de ferrugem, e um deles fora meio arrebentado por um pontapé ou soco de algum árbitro que ouvira os comentários do público sobre sua mãe, sua visão e o tamanho do seu pênis e reagira com um pouco mais de firmeza do que se permitia na quadra.

– Bert, muitas coisas estranhas estão acontecendo. Há um cadáver na geladeira do seu apartamento. Ou pelo menos havia. Acho que é outro amigo seu. Você sabia disso?

Ele mal levantou os olhos, cada vez mais preocupado, e fez um aceno de cabeça.

– Isso dá cadeia, não é? – perguntou ele.

Bert não podia estar se referindo ao assassinato.

– Trapacear nos resultados dos jogos de basquete? Eu diria que sim.

Ele praguejou. Deu um passo na direção da porta e parou.

– Tenho de tirá-lo daqui.

– Espere um pouco, Bert. Por que aquele cara estava na sua geladeira?

– Como você acha que a polícia descobriu sobre Orleans?

Conversar com Bert é sempre a mesma coisa, o assunto dele é mais importante do que o seu. É preciso acompanhá-lo, como a um cachorrinho ou uma criança de 3 anos.

– Não tenho a menor ideia, Bert. Para ser franco, eles pareciam saber sobre Orleans antes de tomarem conhecimento de você. Na verdade, procuravam por alguém chamado Kam Roberts. É ele?

Bert me respondeu desta vez.

– É uma história complicada. – Bateu com o punho na coxa. – Merda! Não consigo entender. Como descobriram Archie? Ninguém sabia que ele estava lá.

Ninguém sabia que Archie estava lá, e Bert preferia assim. Um breve remorso por alguma coisa, uma tênue sensação fantasmagórica, como se tivesse sido tocado por uma mariposa, me dominou. Estudei a atitude desamparada de Bert à procura de um sinal enquanto explicava que fora eu, não a polícia, que vira o corpo.

– Quando eles chegaram lá, alguém já tinha removido o cadáver. Talvez você saiba quem.

Ele teve a desfaçatez de recuar e me encarar como se tivesse sido eu quem perdera o corpo, mas logo voltou à sua análise. Se a polícia não vira Archie, perguntou ele, o que a levara a Orleans?

– Como vou saber, Bert? Os tiras passaram pelo Banho Russo fazendo perguntas. Será que foi ali que ouviram falar de Kam Roberts?

– Mas é claro! – Bert estalou os dedos algumas vezes, deu vários passos de um lado para outro. – Oh, Deus, cara, eu e minha boca! A porra da minha boca!

Ele se manteve imóvel, em profunda aflição. Quando abriu os olhos, olhou diretamente para mim.

– Se alguma coisa me acontecer, Mack, pode providenciar para que ele tenha um advogado? Vai me prometer, cara?

– Prometo, Bert, mas quero que me dê uma luz. O que pode acontecer com você? Do que você tem medo?

Com isso, surgiu o primeiro sinal do velho Bert, o louco ocasional, sempre prestes a cair em seu próprio vulcão. Uma fúria vermelha mobilizou sua expressão.

– Essa não, Mack! Você disse que viu o que eles fizeram com Archie.

– De quem estamos falando agora? Da máfia?

Tudo o que consegui dele foi um aceno de cabeça.

– E o que eles querem? Dinheiro?

Esse foi meu primeiro pensamento, de que estavam exigindo uma reparação total pelos prejuízos que Archie lhes causara.

Ele olhou para mim.

– Orleans – respondeu ele.

– Diga de novo.

– Querem Orleans. Sabe como é, cara. Como encontrá-lo. Quem ele é. Era isso que queriam de Archie.

– E ele contou?

– Como poderia? Ele não fazia a menor ideia de onde eu obtinha as informações. Eu tinha um cara que chamava de Kam. Isso era tudo o que Archie sabia.

Bert se mostrava bastante agitado agora, nervoso, andando sem parar pelo vestiário dos árbitros, como um hamster em uma gaiola. Mas achei que começava a entender. Bert fornecia a Archie indicações antecipadas sobre os resultados de alguns jogos. "Especial de Kam." Archie só sabia isso.

– Archie falou a seu respeito?

– Ele disse que não contaria. A princípio. E depois, na última vez em que falei com ele, Archie me disse... Sabe como é, era um cara bastante emotivo. Disse que o matariam se não informasse de onde as informações estavam vindo. Eles queriam Kam. Deram a Archie 24 horas para levar Kam até eles. E Archie veio me suplicar.

Bert ousou lançar um rápido olhar em minha direção, somente para verificar como eu recebia esse pensamento, um cara suplicando por um segredo para salvar sua vida. Um segredo que Bert não revelou. Foi por isso que ele se limitou a me espiar apressado.

– Eu sabia que ele me entregaria. Já chegara à conclusão de que teria de fugir. Esgueirei-me até em casa, abri a geladeira e quase pirei. Pelo amor de Deus, o que fizeram com ele...

A voz tremeu, ele não foi capaz de continuar, o grande e mau Bert Kamin. Comprimiu as mãos contra os olhos. Era uma cena tão insólita, tão fora de consonância com o que eu conhecia e esperava de Bert que uma pequena mancha negra de suspeita tornou a escurecer meu coração. Aquilo podia ser uma completa encenação. Afinal, Bert era um advogado que atuava em júri, o que significava que era um artista. Mas seu rosto comprido e sombrio parecia sinceramente torturado e fraco.

– A sacanagem que fizeram com ele. E eu sou o próximo. Já sabia disso. Eles não estão brincando, aqueles caras.

Meus dias na polícia me privaram, de certa forma, de qualquer respeito pelos mafiosos. É claro que há policiais que caem em suas malhas, caras que jogam, em particular, e acabam com o rabo preso. E, segundo me disseram, há até o filho de um italiano que entrou para a polícia porque o tio é um cara poderoso e ele queria ter um pé no departamento. Mas como homens, quem são eles? Apenas um bando de mediterrâneos morenos que nem conseguiram concluir o curso secundário. Se você já viu um cara vendendo frutas no mercado, então já viu um mafioso típico – uns sacanas cheios de anéis nos dedos, que não foram capazes de encontrar algo melhor para fazer. Aceitando-se o fato de que os seres humanos são muito mesquinhos, quem além de um cara que se sente um pigmeu vai se divertir fazendo todo mundo cagar na calça? E eles constituem também o grupo mais badalado da história. Uma cidade deste tamanho tem uns 50 ou 75 caras, no máximo, que estão realmente por dentro, e uma porção de ratinhos correndo ao lado na esperança de devorar algumas migalhas. Assim são os mafiosos. Vivem naqueles bangalôs em South End porque não querem que a Receita Federal pergunte de onde tiraram os dólares para qualquer coisa que seja; bebem café e Amaretto, dizem uns aos outros que são durões e se preocupam com qual deles está usando uma cueca eletrônica da grife FBI. Os caras são maus, que ninguém duvide disso, não são sujeitos que alguém vai querer irritar nem mesmo convidar para jantar, mas seus negócios estão encolhendo hoje em dia. As gangues controlam o tráfico de drogas. A prostituição tornou-se um negócio para fetiches, como a "chuva dourada", em que um parceiro urina em cima do outro"; não é mais aquela história de sexo puro e simples.

E o mesmo acontece com a pornografia. A única atividade em que eles ainda podem ganhar uma grana é o jogo.

– E o que eles querem fazer com Orleans? Matá-lo?

– Talvez. Isto é, quem sabe? Você sabe? Eles dizem que não. Foi o que Archie me falou, que não vão machucá-lo.

– Então o que eles querem?

Foi nesse momento que percebi tudo. Orleans era uma galinha dos ovos de ouro, e ninguém mata as galinhas dos ovos de ouro. Queriam que ele lhes desse o que dera a Archie. Pontos. Jogos armados. Foi o que eu disse a Bert.

– Querem que Orleans trabalhe para eles, não é?

– Só que ele nunca vai topar isso. Não é o seu jeito. E mesmo que quisesse, acabaria fazendo uma besteira. Eles vão matá-lo. Mais cedo ou mais tarde.

– E é por isso que *você* está fugindo? É essa parte que não entendo, Bert. O que tudo isso representa para você, no fim das contas.

Ele não respondeu, mas aflorou por um segundo um olhar agoniado, o rosto escuro marcado pelo sentimento. E eu sou lerdo, Elaine, um cara lento, como o treinador disse na escola secundária, mas às vezes chego lá. Bert estava apaixonado por ele. Por Orleans. Não há uma etiqueta estabelecida para esse tipo de situação. Ainda não é o que se deve fazer, dizer a seu amigo gay que você sabia o tempo todo. Por isso, não se fala nada.

– Seja como for, você o está protegendo – comentei, depois de um longo momento de silêncio.

– Isso mesmo. Tenho de protegê-lo.

– É verdade.

Bert voltara para a mesa, atormentado, sufocado pela imensidão de todos esses problemas. Ele disse a mesma coisa em voz alta duas ou três vezes – "Oh, Deus, o que vou fazer?" – e depois, sem nenhum aviso ou nexo, tornou a me encarar.

– E o que você tem a ver com tudo isso? – perguntou. – Não entendo o que veio fazer aqui, cara. Quem o mandou?

– Nossos sócios, basicamente, Bert.

Ele se encolheu outra vez. Fechou um olho.

– Para quê?

– Querem o dinheiro de volta, Bert. Sem perguntas.

Eu o pegara de surpresa. Ele ficou aturdido, a boca entreaberta, como se procurasse as palavras certas. Dei um passo em sua direção e fiquei espantado com meu próprio impulso. Já me encontrava a meio caminho de fazer um comentário insinuante, algum gracejo engenhoso sobre rachar a grana. Era como se eu tivesse enfiado a mão dentro de mim mesmo, tentando descobrir o que havia ali. Mas foi a mesma confusão horrível de sempre, e não falei nada.

Houve uma tremenda comoção lá fora naquele instante. Passos, muitas vozes. Meu primeiro pensamento foi o de que a bola rolara pelo túnel, e estavam continuando o jogo ali mesmo. Alguém começou a martelar a porta, e com tanta força que até parecia que ia saltar do caixonete. Mas isso aconteceu apenas depois que Bert me encarou, piscou, engoliu em seco, o enorme pomo-de-adão tremendo na garganta comprida, onde os cabelos cresciam ásperos à espera de uma lâmina. Seu rosto estava completamente destituído de malícia quando ele me perguntou:

– Que dinheiro?

18
Um homem em fuga

— Abra logo, seu cara de merda! – Reconheci a voz de Pigeyes. – Não tem como escapar, Malloy! Abra a porra desta porta!

Ele me pegara de novo. O cara arruma um furgão de vigilância para ficar me observando desfilar pelas avenidas, e eu nem me preocupo. Eu era um idiota perigoso. Fora seguido.

Bert fez menção de falar, e levantei um dedo em advertência. Quando formulei em silêncio a palavra "Polícia", ele tremeu nas bases.

Pigeyes continuava a esmurrar a porta enquanto eu esperava. A vigilância não devia ter sido tão boa assim, porque eu teria ouvido alguém atrás de mim na passarela. Portanto, era apenas um palpite. Um bom palpite, diga-se de passagem, embora sempre houvesse a possibilidade de que eles fossem embora.

Tirei minha agenda do bolso, escrevi um bilhete para Bert: "Se eu conseguir me livrar desses caras, pegue o seu amigo assim que o jogo terminar e trate de sumir." Ambos começamos a circular pelo vestiário, tentando definir onde ele deveria se esconder enquanto Pigeyes continuava a espancar a porta, a me chamar de todos os nomes que podia imaginar. Finalmente, optamos pelo boxe do chuveiro, e ajudei Bert a escalar, de tal maneira que ficou com as costas comprimidas contra uma parede de ladrilho, e os pés contra outra, na paralela. Puxei devagar a cortina azul; nenhum dos ganchos enferrujados fez barulho. Parecia estar tudo certo.

Àquela altura, alguém trabalhava nas dobradiças da porta. Ouvi as batidas de um martelo e uma chave de fenda.

– Quem é? – perguntei docemente.

– É Wilt Chamberlain. Abra essa porta para a gente poder jogar um mano a mano.

Pigeyes usava a mesma roupa do dia anterior. Estava acompanhado por sua sombra com pele de réptil, Dewey, que segurava o martelo e a chave de fenda, e pelos dois seguranças que eu avistara no alto da rampa para a quadra.

– *Voi*-porra-*là*– disse Gino, me apontando um dedo. – De costas.

Ele estava muito satisfeito. Já me agarrara duas vezes agora, contando com o U Inn. Ninguém jamais vai conseguir tirar isso de Pigeyes. Ele adorava caçar um pobre-diabo pelo puro prazer da aventura. Existem muitos caras que entram para a polícia por causa disso, aventura é o seu lema, está tudo na cabeça, perseguições de carro, tiroteios nas ruas, derrubar portas a pontapés, mulheres em bares de tiras que mal podem esperar para vê-los de pau duro. Mas a maior aventura, quase sempre, é a política do tempo, saber quem é apunhalado pelas costas na última manobra na chefatura. É verdade que há muita excitação, mas em termos abstratos. Todos os dias, quando vai para o trabalho, o policial sabe, em algum lugarzinho de seu coração, que pode não voltar para casa. Em geral, no entanto, todos eles voltam. Em vez disso, há horas de trabalho burocrático; há noites de piadas sem graça e a língua queimada em um café de gosto horrível; as mesmas coisas de sempre na rua. Muitos sujeitos, como eu, acabam se cansando e seguem adiante, sabendo que a vida é a vida, e que não pode haver tanta aventura assim. Os caras que querem aventura e continuam – como Pigeyes – são os que parecem se desencaminhar. Ser um cara esperto, que sabe de tudo, agindo por conta própria – isso também é uma aventura. É assim que eles imaginam. E é um dos motivos pelos quais ele é como é.

Os dois seguranças que entraram atrás de Pigeyes, olhando ao redor, pareciam consternados. Como Bert dissera, ninguém deveria estar ali. Dewey permaneceu perto da porta. Falei com os seguranças, um branco e um negro, ambos com barrigas estufadas e blusões vermelhos, o emblema da universidade no bolso da camisa, os dois com calças de poliéster e sapatos ordinários. Isso também era um bom negócio, ser pago para assistir a partidas de basquete, e dava até para adivinhar o que aqueles caras faziam durante o dia. Eram guardas de folga, ou minha mãe não se chamava Bess.

– Não deixaram ele entrar com aquela história manjada de que estava procurando alguém, não é? – perguntei aos dois. – Já o vi usar seu distintivo para assistir ao show de Sinatra. Ele é capaz de dizer qualquer coisa para entrar de graça.

Pigeyes me lançou um olhar de fúria absoluta enquanto vagueava pelo vestiário. Abriu as portas dos três armários meio arrebentados na parede do outro lado, sem esperar realmente ver alguém lá dentro.

– Qual é a sua, Malloy?

– Estou me escondendo.

– Um lugar muito engraçado para isso.

Falei sobre representar a universidade, a excursão pelas instalações, conhecer todos os lugares remotos por ali.

– Billy Birken, da seção de relações com os ex-alunos, foi quem me conduziu na excursão.

Percebi que o nome tinha relação com a segurança. Sentindo a mesma coisa, Pigeyes se apressou em dizer:

– Esse cara é cheio de merda. – Como para provar o seu ponto de vista, me apontou seus dedos grossos e acrescentou: – De quem você está se escondendo?

Fui até a porta, pus a mão na maçaneta, tão velha e tantas vezes manuseada que o latão já se desgastara. Inclinei-me além de Dewey, que pousou a mão de leve em meu peito enquanto eu esquadrinhava a área externa. Tanto a passarela quanto o túnel de acesso à quadra estavam vazios. Olhei de volta para Pigeyes.

– De você.

Com isso, dei um pequeno empurrão em Dewey, a fim de que ele não fosse atingido, e bati a porta, entre mim e eles, partindo em disparada. Olhei para trás uma vez, a fim de me certificar de que todos me seguiam.

Consegui me distanciar muito mais do que vocês podem imaginar. Quatro tiras durões estavam atrás de mim, mas todos fumavam mais do que eu e começaram a ficar para trás logo nos primeiros 10 metros. Mack o Veloz, com uma roda bamba, fez uma curva fechada ao alcançar a quadra, saltou por cima da grade das primeiras filas, foi subindo os degraus da arquibancada de três em três. Quando emergi lá de baixo, o cheiro e a cor da enorme multidão, em todo o seu poder de clamor, pareceram surpreendentes, como cair no bafo quente de alguma besta. Pigeyes gritava coisas prosaicas, como "Detenham este homem!", mas ninguém demonstrava a menor disposição de atendê-lo. As pessoas nos observavam – as que não se inclinavam para os lados, a fim de poderem continuar a assistir ao jogo – com a mesma curiosidade divertida que exibiam em um desfile. Não era nada de mais para elas, apenas parte do espetáculo. Embora isso diminuísse minha velocidade, não pude deixar de rir, ainda mais com o pensamento de Bert saindo sorrateiramente do vestiário. Um cara com um blusão do Milwaukee gritou:

– Sentem-se, seus palhaços!

Quando cheguei ao nível do mezanino, meu joelho doía como um filho da puta por causa da brincadeira, mas eu ainda mantinha uma boa dianteira. Resfolegando, desci por uma rampa, passei correndo por um bar grande, com seu relógio da Coca-Cola e balcão de aço inoxidável, e virei à direita, para a velha escada de concreto que ia dar na parte superior da arquibancada. Dava para ouvir as vozes deles ressoando pelo poço da escada. Lá em cima, entrei no banheiro dos homens, fui para um dos boxes e esperei. O jogo acabaria dentro de cinco minutos, e eu teria uma chance de escapar em meio à multidão. Mas isso significava que teria de receber Pigeyes em minha casa. Além do mais, se eles me perdessem por completo, poderiam retornar ao vestiário, perto do lugar onde Bert estaria à espreita, aguardando Orleans. Por isso, esperei por mais um ou dois minutos, depois ajeitei o casaco esporte e fui me sentar na arquibancada.

Restavam quarenta segundos de jogo pelo relógio grande quando Pigeyes se sentou ao meu lado. O Hands perdia agora por 18 pontos, não conseguia mais acertar uma bola, o Meisters pegava todos os rebotes. Gino estava sem fôlego. Sua testa brilhava de suor.

– Você está preso – balbuciou ele.

– Pelo quê? Há alguma lei contra correr em um lugar público?

– Resistência.

– Resistência? Estou sentado aqui, conversando com você, quase como se fôssemos amigos.

Dewey apareceu nesse momento. Pôs as mãos nos joelhos por um minuto, para recuperar o fôlego, depois se sentou ao meu outro lado. O lugar estava se esvaziando, porém ainda havia pessoas suficientes para me manter seguro.

– Eu quero assistir ao fim do jogo.

Pigeyes mandou eu me foder.

– Você disse que eu estava preso, Gino? Tem um mandado?

Ele me encarou calmamente.

– Tenho.

– Ótimo. Mostre o mandado. Ei, moça! – Chamei uma estudante gorda, que estava sentada dois degraus abaixo, inclinei-me para puxar sua manga. – Quer fazer o favor de testemunhar uma coisa?

A garota se limitou a me olhar, aturdida.

– Não banque o espertinho, Malloy.

– Agressão a um agente da polícia – disse Dewey.

– Pelo que me lembro, você pôs a mão em mim primeiro.

Eles trocaram um olhar primitivo. Eu me lembrava de quanto detestava advogados quando era da polícia. A campainha encerrando a partida soou naquele momento. Várias pessoas espalharam-se pela quadra, animadoras de torcida, fotógrafos, equipes de TV, reservas dos dois bancos. Bert Kamin estava na beira da quadra, junto de uma centena de torcedores se esgoelando. Eu o vi de três níveis acima, a uns 60 metros de distância. Ele gesticulou para Orleans e desceu correndo pelo túnel por atrás do árbitro.

– Acho que eles poderiam ser um páreo duro nessa competição se tivessem um cara grande como pivô – comentei.

– Escute aqui, seu pau de pigmeu, já passou do ponto em que podia ser engraçadinho.

– Será que esqueci alguma coisa, Gino? Alguma vez tomei banho de chuveiro com você?

– Continue assim, Malloy, e vai ver o que é bom para a tosse. – Ele me mirou através de um dedo estendido. – Estamos colados em você desde as 18 horas. Saiu às pressas de casa e correu para cá, como um vira-lata farejando o cio. Posso afirmar que veio se encontrar com alguém. Recebeu um telefonema e se mandou rapidinho.

– E com quem eu poderia me encontrar?

– Pare de sacanagem, Malloy. Quem eu estou procurando?

Ele ainda não tinha a mais remota ideia de quem era Kam Roberts. Desconfiava, é claro, pois ali se realizara um jogo de basquete, e era isso o que Archie acertava. Mas não sabia como. Por fim, com toda a certeza, o significado da minha presença no vestiário dos árbitros acabaria lhe ocorrendo. Mas ele andara muito ocupado me perseguindo para que essa luz penetrasse em seu cérebro, pelo menos por enquanto.

– Vou dizer outra vez, Pigeyes, e se eu estiver mentindo, pode me jogar em um camburão. Nunca me encontrei com esse tal de Kam Roberts. Nunca dei um alô para ele.

– Então é o outro cara... como é mesmo o nome dele... Bert.

– Sou um fã de basquete.

– Já estou de saco cheio de você, Malloy. E não é só um pouquinho. É muito. Quero saber qual é o caso.

– Esqueça, Gino.

Contraí os lábios e fiz aquele gesto clássico, imitando a chave rodando na fechadura. Ele não estava brincando ao dizer que já ficara de saco cheio. Explodira até. Fitando Gino nos olhos, ninguém ficaria surpreso ao descobrir que os humanos são carnívoros.

– Levante-se.

Não obedeci a princípio, mas quando ele repetiu a ordem, concluí que chegara ao limite, e me apressei em ficar de pé. Ele revistou meus bolsos. Puxou-os para fora com tanta força que ficaram pendendo da calça. Jogou minhas chaves e o dinheiro no chão. Enfiou as mãos no meu casaco, encontrou minha agenda, examinou página por página, até chegar ao bilhete que eu escrevera para Bert. Passou a agenda para Dewey, e sua irritação era tão grande que os lábios começaram a emitir um rumor por conta própria. Finalmente, por falta de outra coisa para fazer, cuspiu no chão.

– Revista ilegal – eu disse a ele. – Com apenas duzentas ou trezentas testemunhas. E todas com os carnês da temporada. Nem preciso anotar nomes.

Pigeyes arrancou a agenda da mão de Dewey e jogou-a com toda a força de que era capaz na direção do placar por cima da quadra. Ela voou girando sobre a arquibancada, depois se abriu na costura principal, e parecia uma andorinha em voo antes de mergulhar, desaparecendo entre as luzes.

– Voltarei com uma intimação.

– Faça como quiser. Comece a intimar um advogado, Pigeyes, com todos aqueles privilégios e coisa e tal, e terá um assistente do promotor levando você aos tribunais mesmo depois de se aposentar.

– Eu lhe dei muita folga, Malloy, e esta já é a segunda vez. Poderia tê-lo encanado por causa daquele cartão de crédito e continuo a sentir o que sempre senti em relação a você. Que não passa de um bosta. Que nem sabe dizer obrigado.

– Obrigado, Pigeyes.

Foi o mais perto que já cheguei de entrar na porrada. Ele estava pronto para lidar com o problema. Lugar público. Uma porção de testemunhas. Mas Gino não se importava. Inventaria que eu dissera algum insulto ultrajante, algo que, de uma só vez, tivesse atacado sua virilidade, sua mãe e a polícia.

Ainda assim, não me intimidei. Embora eu seja um cara apavorado, estava pronto para enfrentar o que viesse. Tentem imaginar. Era algo comigo e aquele cara. Não podia recuar nem lhe dar trégua. Era a coisa de sempre, entre mim e Pigeyes. Mesmo no estertor da morte, eu ainda estaria tateando com uma das mãos para dar um puxão em sua corrente.

E ele, por outro lado, teve de se conter. Não dispunha do espaço de que gostaria. Era o passado, suponho. Eu tinha mais liberdade com ele do que qualquer cachorro vira-lata na rua. Um instante se passou antes que Gino conseguisse controlar seus impulsos. E depois fez o que gostava de fazer. Ameaçou-me.

– Ainda acho que você está sujo neste caso. Fedia a suor ontem quando o investigava. E vou descobrir por quê. Ficarei atrás de você, tão perto quanto um peido. É melhor se comportar direitinho. Porque quando eu o agarrar, Malloy... – ele tocou na minha lapela, apenas com as pontas dos dedos – ...você vai virar esse peido.

Ele e Dewey se afastaram. Já estavam a meia fileira de distância quando Gino se virou.

– E mais uma coisa, Malloy. Tenho um videoteipe sensacional da janela do seu banheiro. E põe sensacional nisso. Vou mostrar na delegacia amanhã à noite, caso você queira assistir.

Ele tinha aquele sorriso indolente, insinuante, malévolo, desfrutando a contemplação da angústia.

Peguei minhas coisas, depois que eles sumiram, refletindo que, de modo geral, as coisas não estavam correndo como eu gostaria. Um cara da faxina apareceu, enchendo um enorme saco de lixo, avançando para mim com um olhar sinistro, na esperança de que eu caísse fora. Mas permaneci ali. Pensava em Bert. Ele estava ou não com o dinheiro, e, se não estava, quem o pegara? No grande ginásio vazio, senti a natureza perpétua da dúvida, do jeito como sempre acontece conosco. Na vida, simplesmente nunca sabemos.

Acabou me ocorrendo que teria de encontrar um jeito de voltar para casa. Saí do ginásio sem deixar de pensar que a esperança é a última que morre, mas já sabia antes de constatar. Meu carro fora rebocado.

19
Sábado

Sábado, 28 de janeiro

A. LIGAÇÕES POSSÍVEIS

Fui para o escritório na manhã de sábado. Tinha pouca coisa a fazer, apenas participar de um almoço do subcomitê de recrutamento e colocar a correspondência em dia, mas decidi ir assim mesmo, por uma questão de hábito aos sábados. Evitava que eu brigasse com Lyle e impressionava meus sócios, que viam o registro de entrada. Gostava do dia, para ser franco, circular pelas ruas vazias de Center City, pelas quais outros advogados também se encaminhavam para o trabalho sem nenhuma pressa, com suas pastas, de sobretudo e jeans. O dia inteiro tinha a lentidão desfocada e subaquática de um sonho. Sem telefones tocando. Sem secretárias lançando olhares furtivos para o relógio. Sem algazarra, sem compromissos a cumprir. Sem a aura estressada de todos aqueles jovens esforçados correndo de um lado para outro. Cheguei cedo, verifiquei as mensagens gravadas e a correspondência eletrônica, pensando que talvez houvesse um recado de Bert, mas a única notícia era de Lena, pedindo que a chamasse assim que chegasse.

Ela apareceu, vinda da biblioteca, usando uma blusa de botões com largas listras verdes. Providenciara as passagens de avião e conseguira fazer reservas em um hotel na beira da praia em Pico.

– O que vamos fazer lá? – perguntou Lena.

– Investigar. Procurar um advogado chamado Pindling. Descobrir o que pudermos sobre uma conta no International Bank of Finance.

– Isso é ótimo.

Ela parecia satisfeita com as perspectivas. E comigo. Depois que Lena saiu, peguei a pasta do caso de Toots, revisei alguns dos registros que apresentaríamos para completar a defesa depois que Woodhull terminasse de espancar Toots na reinquirição. Minha mente, porém, fixava-se em Bert e seus problemas, que muito em breve se tornariam ainda piores. Àquela altura, Gino já teria ligado os pontos: vira o bilhete em minha agenda, descobrira-me no vestiário dos árbitros. Pigeyes concluiria que um dos árbitros da noite anterior estava envolvido e iniciaria a caçada. Eu queria avisar Bert... e terminar nossa conversa sobre o dinheiro.

Encontrei um exemplar da edição matutina do *Tribune* em um boxe do banheiro, mas os nomes dos árbitros não estavam indicados na notícia sobre o resultado do jogo. Depois de pensar um pouco, telefonei para o serviço de relações-públicas da universidade. Imaginei que talvez não estivesse funcionando no sábado, mas uma jovem atenciosa me atendeu. Apresentei-me como o detetive Dimonte, da Polícia Unificada de Kindle. Aguardei uma resposta denunciadora, algo como "Você de novo?", mas ela parecia não desconfiar de nada.

– Brierly, Gleason e Pole.

Ela lia do texto distribuído à imprensa na noite anterior. Eram os nomes dos árbitros.

– Não tem os primeiros nomes e endereços?

– Só quem tem é a Liga. Em Detroit.

– Vai me obrigar a providenciar uma intimação?

Ela soltou uma risada.

– Pode providenciar o que quiser. Não temos essa informação. A Liga não gosta sequer de divulgar os sobrenomes. Houve um advogado há poucos anos que queria processar um desses caras por arrebentar o carro de alguém no estacionamento e teve de obter uma ordem judicial. É sério. Até onde eu sei, você vai precisar realmente de uma intimação. Pode telefonar para Detroit na segunda-feira, mas eles são incrivelmente zelosos com essas coisas.

O que fazia sentido. Sem correspondência imprópria de torcedores. Sem a possibilidade de combinar resultados. Assim que desliguei, peguei a lista telefônica local. Encontrei um Orlando Gleason, mas nada mais próximo. Bert devia ter conhecido Orleans em outra cidade. No fim das contas, Pigeyes tinha mais obstáculos pela frente do que eu imaginara.

Não muito depois, Brushy apareceu, usando o traje completo do fim de semana, jeans e tênis. Parecia muito atraente, com um grande chapéu bege para se proteger do sol, carregando sua pasta, enorme como um alforje, e um embrulho da lavanderia em papel azul brilhante. Deu apenas um ou dois passos além da minha porta.

– Foi muito agradável ontem – comentou ela.

– Eu que o diga.

– Está zangado? Por causa do seu problema?

– É claro que não! – protestei, com descontração, e informei-a de que falara com seu médico.

– E como está?

– Quer verificar?

– Lembrarei que você ofereceu.

Ela ficou parada ali, pequena, do tipo conservador, transbordando de animação. Fez-me sentir um pouco triste pensar com que frequência Brush estivera ali antes, entrando na sala e sentindo a emoção de saber que ela possuía essa coisa secreta em ação, uma recordação dos sentidos, naquele espaço reservado à lógica sombria e à banalidade eterna. Todos os outros chegavam pensando em cláusulas de contratos e precedentes na jurisprudência, e ela subia pelos elevadores com a certeza de que ia partilhar o tipo de sorriso róseo que partilhávamos agora, maduro com a expectativa do prazer, de coisas que não deveriam ser faladas com a porta aberta.

– Liguei para você ontem à noite, Brush.

– Fiquei aqui até tarde. Também liguei para você quando cheguei em casa, mas ninguém atendeu.

– Adivinhe quem eu encontrei?

Ela deixou cair o embrulho da lavanderia e bateu palmas quando formulei silenciosamente o nome de Bert.

– Ele está vivo?

Gesticulei para que ela fechasse a porta.

– Onde ele está? – indagou. – O que andou fazendo?

Lembrei o que ela dissera na véspera sobre querer ficar sem saber de nada.

– Isso será só partir de amanhã – respondeu Brushy.

Contei apenas um pouco... Bert fugindo dos bandidos.

– Mas o que ele disse sobre o dinheiro?

– Não foi muito esclarecedor. Nossas negociações não chegaram tão longe.

Expliquei que fôramos interrompidos pelo detetive Dimonte.

– Parece que esse cara não vai desgrudar de você, Mack.

Soltei um grunhido. Era verdade.

– Quando terá mais notícias de Bert?

– Estou sentado pertinho do telefone. – Toquei no aparelho, bem ao meu lado, a última novidade da tecnologia, lustroso e preto, como uma coisa saída do Skylab. – Enquanto isso, vou para Pico Luan amanhã, a fim de bisbilhotar um pouco.

– Amanhã? Toots tem uma nova audiência na terça-feira.

– O Comitê me deu apenas duas semanas. Farei uma viagem de dois dias. Volto na noite de segunda. Estamos prontos para Toots, não é? – Levantei a pasta marrom descartável para mostrar que me dedicara ao assunto, e acrescentei: – Vou levar Lena.

– Quem é Lena?

– Primeiro ano. Da universidade.

– A ruiva? A bonitinha?

– Eu diria que ela é elegante.

Brushy franziu o rosto.

– Para que precisa dela?

– Para poder confirmar as coisas. – Uma testemunha, alguém que possa depor no tribunal se fosse necessário. – Esse advogado que vou procurar é um tanto insidioso.

Brushy acenou com um dedo e murmurou, quase como se caçoasse de si mesma:

– Não se esqueça de quem é sua garota agora, Malloy.

– Brush, você me lisonjeia.

– Hum, hum...

Eu não tinha certeza se Brushy se sentia conhecedora dos hábitos das pessoas em geral ou apenas dos meus, mas de certa forma passáramos além do humor inconsequente; sua expressão estava contraída pela desconfiança. Esse ânimo de poucas ilusões reverberava entre nós, em suas formas mais melancólicas, e senti um impulso momentâneo de ir direto ao ponto.

– Acha que está pronta para ser mulher de um homem só, Brush?

Era o mais perto que eu podia chegar para mencionar Krzysinski.

– Sempre foi um de cada vez, Mack. Acontece apenas que de vez em quando, o tempo é muito curto.

Ela sorriu, porém compreendi intuitivamente que falava a sério. Cada trepada de uma noite era uma peça de Cinderela em sua cabeça, uma parte de sua permanente esperança de que aquele sapatinho iria caber. As fantasias das pessoas, mesmo quando mórbidas ou banais, são de certa forma comoventes; é a vulnerabilidade, eu suponho, que faz com que as vidas, assim como as caixas de papelão, dobrem-se de forma tão precisa por determinadas linhas.

– Sabe, Brush, se as mulheres partirem meu coração de novo, acho que ninguém conseguirá encontrar os pedaços.

– Dê-me crédito, está bem? Eu o conheço, Malloy. Já entendi.

Ela olhou para a porta, a fim de se certificar de que estava fechada, depois se aproximou da mesa e tirou o chapéu antes de me dar um beijo. Ainda não me sentia disposto a ficar tranquilo.

– Que idade você tem agora, Brush?

– Trinta e oito.

Depois, ela pensou duas vezes e me fitou com um ar ameaçador. Aquela mulher não era de brincadeira. Perguntou que diferença isso fazia, como se não soubesse. O refrão da pessoa independente é eu não preciso de ninguém. Eu costumava ouvir a mesma coisa de certos policiais já velhos. Mas Deus nunca criou uma alma para a qual isso fosse absolutamente verdadeiro. De certa forma, eu sentia pena de Brushy. Ela não me considerava realmente a melhor oferta no mercado, e não podia interpretar errado minha confiabilidade ou natureza. Apenas pensava que era o melhor que podia conseguir ou que talvez merecesse. Mas ambos sabíamos que eu possuía algumas virtudes. Faria o que ela mandasse; precisava de sua orientação. Ela era mais esperta do que eu. E me excitava demais.

– Eu estava pensando em você, Brush.

– Pensando o quê?

– Como é... você sabe... o fogo ardente da juventude se consumindo. O corpo fica solitário.

– Muito literário.

– É coisa de irlandês. – Toquei no lado interno do pulso. – A poesia está no sangue.

– Você tem um lado detestável, Mack.

– Foi o que me disseram.

– Isso não lhe dá o direito de desdenhar de alguém somente para apresentar seu número. Afinal, você mesmo não é um mistério tão grande assim.

– Sei disso.

– É um infeliz miserável, caso pense que ninguém jamais notou.

Eu disse a ela que sossegasse, levantei-me, segurei-a com firmeza pelos ombros roliços, comprimi-a contra meu peito, onde ela se aninhou de bom grado, um palmo mais baixa.

– Almoço, Mack?

– Com os recrutadores.

Ela soltou um grunhido, compadecida, pela perspectiva de trabalho do Comitê.

– Esta noite? – perguntei.

– É o aniversário de casamento de meus pais. – Ela se animou de repente. – Você poderia ir. Uma efusiva família italiana.

– Hum...

– Acho que você está certo – disse ela.

Olhamos um para o outro.

– Terça-feira – murmurei. – Toots.

– Toots.

Da porta, ela lançou um olhar triste enquanto eu permanecia parado ao lado da mesa. Talvez nunca haja uma chance genuína de união plena depois da adolescência. Talvez todos aqueles tipos tribais, os índios e os hebreus, tivessem razão casando-se aos 13 anos. Depois disso, é uma questão de acaso, o espírito querendo, mas forçado a superar os canais, as fronteiras profundas do que se tornou reconhecido, senão acalentado, como o ego.

– Fechada ou aberta? – indagou ela da porta. Balancei a mão.

– Estou aqui. Tanto faz.

B. CONFERINDO MEUS PONTOS

Em uma reverência à democracia e para ajudar no trabalho, o Comitê, ao longo dos anos, criou mais subcomitês do que qualquer das duas casas do Congresso, cada um deles com poderes sobre alguma região menor da vida na firma de advocacia. Temos subcomitês sobre questões éticas, empregados, uso de computador, serviços legais gratuitos e reciclagem de papel. Nesse regime, o recrutamento é considerado tanto bom quanto ruim. Exerce genuína autoridade, contratando os estudantes que trabalham como auxiliares na firma durante o verão, além dos chamados advogados do primeiro ano, que ingressam na G&G a cada ano após os exames na Ordem; por outro lado, a carga de trabalho é substancial, e nunca dá para se cuidar de tudo na correria da semana. Por um consenso antigo, sempre nos reunimos, quando há necessidade, para um almoço aos sábados. Nessa época do ano, quando ocorre um hiato em nossas atividades, é apenas uma vez por mês. Depois de revisar a lista final das contratações do verão e a agenda das entrevistas para a temporada seguinte, nós cinco – Stephanie Plotzky, Henry Sommers, Madge Dorf, Blake Whitson e eu – geralmente passamos a fofocar.

– Vocês sabem de alguma coisa? – indagou Stephanie. – Estive com Martin esta manhã. Ele disse apenas: "A situação está mais terrível do que nunca." Ele parecia exausto, e ainda eram 9 horas.

Estávamos a dois quarteirões da Torre, no Max Heimer's, um restaurante caracterizado pela comida de segunda classe e higiene de Terceiro Mundo. Stephanie ofereceu essa iguaria debruçando-se sobre a mesa, o rosto redondo maquiado demais até para um sábado, próximo do vidro de picles, cuja borda se achava salpicada de sujeira.

– Os executivos das grandes corporações estão sendo atropelados – comentou Henry. – Os anos 1980 acabaram.

Ele era um advogado especializado em falência e passava por uma fase de prosperidade. Madge, especializada em contratos, não concordou, e por um tempo debatemos o assunto, como se isso fizesse alguma diferença.

Naquele sábado, os membros do Comitê estavam no Club Belvedere, em uma das elegantes salas de reuniões, apontando seus lápis e distribuindo os pontos. O Dia da Marmota cairia na quinta-feira seguinte. Meus sócios reagiam com a mesma ansiedade que todos os bons meninos na escola primária exibiam no Dia das Notas, quando as freiras nos mandavam para casa, a fim de preencherem os boletins. Nunca me preocupei. Sabia o que receberia – boas notas nas matérias e muitas restrições na seção reservada ao comportamento.

Mas não tinha tanta certeza sobre a minha posição na firma naquele ano. Achava que meu acordo com o Comitê, quando concordara em procurar Bert, significava que não fariam mais cortes nos meus ganhos, embora ninguém tivesse dito isso expressamente. Meus quatro sócios no recrutamento eram promissores, e não podia haver a menor dúvida de que Pagnucci lhes dispensara o tratamento especial – um pouco de sedativo, um pouco de estimulante. Todos iriam ganhar mais dinheiro no ano seguinte. Quanto a mim, pude perceber, pelos olhares de esguelha, que cada um deles sentia, supostamente em particular, que minha participação seria reduzida outra vez. Nunca era uma degola. Apenas um corte de 5 por cento a cada ano. Seja como for, voltei ao escritório depois do almoço, sozinho e ressentido.

Muito bem, eu admito – essas reduções magoam meus sentimentos. O dinheiro é o grande placar nesse tipo de vida; não há porcentagens vencedoras nem rebatidas triunfais. Sempre me pareceu significativo como nos referimos ao percentual da receita da firma que nos é concedido anualmente como "pontos". Nossos sócios nos dizem todo ano o que acham que valemos. A esta altura, posso viver sem tudo o que o dólar marginal compra, exceto o amor-próprio.

Sentei-me em minha sala. O sol frio de inverno podia ser avistado através da tela de nuvens; sua luz brincava sobre o rio, distribuindo lantejoulas de Natal pelos reflexos esverdeados dos grandes prédios nas margens. Tentei pôr de lado meus sentimentos de privação para pensar em Bert, mas não consegui chegar a lugar nenhum com isso. Quanto? Era o que não me saía da cabeça. Quanto iam me tirar este ano? Aquilo era uma porra enervante. Estou fugindo da polícia e eles diminuem meu pagamento. Continuei assim até que comecei a ferver. Entrei em um dos meus acessos, furioso e mesquinho, o filho de Bess Malloy se ressentindo do que estava perdendo. Resolvi subir, sem dizer a mim mesmo para onde ia, olhei pelo corredor revestido de livros e me esgueirei para a sala de Martin, imaginando que ele guardara um esboço do esquema de pontos proposto em algum lugar da gaveta em que eu bisbilhotara três anos antes. Não me preocupava naquele momento com a possibilidade de ser apanhado em flagrante. Que alguém me descobrisse! Eles que se fodessem! Eu tinha algumas coisas a dizer. Dezoito anos, pelo amor de Deus. E estão pagando a Pagnucci nas minhas costas.

Os documentos mais importantes na sala de Martin ficavam trancados na credência por trás do carvalho de mil anos. Eu já o vira abrir a gaveta uma centena de vezes, levantando a barriga de borracha de sua dançarina de hula para revelar a pilha e a pequena chave dourada. Experimentava a sensação de isolamento que sempre me dominava quando estava sozinho na firma e desperdiçando meu tempo em besteira. A enorme sala de canto, com seu mostruário de objetos excêntricos – os quadros, as esculturas, os móveis estranhos –, estava escura, e hesitei em acender a luz. Que droga eu faria ali?, fiquei imaginando. Cagaria na gaveta, como um ladrão marrento deixando seu recado? Podia me queixar? Podia, sim. Havia muita gente por ali que se jogava no chão e gemia à medida que se aproximava o Dia da Marmota ou, então, ia de sala em sala fazer reclamações. No fundo, porém, nada importava. Eu estava sendo mau. Sentia-me como um garoto, mas já passara por isso antes, e havia uma estranha purificação em agir por impulso.

A gaveta particular de Martin é uma bagunça. Fiquei chocado ao descobrir na última vez em que a abri. Esperava uma ordem rigorosa. Martin é uma dessas pessoas com tanta presença, tão grande e fluente, que é sempre inquietante constatar quanto de sua alma ele esconde. Imagino que Martin cuidava pessoalmente do arquivamento, tendo em vista que os documentos que se encontravam ali eram extremamente confidenciais, e o caos reinava sem a ajuda de uma secretária. Havia pastas pendendo na gaveta, mas vários papéis tinham sido enfiados de qualquer maneira nos recessos de madeira do fundo. Muitos dos maiores segredos da firma estavam ali. Cartas de um psiquiatra dizendo que um dos nossos advogados do primeiro ano cortaria a garganta se o despedíssemos. (Não despedimos.) Projeções financeiras para o fim do ano que pareciam muito ruins. Havia uma pasta com avaliações por escrito do desempenho de cada sócio. Senti-me tentado a ler os comentários desdenhosos a meu respeito, mas decidi renunciar à oportunidade de mais autoflagelação. Acabei encontrando uma pasta com a etiqueta "Pontos".

Havia lá dentro uma fotocópia de um esboço inicial, escrito à mão por Carl Pagnucci, do plano de distribuição de pontos naquele ano. Não examinei com mais atenção porque na mesma pasta encontrei um memorando. Fora dobrado em quatro, mas não havia como me equivocar quanto às iniciais na parte de cima. J.A.K.E. John Andrew Kenneth Eiger. Jake adorava suas iniciais. Estavam em tudo, nos punhos das camisas, nas canecas de cerveja, no saco de golfe. Eu era capaz de imitar suas iniciais tão bem que nem precisava de um documento para mostrar que estava assinando com sua autorização, porém ninguém mais por ali possuía a mesma habilidade. Não tive a menor dúvida de que aquilo era autêntico.

CONFIDENCIAL

18 de novembro

PARA: Robert Kamin, Gage & Griswell
DE: John A.K. Eiger, diretor jurídico, TransNational Air
REF.: Primeira leva do acordo da 397

Eu queria lhe comunicar um problema que surgiu, relativo aos pagamentos do acordo da 397, enquanto você estava no julgamento da ação Grainger. Como sempre, os advogados dos querelantes estão brigando entre si quanto às despesas judiciais. Parece que Peter Neucriss contratou uma firma de Cambridge, Massachusetts, chamada Litiplex, como apoio no processo – aparentemente, eles realizaram uma reconstituição do acidente e projeções em computador, além de fornecerem engenheiros consultores, testemunhas técnicas, análises das normas do Conselho Nacional de Segurança no Transporte e gerenciamento de registros. A Litiplex tem uma série de faturas pendentes, totalizando cerca de 5,6 milhões de dólares. Neucriss diz que contratou essa empresa com o consentimento de todos os principais advogados da ação de litisconsórcio e afirma que, na ocasião do acordo, concordei que a Litiplex receberia do fundo da 397. Os advogados do litisconsórcio declaram que não houve tal acordo – o que não é de surpreender, uma vez que pagar a Litiplex com os recursos do fundo, como Neucriss está exigindo, reduzirá os honorários dos advogados da coletiva em cerca de meio milhão de dólares. Ambas as partes ameaçam levar a questão ao juiz Bromwich. Tenho muito receio de que Bromwich determine um levantamento contábil, o que levará à descoberta do excedente de recursos no fundo. Em vez de correr esse risco, e aceitando que posso ter assumido um compromisso com Neucriss, autorizarei o pagamento das faturas da Litiplex como uma cobrança confidencial contra o excedente. Por favor, entregue-me os seguintes cheques.

Anexada ao memorando havia uma relação com os números das faturas da Litiplex e as quantias supostamente devidas. Eu não precisava mais procurar o que Bert transmitira a Glyndora. "*Nos termos do anexo, segundo novo acordo com Peter Neucriss...*" O anexo, sem sombra de dúvida, era aquele memorando. Ainda assim, li-o mais três ou quatro vezes, sentado ali, na sala vazia de Martin, com a sensação de que alguém apertara meu coração com a mão gelada. Não parava de me perguntar a mesma coisa, a voz interior falando no tom desamparado de uma criança. O que eu ia fazer agora?

20
Sócios do clube

O Club Belvedere é o mais antigo clube social do condado de Kindle, fundado na chamada Era Dourada, os últimos anos do século XIX. Ali, a verdadeira elite do condado, homens de fortuna e posição, comem e jogam squash há mais de um século. Não são os políticos sórdidos, cujo poder é transitório, e pior ainda, emprestado, mas pessoas de grande riqueza, donos de bancos e complexos industriais, famílias cujos nomes podemos encontrar em prédios antigos, que ainda serão proeminentes daqui a três gerações e cujos filhos tendem a casar-se entre si. Essas são as pessoas que, em termos gerais, gostam do mundo como ele é, e praticamente todas as conquistas em termos de avanço social de que consigo me recordar provocaram um tremendo tumulto entre os sócios do clube, alguns dos quais têm se oposto de forma sistemática à admissão de católicos, em primeiro lugar, depois de judeus, negros, mulheres e até mesmo de um solitário armênio. Pode-se pensar que um ser humano sensato consideraria esse clima repulsivo, mas o prestígio conferido pelo Belvedere parece sobrepujar quase todos os escrúpulos, e Martin Gold, por exemplo, em conversas descontraídas, durante um mês inteiro, não falou de outra coisa que não "o clube" – como a comida era boa, como os vestiários eram impecáveis – quando fora aceito como sócio, havia mais de dez anos.

O clube é uma estrutura de oito andares, no estilo clássico, que ocupa meio quarteirão em Center City, não muito longe da Torre. Fui correndo para lá, com o memorando de Jake no bolso, e passei direto pelo porteiro. As instalações são esplêndidas. Todo o primeiro andar é revestido de painéis de nogueira americana, polida em tom escuro e forte, que parece absorver o brilho das luzes suaves e me lembra inevitavelmente dos homens de pele parda que cortaram aquelas árvores e seus descendentes de librés, que mantiveram a madeira lustrosa como um brilho de sapatos bem engraxados. Uma imponente escada dupla de mármore branco se eleva da outra extremidade do saguão, adornada com o brasão do clube e querubins alados, símbolos do período em que os americanos achavam que sua república sobrevivente estava fadada outra vez a alcançar a grandeza da Grécia.

Não me encontrava no saguão há tempo suficiente para tirar o sobretudo quando deparei, entre todas as pessoas, com Wash. Ele carregava um taco de golfe de madeira e segurava-o como se pegasse um ganso morto pelo pescoço, logo abaixo da cabeça lustrosa de caquizeiro. Não dava para imaginar o que ele pretendia fazer. O frio lá fora era de rachar, e o chão estava congelado. Ele também se mostrou surpreso ao me ver e reconheceu minha presença com o ar vagamente desdenhoso que um sócio costuma reservar para um conhecido que não faz parte do grupo. Usava um espetacular casaco esporte, de quadrados irregulares em preto e um dourado outonal, e reluzentes mocassins com borlas. Espremida abaixo da gola aberta da camisa, e assim parcialmente oculta, como se o próprio Wash reconhecesse que era uma afetação ridícula, uma gravata de plastrão espiava, em uma pequenina estampa *paisley*. Eu não tinha a menor ideia do que ia dizer quando ele me cumprimentou, mas fui salvo pelo instinto.

– A reunião acabou? – perguntei.

Wash é covarde demais para querer discutir comigo as decisões do Comitê sobre pontos, especialmente os meus. Essa função cabia todos os anos a Martin, que, depois das formalidades do Dia da Marmota, me honrava com uma visita à minha sala, dava-me um tapinha nas costas, criando a ilusão de que ele, pelo menos, ainda mantinha uma opinião firme sobre o meu valor. Em vez disso, o rosto de Wash assumiu no mesmo instante uma expressão vigorosamente agradável. De perto, pode-se perceber que as atitudes amáveis de Wash têm uma natureza de certo modo estudada. Pressionado, ele não tem instintos próprios. É uma coletânea dos gestos de todas as pessoas que considera atraentes, vitoriosas, as que não ofendem.

– Ainda não – respondeu. – Martin e Carl precisavam de um intervalo para telefonemas. Recomeçaremos às 16 horas. Pensei em aproveitar a oportunidade para desanuviar a cabeça.

Wash ergueu o taco de golfe; somente o medo de que eu pudesse detê-lo ali por mais tempo foi que me impediu de dizer que me sentia alegre por finalmente saber do que se tratava aquilo. Enquanto isso, Wash escapou satisfeito da minha companhia e se encaminhou para as portas douradas dos elevadores.

Não deixei o saguão. Depois de entregar o sobretudo no balcão, sentei-me em uma cadeira de encosto reto, em um pequeno vão todo revestido de madeira, perto dos telefones. Ainda não sabia o que fazia ali. Saíra correndo para confrontar Martin, mas agora me mexia como se meu peso tivesse triplicado, e pensava no mesmo ritmo. Quais seriam os resultados daquele exercício? Planeje, disse a mim mesmo, pense. Por baixo da minha mão, meu joelho, para minha surpresa, começou a tremer.

Havia alguns anos, um amigo de Martin, Buck Buchan, que dirigia o First Kindle, metera-se em uma encrenca por causa da crise dos bancos imobiliários. Buck dera alguns telefonemas, e Martin fora contratado como advogado especial da diretoria. Buck e Martin eram de um tempo em que a mente do homem não funcionava ao contrário, época da guerra da Coreia e dos dias na universidade, quando ambos tentavam comer as mesmas garotas. Há em algum lugar um retrato dos dois de meias brancas e gravata-borboleta. Eu estava com Martin na manhã em que ele teve de comunicar a Buck que iam tirar seu emprego. Era o fim da linha para Buck, o encerramento de uma vida de realizações de alguém da alta classe, uma existência diária a balançar na corda bamba, com os olhos do mundo fixados nele, e o corpo irradiando o prazer erótico do poder. A lona estava sendo desarmada para Buck; teria de cuidar de sua alma ferida na desolação exasperante do escândalo e da vergonha. Buck deixara a peteca cair, e era o que Martin ia lhe dizer, olho no olho, de homem para homem, lembrar a Buck do que ele, sem dúvida, sempre soubera: que, apesar de todas as horas que passara com Martin, unindo mentes ativas e percepções do destino, ninguém podia esperar que Martin Gold também saltasse lá de cima e abandonasse as nobres tradições de sua vida profissional. Martin foi para essa reunião com uma expressão grave, sombrio e mortificado. Todos na firma admiraram a sua coragem... E o mesmo aconteceu com o conselho de administração do First Kindle, que passou a contratá-lo com crescente frequência desde então. Mas até que ponto todos esses princípios eram válidos quando ele e sua firma de advocacia ficavam com a parte mais sórdida de um acordo? A resposta – o memorando que Martin escondera – estava dobrada no bolso de minha camisa.

Eu deveria saber que era melhor não ir atrás de Wash. Ele é fraco, nunca serve de ajuda em uma crise. No momento da decisão, porém, eu ainda não estava preparado para confrontar Martin – vivi com meu pai até os 27 anos e nunca lhe disse uma única vez que sabia que ele era ladrão. Também não queria confrontar os cálculos frios de Pagnucci. Em vez disso, procurei o atendente, o tipo de empregado de boa aparência que se espera encontrar em um lugar daqueles, um cara vestindo blazer azul-marinho e luvas brancas, provavelmente um militar reformado, e perguntei se tinha ideia do lugar para onde o Sr. Thale poderia ter ido com um taco de golfe.

Ele me orientou para o segundo porão, uma vasta área de serviço que deve ter servido de ginásio décadas atrás, antes que uma pista de corrida fosse construída no telhado, sob um domo. Agora, um piso de grama verde de plástico fora estendido sobre o concreto, e havia uma fila de caras batendo em bolinhas de golfe. Muitos deles usavam blusões. Fazia frio lá embaixo, talvez uns 15 graus. O tapete verde da área do *tee* cobria uns 6 ou 7 metros, até chegar a uma cortina de redes suspensas do teto, dobradas em camadas, como um véu. Mais além havia uma região de completa escuridão, mais sinistra do que o Juízo Final. Em algum lugar por ali devia haver controles e fios, porque nas vigas de concreto estavam embutidas, por cima de cada golfista, coisas que pareciam ser placares elétricos verdes. Observei o cara mais próximo de mim dar uma tacada e olhei para a tela por cima, onde surgiu uma progressão de pontos brancos, para indicar, como acabei percebendo, o voo previsto da bola. Depois que o último ponto acendeu, surgiu um registro digital, anunciando a suposta distância da tacada.

Finalmente avistei Wash na fila, dando uma tacada. Havia um balde cheio de bolas ao seu lado, e ele pendurara o paletó atrás, dobrado com perfeição. Fez o movimento desajeitado. Era provável que jogasse por toda a vida sem jamais adquirir uma noção de golfe.

Ao perceber minha aproximação, Wash exibiu um olhar mais sério. Compreendi no mesmo instante que ele pensava que eu fora suplicar por meus pontos, e já se preparava para assumir uma posição arrogante, em que poderia me lembrar, com a impecável cordialidade que costumava usar com os subalternos, que eu estava fora de compasso. Em vez disso, para desarmá-lo, tirei o memorando do bolso e observei Wash desdobrá-lo. Ele leu tudo, parado na área de tacada. Seus olhos, um pouco projetados por causa do hipertireoidismo, eram ágeis, com pequenas veias pulsando. O ar ao nosso redor ressoava com o ruído incessante das tacadas. Ao terminar, Wash parecia não estar entendendo nada.

– É de Jake – expliquei.

Ele se encolheu um pouco. Olhou para os outros golfistas, depois me levou na direção da porta de aço pela qual eu passara para entrar naquela área, onde a luz definhava e a escuridão subterrânea começava a nos envolver com todos os sons fantasmagóricos dos porões dos prédios.

– Você está fazendo suposições – proclamou Wash. – Diga-me de onde veio isto.

Eu contei. Não sabia como explicar, e por isso não expliquei. Mas até Wash reconheceu que minha boa-fé era uma questão à parte. Era óbvio, pelos resultados, que eu tinha bons motivos para procurar.

– O memorando é falso, Wash. Não existe nenhuma Litiplex, lembra? Não há registros na TN. Jake falsificou isto. Talvez Bert esteja envolvido também. Há um milhão de perguntas. Mas é Jake, com toda a certeza.

Wash tornou a contrair o rosto, deu uma espiada para trás. Sua expressão era de reprovação, mas era muito bem-educado para me dizer que devia falar baixo.

– Repito que você está fazendo suposições.

– Estou porra nenhuma. Pois então explique isto.

Era evidente que a mera sugestão de um desafio o perturbava; e eu o pressionava. Mas logo o rosto pálido e suave de Wash se tornou firme, no instante em que ele se fixou em uma ideia.

– Talvez seja Neucriss. Alguma jogada dele. Talvez tenha inventado tudo isso.

Peter, Deus sabe, era capaz de qualquer coisa. Mas eu compreendera, ainda sentado na sala de Martin, por que ele entrara em contato com Peter. Martin tinha o memorando. Queria saber o que estava acontecendo. Queria saber se o documento era autêntico ou uma fraude, se Neucriss, por alguma circunstância improvável, podia explicar. Mas não era Neucriss tentando nos enrolar. Era Jake.

– É claro, Wash, é claro. Mas quando chamamos Jake à sala de Martin e informamos que não existia nenhuma Litiplex, Jake por acaso afirmou "Oh, meu Deus, Neucriss disse que existia"? Nada disso. Comportou-se como se tudo fosse um choque para ele. E disse: "Como Bert ousa fazer uma coisa dessas? E, antes que eu me esqueça, se não o encontrarem, vamos esquecer toda essa história." Isso só aponta para uma coisa. Jake escreveu esta porra deste memorando para Bert. E Bert lhe deu o dinheiro. A grana agora está com ele. Ele está tentando se resguardar, Wash. Com a ajuda de Martin.

– Não diga um absurdo desses! – protestou Wash no mesmo instante.

Ele reagia à ideia de Martin ser corrupto. Sua boca se movimentou como se ele pudesse, de fato, absorver o gosto horrível.

– Absurdo? Pense um pouco, Wash. Quem disse que havia telefonado para o banco em Pico? Quem disse a você que o gerente geral, sei lá qual é seu nome, Smoky, revelou nas entrelinhas que a conta era de Bert? De quem você ouviu essa merda?

Wash é bem mais baixo do que eu, e minha altura parecia no momento, como acontece de vez quando, uma estranha vantagem, como se me deixasse fora do alcance de qualquer refutação.

– Pense na atuação de Martin naquele dia, Wash, arrastando Jake para sua sala e contando a história, mesmo depois de você e Carl terem decidido o contrário. O que achou disso?

– Fiquei chateado. E disse isso a Martin depois. Mas isso não chega a ser um sinal de uma conspiração sinistra, apenas que ele achou que tinha de falar.

– Essa não, Wash. Quer saber por que Martin contou tudo para Jake? Ele *queria* que Jake soubesse. É o que ele queria, Wash. Martin queria que Jake soubesse que tinha provas contra ele, mas ficaria de boca fechada.

Um certo pasmo dominou o rosto de Wash enquanto ele ponderava a respeito de tudo aquilo. Ele era muito lento.

– Você está levando a coisa pelo caminho errado. Tenho certeza de que Martin descobriu este documento de alguma forma e concluiu, suponho, que por enquanto era melhor não o revelar. E você procura dar a impressão de que é sinistro.

– E é sinistro mesmo, Wash.

Ele franziu a testa, girou o pescoço. Lançou mais um olhar na direção dos outros golfistas. Percebi que meu comportamento brusco e as péssimas maneiras haviam finalmente estimulado Wash a se sentir ofendido.

– Ora, meu caro – ele disse, usando o termo "caro" em um estilo antiquado de pessoa de classe alta. – Martin estava seguindo os imperativos lógicos neste caso. Não seja tão apressado em desdenhar. Ou condenar. Pense bem. A firma não pode continuar sem Jake. Não a curto prazo. Diga-me, Mack, já que é tão esperto... pois então me diga. Se você correr e fizer algo precipitado, quero saber quais são os seus planos.

Os olhos claros envelhecidos, envoltos por aquelas bolsas de carne flácida, brilhavam com rara franqueza. Os planos que ele me pedia que especificasse não eram os de um esquema de investigação. Wash queria saber que planos eu tinha para ganhar a vida sem Jake. Até fiz uma pausa para deixar que os passos lógicos se delineassem. Ninguém recompensaria minha virtude por cravar uma faca no coração de Jake. Sabia disso. Havia anos que eu me segurava em seu saco, e tinha essa consciência. Nada mudara realmente. Acontece apenas que agora o custo seria um pouco alto demais em termos do meu autorrespeito.

– Então é isso? Devo dizer tudo bem? Essa é a resposta de Martin. Deixe Jake roubar. Contanto que ele continue a nos encaminhar bons negócios. "Ei, Jake, você sabe que eu sei. Portanto, vamos acabar com essa sacanagem da tal firma em Columbus. Vamos reiniciar a corrida do ouro." Assim não dá, Wash. Está me deixando enojado.

Houve um súbito e estrondoso rumor por cima da nossa cabeça, e ambos tivemos um sobressalto. Um dos golfistas acertara uma bola nos dutos de aquecimento do teto. Eram revestidos de espuma de borracha, mas mesmo assim emitiram um tremendo som ao impacto. O instante de susto pareceu impelir Wash a um esforço de franqueza.

– Escute, Mack, não posso ler a mente de Gold. É óbvio que ele prefere guardar segredo de seu plano, qualquer que seja. Mas você conhece o homem há anos. Muitos anos. Está querendo me dizer que não pode confiar em Martin Gold?

Wash e eu, naquele porão, conversando em sussurros, postados tão próximos quanto amantes, ambos engasgados com essa pergunta. Wash fazia a mesma coisa de sempre... o que fizera no outro dia, quando o Comitê discutira a proposta de Jake para que permanecêssemos em silêncio caso Bert não voltasse. Wash fazia pose, arremessava bolas longe do alvo, procurava a saída mais fácil. Sabia exatamente o que estava acontecendo. Não todos os detalhes; e eu também não sabia. Ainda me parecia impossível determinar como Bert se encaixava na história, como Martin fora capaz de lhe atribuir a culpa, confiante em que ele não voltaria. Seja como for, Wash estava a par dos fatos básicos: eram sórdidos e funestos. Ele sabia disso por instinto, porque era exatamente o que teria feito, sem pensar duas vezes – trocar Jake e o dinheiro pela sobrevivência da firma. E se abstinha de enunciar essa verdade suja ao fingir que Martin talvez tivesse inventado algo melhor.

– Você é um idiota, Wash – declarei abruptamente.

Em meio a tudo aquilo, as emoções fervilhando, a penumbra do porão, saí dali me sentindo muito bem. Puro prazer primitivo. Havia anos que eu precisava dizer aquilo.

Arrancara o memorando de Wash sem a menor resistência. Tornei a dobrá-lo em quatro e guardei-o no bolso enquanto subia pela escada cinza de aço que me levara lá para baixo. Tudo estava bem iluminado agora. Ao voltar ao ambiente suntuoso, entre as paredes de madeira e os candelabros de cristal, sentia-me motivado e forte. Cansara de ser o garotinho decepcionado. Era um homem entre os homens. E quando passei pelas portas giratórias para a rua de inverno, já começara a formular planos.

21
A investigação se torna um caso internacional

Domingo, 29 de janeiro

A. VOO INTERNACIONAL

O Salão de Executivos Viajantes da TN, onde esperei por Lena na manhã de domingo, proporcionava um excepcional sentimento de superioridade em um mundo distorcido. O lugar parecia sensacional. O decorador produzira o tipo de efeito de bom gosto da era espacial que eu tentaria criar em meu escritório se algum dia o decorasse, com muita madeira em curva, enormes janelas, cadeiras de couro lustrosas e mesinhas de canto de granito, nas quais se empoleiravam aqueles telefones especiais operados por cartão de crédito, com duas ou três tomadas para o fax e modem portáteis. As mulheres que guardavam a porta verificavam as pessoas que entravam, e cada uma delas exibia o seu cartão de sócio com o mesmo ar "Ei, olhe para mim, estou na frente do barco, cheguei ao topo do mundo". Homens de negócios nipônicos, voando por trinta horas, cochilavam nos móveis de luxo; executivos de alta classe batiam em seus laptops, casais prósperos trocavam ideias, um deles sempre dando a impressão de estar ansioso pela perspectiva do voo. Um garçom de casaca branca circulava com uma bandeja, para ver se alguém queria um drinque, enquanto vozes dos noticiários de TV da manhã de domingo saíam do bar.

Era ali que se reunia a Classe Voadora, um grupo sempre em expansão, cujo verdadeiro dia de trabalho transcorre no céu, cujo verdadeiro escritório é uma poltrona no corredor de um DC-10, pessoas com tantas milhagens de prêmio que poderiam viajar de graça até Júpiter. São os órfãos do capital, os homens e as mulheres que renunciaram às suas vidas pela versão empresarial do destino manifesto, pessoas que estão tentando levar aos confins mais remotos o império de uma companhia em nome da economia de escala. Tive um tio, Michael, que era caixeiro-viajante, um cara triste, com uma horrível valise marrom que parecia soldada em sua mão. Todos achavam que seu destino era o de um desajustado. Agora, é um símbolo de status passar quatro noites por semana longe de casa. Mas neste planeta de Deus há algo mais deprimente do que um quarto vazio de hotel às 22 horas e o pensamento de que o trabalho, o privilégio e a necessidade econômica não apenas tomam as horas do dia, mas também, mesmo que por pouco tempo, nos dão o direito a esses instantes terríveis e solitários, em que ficamos afastados das pessoas e das coisas, amadas e familiares, que sustentam uma vida?

Mas pense um pouco. O que *eu* estava perdendo, a não ser minha poltrona, a televisão e os momentos inúteis de tentativa de integração com Lyle? E teria a companhia jovem de Lena. Tinha a pasta e a bolsa de viagem entre os joelhos. Não levava muita coisa – cueca, um terno para tratar de negócios, calção de banho e alguns itens de que precisaria: passaporte, Dictaphone, folhas de papel timbrado da TransNational Air, uma carta antiga assinada por Jake Eiger e três cópias do relatório anual da TN. Mais o memorando que encontrara na gaveta de Martin, que nunca sairia de minha vista. Como Kam, também pegara 2.500 dólares de adiantamento sobre o meu novo cartão de crédito ouro, que um mensageiro entregara no escritório na sexta-feira. Passara a maior parte da noite armando esquemas. Fechei os olhos imaginando o vento de Pico, fragrante de maresia, ondulando as palmeiras.

– Oi.

A voz era docemente familiar, mas ainda assim tive um pequeno sobressalto ao abrir os olhos.

– Brushy Bruccia, sempre você.

– É isso aí.

Ela parecia exuberante e jovem, feliz e satisfeita consigo mesma. Tinha uma bolsa a tiracolo, carregava o casaco no braço. Usava um jeans.

– Para onde você vai? – perguntei.

– Com você.

– É mesmo? O que aconteceu com Lena?

– Um trabalho de emergência. Ficará na biblioteca durante toda a noite.

Entendi tudo. E disse a Brushy que nem precisava perguntar para quem era o trabalho.

– Aquela garota tem um olhar faminto.

– Ela tem um olhar e tanto, eu reconheço.

Brushy me deu um soco para valer no braço, mas me senti muito embaraçado para reagir na presença de todos aqueles homens. Fomos andando até as cadeiras de couro. Nenhum dos dois disse nada.

– Você deveria estar satisfeito – ela acabou comentando.

– Como poderia não estar?

Eu me sentia violado. Tinha planos para Pico, que dependiam de uma companheira de viagem que fosse mais crédula do que Brushy.

– Vamos tentar de novo.

Ela se afastou, contornou uma linda divisória de pau-rosa que relacionava horários de voos.

– Mack! Adivinhe para onde estou indo.

– Comigo, espero.

– Agora você pegou a coisa.

Falei que a achava estranha.

– Por falar nisso, Mack, o que nós vamos fazer lá?

– Esqueça o "nós". Lembra-se do nosso acordo? Sem perguntas, sem respostas. Você não faz parte da equipe.

Uma mulher com uma voz de rádio anunciou nosso voo enquanto Brush absorvia minha rejeição com a maior descontração. Inclinou a cabeça para o lado, revirou os olhos.

– Ah, Mack, o que você vai fazer comigo?

B. AQUELE ANTIGO PASSO DE DANÇA

A ocasião, a alta temporada, não era o meu período predileto em Pico Luan. Estivera ali pela última vez havia alguns anos durante o verão, quando a capital, Ciudad Luan, era quase uma cidade fantasma. Desta vez, porém, os viajantes que estavam voltando para casa, adultos e crianças em roupas de cores berrantes, apinhavam-se no aeroporto como as massas amontoadas da terceira classe de um navio. Seus rostos bronzeados eram tão surpreendentes quanto a doce lufada de calor que nos recebeu ao descermos a escada do avião da TN. O sol tropical era de uma força intensa, tão vital que o inverno se tornou no mesmo instante apenas uma triste recordação.

– Oh, Deus – murmurou Brushy, sacudindo as mãos no ar suave.

Havia um carro alugado à nossa espera. A TN, como sempre, reservara as melhores acomodações, na Regent's Beach, uma faixa de areia de 15 quilômetros, branca e reta, no sopé das montanhas Maias. Enormes e verdejantes, os contrafortes assomam por cima da costa. Naquela temporada, com todas as pessoas pedantes e fugitivas da neve ali, as estradas estreitas estavam bastante movimentadas, e saí do aeroporto por um atalho. Brushy abriu as janelas, tirou o chapéu e deixou os cabelos escuros curtos esvoaçarem à brisa. Passamos pelas pequenas casas com seus telhados de metal, as placas escritas à mão de uma ou outra loja e barracas oferecendo comidas locais. Plantas enormes, com folhas do tamanho de orelhas de elefante, cresciam em moitas à beira da estrada. Os eternos luaneses caminhavam despreocupadamente pelo meio das estradas estreitas, davam passagem aos carros e depois voltavam à faixa central, muitas vezes descalços.

Os luaneses são bastante simpáticos. Sabem que alcançaram o sucesso dominando o homem branco por meio de sua ganância. São banqueiros desde que os piratas da Baía de Barataria começaram a guardar seu ouro nas cavernas por cima de Ciudad Luan – C. Luan para os locais –, e até hoje os luaneses não têm nenhuma discriminação em relação a seus clientes. Magnatas internacionais dos narcóticos, sonegadores fiscais de muitos países e banqueiros da classe alta convivem em absoluta cordialidade nesta terra de poucas restrições, partilhando a pequena nação com seu povo poliglota, em cujo sangue se mistura o DNA de ameríndios, escravos africanos e expatriados europeus – portugueses, ingleses, holandeses, espanhóis e franceses. Pico sobreviveu a déspotas, conquistadores índios e a dois séculos de domínio espanhol, que terminou em 1821, quando Luan optou por se tornar um protetorado britânico em vez de se submeter às reivindicações de soberania da vizinha Guatemala. Em 1961, quando Pico alcançou a independência, seu parlamento adotou as rigorosas leis de sigilo bancário da Suíça e algumas das ilhas que formam as Índias Ocidentais Britânicas.

Com a aceleração da economia internacional e as expressivas riquezas dos piratas de hoje nas nações latinas das vizinhanças, que negociam com pó, e não com o *peso de ocho*, o "dólar espanhol", Pico teve um espantoso desenvolvimento nos últimos trinta anos. O dinheiro depositado ali não sofre nenhum tipo de tributação e, por isso, não tende a ir embora. Há uma taxa de aeroporto de 100 dólares, uma tarifa de 10 dólares para cada transferência bancária de recursos e um imposto de 10 por cento sobre tudo o que é comprado ou vendido. Hambúrgueres para a família em um restaurante de C. Luan podem custar 100 pratas. Mas a combinação de ausência de imposto de renda e privacidade financeira favorece um próspero comércio e uma abundância de ofertas de empregos. Os luaneses permanecem distantes, cordiais, tranquilos, como a disciplina britânica os tornou, corretos, mas confiantes no costume nativo de querer menos. Apressados e estabanados, os brancos são considerados, com toda a espirituosidade, aberrações.

Nosso hotel, na outra extremidade da praia, 5 ou 6 quilômetros além de C. Luan, era sensacional. Tínhamos duas pequenas cabanas com telhado palha, lado a lado, unidades autossuficientes, cada uma delas com uma cozinha, um bar e um quarto com vista para o mar. Brushy precisava falar com sua secretária em casa, a fim de desmarcar os compromissos para o dia seguinte, e eu saí para o pequeno terraço da minha cabana enquanto sua voz se elevava de vez em quando, frustrada com a dificuldade de conseguir uma ligação para os Estados Unidos.

O sol começava a baixar agora, uma enorme bola rosada ardendo no céu claro. Viajáramos durante todo dia na maior camaradagem, fazendo palavras cruzadas no avião, ficando de mãos dadas, conversando sobre os nossos sócios e as notícias no *Times* de domingo. Na praia, muitas mães, exaustas no final do dia, chamavam seus filhos com um humor definhante. Pico, originalmente o paraíso de caras que desembarcavam do avião com imensos óculos escuros e segurando com firmeza suas valises e de alguns arqueólogos atraídos pelos santuários que os maias construíram no alto das montanhas à vista do oceano, está se consolidando, após anos de promoção da TN, como um centro de férias familiares. Pelo ar, é uma hora mais longe do que as ilhas, mas é um lugar menos concorrido e tem paisagens mais espetaculares. Observei as crianças disparando entre as pernas dos pais, as menores flertando com as ondas, correndo pela praia. Um menino amontoava cocos, as cascas ainda com as fibras marrons, e assim podia-se até ter a impressão de que se tratava de uma coleção de cabeças. Os barcos a vela ainda deslizavam pelo mar, mas a água começava a perder a cor. Ao sol ardente, era de um azul radiante, talvez o resultado de depósitos de cobre no leito de coral, uma tonalidade que pensávamos só existir em anúncios de filmes coloridos.

– Tudo resolvido.

Brushy largara o telefone. Pusera um vestido leve de verão. Subimos até o hotel, jantamos na varanda, contemplando os dedos rosa que se estendiam pelo céu, as ondas lambendo a praia. Com minha bênção, ela tomara dois drinques, mas eu me contentara com chá gelado. Brushy parecia feliz e relaxada. Durante o jantar, uma banda nativa começou a tocar no bar interno, a música e os risos saíam pelas portas de vidro abertas. O ritmo e os temas eram pungentes, aquele som centro-americano, com muita flauta, doces melodias, como um eco das montanhas.

– Que lugar... – murmurou Brushy, olhando com anseio para o mar.

– Eu diria que foi encantador – comentei. – Você me acompanhar.

– Alguém tinha de fazer alguma coisa.

Mostrei-me ignóbil, como sempre, e fingi não ter a menor ideia do que ela podia estar insinuando. Brushy contemplou seu drinque.

– Pensei muito sobre aquela conversa. Em sua sala, ontem, lembra? As pessoas têm o direito de mudar, você sabe.

Quando ela tornou a levantar os olhos, tinha de novo aquela expressão, impetuosa e ousada.

– É verdade – eu disse.

– E você tinha razão a meu respeito. Mas não preciso pedir desculpas por isso. É uma coisa natural. Quanto mais velho se fica, mais se especula sobre as coisas que são...

Ela hesitou.

– O quê? – perguntei.

– Duradouras.

Fiquei todo arrepiado. Ela percebeu.

Levou a mão aos olhos e murmurou:

– O que estou fazendo?

Mesmo com a vela pingando na mesa, pude ver que Brushy corava subitamente, talvez por causa da bebida, talvez pelo calor se acrescentando à intensa emoção.

– Por Deus, Mack, o que vejo em você?

– Sou honesto.

– Não é, não. É autodepreciativo. Há uma diferença.

Admiti o argumento.

– Você merece alguém melhor, Brush.

– Não, você está brincando.

– É sério.

Eu estava o mais determinado que podia ser. Juro que não era fácil para mim. Mas passava por um daqueles momentos de lucidez em que podia prever com precisão o que aconteceria. Brushy sempre me culparia por não ser melhor, e a si mesma, por não querer mais.

– Não diga o que é bom para mim, está bem? Detesto quando você fica assim, como se fosse Lázaro, que saiu de sua caverna só para fazer a coluna de Ann Landers por uma semana.

– É mesmo? Ann Landers?

– Tenta fazer com que as pessoas o detestem, Mack. Primeiro as atrai e, depois, as repele. Se isso é alguma forma da cativante melancolia irlandesa, quero que saiba que não acho a menor graça. É doentio, coisa de maluco.

Ela largou o guardanapo no prato e olhou para a praia, a fim de recuperar o controle.

Depois de um tempo, perguntou se já era tarde demais para tomar um banho de mar.

– A maré está baixa. A água está rasa por quase meio quilômetro. E com uma temperatura de 28 graus o ano inteiro.

Tentei sorrir. Ela riu, perguntou se eu trouxera calção. Estendeu a mão ao se levantar.

O caminho para a praia fora aberto através de moitas e vegetação rasteira, e era iluminado por lâmpadas em estacas, no alto de cada escada. A noite de domingo, mesmo em Pico, era tranquila. Havia movimento na praia, só que mais perto de C. Luan, onde os grandes hotéis estavam lotados. Ali, onde predominavam os condomínios, havia um ar deserto de verão, exceto pela banda, que continuava a tocar, intermitente, a algumas centenas de metros de distância, no bar do hotel. Nadamos um pouco, trocamos beijos e sentamo-nos com a água a nos envolver. Já na meia-idade e nos comportando como se tivéssemos 18 anos. Cada vez que pensava a respeito, eu sentia vontade de gemer.

– Nade comigo – disse Brushy, e se afastou um pouco para um ponto mais profundo.

Perto da praia, as conchas acumuladas eram duras nos pés, mas a cerca de 50 metros a areia era macia, e ela se aninhou contra mim. A lua já surgira há algum tempo, mas se tornava cada vez mais brilhante, um clarão azulado de néon se estendendo como um avental por baixo de alguns barcos ancorados. O hotel e suas pequenas construções anexas, assim como os coqueiros lembrando girafas, destacavam-se na praia, escuro contra mais escuro.

– Há peixes nestas águas – comentei. – Coisas deslumbrantes. Bodiões que parecem sinais de trânsito, sargentinhos com listras amarelas, cardumes inteiros de *indigo hamlets*, com cores mais intensas do que se pode ver até em sonhos. O pensamento dessa incrível beleza, lá embaixo, invisível, deixou-me comovido.

Ela me beijou uma vez, encostou o rosto no meu peito e balançou-se no ritmo da banda, que recomeçara a tocar. As marolas subiam e desciam ao nosso redor.

– Quer dançar, Mack? Acho que estão tocando nossa música.

– É mesmo? Que música?

– A dança do *hokey-pokey*.

– Não sacaneia.

– É verdade. Não está ouvindo?

Brushy deixou a parte de cima do biquíni, mas tirou a de baixo, e depois arrancou meu calção. Segurou os trajes com uma das mãos, e com a outra agarrou a cornucópia da abundância.

– Efeito da pomada? – perguntou ela.

– Um remédio milagroso.

– E como se dança *hokey-pokey*, Mack? Esqueci.

– Leve o pé direito à frente.

– Certo.

– Leve o pé direito para trás.

– Certo.

– Leve o pé direito à frente e se sacuda toda.

– Ótimo. E depois? – Ela me beijou ternamente. – O que a gente faz depois do pé?

Ela se ergueu, apoiando-se nos meus ombros, e, com a graciosidade lenta e controlada de uma ginasta, se abriu na água escura e se acomodou em mim, fazendo-me pensar em uma flor.

– Acho que não vai dar certo.

– Vai, sim – assegurou Brushy, com a sua habitual segurança em questões sexuais.

E lá estávamos nós, Brushy Bruccia e eu, na dança do *hokey-pokey*, cruzando águas tropicais, entre lindos peixes, o prateado da lua se derramando ao nosso redor em toda a sua glória. Entrando e saindo, se sacudindo todo. Foi sensacional.

Fita 5

Ditada em 10 de fevereiro à 1 hora

22
Sigilo bancário

Segunda-feira, 30 de janeiro

A. SOZINHO

Com uma mulher ao meu lado, imagino que deveria ter dormido bem, mas me encontrava longe de casa, perto do mal e das trevas que há no coração das pessoas, e não consegui atravessar o portal para os meus sonhos conturbados. Uma ansiedade em alta voltagem me percorria, como uma placa de acumulador de onde parecem saltar relâmpagos torturados. Sentei-me na beira da cama, no escuro, o rosto contraído, e supliquei a mim mesmo para não fazer o que tinha em mente, que era seguir para o bar, onde a banda ainda tocava, e tomar uma daquelas doses de uísque de centeio de cinco dólares. Não é uma ilusão dizer que a bebida proporciona coragem. Acontece de fato, porque torna muito mais difícil a pessoa se sentir machucada. Tenho uma extensa lista de lesões significativas sofridas quando eu estava de porre – queimaduras de segundo grau de cigarros e líquidos fervendo que se derramaram por acidente; tornozelos e joelhos torcidos; e alguns insultos contundentes de uma esposa irada, disparados com a força de uma bala de canhão. Sobrevivi a tudo isso com apenas um pouco de mercurocromo e uma ou outra visita ao pronto-socorro. Tinha o direito de pensar que era disso que eu precisava agora.

Levantei-me, em busca de conforto, e, como uma criança que tem fixação por uma manta ou um ursinho de pelúcia, atravessei a varanda para minha cabana e peguei o Dictaphone. Passei uma hora relatando minha história a mim mesmo, a voz abafada, mas ainda assim parecendo irradiada pelo suave vento noturno, e por isso me preocupei com a possibilidade de Brushy ouvir.

Foi em meu pai que pensei, nele e na minha mãe, para ser mais preciso. Tentei imaginar como ela absorvia o fato de o marido ser ladrão. Muitos dos pequenos tesouros que ele trazia em seus bolsos eram oferecidos primeiro a ela. Talvez eu lisonjeie a memória de mamãe ao dizer que ela nunca me pareceu à vontade. "Não precisamos dessas coisas, Tim." Estimulando-o, eu diria, a ser um homem melhor. Ela usou uma vez um broche que agradava bastante ao meu pai, com uma enorme pedra cor de rubi no centro e muita filigrana antiga ao redor, mas em geral acabava recusando qualquer coisa, o que provocava muitas discussões, como não podia deixar de ser, em particular depois que ele bebia.

Uma única ocasião conversei com minha mãe sobre o que acontecia. Tinha 16 anos, e era cheio de opiniões.

– Ele não é pior do que todos os outros – declarou ela.

– São todos ladrões.

– Todo mundo é um pouco ladrão, Mack. Todo mundo tem alguma coisa que pensa em roubar. Só a vigilância do resto das pessoas é que obriga a maioria a se conter.

Ela não tentava apenas defendê-lo, pensei, mas também manter a posição de superioridade dos pais. De qualquer forma, não aceitei. Ainda estava na idade em que queria ser um homem melhor do que meu pai. Era uma sede em mim. Insaciável. Um dos muitos apetites que tentei aplacar mais tarde com o gosto ardente da bebida. Jamais quis que uma mulher me contemplasse com a decepção que ele via em minha mãe. Mas, sabe como é, a vida é longa, e eu o amava também, todas aquelas canções irlandeses sentimentais e sua desafortunada afeição por mim. Meu pai nunca me disse que eu devia ser melhor do que ele. Sabia como era a vida.

Adormeci sentado no sofá, com a pasta no colo. Fui despertado por Brushy me procurando. Ainda tonto, percebi pela maneira impaciente como ela me inspecionava que era uma mulher que despertara pouco antes e se vira desapontada e sozinha e me apressei em confortá-la, pois também já tivera minhas manhãs de solidão. Passamos um bom tempo juntos, na cama e no terraço, onde acabamos tomando o café da manhã, de olhos contraídos e suando ao sol implacável. Levantei-me por volta de 11 horas.

– Vou me encontrar com aquele advogado.

Ainda de roupão, Brushy me pediu que esperasse por ela.

– Você fica – respondi. – Pegue um equipamento de mergulho com os atendentes. Vá apreciar os peixinhos. Compensará a viagem.

– Nada disso. Eu sabia que haveria trabalho.

– Ei, você disse que não quer saber, lembra?

– Menti.

Tornei a me sentar ao seu lado.

– Essa história está se tornando sórdida demais. Trate de ficar longe.

– Sórdida como?

Seu rosto assumiu a expressão concentrada de uma advogada. Ela queria saber mais, mas a contive. Dei-lhe um beijo rápido e segui para o centro da cidade, com minha pasta.

B. O SISTEMA BANCÁRIO ESTRANGEIRO

O International Bank of Finance, cujo carimbo aparece no verso de cada um dos 18 cheques emitidos para a Litiplex da conta 397, é um lugar pequeno, quase uma loja comum em sua fachada, exceto pelos suntuosos interiores de mogno. Desde os meus dias no Crimes Financeiros era considerado confiável. A quem pertence, como sempre, é um mistério, mas mantém relações estreitas com alguns dos maiores bancos da Inglaterra e dos Estados Unidos, e sempre circularam rumores de que era de uma das famílias reais americanas, Rockefeller ou Kennedy, qualquer coisa assim, com um conhecimento antigo do relacionamento entre riqueza e corrupção. Mas não sei de nada com certeza.

Eu disse que desejava abrir uma conta, e logo depois o gerente apareceu, com toda a cordialidade luanesa, um negro magro, em um blazer azul, Sr. George, elegante, com o peculiar sotaque local, uma mistura do ritmo animado típico das ilhas com o patoá ainda falado pelos povos costeiros. A sala de George era pequena, mas revestida de painéis de madeira, cheia de estantes. Informei que queria discutir um depósito de sete dígitos, em dólares americanos. George nem piscou. Para eles, coisas assim aconteciam todos os dias da semana. Eu ainda não lhe dissera meu nome, e nenhum dos dois pensava que haveria de fazer isso. Trata-se de uma cidade em que ninguém jamais ouviu falar de documento de identidade. Quero ser Joe Blow ou Marlon Brando, tudo bem. As cadernetas de conta corrente por aqui têm a foto do cliente, mas nenhum nome.

– Depois do depósito, se eu quiser transferir os recursos enquanto ainda estiver nos Estados Unidos, qual é o procedimento? – perguntei.

– Telefone. Fax.

O Sr. George usava óculos escuros redondos e uma insinuação de bigode; tinha dedos compridos, que erguia e unia pelas pontas, enquanto falava. Para as transferências por telefone, explicou ele, um cliente deveria dar o número da conta e uma senha; antes de a transação ser consumada, o banco telefonaria para confirmar. Considerei improvável que Jake se sentasse em sua sala no alto da Torre da TN recebendo ligações de banqueiros de Pico Luan. Perguntei sobre o fax.

– Precisamos de instruções por escrito, incluindo uma assinatura ou outra designação para a retirada.

Muito hábil, pensei. Designação para a retirada. A ser usada por todos aqueles que não gostavam de nomes.

– E quanto tempo leva para que as transferências sejam efetuadas?

– Em duas horas nos comunicamos com as instituições associadas. Se recebemos as instruções antes de meio-dia, garantimos a disponibilidade dos recursos nos Estados Unidos por volta das 15 horas.

Analisei tudo isso, pensativo, e depois perguntei o que era necessário para abrir uma conta e se esse procedimento podia ser feito pelo correio. George respondeu com um enigmático gesto luanês: o homem branco pode fazer como quiser. Depois, abriu uma gaveta para pegar os papéis.

– O titular da conta deve fazer a gentileza de fornecer duas cópias de uma foto pequena. Uma para a caderneta de conta corrente, outra para os nossos arquivos. E aqui, neste espaço, devemos ter a própria letra do titular, com a designação que será usada para autorizar retiradas.

Ele presumia que eu era intermediário de alguém importante demais para ser visto em C. Luan; e, é claro, que nunca usou as palavras "assinatura" ou "nome". Ocorreu-me nesse instante que Martin deve ter falado com aquele cara. Sua descrição era perfeita. "É como tentar agarrar fumaça."

A sala tinha uma pequena janela, discretamente protegida por persianas, pela qual se podia ver o movimento na rua. Não havia tela, pois naquele lado das montanhas não existia nada tão incômodo quanto mosquitos. Um passarinho pousou no peitoril, uma coisinha de nada, um tipo que eu não conhecia, mas que lembrava uma cambaxirra. Ele – ou ela – pulou de um lado para outro e acabou parando para me olhar. O que me fez rir, devo admitir, essa inspeção por um passarinho, o pensamento de que não era necessário sequer ser mamífero para especular o que se passava com Malloy. George sacudiu a mão e afugentou o passarinho.

Com os papéis, voltei para a rua. Depois de semanas entre quatro paredes no centro-oeste dos Estados Unidos, eu sentia sol alto agora, com um brilho intenso e emocionante. Sempre entendi por que as pessoas em Pico eram capazes de idolatrar o sol como um deus. O distrito comercial e financeiro tem apenas alguns quarteirões, prédios colados, com três ou quatro andares, pintados em tons pastel do Caribe e cobertos com telha espanhola. Os turistas circulavam entre executivos. Garotas atraentes, de chapéu de palha e saídas de praia, as pernas bronzeadas e totalmente reveladas, andavam entre ternos e pastas.

Olhei ao redor, à procura de mais bancos, cujos nomes eram exibidos com extrema discrição nas laterais dos prédios, em inglês e espanhol, ambas línguas oficiais. Muitos dos grandes nomes das finanças internacionais estão presentes, com sucursais em Luan, alojadas em espaços mínimos, como o International Bank. Nesse estilo modesto viceja uma economia de 100 bilhões de dólares, de corporações e fundos sediados ali, criados com dólares evadidos, que seguem emprestando, comprando e investindo no mundo inteiro – dinheiro sem pátria, e feliz por permanecer assim.

Encontrei o escritório de um dos grandes bancos de Chicago, um nome que eu conhecia – Fortune Trust. Entrei e disse que queria abrir uma conta pessoal. Foi a mesma coisa do outro lado da rua, porém desta vez não era mera pescaria, e abri a conta de fato. Dei mil dólares em notas, e tiraram minha foto duas vezes com uma dessas máquinas instantâneas. Assim que as fotos secaram, colaram uma na caderneta de conta corrente e a outra no cartão de assinatura. Optei por manter todos os depósitos em dólares americanos – podia escolher de um cardápio de 14 moedas – e disse que não queria extratos, o que me dispensava da necessidade de fornecer endereço. Os juros seriam registrados sempre que eu aparecesse e apresentasse a caderneta. Fiz um X em um quadrado em um formulário para autorizá-los a debitar 20 dólares americanos na conta cada vez que houvesse uma movimentação a distância.

– E qual será a designação para fins de identificação? – indagou a jovem espetacular que me atendia.

Pelo sotaque, presumi que era uma australiana, que fora a Pico para praticar mergulho e se libertar de alguma coisa, pais ou um namorado, talvez da força compulsiva de suas próprias ambições. Todo o lugar era livre, com os peixes deslumbrantes que ornamentavam as águas mornas, o sol, o rum, a sensação de que muitas das regras do mundo eram ignoradas ali. Acabei compreendendo que ela queria minha senha, e respondi:

– Tim's Boy.

O filho de Tim. Ela indagou se eu queria escrever, e foi o que fiz. Podia agora movimentar a conta, conferir os depósitos pelo telefone.

De acordo com os meus cálculos anteriores, ainda precisava de mais uma conta. Para isso, nem precisei deixar o prédio. Havia um banco suíço no segundo andar, o Züricher Kreditbank, e escutei a preleção sobre os seus procedimentos, que incluía acesso aos fundos nas agências na Suíça ou em Pico, e o pleno benefício das leis de sigilo bancário das duas nações. Depositei outros mil dólares. Tinha agora em minha pasta duas cadernetas de conta corrente.

Saindo para a rua, abordei um cara e perguntei se conhecia algum serviço que me permitisse enviar uma carta por fax. Fui andando até um dos grandes hotéis na praia, para onde ele me orientara. Estava sem paletó, metido debaixo do braço com a pasta. Olhava para as vitrines como se estivesse fazendo compras, mas pensava apenas em mim, em quem eu era e no que estava fazendo. Um cara se preparando para trair a esposa deve se sentir desse jeito, examinando os produtos exóticos e os artigos de luxo, os equipamentos de mergulho em cores berrantes, vendo sem ver de verdade, os sentidos concentrados acima de tudo em seu coração, ponderando por que isso é necessário, que fome é essa que precisa saciar de qualquer maneira, como se sentirá para sempre depois, com alguma fração de sua pessoa se arrepiando sempre que ouvir as palavras "fiel" e "honesto".

Sei o que o Você Você está pensando: na criação católica comum, o único pecado que não se perdoa é o sexo. Estou considerando, no entanto, um panorama mais amplo. Muito bem, admito, a maioria dos segredos das pessoas é sexual; esse ainda é o reino em que uma alma é quase sempre desconhecida. Basta perguntar a Nora. Ou a Bert. Dizemos a nós mesmos que ninguém é prejudicado quando os desejos se tornam realidade, é uma coisa consensual entre adultos, ninguém vai se importar, mas não se pode vender essa história a Lyle... nem a mim. A mágoa acontece. Mas ainda temos nossas necessidades. É esse o problema. O que quer que seja, sexo, drogas ou roubar coisas, todos nós temos uma excentricidade que não deveríamos ter e que nos anima quando aflora em nosso cérebro. Nora, Bert e, dentro de poucos minutos, eu mesmo... éramos todos membros de um pequeno grupo de minorias, compelidos a satisfazer nossos anseios insidiosos e abomináveis. Para a maioria das pessoas, o curso é o contrário, persistindo aquele ponto principal em que o maior desespero é não saber se o sofrimento mais angustiante se encontra no reino da realização ou no reino da repressão. Eu já me enchera dessa história de equilíbrio.

Cheguei ao Regency on the Beach, atravessei o saguão, com suas palmeiras e ar igual a gelo-seco. Sentei-me em uma cadeira de vime para pensar, mas estava congelado, incapaz de sentir muita coisa. Pedi ao recepcionista que me encaminhasse ao serviço de secretaria, e ele me apresentou ao atendente do Centro Executivo. Seu nome era Raimondo, baixo, avermelhado pelo sol, vestido de forma impecável. Informei que precisava de uma máquina de escrever e de um fax, e lhe dei 50 *luans*.

Ele me levou para uma área nos fundos, ao lado dos escritórios do hotel. Introduziu-me em um cubículo que parecia uma das seções de consulta da biblioteca da firma; havia uma velha IBM ali, como um galo no poleiro. Raimondo ofereceu-se para providenciar uma datilógrafa, mas recusei, e ele me deixou depois de apontar dois telefones e um banheiro no fim do corredor.

Fui até lá e, diante do espelho, contemplei minha imagem uma última vez. Ainda era eu, um cara grande e estabanado, os cabelos grisalhos, em um terno todo amarrotado, como joelhos de elefante, e com uma cara já encarquilhada. E compreendi que ia mesmo fazer aquilo .

– Ora, ora, Sr. Malloy – murmurei, em voz alta.

Olhei ao redor, para me certificar de que não havia ninguém nas latrinas que pudesse ter me ouvido.

Voltei ao cubículo, tirei da pasta uma das folhas de papel timbrado da TN e datilografei:

PARA: International Bank of Finance, Pico Luan

Por favor, transfira imediatamente o saldo da conta número 476642 para o Fortune Trust, de Chicago, agência de Pico Luan, conta de crédito número 896-908.

____

John A. K. Eiger

Encontrei na pasta a carta de Jake que trouxera. Não a tirei, apenas virei a pasta de lado para ver melhor, os olhos guiando a mão, e copiei a assinatura de Jake, como sempre costumo fazer, uma imitação perfeita. Examinando o trabalho, senti um insólito ímpeto de orgulho. Pertenço, de fato, à categoria internacional. Que olho! Algum dia, por diversão, faria uma imitação de G. Washington na nota de um dólar e a mandaria emoldurada para Wash. Sorri ao pensamento, e abaixo da assinatura escrevi "J.A.K.E". Estava adivinhando, é claro. Como um código, Jake poderia ter usado o nome de solteira da mãe ou qualquer coisa escrita na tatuagem do ombro de sua última amante, mas eu já o conhecia havia 35 anos e tinha certeza de que não era um palpite ao acaso. Se precisasse de uma senha, Jake se sentiria condicionado a apresentar uma única coisa: J.A.K.E.

Entreguei a carta a Raimondo e observei-o inserir o papel no fax. Subitamente, meu coração disparou.

– A linha de origem – murmurei.

Ele não entendeu. Tentei sorrir, descobri que tinha a boca ressequida. No fax, expliquei, havia uma linha impressa no alto da folha para identificar o aparelho remetente. Algumas das pessoas com as quais eu vinha lidando pensavam que eu me encontrava nos Estados Unidos. Especulei se ele poderia eliminar essa linha.

Raimondo contraiu os lábios, contraiu um pouco as pálpebras. Estávamos em C. Luan, ninguém tinha nome ou um ponto de origem certo. Fez um aceno de cabeça, em uma garantia silenciosa de que ninguém por ali jamais se preocuparia com esse detalhe. No outro lado da linha, não saberiam se o fax viera da esquina ou de Bombaim.

Depois de observar a carta passar zumbindo pelo aparelho, senti que precisava de um drinque. Saí para o jardim. Fui sentar-me em uma cadeira à beira da piscina, estendi o paletó no colo. A garçonete se aproximou, usando um traje no estilo safári, de chapéu pontudo e short cáqui, e pedi um ponche de rum sem rum. Fiquei pensando se poderia suportar aquilo pelo resto da vida, uma nação de caçadores de pedras, arqueólogos, tribos locais e exílio no sol.

Em torno da piscina, àquela hora do dia, não havia muita gente, umas poucas viúvas de mergulhadores e algumas bonecas que os caras graúdos mantêm ali para se divertirem quando resolvem fazer uma visita à sua grana secreta. Essas jovens, cada uma delas mais atraente do que a outra, atraíram minha atenção, como não podia deixar de acontecer, porém de um modo um tanto abstrato. Passam o dia cuidando de seu bronzeado, untando a carne perfeita, lendo ou com fones grudados nos ouvidos e, depois, quando o calor se torna intenso demais, tomam uma chuveirada para esfriar, e os mamilos se empinam na parte de cima dos biquínis sumários. Despertam o tesão dos poucos homens por ali – os atendentes, os bodes velhos como eu – e, depois de confirmarem que ainda possuem a mesma magia, deitam-se por mais duas horas. Nunca estive em outro lugar como C. Luan, onde se concentram tantas garotas bonitas. A gente não pode deixar de se perguntar: o que pensam essas garotas, em seus 25 ou 26 anos, quem são elas, de onde teriam vindo? Como uma pessoa pode se contentar em levar uma vida de mero ornamento? O que cada uma delas diz a si mesma? É sensacional, aquele velho só vem aqui para me apalpar de duas em duas semanas, vivo rica e livre. Será que todas precisam de figuras de pai? Ou desejariam ter tido sorte e condições para cursar uma faculdade de direito? Pensam em onde estarão ao completarem 43 anos? Esperam que o cara dê mesmo um chute na esposa, como sempre diz que vai fazer, que um dia, muito em breve, terão filhos e uma casa em Nova Jersey? Imaginam que são como atletas, sempre em grande forma, até o corpo desaparecer? Ou pensam, como eu, que a vida não é sensata nem justa, que isso, por mais infame que possa parecer como resultado objetivo, é o melhor que a sorte lhes permitirá e que devem desfrutar o momento, pois haverá tempo suficiente para sofrerem mais adiante?

Sentei-me ali por uma meia hora enquanto pude aguentar e depois voltei ao Centro Executivo, a fim de telefonar para a agência do Fortune Trust, onde estivera pouco antes.

– Tim's Boy, conferindo um depósito por transferência para a conta 896-908.

Tive a impressão de que a voz no outro lado da linha pertencia à minha amiga, a jovem e encantadora australiana.

Sua imagem, cabelos compridos, esbelta, bronzeada, olhos tão claros que beiravam o amarelo, perdurava em minha mente... mas houve uma tímida ausência de reconhecimento, e fui simplesmente transferido para uma linha de espera, um nada elétrico, tão vazio quanto o que quer que exista entre as estrelas. Até aquele momento, eu mantivera o controle. Mas, no ponto em que me encontrava agora, aguardando, sem ter nenhuma conexão, senti que o sangue congelava e tive certeza de que perdera o juízo. Sabia que nunca poderia dar certo. Por favor, por favor, *por favor,* pensei, a única coisa que não queria era ser apanhado. Compreendi, com a precisão da clarividência, que fizera tudo aquilo para me proporcionar um instante de puro pavor. O homem desperto à meia-noite oferece um conforto a seus algozes: não precisam se dar o trabalho de me torturar, eu mesmo farei isso.

Podia agora perceber como tudo se desenrolaria. Era mais do que provável que Jake tivesse adotado uma senha diferente ou transferido o dinheiro para outro lugar. Talvez eu tivesse calculado errado, e o dinheiro nem fosse de Jake. Era mesmo de Bert, no fim das contas. Ou de Martin. De qualquer forma, o Sr. George, o gerente geral do International Bank, provavelmente saíra para a rua, onde acenava frenético para chamar a polícia. Não era uma infração corriqueira. Vasculhariam todo o país. O sigilo bancário era um tesouro nacional, a chave para o modo de vida de toda uma população. Lembrei-me das palavras de Lagodis com uma lucidez angustiante, a sensação de que alguém as gravava a fogo em meu coração: veja lá onde pisa, cara.

Eu tinha planos de fuga, é claro. Acordado até tarde na noite de domingo, pensara em vários, e me confortei agora ao recordá-los. Diria que estava investigando, tentando me infiltrar no sigilo bancário apenas para confirmar que um crime fora cometido, e devolver os fundos a seu legítimo dono. Mandaria Brushy telefonar para a embaixada e para seu amigo,

Tad K. Ele me consideraria um herói ao saber como eu salvara o dinheiro da TN; chamaria seu pessoal de relações com o governo, todos os lobistas que conheciam os políticos neste país, e me soltariam em uma hora. E quem, no fim das contas, poderia me apanhar? Havia o sigilo bancário aqui, destinado a proteger até os ladrões, e ninguém sabia meu nome. Não me interessava o que alguém pudesse dizer para me atrair de volta a qualquer um daqueles bancos. Que havia problemas com a transferência. Que a garota australiana queria sair comigo para um drinque. Nunca mais tornariam a me ver. Eu pensara em tudo com o maior cuidado. Era uma brincadeira, um acaso, um bilhete de loteria.

Parado ali, no entanto, sabia que tentava me iludir. Os planos, as fantasias... já tivera minha diversão. Estava tudo acabado agora, jamais fora uma brincadeira. Não parecia mais que Martin, Wash ou qualquer outro me compelira a fazer aquilo. Em vez disso, voltei a Leotis: grande parte da vida é vontade. Fizera minha opção. E não tinha a menor ideia para onde me levaria. Era como uma assustadora história de ficção científica sobre um astronauta andando no céu que se desprende da espaçonave, não pode ser resgatado e fica à deriva para sempre no espaço interminável. Naquele instante, se Raimondo passasse, eu lhe daria outro daqueles 50 *luans* de aparência engraçada só para tocar em sua mão.

– Confirmamos um depósito, Tim's Boy. São 5.616,92 dólares americanos.

Só isso. Pronto. Ela nem sequer disse alô quando voltou à linha. Da cabine telefônica, olhei através da janela para uma palmeira robusta e para um canteiro de arbustos floridos com folhas que pareciam espadas. Uma jovem de maiô ralhava com uma criança. O porteiro carregava a mala de alguém, um passarinho nativo, talvez o mesmo que eu vira na janela de George, contra todas as probabilidades, saltava pela calçada, mudando de rumo a intervalos de poucos passos, como se quisesse evitar que alguém o pegasse por trás. Tudo isso – essas coisas, essas pessoas, aquela pequena criatura irracional – parecia-me gravado no tempo, distinto como as facetas de um diamante. Minha vida, qualquer que fosse, estava diferente.

Comecei a falar, gaguejei, comecei de novo.

– Posso determinar mais uma transferência de fundos a ser confirmada por fax?

Ela disse que não tinha problema. Li da minha caderneta de conta corrente. Para o Züricher Kreditbank, agência de Pico Luan. Repeti o número da conta.

– Quanto? – perguntou ela.

– Cinco milhões de dólares americanos.

Achei que seria mais seguro deixar alguma coisa naquela conta, o suficiente para que o Fortune Trust continuasse a pensar que eu era um cliente que valia a pena proteger das investigações inevitáveis. Não que eles fossem pensar duas vezes sobre tudo. Aquilo acontecia o tempo todo por ali, dinheiro pulando amarelinha pelo planeta. Ninguém perguntava por quê. Todos já sabiam. Estava escondido de alguém. Fiscais de impostos, credores, cônjuge com muita astúcia e ganância. Mas eu queria uma segunda transferência para interromper a trilha. Jake provocaria a maior confusão no International Bank. Mostrariam que o dinheiro fora transferido para o Fortune Trust por instrução sua. Mas sigilo é sigilo, e o Fortune não revelaria para onde o dinheiro fora ou em que conta fora depositado primeiro.

Esperei mais de uma hora antes de telefonar para o Züricher Kreditbank, a fim de confirmar a segunda transferência. Tudo bem. Meu dinheiro estava seguro, aos cuidados dos suíços. Eu estava pronto para voltar a Brushy. Gostaria de poder tomar vinho com ela. Queria me postar entre suas mãos fortes e habilidosas. Conferindo o relógio, verifiquei que havia tempo para fazer amor de novo antes de pegar o avião. Brushy perguntaria onde eu estivera, o que fizera. Ia querer saber todos os segredos. Mas eu não contaria. Indagaria sobre Pindling: seu cérebro estaria povoado de intrigas. Imaginaria um personagem como Long John Silver, com um papagaio no ombro e uma bengala. Pois que ela imaginasse o que quisesse. Não me faça perguntas, não lhe direi mentiras. Eu me sentia perigoso e furtivo. Esfuziante, o rei da trapaça, divertido. Antes de sair do hotel, dei outro pulo ao banheiro, somente para uma rápida olhada, uma espiada no espelho, para descobrir quem estava ali.

23
Maus resultados

Terça-feira, 31 de janeiro

A. TOOTS JOGA A NOSSO FAVOR

Às 14 horas de terça-feira, quando a audiência disciplinar de Toots estava marcada para recomeçar, somente Brushy e eu estávamos presentes pela defesa. Os membros da comissão de inquérito pareciam desinteressados, mas deduzi, pelo ar de cansaço disciplinado, que já haviam ouvido mais do que o suficiente. Depois que eles recomendassem a expulsão da Ordem, ainda teríamos o direito de apelar para a Comissão dos Tribunais. Mesmo assim, em menos de um ano a licença de Toots para advogar seria uma relíquia, mais um memento que ele poderia colocar em suas paredes.

A velha escola em que funcionava a CAE é o tipo de estrutura cuja desolação não se percebe até se removerem a cor local e a balbúrdia das crianças. Estávamos em uma antiga sala de aula encardida, com assoalho de madeira e paredes com aqueles lustrosos ladrilhos funcionais, que resistiam a raspagens e a tinta de caneta. Ouvia-se uma nítida ressonância quando alguém arrastava uma cadeira ou limpava a garganta.

Dez minutos depois, eu já sabia que havia um problema grave. Do outro lado da mesa de reunião em que nos acomodáramos, Tom Woodhull interrogou-nos sobre a ausência de nosso cliente. O distinto funcionário público, o homem que impõe o cumprimento das normas, de pele branca e fresca, sem manchas escuras nem picadas de mosquitos, Tom jamais gostara muito de mim – por causa do meu hábito de beber, oscilações de ânimo e declarações ocasionais de que misturar fundos de clientes não era um crime no nível de traição. Havia muito eu desconfiava de que ele guardara isso em seu arquivo pelo puro prazer pessoal de me sacanear.

Brushy vasculhou sua bolsa e me entregou uma moeda para usar em um telefone público.

– É melhor encontrá-lo.

Puxa vida, pensei. Mais um.

Eu já me encaminhava para a porta quando meu cliente enfiou a cabeça para dentro da sala. Toots tinha a respiração ofegante e gesticulou para que eu saísse para o corredor.

– Encontrei – disse ele, e repetiu várias vezes. – Encontrei alguém que você precisa conhecer.

Junto da escada poeirenta, apoiando-se no pilar de aço quadrado, havia um cara pequeno e rotundo, nas mesmas condições de Toots, vermelho, respirando com dificuldade e todo suado. Brushy me seguira.

– Vocês não vão acreditar – disse Toots. – Conte a eles.

Toots gesticulou, mexendo com a bengala, e pediu outra vez ao homem que nos contasse. Antes de se sentar em um banco de madeira no corredor, o homem tirou o sobretudo. Foi quando vi o colarinho clerical. Era um cara pequeno, calvo, a não ser por mechas de cabelos brancos dos lados e alguns fios espetados no topo. Estendeu a mão.

– Padre Michael Shea.

O padre Michael Shea era o irmão mais moço do juiz Dan Shea, aposentado de uma paróquia em jovem, que agora vivia em um mosteiro ali. Chegara à cidade na semana anterior para visitar parentes – o filho de Dan Shea, Brian, sobrinho do padre – e soubera em uma conversa que o Sr. Nuccio ainda tinha problemas por causa daquela história antiga.

– Telefonei no mesmo instante para o Sr. Nuccio. Conversei muitas vezes com Daniel sobre isso, e ele sempre me disse que nunca teve conhecimento de nenhuma generosidade do Sr. Nuccio. Havia esquecido por completo as taxas devidas ao *country club*. Fui cético, sou o primeiro a dizer. Daniel não era nenhum anjo e me confessou algumas coisas terríveis, como padre e como irmão. Mas ele jurou pela memória de Bridget que nunca houve nenhum negócio escuso entre ele e o coronel. Nunca.

Distraído, o padre Shea tocou no crucifixo que usava. Minha sócia e o amor de minha vida, Sra. Bruccia, assimilou tudo aquilo com a maior atenção. Nosso lindo romance tropical pertencia agora ao passado. Havia areia em nossos sapatos e doces sentimentos entre nós, acalentados durante toda a noite em seu apartamento. Mas nos encontrávamos de novo no frio centro-oeste, na terra em que a escassa luz de inverno, opaca como peltre, leva algumas pessoas à loucura, e onde os problemas abundam. Brush tinha um milhão de preocupações. Nós. E todas as coisas que eu não lhe contaria. O Dia da Marmota se aproximando na firma. Brushy, contudo, era agora uma advogada de contencioso, pronta para enfrentar os oponentes em um julgamento. Em seu próprio teatro, todos os lugares estavam vendidos a Toots, até na sala de espera. Sua capacidade de concentração era fenomenal; pessoas que se exibem em público nas mais diversas atividades, atletas, artistas, partilham esse tipo de determinação concentrada. E quando a avaliei naquele momento, não vi nada de opaco. Ao contrário, havia brilho e júbilo, a chama da celebração. Ela olhava de Toots para o padre Shea e para mim, prestes a ganhar o caso que todos diziam que perderia, apta a provar ao mundo o que cada advogado anseia por expressar em um tribunal, que não era apenas alguém que falava em nome de outra pessoa, e sim uma mágica consumada.

Toots finalmente recuperara o fôlego e parecia, se é que isso era possível, ainda mais feliz do que Brushy. O rosto envelhecido parecia cintilar.

Empinando os ombros, acompanhei os dois pelo corredor da antiga escola. Ainda havia ali aqueles velhos armários de metal, dos dois lados, em que muitos jovens empreendedores tinham rabiscado suas iniciais, corações e uma ou outra obscenidade, todos esses símbolos agora se ampliando com a ferrugem.

– Dá para acreditar em uma coisa dessas? – disse Brushy. – É fenomenal!

– É claro que é – respondi. – Exatamente isso, fenomenal. Bem no último minuto. *Depois* do último minuto. Tão tarde que ninguém pode sequer perguntar nada ao cara.

Ela me encarou com estranheza.

– Conte a ela, Toots – acrescentei.

O velho me fitou, impassível. Limpou a boca com o canto da mão.

– Deve ter sido uma decisão difícil, Toots, contratar alguém que se parecesse mais com Barry Fitzgerald ou com Bing Crosby.

– Mack... – murmurou Brushy.

Toots não parecia sequer ofendido.

– Esqueça a mim, esqueça você próprio – eu disse a ele. – *Ela* pode ser expulsa da Ordem por um golpe desses. E *ela* tem uma carreira.

Ele exibiu a expressão enrugada e rabugenta que assumia sempre que eu o corrigia. Arriara em outro banco, com o olhar perdido no corredor, batendo com a bengala no chão e fazendo o melhor possível para não me encarar. Em algum lugar, um aquecedor crepitava. Eu ainda não tinha tremido com o frio do inverno desde que desembarcara do avião.

Brushy, agora que percebera tudo, perdera a cor.

– Pelo menos ele é padre?

– Padre? Aposto uma nota como o nome desse cara é Markowitz. E saiu direto de uma agência de atores.

– Eu acreditei. – Brushy tocou na cabeça com as mãos pequenas e unhas brilhantes e sentou-se ao lado de Toots, a quem fixou com um olhar breve e sinistro. – Eu *acreditei.*

– É claro que você acreditou. E é provável que o idiota do Woodhull também acredite. Mas alguém vai acabar descobrindo. Aqui ou na Comissão do Tribunal. E, se alguém pedir algum dia as impressões digitais do cara, eu reservaria um lugar na próxima diligência.

O velho ainda não dissera nada. Aprendera com os melhores. Se for apanhado, fique de boca fechada. Pensei em sua expressão luminosa ao perceber que convencera Brushy. Devia ser música para ele cada vez que armava uma jogada. Enrolar a sociedade era sua sinfonia secreta. Era o maestro oculto, o único cara que conhecia a verdadeira partitura. De certa forma, tínhamos de tirar o chapéu para ele. Aquele era o *coup de grâce.* Imagine corromper a sua própria audiência de ética, *isso* daria uma história e tanto. Afinal, haviam-no forçado. Ele queria apenas um adiamento.

Woodhull apareceu no corredor, diante da porta da sala de audiência.

– O que está acontecendo? – Seu cabelo liso, louro-escuro, havia caído sobre um olho. Juventude hitlerista. – O que você está tramando, Malloy? Quem é este cara?

Ele se referia ao padre Markowitz, ainda sentado no banco mais adiante.

– Quem é este cara? – repetiu Tom, ao se aproximar. – Uma testemunha?

Brushy e eu trocamos um olhar, nenhum dos dois respondeu.

– Vocês têm uma testemunha nova? Agora?

Não era preciso muito esforço da minha parte para deixar Tom desequilibrado. Ele trouxera um bloco e começou a sacudi-lo no ar, preocupado, enquanto permitia que a irritação o dominasse.

– Na última hora, vamos ter uma testemunha surpresa? De quem nunca ouvimos falar? Agora? Uma testemunha que nem tivemos a oportunidade de entrevistar?

– Fale com ele – disse Brushy, abruptamente.

Estendi a mão para o seu braço, e esse gesto de repressão era todo o encorajamento de que Tom precisava.

– É o que vou fazer – declarou ele, passando por nós três.

Levei Brushy para um canto e perguntei, sucintamente, se ela perdera o juízo.

– É antiético chamá-lo para testemunhar – respondeu Brushy. – Sei disso.

– Antiético não é a palavra, Brush. Não pode dar um passo em falso neste caso.

– Concordo. Mas você disse que Woodhull acreditaria nele.

– E daí? Não pode estar pensando que ele abandonaria o caso. Woodhull não sabe mudar de ideia. Seria um testemunho por ouvir dizer, e, mesmo que chegue a esse ponto, ele alegaria que não vale nada, que o juiz simplesmente se sentia envergonhado demais para ser franco com o irmão. Você conhece a argumentação.

– Mas ele vai acreditar, certo? Foi o que você disse.

– Provavelmente. Deve estar tendo um acesso neste momento.

– Portanto, ele sentirá de repente o medo de perder. Um caso que todo mundo achava que ia ganhar. – Brushy me desfiava o reverso de sua própria lógica, e é por isso que a considero esperta e insidiosa. – E se mostrará disposto a entrar em um acordo. Por qualquer coisa, menos a expulsão. É o que queremos. Não estou certa?

Compreendi finalmente sua posição. Mas ainda havia problemas.

– Pense um pouco, Brush. Você acaba de apresentar o vice-diretor da Comissão de Admissão e Ética a uma suposta testemunha que seu cliente disse ser um impostor.

– Meu cliente não me disse nada. Não tirei as impressões digitais. Sou uma advogada. E não apresentei nenhuma alegação. Nem fiz uma apresentação. Tom apenas fez uma livre associação. Devo protegê-lo de si mesmo?

Ela fez uma pausa, fitando-me nos olhos.

– *Eu* acreditei no cara. Se alguém mais acreditar, não é problema meu. De qualquer forma, a testemunha não vai prestar depoimento. É sério, Mack. Não haverá efeito adverso.

Toots claudicava para o nosso lado. Estava se divertindo. Era óbvio que o padre representava bem. Não havia sentido em advertir o coronel das consequências. Ele passara a vida pulando sobre abismos, escalando penhascos perigosos. Ouvi a voz de Woodhull se alterando.

O acordo a que chegamos foi singular. Pelas leis estaduais, os advogados podiam ser proibidos de exercer a profissão pelo prazo de cinco anos. Depois, tinham o direito de solicitar outra vez a admissão na Ordem, e a Comissão do Tribunal, com uma frequência exasperante para a CAE, tendia a readmiti-los, sob a teoria de que para a maioria daqueles homens e mulheres era a única profissão que conheciam, como sapateiros que só sabem fazer sapatos. Nossa proposta, em nome de Toots, foi algo melhor: ele prometeria nunca mais exercer a advocacia. Não chegava a ser uma grande concessão, uma vez que ele não a praticava mesmo, mas tiraria seu nome da firma, abandonaria sua sala ali e não receberia mais um centavo da renda do escritório. Se algum dia violasse o acordo, aceitaria ser afastado da Ordem. Em troca, o processo contra ele seria arquivado. Sem conclusões. Sem censuras. Sem registros. Seu nome permaneceria na lista da Ordem. Ele nunca sofreria a desgraça pública.

Toots, seguindo a tradição dos clientes de toda parte, recusou-se a se mostrar agradecido e tornou-se reticente assim que o acordo foi anunciado.

– Como vou me sustentar? – indagou, no corredor, depois que vestimos nossos sobretudos.

Ambos lhe lançamos um olhar hostil. Toots não conseguiria gastar o que guardava no colchão mesmo que vivesse 100 anos.

– Toots, é o que você queria – eu disse a ele.

– Gosto do escritório.

E gostava mesmo, sem a menor dúvida. As secretárias que o chamavam de coronel, os telefonemas, os políticos que iam visitá-lo.

– Pois então arrume outra sala no mesmo andar. Acaba de se aposentar. Isso é tudo. Está com 83 anos, coronel. Nada mais lógico.

– Tem razão.

Mas ele ficou abatido. Parecia ainda mais idoso e deprimido. Sua cor era horrível, a pele parecia áspera, como a casca de uma laranja. É sempre triste ver os poderosos serem arrastados para baixo.

– Toots – acrescentei –, eles nunca fizeram isso por mais ninguém. É um caso único. Temos de pedir a Deus e ao governador que nunca falem uma só palavra desse acordo com ninguém. Não podem admitir que recuaram em um caso de afastamento da Ordem.

– É mesmo? – Ele gostava mais quando era daquele jeito, ser o único em uma categoria. – E o que há de tão especial em mim?

– Você contratou os advogados certos – respondi.

E isso, finalmente, fez com que ele risse.

B. CONTAS FINAIS

De volta ao escritório, Brushy e eu fizemos o que se costuma chamar de desfile da vitória, passando pelas salas de vários sócios e relatando o resultado, como quem não quer nada. A aclamação foi universal, e, quando chegamos à mesa de nossa secretária, Lucinda, sentíamos que éramos admirados por todos, uma sensação que experimentei com um fluxo surpreendente de emoção, já que não acontecia havia algum tempo.

Brushy e eu paramos ali, verificando os recados e a correspondência. O ano fiscal da firma terminava naquele dia, e todos os sócios haviam recebido um memorando solene de Martin, declarando que, mesmo com os recebimentos antes da meia-noite, era provável que a receita sofresse uma queda de 10 por cento. Isso significava que a distribuição de pontos, dali a dois dias, no Dia da Marmota, seria um massacre para os sócios do nível inferior, como eu, considerando que Pagnucci não permitiria que os escalões superiores tivessem redução. Enquanto nos movíamos alegremente entre as salas, o ar já começava a se tornar carregado. Brushy afastou-se com seus recados – um triunfo para trás, um mundo de possíveis triunfos pela frente. Permaneci por mais um tempo na estação de trabalho de Lucinda. Como sempre, não havia muita coisa para eu fazer.

– O mesmo cara telefonou de novo – disse Lucinda. – Perguntando quando você voltaria à cidade.

Ela me informara sobre essas ligações pela manhã, dizendo que haviam começado no dia anterior.

– Deixou nome?

– Desliga quando eu digo que você não está.

Brushy, Lena e Carl eram as únicas pessoas que sabiam que eu ia viajar. Nem contara a Lyle, limitando-me a comunicar que poderia passar uma ou duas noites fora de casa. Pelo que podia recordar, disse Lucinda, parecia o mesmo cara que telefonara para o escritório na manhã de sexta-feira, antes de Pigeyes me agarrar na rua. Era coerente. Gino ou alguém de sua equipe devia estar vigiando minha casa, talvez até tivesse me seguido ao aeroporto, e tentava descobrir onde eu me encontrava. Se Gino cumprira sua palavra, portava agora uma intimação para mim.

Ou podia ser Bert, pensei. Se ele tivesse falado com Lyle primeiro, poderia ter concluído que eu viajara. Mas Lucinda, com toda a certeza, reconheceria sua voz. Mas ele não poderia ter mandado Orleans ligar?

Lucinda observava-me com sua habitual expressão satisfeita. Uma mulher corpulenta, bonita, de pele escura, Lucinda é sempre reservada, seu coração dói por ela trabalhar tão perto de uma confusão permanente. É uma grande profissional – minha salvação, tão leal a mim quanto a Brushy, embora todos saibam que eu estou por baixo e que Brushy é a grande estrela. Mas isso não faz a menor diferença para Lucinda. Havia um retrato de seu marido, Lester, com os três filhos, no canto da mesa. Todos posavam em torno do caçula, Reggie, em sua formatura na escola secundária.

– Santo Deus! – exclamei, no instante em que me ocorreu. – Orleans!

Corri antes de me virar e avisar a Lucinda que estava indo à contabilidade.

Lá embaixo, reinava o caos. Era como um quartel-general de campanha na noite da eleição, com terminais de computador em plena atividade, calculadoras despejando fitas e muitas pessoas correndo de um lado para outro, imbuídas de determinação ou desespero. Por causa do imposto de renda, tudo o que fosse cobrado tinha de ser contabilizado naquela data. Muitos mensageiros e secretárias faziam fila para processar o butim dos honorários, finalmente arrancados dos clientes. Dinheiro – cobrá-lo, contá-lo, fazê-lo – impregnava a atmosfera, da mesma maneira como a pólvora e o sangue amargam o ar da batalha.

Por trás de sua mesa branca, Glyndora fez menção de se levantar no instante em que me viu, com a intenção ostensiva de evitar outro *tête-à-tête* intimo. Tratei de bloquear a passagem.

– Glyn, o que aconteceu com aquela foto de seu filho? Não era bem aqui que você a deixava? – O retrato estava em sua mesa há anos, e o vi também no aparador de sua casa, um rapaz de boa aparência, de barrete e beca de formatura. – O que me lembra de algo... como é mesmo o nome dele? Orleans, certo? Não Gaines. Tem o sobrenome do pai, não é mesmo?

Eu me lembrava agora onde vira Kam Roberts antes. Imponente, Glyndora confrontou-me em silêncio, um lindo totem, o rosto escuro contraído de raiva. Mas era como um armário cuja porta não se conseguia fechar porque havia coisas de mais socadas lá dentro. Pairava a insinuação de algo indesejável, suplicante, que solapava sua expressão e a irritava, sem dúvida pior do que qualquer coisa que eu dissera.

– Não quero prejudicar ninguém – murmurei.

Ela permitiu que eu a levasse para o corredor. Parecia um pequeno refúgio, longe do clamor de urgência.

– Peça a Orleans para transmitir um recado a Bert, Glyn. Preciso me encontrar com ele. Cara a cara. Em Kindle. O mais depressa possível. Basta que ele indique a hora e o lugar. Diga a ele que tenho de esclarecer algumas coisas. Peça-lhe que me telefone amanhã. Ficarei esperando aqui.

Glyndora não respondeu. Puxa, que olhos aquela mulher tinha, pretos e infernais, avaliando-me, a mente se debatendo em fúria por trás deles. Não era preciso muita imaginação para calcular o que causara as lendárias brigas nos corredores entre ela e Bert, com o arremesso de coisas, insultos de parte a parte. Fique longe do meu filho. Não era uma cena que lhe agradasse: seu chefe e seu filho relacionando-se no estilo dos gregos antigos. Era provável que ela se sentisse contente por Bert estar fugindo.

– Sei muita coisa agora, Glyndora. Sobre seu filho. E tenho o memorando que você desviou para Martin... e já deve ter percebido que não fiz sequer uma pergunta a respeito. Tentarei não prejudicar ninguém. Mas você precisa dar um jeito para que o recado chegue a Bert. Tem de confiar em mim.

Era como se eu tivesse lhe pedido um pote de ouro. Ela detestava a posição em que se encontrava – a mais fraca, a que precisava, a que tinha de dizer por favor. Pior de tudo, ela sentia algo que eu conhecia como o dorso de minha mão, tão familiar para mim quanto a escuridão e a luz, mas que Glyndora, como um ato de vontade, abolira de sua existência: a sensação de pavor. Contraiu os lábios com força, a fim de se controlar, depois olhou pelo corredor, onde nada havia para se ver.

– Por favor – acrescentei.

Era o mínimo que eu podia fazer. Ela fez um aceno de cabeça, a massa de cabelos escuros, não tanto como resposta, mais em consternação, e voltou à sua sala, sem dizer nada, para contar o dinheiro da firma.

C. UMA PALAVRA PARA O GRANDE CARA

Telefonei para casa quase às 17 horas, despertando Lyle de um sono profundo. Ele informou que vinha recebendo telefonemas estranhos iguais aos que Lucinda atendera: "Mack está? Quando ele volta?" Não reconhecera a voz.

– Você respondeu?

– Não falei porra nenhuma, pai. Sei como são essas coisas.

Seu orgulho e suas suposições, o tom da resposta, tudo se abatera sobre mim de uma maneira totalmente desesperada, como só Lyle era capaz de provocar. Era evidente onde ele parara – o menino de 13 anos com as portas trancadas, cuja mamãe o alertara contra estranhos. Meu garoto. Escutando-o, tive por um instante a sensação de que poderia morrer de dor. A angústia abrandou um pouco quando ele falou sobre o Chevy, que recuperara do depósito público com dois pneus furados. Cento e oitenta e cinco dólares mais a multa, e ele queria o dinheiro de volta. Insistiu nesse ponto várias vezes.

Fui outra vez para casa com Brushy naquela noite. Levamos um jantar italiano, coisa de classe, *rigatoni* com queijo de cabra e um antepasto obscuro, que consumimos entre trepadas. Não vou revelar de que maneira comi o *tiramisù*. Há cerca de uma hora, enquanto cochilávamos, ela, de costas para mim, a salvo de se afogar em meus braços, murmurou:

– Se eu perguntar, você me conta, certo?

– Perguntar o quê?

– Você sabe. O que está acontecendo. Com o dinheiro. Com Bert. Tudo. Sigilo entre advogada e cliente. Mas você tem de me contar.

– Acho que você não quer saber. Sua vida é melhor sem esse tipo de informação.

– E eu aceito isso. Juro que aceito. Sei que tem razão. Confio em você. Mas se eu decidir, se realmente tiver de saber, por qualquer motivo, vai me contar. Certo?

Meus olhos estavam arregalados no escuro.

– Certo.

E essa é a situação. Meus pequenos sonhos distorcidos, particulares por tanto tempo, estão agora se projetando por toda a minha vida, com uma força vulcânica. Talvez o mero perigo tenha feito com que meu ato de amor com Brushy fosse vigoroso e prolongado. Ela dorme, como dormira nas noites anteriores, sob o domínio confortador de suas improváveis fantasias, quase imóvel, mas eu permaneço desperto e desolado na noite, afugentando duendes e fantasmas, em sua sala de estar agora, sussurrando em meu Dictaphone.

E você especula, o Você Você: o que esse cara, o tal de Mack Malloy, está querendo? Pois saiba que já me perguntei a mesma coisa. O apartamento se encontra cercado pelos estranhos silêncios do inverno – as janelas bem fechadas, o aquecedor zumbindo, o frio mantendo as almas ociosas fora das ruas. Como de fato cometi a façanha de roubar o dinheiro da TN e estou me preparando para atribuir a culpa a outra pessoa, a voz estridente e acusadora de minha mãe parece me acompanhar por toda parte. Ela se considerava uma devota, uma das católicas da legião do papa, sua vida girando como um cata-vento que tinha a igreja no centro, mas seu pensamento religioso parecia se concentrar principalmente no diabo, que era invocado com regularidade, em particular quando me repreendia.

Não foi o diabo, porém, que me levou a fazer aquilo. De modo geral, creio que apenas me sinto cansado da vida. Pareceu uma ideia sensacional. Mas era *minha* fantasia, minha loucura, minha aventura por diversão. Não posso partilhá-la. O inferno, no fundo, é ser obrigado a escutar sempre as próprias piadas.

Então para quem é isto? Por que se dar o trabalho de falar? Elaine sempre teve a mesma esperança. "Mack, você não vai morrer sem um padre ao seu lado." É bem provável. Sou um jogador de chances relativas. Mas talvez isto seja o primeiro ato de contrição, parte do processo que a igreja chama hoje em dia de reconciliação, em que seu coração, livre dos fardos, se eleva a Deus. O que posso saber?

Portanto, aqui vai. Grande Cara, Grande Entidade, Grande Ser, se está aí em cima escutando, imagino que vai pensar o que lhe aprouver. Mas, por favor, perdoe-me. Preciso disso esta noite. Fiz o que queria, e agora lamento amargamente. Ambos sabemos a verdade: eu pequei, em grande estilo. Amanhã voltarei a ser como antes. Amargurado e disposto a passar isso adiante. Serei o apóstata, o agnóstico, não pensarei em você. Mas goste de mim esta noite, aceite-me por um momento, antes que eu o rejeite, como rejeito todos os outros. Se puder me conceder o perdão infinito, então perdoe isso e tenha um instante de compaixão por sua criação que não passa de ralé, o lamentável filho de Bessie Malloy.

Fita 6

Ditada em 2 de fevereiro às 21 horas

24
Seu investigador se esconde

Quarta-feira, 10 de fevereiro

A. ESPERANDO POR BERT

Brushy tinha uma reunião cedo, e saiu apressada às 7 horas, vestindo o casaco enquanto pegava a valise, uma rosquinha com geleia enfiada inteira na boca. Eu ainda estava na cama, e fiquei entre os pertences de minha amante. O apartamento de Brushy tinha um ar urbano abarrotado de coisas. Ela morava no primeiro andar de um prédio antigo, com elegantes toques vitorianos – sancas ornamentadas e aqueles globos no teto, parecidos com seios de onde tinham sido removidas as luminárias a gás. Havia persianas de pinho nas janelas que davam para a rua, do chão ao teto, muitas plantas, estantes, pilhas de tudo. Nenhuma obra de arte autêntica, por assim dizer – umas poucas gravuras de bom gosto, mas tudo representativo, nada mais aventureiro do que uma tigela de frutas. No quarto, onde eu teria esperado talvez um espelho grande ou um trapézio, havia poucos móveis, destacando-se a cama king size. Pilhas de roupa suja no *closet*, de um lado, com as roupas limpas do outro. Ela parecia, o que era coerente, uma pessoa com uma vida muito ocupada.

Por volta das 8h40, quando eu me preparava para sair, o telefone tocou. É melhor não atender, ponderei. E se fosse alguém da legião de admiradores de Brushy? E se fosse Tad Krzysinski, querendo saber se podia lhe mostrar o grandalhão na hora do almoço? Deixei a secretária eletrônica funcionar, e ouvi Brush mandando enfaticamente que eu atendesse.

– É melhor você ficar onde está – disse ela.

– Pretende voltar para um interlúdio?

– Acabo de me encontrar com o detetive Dimonte.

– Essa não!

– Ele procurava por você. Eu lhe disse que era sua advogada.

– Ele tem uma intimação do grande júri?

– Foi por isso que veio até aqui.

– E você aceitou?

– Declarei que não estava autorizada.

– Sempre esperta. O que mais ele queria saber?

– Onde você estava.

Perguntei o que ela respondera, compreendi qual era a resposta inevitável, e repeti com Brushy:

– Advogada e cliente.

Depois, acrescentei:

– Aposto que ele está de mau humor.

– Pode-se dizer que sim. Disse a ele que pediria a você que entrasse em contato.

– Quando eu estiver pronto.

– Ele vai procurá-lo, não é?

– Já está me procurando. Pode até seguir *você*. E eu também não falaria demais por este telefone.

– Ele pode conseguir uma ordem judicial para escuta telefônica tão depressa?

– Pigeyes não perde tempo com ordens judiciais. Tem um cara na companhia telefônica que ele flagrou comprando cocaína ou com sua coisa no buraco errado e que providencia os grampos sempre que Pigeyes precisa.

– Ahn...

– Um cara atraente, não acha? – perguntei.

– Eu diria que sim... em um estilo bem viril.

– Não faça isso comigo, Brush. Diga que só fez o comentário porque ele pode estar escutando.

Ela riu. Pensei um momento.

– Escute, é melhor eu desligar... na possibilidade de que ele já tenha tomado a iniciativa. Devo ter notícias hoje de um certo sócio nosso desaparecido. Faça com que Lucinda transfira a ligação para você. Não se meta em conversas muito prolongadas usando este telefone. Peça a ele que dê a informação que eu pedi pelo 7384. Entendido?

Ela me garantiu que entendera. O número 7384 era da linha de fax da G&G. Pensei em Gino escutando os rangidos, o canto de acasalamento de duas máquinas. Não dava para grampear.

Peguei minha pasta, ainda contendo tudo o que trouxera de Pico Luan, e percorri a pé três quarteirões, onde havia outra academia do Dr. Goodbody. Sabia que teria de lidar com Gino, mais cedo ou mais tarde. Mas só depois de conversar com Bert e calcular o que poderia dizer. Tinha planos... milhões de planos, para ser mais preciso. Muito em breve teria de optar por um.

Passei o dia na academia, admirando as garotas em suas roupas de malha e brincando com os aparelhos. Já passara tempo assim antes. Depois de todos aqueles anos em bares, tenho esse anseio de ficar perto de pessoas que não conheço. Com uma toalha em torno dos ombros, metido em uma *roupa esportiva* cinza, subo em uma esteira rolante, aperto uma porção de números e pulo fora logo depois que aquilo começa a se mover. Dou alguns puxões nos aparelhos de peso. Sempre acabo encontrando alguém para conversar, um desses papos sem sentido que um bêbado aprende a apreciar, onde posso fingir ser alguém que nunca é exatamente como eu.

Hoje, porém, fique mais na minha. De vez em quando tentava pensar nas rotas alternativas pela frente, se isso, se aquilo, mas era demais para mim. Em vez disso, descobri-me estranhamente preocupado com minha mãe, sentindo-me como na noite passada, punido e sem muita esperança. Dera o meu grande golpe; então por que não estava feliz? Às vezes me sentia prestes a fazer os lamentos que ouvira dela, todas aquelas coisas sobre a vida ser árdua, amarga, com uma aridez de opções, nenhuma delas boa.

Volta e meia ligava para o escritório. Brushy não recebera notícias de Bert, e em vez disso acabou me descrevendo a intensa ansiedade do pessoal pelo Dia da Marmota, amanhã, e com a receita da firma caindo em 12 por cento em relação ao ano passado. Quando tornei a ligar, às 16 horas, Lucinda atendeu na linha de Brushy, que saíra para uma reunião. Ainda não havia notícias de Bert, mas havia dois outros recados para mim. Martin e Toots.

Liguei primeiro para o velho. Já sabia o que esperar: ele pensara bastante durante a noite e iria voltar atrás no acordo com a CAE. Preferia ser crucificado, estava velho demais para mudar.

– Adorei o acordo – foi a primeira coisa que ele disse.

– É mesmo?

– Queria que você soubesse, porque ontem talvez eu não tenha parecido muito satisfeito, mas adorei o acordo. Juro que adorei. Contei a alguns caras, e eles me disseram que eu tinha contratado Houdini como meu advogado. Ninguém jamais tinha ouvido falar de algo parecido.

Murmurei um comentário, só uma vez, de que Brushy também merecia crédito.

– Fez um bom trabalho para mim, Mack.

– A gente tenta o melhor.

– Agora, já sabe: se precisar de alguma coisa, terá. Basta chamar Toots.

O coronel não era o tipo de cara que falava no vazio quando dizia que devia um favor. Na verdade, era um privilégio e tanto. Como ter uma fada madrinha e três desejos mágicos. Eu podia querer quebrar a perna de alguém ou conseguir determinados artistas para cantar se algum dia Lyle decidisse se casar. Era essa a parte da profissão em que Brushy estava viciada, alguém agradecendo-lhe a ajuda, nem todo mundo teria conseguido. Eu disse a Toots, em muitas palavras, como fora sensacional representá-lo, e falava a sério, pelo menos naquele momento.

– Onde você está? – perguntou Martin, no momento em que me atendeu.

– Por aí.

– Por aí onde?

Havia um tom novo, uma qualidade tensa e ríspida em sua voz. Já ouvira Martin falar assim com seus oponentes, o homem criado entre valentões.

– No lugar em que estou. Qual é o problema?

– Precisamos conversar.

– Pode falar.

– Pessoalmente. Gostaria que você viesse até aqui.

Ocorreu-me nesse instante – Martin estava me atraindo para uma armadilha. Pigeyes estava sentado ali, com seu sorriso presunçoso, adorando tudo, enquanto meu mentor desfechava o golpe inesperado. E depois, tão depressa quanto surgira, rejeitei o pensamento. Depois de todo o lixo por baixo do tapete, eu ainda queria acreditar no cara. Não há vítimas.

– Qual é o assunto?

– Sua investigação. Há um documento que você encontrou, ao que parece.

O memorando. Ele falara com Glyndora. Ia assumir uma pose. Seria Martin, o mágico, poderoso e insinuante. Mesmo que de maneira furtiva, ia me pedir que o devolvesse. Respirei fundo.

– Não é possível.

Aceito o sentimentalismo, mas não tinha a menor intenção de me aproximar da Torre com Pigeyes e sua equipe de busca nas proximidades.

– Apenas mantenha as coisas como estão, está bem? – pediu Martin. – Vai me prometer isso?

Desliguei sem responder.

Telefonei outra vez às 17h30. A própria Brushy atendeu.

– Ele está pronto para se encontrar com você – informou ela.

– Não diga mais nada.

– Tudo bem. Mas como posso lhe transmitir o recado?

Pensei um momento.

– Talvez seja melhor você vir me procurar.

– E se me seguirem?

– Almoçamos na semana passada.

– Certo.

– E depois fomos para outro lugar.

– Sim.

O hotel. Ela entendera.

– Antes de subirmos, você foi a um lugar sozinha. Lembra?

Brushy soltou uma risada ao perceber aonde eu queria chegar.

– É lá que você vai estar? Para onde eu fui?

– Banco do meio. Em uma hora.

– Combinado –, ela disse. Se era o que eu queria.

B. PROCURANDO O AMOR NOS LUGARES ERRADOS – PARTE 2

O bar do Hotel Dulcimer House é um desses cenários fascinantes depois do expediente, onde mulheres jovens, secretárias, caixas de bancos e outras funcionárias, que não têm certeza se procuram diversão ou uma vida, são comidas com os olhos e tomam drinques não tão baratas enquanto diversos caras, solteiros e casados, com paus indisciplinados, se agrupam em três fileiras no balcão, na expectativa de uma rapidinha sob o efeito do álcool, sobre a qual possam pensar a respeito no trabalho no dia seguinte. Enquanto eu esperava no saguão, com seu teto de bolo de noiva, cheio de fitas douradas, as emanações do bar se intrometiam, tão estranhas quanto sinais de rádio do espaço exterior: a estrondosa música de dança, o cheiro de alho de vários *hors d'oeuvres* quentes, as vozes de bêbados, roucas de emoções frustradas e da luxúria do ambiente.

Os banheiros ficavam em um corredor acarpetado que saía do saguão. Esperei junto do banheiro feminino, a que Brushy fora enquanto eu providenciava o quarto, na semana anterior. Pigeyes jamais trabalharia com uma mulher da polícia, e era muito antiquado e pudico para sequer pensar em segui-la para dentro do banheiro. Esperaria na porta, como Lassie. Passei uns cinco minutos no corredor, observando as entradas e saídas, circunspecto, depois detive uma jovem que estava prestes a entrar no banheiro.

– Minha mulher está aí dentro há bastante tempo. Poderia me dizer se ela está bem quando sair?

A jovem voltou em um instante.

– Não tem ninguém no banheiro.

– Não?

Ela estava parada na porta, que era decorada com uma silhueta de busto rechonchudo. Segurei-a com uma das mãos, entrei no vestíbulo e empurrei a porta interna, hesitante.

– Shirley? – chamei, virando o rosto, para nem mesmo olhar.

Virei-me um pouco mais para o centro, gritei de novo, ouvi minha voz ecoar pelos ladrilhos rosa. A jovem deu de ombros e voltou para sua festa.

Assim que ela se afastou, entrei no banheiro e me tranquei no reservado do meio. Ajeitei a pasta na caixa de papel e subi no vaso, para que nenhuma mulher pudesse ver as pontas dos meus sapatos e desatasse a berrar. Agachei-me ali, torcendo para que Brushy não demorasse. Minhas coxas não aguentariam muito tempo.

Descobri-me no nível dos olhos com dois buracos em que antes havia ganchos para pendurar casacos e outros apetrechos. Inutilizados, podiam servir como uma espécie de olho mágico. Um cavalheiro nunca os usaria assim, é claro, mas quem disse que eu era Sir Galahad? Cerca de um minuto depois, uma garota de aparência espetacular, em um vestido preto com franjas, entrou no reservado ao lado, e obtive exatamente o que merecia, como sempre. Ela não tocou no zíper, nem levantou a saia. Em vez disso, demorou um minuto para tirar seus anéis, depois enfiou os três dedos do meio na boca, descendo pela garganta até onde podiam caber. Quando saíram, ela apoiou as mãos nos lados de metal do reservado, inclinou a cabeça duas ou três vezes, parecendo em delírio, e vomitou tudo o que tinha nas entranhas. Foi um espanto. Café da manhã, almoço e jantar. O impacto fê-la cair de joelhos, ela sacudiu um pouco a cabeça, com seus cachos pretos, depois limpou a garganta, com um som de quem expelia alguma coisa. Um segundo depois, espiei por cima do reservado e a vi na pia, perfumando o hálito com um vaporizador. Arrumou os cachos com as unhas vermelhas compridas, ajeitou os peitos no sutiã de armação, deu uma olhada sugestiva no espelho. Era noite de quarta-feira, e ela estava pronta para se divertir.

Eu ainda tentava tirar minhas conclusões a respeito quando ouvi Brushy dizer meu nome. Ela sacudiu a porta. Depois que nos trancamos juntos, ela me deu um beijo prolongado, bem ali, ao lado da latrina.

– Acho tudo isso muito excitante – sussurrou ela.

Assim era Brushy, parte do que a levara a empreender o circuito internacional do pênis e a fizera sentir algum interesse por mim: curiosidade pura, o fato de que queria conhecer todos os lados da vida, saborear até mesmo as experiências mais incríveis. Como já ressaltei, sempre considero notável e atraente a bravura feminina.

– Onde ele está? – perguntei.

– Espere um pouco. Não quer saber como despistei minha sombra?

Brushy adorava o jargão, a aventura de detetive e criminoso. Pensava que estava em um filme, em que eu faria alguma coisa brilhante e salvaria a todos nós sem fugir com o dinheiro. Ela descreveu um caminho indireto, passando por vários prédios de Center City, uma escala no escritório de um cliente e, finalmente, a chegada ali pela porta dos fundos do bar. Teria se esquivado até mesmo do melhor detetive.

Ela vasculhava a pequena bolsa preta quando ouvimos a porta do banheiro ser aberta. Tornei a subir na latrina e fiquei roçando a braguilha no nariz de Brushy. Sendo Brushy, ela achou isso muito divertido. Cobri os lábios com um dedo esticado, e só para fazer com que eu soubesse que se interessava, Brushy deu uma pancadinha no meu pau e aproveitou a oportunidade para começar a baixar o zíper. Afastei sua mão com um tapa.

A água correu na pia. Alguém renovando a aparência. Brushy deu um puxão no zíper. Amarrei a cara, despejei uma série de vitupérios mudos, mas ela estava adorando as circunstâncias, eu na escravidão do silêncio e do lugar. Não demorou muito para ela entrasse em ação, e logo obteve uma reação. Meu pau estava de fora, e ela o tocava, beijava, apertava, acariciava, as mãos incansáveis, e poderia até ter consumado o ato se uma mulher não tivesse entrado no boxe ao lado. A proximidade da plateia diminuiu meu interesse, mas os sussurros, risinhos e movimentos foram aparentemente audíveis para nossa vizinha, que deu a impressão de se levantar de um pulo. Antes de sair, ela encostou um olho na fenda, entre a porta do boxe e a coluna, e murmurou:

– Esquisito...

Assim que ficamos a sós outra vez, eu disse a Brushy:

– É isso aí, você é mesmo estranha.

– Agora podemos continuar. – Quando percebeu meu olhar azedo, Brushy apertou com mais força e acrescentou: – Ora, Mack, isto é uma loucura. Seja louco também. Aproveite.

Limitei-me a um aceno de cabeça, perguntei por Bert. Ela me entregou o bilhete que ele mandara por fax: "Por trás de Salguro, 462, às 22 horas." Reconhecendo o endereço, não pude conter uma gargalhada.

– É o Banho Russo.

– Não está fechado a essa hora?

– Justamente por isso.

– Vai me procurar depois?

– Eles vão vigiar sua casa, Brush. É provável.

Ela foi engraçada e melodramática:

– Quer dizer que se trata realmente de um adeus para sempre?

Acho que ela não gostou da expressão neutra, de queixo empinado, que obteve em resposta. Queria uma cena amorosa e descontraída ali, em um reservado do banheiro das mulheres, inebriada e adolescente, como se cantar alguns versos de "I Got You, Babe" pudesse resolver todos os problemas.

– Quero ver você, Mack. Quero ter certeza de que está bem.

– Prometo telefonar.

Ela me lançou um olhar sugestivo. Afinal, seguira-me até a América Central. Assim, formulamos um plano. Brushy não voltaria para casa, porque Gino poderia passar a vigiá-la ali. Em vez disso, pegaria um táxi, daria duas voltas pelo quarteirão, para descobrir se alguém a seguia. Talvez nos filmes os tiras possam ficar na cola de alguém por dias sem serem vistos, mas na vida real é preciso quatro carros no mínimo, alguém para seguir em todas as direções, e, se o alvo sabe que está sendo vigiado, nove em dez vezes pode dar um jeito de despistar. Se ela constatasse que não tinha companhia, combinamos que iria a um hotel a três quarteirões dali. Reservaria um quarto para a noite. Deixaria a chave na recepção. E compraria uma escova de dentes.

Eu a orientei a sair primeiro, agora. Esperei no vestíbulo, entre as portas, e ela bateu uma vez, para avisar que o corredor estava vazio. Depois, dei-lhe uns minutos de dianteira, para levar quaisquer companheiros que a estivessem seguindo. Como não podia deixar de ser, uma velha espevitada apareceu nesse momento, com os cabelos afofados em salão de beleza e um olhar arrogante de "o que você está fazendo aqui", e tive de dar uma volta, fingindo pensar que aquele lugar todo rosa era na verdade o banheiro dos homens, e depois recuei porta afora.

Nenhum sinal de Pigeyes nem de seus companheiros. Pus na cabeça o chapéu de inverno, me enrolei com o cachecol e saí para ver se podia convencer um motorista de táxi a fazer um passeio noturno ao West End. Pensava em Brushy. Ela me dera um beijo de despedida no banheiro, um abraço longo e persistente, com toda a sua energia e todo seu ardor, além de um conselho profético antes de desaparecer:

– Não vá pegar outra dermatite.

25
A vida secreta de Kam Roberts
Parte 2

Cheguei ao West End mais de uma hora e meia antes da hora combinada e passei o tempo em um pequeno bar latino, na esquina próxima do Banho, onde quase não se falava inglês. Sentei-me com um refrigerante, certo a cada segundo de que não conseguiria mais resistir e pediria um drinque. Pensava em Brushy, e a situação não me agradava muito, especulando onde tudo aquilo acabaria, se eu queria o que ela possuía ou podia dar; em consequência, não me encontrava em um dos meus ânimos mais agradáveis, recusava-me a deslocar os cotovelos e esperava que alguém tentasse içar o meu imprestável rabo anglo.

Mas os caras ali eram de boa índole. Assistiam ao videoteipe de uma luta de boxe na Cidade do México pela TV do bar, fazendo comentários *en español* e, de vez em quando, me lançando olhares, chegando à conclusão de que eu era grande demais para se meterem comigo. Acabei entrando no clima, brinquei com eles, usei as quatro ou cinco palavras de espanhol que conheço e recordei minha antiga conclusão de que uma espelunca de bairro como aquela podia ser o melhor lugar do mundo para um cara beber sozinho. Fora mais ou menos criado em The Black Rose, talvez uma coisa terrível para se admitir, considerando-se o chupa-rolha em que me transformei, mas, em um bairro de cortiços e casas mínimas, as pessoas anseiam por um lugar em que possam se expandir, levantar um cotovelo sem derrubar a louça. No Rose, não havia problema se a esposa de alguém aparecesse; havia crianças correndo em torno das mesas, puxando as mangas das mães, havia cantorias e gracejos. Os seres humanos se animavam com a companhia uns dos outros. E eu, quando garoto, mal podia esperar para sair de lá, para esquecer toda a cena. Lembrei-me disso com tristeza, porém desconfiei, por motivos que não saberia explicar, que acabaria sentindo a mesma coisa se me pusessem lá de volta hoje.

Às 22 horas em ponto, saí e desci pela viela. Aquele era um bairro de cidade grande, onde havia muito tempo a polícia e o prefeito tinham instalado aquelas lâmpadas de sódio, que projetam uma claridade alaranjada com uma intensidade espalhafatosa, que parecia transformar o mundo em preto e branco. A viela, no entanto, ainda era povoada por todos os tipos de sombras ameaçadoras – latas e caçambas de lixo, reentrâncias sinistras e portas com grades de ferro, uma porção de pontos de espreita para o Sr. Estranho Perigoso sorrir e usar sua faca. Andando por ali, senti a habitual secura podre na boca e os joelhos bambos. Ouvi um rangido, parei no mesmo instante. Alguém esperava por mim. Lembrei a mim mesmo de que era assim que deveria ser, alguém ia se encontrar comigo.

Quando cheguei mais perto, divisei um vulto me fazendo um sinal. Era o mexicano, Jorge, o Sr. Ira do Terceiro Mundo, que me interrogara no dia em que eu visitara o Banho Russo. Ele estava na viela de sandálias de borracha, metido em um iridescente chambre de seda azul. Tinha as mãos enfiadas nos bolsos, e pude ver as enormes lufadas de sua respiração pairando por cima da cabeça, sob a luz que saía do vão de porta por trás dele. Ele sacudiu o rosto na minha direção e disse:

– Ei.

Bert estava lá dentro, fora de vista para quem se encontrava além da porta. Ao que tudo indicava, estávamos em uma área de suprimentos, por trás do vestiário, e ele me cumprimentou com a mesma ansiedade da outra noite. Enquanto isso, Jorge trancou a porta e se afastou. Aparentemente, pretendia voltar a dormir. Parou para esticar a cabeça pelo corredor.

– Quando vocês saírem, tranquem a porta. E não deixem que ninguém os veja. Não quero nenhuma merda aqui. Eu lhe disse há muito tempo, *hombre,* que você estava fodido, completamente fodido. – Ele falou para Bert, mas depois apontou para mim. – Também disse isso a você.

Jorge, explicou Bert, tinha de se levantar às 4 horas, arrumar as pedras que passavam a noite inteira no fogo aceso e aprontar tudo para os clientes, que começavam a chegar às 5h30. Não pude deixar de me perguntar qual seria a posição de Jorge com os caras da máfia. Havia muitos deles que frequentavam o Banho, a fim de tirar com o vapor o mau cheiro da corrupção e dos feitos criminosos. Jorge, desconfiei, guardava os segredos de todos. Mas se um cara com uma metralhadora ou um cabide com roupa batesse na porta da frente agora, ele apontaria onde estávamos e voltaria a dormir. Era uma vida dura.

Eu disse a Bert que precisávamos conversar.

– Que tal no Banho? – sugeriu ele. – O forno está ligado. Está muito quente lá dentro. Será sensacional. Podemos tirar toda a fuligem e oleosidade da pele. O que acha da ideia?

Tive pressentimentos, absurdos e distorcidos, sobre me sentar nu com Bert, mesmo envolto em um lençol, mas logo passei a me sentir estúpido e envergonhado, certo de que, se recusasse, ele perceberia o motivo. Assim, penduramos nossas roupas nos armários, e Bert seguiu na frente, os dois em lençóis ocres, presos na barriga e usados mais como saias. Ele não ousou acender nenhuma luz perto das janelas. A área dos chuveiros fora do banho permaneceu escura, e o banho propriamente dito só era iluminado por uma única lâmpada, que projetava uma luz difusa, da cor de chá. Todas as pedras haviam sido despejadas dentro do forno, e a sala estava árida, o fogo intenso assando o ar. Mesmo assim, havia uma fragrância primaveril. Bert abriu um pouquinho a porta do forno e sentou-se no banco de cima, deixando escapar grunhidos exultantes no calor intenso.

Parecia que ele não tinha nenhum problema, pois começou a falar sobre o Super Bowl, o jogo que designaria o campeão nacional de futebol americano, até que lhe pedi que me contasse com toda a franqueza qual era a situação. Bert baixou os olhos entre os joelhos, sem dizer nada. Tempos assustadores, eu imagino. Ali estava um cara que voara em muitas missões na guerra, que sabia como era ser dominado pelo pavor. Mas o tempo passara; a imaginação prevalece; e as recordações honestas se desvanecem. Era evidente que a angústia do medo o surpreendera.

– Andei comendo muita fritura. E bebendo água da pior qualidade. Não dá para dizer qual das duas coisas vai me liquidar primeiro. Você sabe?

Ele sorriu. O velho e astuto Bert. Achava-se engraçado. Chumbo da torneira ou do cano de uma arma era chumbo da mesma maneira, no fim das contas.

– E onde andou escondido? – indaguei.

Ele soltou uma risada.

– Irmão... – E riu de novo. – Aqui e ali, por toda parte. Vendo as paisagens. Tentando me manter sempre em movimento.

– Vamos tomar o dia de hoje como exemplo. Onde começou?

– Hoje? Em Detroit.

– Fazendo o quê?

Ele se remexeu no calor intenso e deu a impressão de que as palavras se esquivavam.

– Orleans tinha um jogo lá na noite passada – acabou respondendo.

Bert falava olhando para o outro lado e não disse mais nada. Percebi tudo: ele andava conhecendo os melhores lugares, Detroit e La Salle-Peru, atrás de Orleans, passando noites românticas em lugares sórdidos, como o U Inn.

– E o dinheiro, Bert? Como faz para viver?

– Eu tinha um cartão de crédito com outro nome.

– Kam Roberts?

Isso o surpreendeu por um instante. Esquecera o que eu sabia.

– Isso mesmo. Pensei que seria melhor do que usar meu próprio nome, pois assim teriam mais dificuldade para me localizar. Mas acabaram conseguindo.

– Pensei que Orleans usasse esse cartão.

– E usava. Mas resolvemos destruí-lo. Afinal, o cartão já estava prestes a expirar. Mas deu para juntar algum dinheiro. Não preciso de muita coisa. Um motel com TV a cabo, e estou numa boa. O problema é com aqueles caras. Estavam em cima da gente. Verificaram nas lojas em que Orleans usou o cartão, coisas assim. E isso nos deixou apavorados. – Ele olhou para mim. – Disse que os caras eram tiras?

– Eles estavam bem na pista. – Eu ficara de pé. Achava que, se mantivesse o lençol seguro no lugar e a bunda fora das tábuas, deixaria Brushy feliz, e poderia voltar para casa sem mácula. – É esse o nosso problema, Bert. Os tiras. Sabem que estou à sua procura e por isso estão atrás de mim agora, ainda mais depois daquela confusão no ginásio do Hands na sexta-feira. Há quatro noites que não durmo em casa. Temos de combinar o que direi a eles, Bert, porque não sou talhado para essas coisas. Toda essa história com Orleans... eu gostaria de saber como aconteceu, a fim de podermos determinar que música vou cantar para eles.

Eu não o encarava naquele momento. Não havia sentido. Mesmo assim, pude sentir que ele hesitava, suspenso no espaço, enquanto continuávamos ali, naquela caixa de madeira muito quente.

– Você sabe – disse Bert, atrás de mim.

– Sei, sim. – Parecia que avançávamos com uma certa facilidade. – Conheceu-o quando ele foi visitar a mãe no trabalho. Ou algo parecido.

– Certo.

E assim a conversa prosseguiu, Bert me contou a história com Orleans, à sua maneira meio trôpega. Ele não era grande coisa como contador de histórias. Murmurava a todo instante de um modo que não dava para entender, sempre repetia "sabe como é". E acho que eu sabia mesmo. Peguei o sentido da coisa. Orleans mudara a vida de Bert do modo como as vidas das pessoas só costumam ser alteradas pela violência humana e desastres naturais – vulcões, furacões, tufões. A gente está sempre vendo as imagens, algum pobre-diabo metido em botas de borracha até os quadris, olhando incrédulo e atordoado para o telhado do que fora outrora sua casa, agora inclinado nas águas escuras da inundação. Fora assim que Bert ficara depois de Orleans. Eu só vira o cara a distância, em uma quadra de basquete, e por isso não podia dizer nada a seu respeito, exceto que ainda era jovem e tinha boa aparência. Mas juntando as poucas informações, concluí que era um sujeito muito sensível e extravagante. Ao que parecia, fora um astro do futebol americano na escola secundária, arrebentara o joelho e sofrera demais por causa disso. Abandonara a carreira de atleta e passara a ser árbitro de vários esportes enquanto ainda estudava. Agora, era professor de educação física em uma escola primária, além de apitar jogos de basquete, mas sua ocupação principal, pelo que parecia, era brigar com a mãe. Tinha uma carreira profissional peculiar, trabalhando na cidade ou fora, porém sempre voltando e vivendo com a mãe parte do tempo. Acho que Glyndora desejava que o filho fosse diferente, enquanto ele se empenhava no habitual conflito de gerações, sempre furioso com ela e querendo que ela o aceitasse, como todos sempre queremos, de um jeito ou de outro.

De certa forma, porém, os dois se entendiam. Para Bert, era algo memorável. Orleans, conforme pude presumir, era de fato a primeira coisa real da vida de Bert, que o amava da maneira como uma pessoa amaria o gênio se encontrasse a lâmpada mágica. Orleans representava a liberdade para ele. O destino. Em seu anseio, em meio à sua afeição, Bert também transbordava de gratidão. É difícil acreditar que algo assim possa acontecer nos dias de hoje – pessoas que vivem no outro lado do mundo do que realmente sentem –, mas o velho tira em mim garante que está sempre acontecendo. É só olhar para Nora. Ou para mim. De repente, a pessoa chega a uma idade em que seus pensamentos insidiosos a esgotam; por mais que tente ignorá-los, eles persistem. Qualquer que seja o selo repulsivo que imponham à sua alma, é uma marca indelével. Você pode muito bem se tornar o que esses pensamentos dizem que você é. Afinal, você já é de qualquer maneira.

E, assim, os dois começaram a dançar sua rumba, Bert e Orleans. Glyndora descobriu e ficou uma fera. Tive a impressão de que Orleans até gostou quando isso aconteceu, achando ótimo provocar toda aquela briga.

Bert agora andava de um lado para outro, no degrau acima de mim, arrastando os pés grandes, com suas unhas compridas e os calos causados por mocassins e tênis. Os cabelos pretos brilhavam de suor, e o rosto com a barba por fazer parecia mais escuro por causa do calor.

– E como foi que aconteceu esse negócio das apostas? Quem teve a ideia?

– Sabe como é, cara – disse ele de novo, pela centésima vez. – Não houve uma ideia específica sobre isso. Nós sempre conversávamos sobre jogos. E jogadores. Coisa desse tipo. Sabe como é, quando você convive com uma pessoa, sempre acaba tendo uma ideia do que ela pensa, isto é, talvez ela até diga mesmo as coisas... Sabe como é, antes do jogo com o Michigan, Orleans podia dizer "Vou dar duro em Ayres esta noite, é um cara que pega pesado demais, e não se pode dar moleza." Ou Erickson, de Indiana: "Cada vez que disputa uma bola, ele mete os cotovelos no adversário."

– E você apostava. Certo? Se Ayres ia ser pressionado durante todo o jogo, você apostava contra o Michigan.

– Isso mesmo. – Bert passou a andar mais devagar, contrafeito. – Não parecia grande coisa. Apenas uma pequena vantagem. E eu nem pensava duas vezes naquilo.

– Orleans sabia? – perguntei.

– Antes?

– No fim?

– Cara, você sabe que aposto nos jogos?

– Sei.

O que ele estava querendo dizer era que Orleans também sabia. Pensei por um segundo em Bert como jogador. O que o compelia a isso? Desejava se sentir favorecido pela sorte ou desafiava a punição? O que o atraía? Os homens? Ou o esporte? A graça, o fato de só haver vencedores e perdedores, sem meio-termo? Alguma coisa. Era parte do jogo de esconde-esconde que ele fazia consigo mesmo.

– Orleans perguntava se você apostava nas partidas que ele apitava? – prossegui.

– Não era bem assim. Ele só perguntava em quem eu tinha apostado. E eu respondia. Orleans nunca sabia em que jogo ia apitar até às 16h30 do dia anterior. – Falou bem devagar. – E nunca me disse que ia armar um resultado. Isso jamais aconteceu.

– Mas notou que ele andava dando um jeito para você ganhar?

Dei uma olhada para Bert, que ainda continuava no último degrau, a cabeça nas vigas, os olhos pretos ainda fixos e surpresos.

– Quer saber de uma coisa engraçada? Quando percebi o que ele estava fazendo... quando compreendi, sabe como é, fiquei feliz. Explodindo de satisfação.

Bert inclinou-se para a frente subitamente, enganchou uma das mãos na viga, pendurou-se, os músculos articulados do braço comprido estremecendo, enquanto a outra mão segurava o lençol. O pensamento que lhe ocorrera na ocasião fora o de que Orleans estava apaixonado por ele. Por isso é que gostara. Não pelo dinheiro. Nem para se gabar. Mas porque era um símbolo de amor. Agora, ele se sentia angustiado, e murmurou:

– Uma coisa estúpida e doentia...

Percebi naquele instante que eu ansiara por arrancar isso Bert por motivos pessoais. Ali estávamos, nós dois, homens de meia-idade, bem-sucedidos, de certa forma, e ambos criminosos. Pode não haver honra entre ladrões, mas há uma espécie de comunhão saber que você não é mais fraco do que qualquer outro. E acho que eu pensara que acuando Bert, obrigando-o a admitir tudo, teria uma resposta para lançar contra a voz incômoda de minha mãe. Só que era decepcionante. Bert cometera um crime de paixão. Não no sentido de que o objetivo da fraude fosse secundário; talvez a mesma coisa acontecesse comigo. Mas porque não havia realmente nenhuma fraude para Bert e

Orleans. Era apenas um degrau, um meio de acesso ao lugar para onde precisavam ir, Bert em particular, onde o "errado" nem sequer existia.

– E como Archie descobriu? – indaguei.

– Por Deus, era ele que recolhia as apostas. De repente, começo a apostar pesado em um jogo três vezes por semana e passo a ganhar uma nota. Não queria que ele saísse prejudicado. E dizia a ele: tome cuidado com tal jogo. Todo mundo por aqui apostava com Archie.

Bert levou um instante para explicar o sistema de Archie com a Infomode, cada um deles tinha um cartão de crédito e uma senha estranha. Um cara era Moochie. Hal Diamond virou Slick. Bert era Kam.

– Ficávamos sentados aqui discutindo os jogos durante horas. E sabe como é, a gente sempre vigiava o que os outros faziam. Bem de perto. Estávamos todos uns nas mãos dos outros.

Em pouco tempo, todos ali ficaram sabendo. E caçoavam de Bert: "Qual é a de Kam Roberts hoje?" Bert percebeu que era um erro. Mas só depois. Na ocasião, não fora capaz de resistir. Era o seu jeito: falar e se gabar. Sou como os demais. Quem disse que algum dia poderemos mudar?

– Archie não sabia de onde você obtinha as informações?

– Nunca contei a ninguém. Não sei o que eles pensavam. Alguns se convenceram, eu acho, de que a coisa partia dos jogadores.

Fiz uma pausa, para ordenar tudo na minha cabeça.

– E Orleans ganhou o cartão de crédito?

A coisa errada para dizer. Bert estourou. Desceu um degrau, rápido como um gato, postou-se na minha frente. Meu louco predileto.

– Vá se foder, Mack. Não foi nada disso. É apenas um bico. Trabalhar como árbitro. Ele é professor. E sabe como é, se você tem dinheiro, então solta grana para um amigo. Eu tinha aquele cartão de crédito e dinheiro para gastar. Só isso, cara. Mas não foi o que você pensou. Não me venha com sacanagem.

Orleans não estava realmente influenciando os resultados dos jogos. Bert não estava de fato partilhando os lucros. Não era corrupção. Não na cabeça dos dois. Era amor. O que, diga-se de passagem, era mesmo.

Por trás de mim, ouvi uma torneira ser aberta, a água começara a correr. Bert enchia um balde, preparando-se para aquele número de despejar água gelada na cabeça.

Só nesse momento percebi que havia me sentado. Levantei-me de um pulo e encenei uma versão pesadona da dança do ventre, praguejando, dando tapa no meu enorme e largo traseiro irlandês, como se isso adiantasse alguma coisa. Bert ficou me olhando, mas não expliquei. Tratei de levá-lo de volta à história, dizendo:

– Conte-me o resto. Algum cara com um soco-inglês começou a pressionar Archie, querendo que ele entregasse a pessoa que anda combinando os resultados, e o seu nome foi o único que ele pôde dar. Depois, você encontrou Archie em sua geladeira e partiu na excursão ao redor do mundo. Foi isso?

– Mais ou menos. Eu já sabia que teria de me mandar. Martin já tinha me convencido disso.

Bingo. Vi o suor se concentrando nos pelos grisalhos do meu peito, os filetes escorrendo pela protuberância da minha barriga e umedecendo as dobras do lençol enrolado ali.

– Martin? Preencha os espaços em branco, Bert. Onde Martin se mete nisso?

A reação de Bert foi espantosa. Soltou uma vaia.

– Mas que pergunta!

– Onde Martin se mete nessa história?

– A resposta é simples: em Glyndora.

E Bert sorriu como um adolescente, fez um círculo com o indicador e o polegar e enfiou o outro de dedo indicador por ali duas ou três vezes. O gesto era tolo, mas tão explícito que ambos caímos na gargalhada. Que vida! Ali estávamos nós, Bert e eu, entre todas as pessoas, rindo dos pecadilhos de outro.

– *Martin*?

– Um tremendo fodedor.

– Não é possível.

– É história antiga. Já tem anos. Não é de agora. Orleans ainda estava na escola primária. Mas ainda há alguma coisa entre os dois, como você diria... – Bert balançou a mão. – Quando as coisas ficam difíceis para Glyndora, é a Martin que ela recorre. E não apenas na firma, cara. Na vida também.

– Martin e Glyndora...

Eu ainda estava aturdido. Em festas ao longo dos anos, já conversara algumas vezes com a mulher de Martin, Nila, e não sabia mais sobre ela do que os olhos podiam captar: uma aparência elegante e maneiras refinadas. Sempre presumira que Martin tinha um casamento feliz, de acordo com suas próprias pretensões. A ideia de que ele tinha uma amante contradizia de certa forma a sua imagem de completa autossuficiência.

– E qual foi o problema que Glyndora levou para ele? – perguntei. – Ainda não entendo por que Martin se envolveu.

Bert não respondeu. Àquela altura, eu já sabia o que significava. Eu tinha de ir mais devagar. Era sobre aquele assunto que estávamos falando.

– Ela ficou aborrecida por causa de sua amizade com Orleans?

– Certo. – Bert demorou um pouco para continuar. – Ele se colocou no meio, a princípio. Um mediador ou qualquer outra coisa, não sei o que você diria. Mas ela perdera o controle. Sabe como Glyndora é. E essa história a deixa louca.

Ele levantou o rosto, desolado, uma espiada de um olho só. Enquanto isso, o comentário me proporcionara toda uma carga da dinâmica familiar. Orleans conseguira atrair em cheio a atenção da mamãe. Não apenas "É assim que eu sou", mas "Eu sou... e com seu chefe, alguém do seu mundo". Eu sabia que

Bert jamais reconheceria essas intenções. Ele era como alguém com um distúrbio de percepção. Suas próprias emoções o dominavam de tal forma que não tinha quase nenhuma perspectiva sobre as emoções de ninguém.

– Depois, Martin descobriu esse negócio, as apostas. Cara, foi como a erupção do monte Santa Helena. Ele ficou ainda mais furioso do que Glyndora. E me disse que estávamos em águas profundas demais. Sabe como é, Martin aprendeu tudo sobre esses caras quando era garoto. E disse que a melhor coisa que eu podia fazer era me mandar. Desaparecer. E a sugestão começou a fazer sentido, entende? Uma vida nova. Toda essa coisa. Sumir por completo. Pelo menos por um tempo. Sair da firma. E isso começou a soar bem, sabe? Uma vida nova. Tudo aquilo ficaria para trás. Pelo menos durante um período. Eu estaria fora da firma. Já ouviu falar de Pigeon Point?

– Não – respondi.

– Fica na Califórnia. No norte. Na costa. Vi um anúncio. Era de uma plantação de alcachofras. Já fui lá. Tem muito nevoeiro. É até espantoso, cara. O nevoeiro cobre as alcachofras duas vezes por dia. Quase não é necessário regá-las. Grandes colheitas. E é um alimento fenomenal.

Pôs-se a falar sobre contagem de vitaminas, mais informações em cinco segundos do que um rótulo pode oferecer, e deixei que continuasse, impressionado outra vez por essa ideia. A nova vida. O novo mundo. Por Deus, o simples pensamento ainda fazia meu coração cantar. E depois, inesperadamente, recordei que tinha quase 6 milhões de dólares em meu nome, em contas em dois bancos estrangeiros, e fui impelido a uma pergunta urgente, que poderia ter feito a mim mesmo.

– Então por que você ainda não foi?

– Ele não quer *ir embora.* – Bert estendeu as mãos enormes em minha direção, os dedos contraídos em desespero. – O idiota não quer deixar tudo aqui. Já supliquei... pelo menos três vezes por semana.

Bert ficou me olhando fixamente, abalado pelo pensamento, e depois virou o rosto, em vez de confrontar o que sabia que eu estava percebendo – que ele renunciara à sua vida para proteger Orleans, mas Orleans, no momento da decisão, não demonstrava a mesma dedicação. Talvez Orleans não pudesse azucrinar a mãe o suficiente a 3 mil quilômetros de distância. Talvez, no fim das contas, ele não quisesse realmente ficar com Bert. O que quer que fosse, a cruzada de Bert era unilateral. E compreendi mais uma coisa: que aquele romance, o de Bert e Orleans, não era o amor irresistível cantado pelos poetas. Havia algo ruim nele, estava ligado ao sofrimento; existia um motivo para Bert ter demorado tanto tempo para dizer a si mesmo a verdade que não queria admitir.

E, apesar disso, não pude deixar de invejá-lo por um momento. Eu já amara alguém assim? Meus sentimentos por Brushy pareciam frágeis naquele calor intenso. E se desse tempo?, pensei. Talvez com o tempo. A vida tem esses dois extremos ao que parece. Você vai para um lado ou para outro. Estamos sempre optando: paixão ou desespero.

– Falei sobre a polícia – disse Bert. – Mas ele não acredita.

– Eles serão bastante convincentes se o pegarem.

– Pode conversar com eles? – indagou Bert, depois de um longo silêncio. – Com os tiras? Eles não são seus amigos?

– Não chega a esse ponto.

Mas fiquei sentado ali com um sorriso. Foi sensacional, a alegria que senti diante da perspectiva de frustrar Pigeyes. Já começava a ter ideias.

O calor e a hora me deixavam cada vez mais fraco. Abri a torneira, enchi um balde, mas não tinha vigor nem coragem para despejar a água fria na cabeça. Fiquei de pé ali, diante de Bert, salpicando a água em meu rosto e no peito, enquanto tentava definir o que tudo aquilo significava para mim. Havia um sussurro no forno, as pedras chiavam.

– Não sabe nada sobre o que está acontecendo na firma, não é? Sobre o dinheiro? E tudo o mais?

O suor escorreu para seus olhos, e Bert piscou. Tinha aquela sua expressão sombria impenetrável: não consegue entender você e nunca será capaz disso.

Perguntei se o nome Litiplex fazia com que se lembrasse de alguma coisa.

– Jake? – murmurou ele.

Fiz um aceno de cabeça.

– Jake não me mandou um memorando a respeito? E não assinei vários cheques pela conta 397? É isso mesmo. – Bert balançou o corpo comprido. Recordava-se de tudo. – Uma coisa muito delicada. Houve uma confusão com os querelantes. Jake tinha medo de que Krzysinski assasse seu rabo quando soubesse que essas despesas teriam de ser pagas. Um grande segredo. Jake ficou muito tenso por causa disso. – Bert pensou um pouco. – Houve alguma cagada, hein?

– Pode-se dizer que sim.

– Agora que estou pensando nisso, lembro que há cerca de um mês Martin me perguntou sobre o assunto. Queria saber dessa tal Litiplex. Mas falou como se não houvesse nenhum problema, como se não fosse nada importante.

Deve ter sido quando Martin viu o memorando e os cheques. Glyndora, com toda a certeza, o procurara primeiro ao perceber o que estava acontecendo.

– Mas qual é a história, Mack?

Relatei da forma mais sucinta. Não existia nenhuma Litiplex. A conta numerada em Pico Luan. Bert parecia considerar a coisa remota e divertida, até que cheguei à parte em que Martin e Glyndora manipularam as aparências para dar a impressão de que ele ficara com o dinheiro.

– *Eu?* Mas que filhos da puta! Eu? Não acredito!

Ele se levantara de um pulo. Recordei abruptamente os julgamentos em que atuara com Bert, suas raivas repentinas no tribunal, protestando contra uma pergunta relevante como se fosse o desembarque de tropas estrangeiras em nosso território. Esperei que ele se acalmasse.

– Só quero que me responda uma coisa com toda a sinceridade, Bert. Não fez nenhum acordo com Martin para assumir a culpa pelo desaparecimento do dinheiro?

– Está brincando? De jeito nenhum!

– Absolutamente nada? Nenhum piscar de olho, um aceno de cabeça?

– Não. Absolutamente nada. Tudo isso é uma tremenda sacanagem.

Assim era Bert, o cara que enganara milhões de americanos nos resultados de competições esportivas, que pensava com o pau, e lucrava com isso ainda por cima, mas se considerava superior a todo mundo. Assumia as mesmas expressões lunáticas ao falar sobre os venenos secretos que alguns "eles" anônimos punham em seus alimentos. Tornou a sentar-se em um dos estrados enegrecidos pela umidade, despejou o balde por cima da cabeça e saiu do dilúvio com os olhos cheios de fúria. Naquele momento, tive uma estranha impressão de quanto ele se parecia com Glyndora.

Subimos depois para o vestiário, ambos amuados, sem muito para falar. Bert tinha uma bolsa em seu armário, com desodorante e outras coisas e me deixou usar tudo aquilo.

– Quem ficou com o dinheiro? – perguntou ele, subitamente.

– Não importa.

– É verdade, mas...

Ele deu de ombros. Eu passara os últimos dias sondando as profundezas da mente de Martin Gold. Era como descer por uma caverna interminável. Desde o início, Martin deve ter calculado que, se atribuísse a culpa a Bert, ninguém poderia contestá-lo. Não Jake, com toda a certeza. Nem Bert, que entrara em licença permanente, escondendo-se dos matadores profissionais entre as alcachofras. Nem o velho eu, que não tinha pistas. Nem mesmo o conselho diretor da TN, que, se informada do prejuízo, nada teria a ganhar fazendo um estardalhaço público, pois isso só serviria para atrair as atenções para os excedentes da 397. Ao responsabilizar Bert, Martin manteria tudo sob controle.

E eu poderia ter caído nessa história, o plano de Martin para salvar o mundo como eu o conhecia. A menos que Pigeyes o apanhasse, Bert não ia mais aparecer. A qualquer dia agora, Jake descobriria que surgira um buraco em seu bolso lá em Pico Luan, mas e daí? A autopreservação o impediria de fazer um escândalo internacional. Ele não podia pôr a boca no mundo. Onde está todo o dinheiro que roubei? Frustrado e derrotado, era provável que culpasse Bert também. O esquema de Martin poderia funcionar a meu favor. Dentro de poucos meses, eu me aposentaria da firma e passaria férias em Pico Luan sempre que necessário.

Mas quando saí furioso pelas portas laqueadas do Club Belvedere no sábado e passei toda a noite fazendo planos, fui dominado por impulsos vis. Queria acabar com Martin e com todo aquele plano sórdido. Desde então, vinha acalentando esperanças, contra todas as possibilidades. Fora até ali querendo que Bert me dissesse que havia uma galáxia de boas intenções, algum aspecto que fosse íntegro ou, pelo menos, desculpável e que eu não percebera antes. Mas Bert não pôde fazer isso. Porque não era o caso. E reconhecendo esse fato, eu me vi com a mesma disposição interior. Talvez ainda fosse um tira das ruas, comprometido com meu próprio tipo de justiça dura. Deus sabe que nunca fui um cara que jogava bem em equipe. Faria tudo ao meu jeito. Brushy pairava na balança; de certa forma, um peso indeterminado. Contudo, não havia razão real para que eu não pudesse fazer com que tudo desse certo. Era o que não parava de dizer a mim mesmo.

– Jake – respondi finalmente. – Jake é que ficou com o dinheiro.

Era esse o rumo que as coisas tomavam. Eu ia ser insidioso. Mesmo assim, os detalhes eram assustadores.

– Jake? Porra!

Bert levou a mão enorme ao queixo e esfregou-o, como se tivesse recebido um soco. Estava sentado ali, no banco do vestiário escuro, segurando as meias, a única claridade provinha de uma lâmpada acesa no banheiro.

– Martin está dando cobertura a ele, protegendo a firma.

– Jake... – repetiu Bert.

Ocorreu-me, com uma precisão que me escapara antes, que se queria continuar com aquilo, minar Martin e fazê-lo receber o que merecia, teria de garantir o retorno de Bert. Sem isso, tudo poderia se reduzir a uma mera acusação sem base. Martin e Jake ainda poderiam dizer que Bert era o bandido. Por que outro motivo ele estaria fugindo? Ladrão Misterioso à Solta. Para que minha versão se tornasse convincente, Bert deveria comparecer para contar sua história: ele recebeu o memorando de Jake, entregou os cheques a Jake, escutou quando Jake lhe disse que tudo deveria ser mantido em absoluto sigilo. Só que eu não podia imaginar como conseguiria executar essa manobra. Continuamos sentados, em silêncio, na atmosfera úmida do vestiário. Um dos canos de vapor acabou emitindo um tinido forte.

– Vou tentar ajudá-lo, Bert. Quero dar um jeito de você se livrar dessa confusão, mas preciso pensar um pouco. Mantenha-se em contato. Não deixe de me telefonar todos os dias.

O cara viu dentro de mim. Não o que estava errado. Mas alguma coisa. Que eu tinha um interesse em jogo. E não ligou a mínima.

– Está bem – murmurou ele.

Bert me encarou, o rosto na sombra, porém ainda irradiando uma certa esperança ansiosa.

Depois que nos vestimos, ele me levou até a porta dos fundos, puxou a tranca, abriu a grade.

– Para onde você vai? – perguntei.

– Ora, você sabe. – Seus olhos se desviaram. – Orleans está na cidade.

Por Deus, ele estava mesmo perdido! Até mesmo no escuro dava para vê-lo, moreno e esguio, dominado por seu amor triste e desesperançado. Estava sendo torturado e provocado. A mariposa e a chama. Pensei de novo: mas o que é isso? Alguém como Bert, a sensação é de que seu giroscópio ficou doido. Mas a cabeça, o coração... a quem tento enganar? A racionalidade de um homem é a loucura de outro. Nada jamais faz sentido. Ou as premissas são falhas ou o raciocínio é uma droga. Somos todos almofadas de alfinetes, perfurados por sentimentos, cheios de ferimentos e dores. A razão é a mentira, o bálsamo que aplicamos, fingindo que, se fôssemos bastante espertos, teríamos um pouco de entendimento do que nos magoa.

Eu já metera o nariz no frio quando percebi que ainda restava uma pergunta. Com o braço do sobretudo, impedi que a porta se fechasse.

– Então quem tirou o corpo da geladeira, Bert? Quem levou Archie? Foi Orleans?

– De jeito nenhum, porra! – respondeu ele. – Orleans não teria coragem.

Bert fez um vigoroso aceno de cabeça e repetiu que Orleans nunca seria capaz de fazer uma coisa dessas.

– Mas quem foi?

Ficamos parados no limiar nos encarando, cercados pela escuridão profunda da viela e pelo frio do inverno inclemente, hesitando diante das improbabilidades tácitas de nossos futuros, tudo o que era simplesmente desconhecido.

26
O décimo quinto plano de emergência de Mack Malloy

Quinta-feira, 2 de fevereiro

A. O PRIMEIRO PASSO

Muito bem. Já era meia-noite. Eu era o único branco em um raio de 1 quilômetro e meio, um cara com um sobretudo, uma pasta e uma necessidade profunda de começar a formular planos. Fui andando pelo bairro antigo e perigoso, seguindo na direção de Center City, um exercício de ousadia aos 50 anos, passando do clarão de segurança de um lampião para o seguinte. Um ônibus logo apareceu, e embarquei, agradecido, cruzando avenidas ocupadas por bêbados e trabalhadores que voltavam de turnos da noite. Saltei a poucos quarteirões da Torre. O condado de Kindle à noite não é dos mais animados. As luzes ficam acesas, mas as ruas permanecem vazias; exibe um ar espectral, como um prédio deserto, um lugar que até os fantasmas abandonaram.

Entrei no saguão do Travel Tepee, onde Brush e eu combináramos nos encontrar. Estava tudo quieto, até mesmo a música ambiente fora desligada para a noite. Sentei-me em uma poltrona incômoda, que tinha um estampado espalhafatoso, e refleti sobre o futuro. Finalmente, o solitário recepcionista perguntou, de trás do balcão, em que poderia me ajudar. Pelo seu tom, achei que ele tinha certeza de que eu não passava de um vagabundo mais bem-vestido que o segurança teria de expulsar. Tratei de promover a paz, expliquei que minha esposa, a Sra. Bruccia, estava hospedada ali. Peguei a chave e tornei a me sentar, contando os passos de meu plano. Pensei em esperar até de manhã para começar a armar tudo, mas me sentia nervoso, compulsivo, chame do que quiser. De qualquer forma, estava completamente desperto e relutante em ficar com Brushy agora que sabia o que ia fazer.

A cerca de dois quarteirões dali, havia uma *drugstore* que passava a noite inteira aberta, mais uma da rede Brown Wall's, perto da rampa de saída da Interestadual, em uma estação rodoviária, onde se viam muitos malucos do centro da cidade que perambulavam próximo às portas e um carro da polícia estacionado na frente. Comprei duas canetas – uma esferográfica, outra hidrográfica –, cola e uma tesoura. Perguntei no balcão se tinham uma máquina copiadora operada por moedas, mas a resposta foi não, e assim voltei ao hotel, acenei para o recepcionista e encontrei um telefone em um pequeno cubículo, com uma superfície laminada que podia usar como mesa.

Já tinha o resto de que precisava na pasta – o formulário de abertura de conta que recebera no Bank International of Finance, a carta de Jake que usara como modelo para falsificar sua assinatura no fax que enviara do Regency e os exemplares do relatório anual da TN que levara para Pico. O relatório contém fotos de todos os diretores, inclusive de Jake Eiger, e eu carregara os exemplares pensando que a foto de Jake poderia ser útil se tivesse de fazer alguma das coisas que considerava necessárias na ocasião para me apoderar do dinheiro, como falsificar uma caderneta de conta corrente ou um documento de identidade americano.

O formulário era impresso em papel fino, com um cabeçalho em tipo cursivo: "International Bank of Finance, Pico Luan." Havia apenas quatro ou cinco linhas de informações exigidas, as indicações escritas em todas as principais línguas europeias ocidentais. Usando a caneta hidrográfica, escrevi o número da conta que constava no verso dos cheques da Litiplex, 476642. Indiquei que a conta pertencia à Litiplex, Ltd., tendo Jake Eiger como presidente. Depois, só para me lembrar do estilo de sua assinatura, tirei a carta de Jake da pasta e assinei o formulário com a caneta esferográfica, com precisão, mais uma vez, a tal ponto que se podia pensar que fora decalcada. Recortei a cara sorridente de Jake do relatório anual da TN e colei no lugar que o Sr. George me mostrara, no canto superior direito do formulário. Depois, no retângulo marcado "Designação", cujo significado era senha, escrevi "J.A.K.E.".

Voltei ao recepcionista no balcão. Ele já começara a se acostumar comigo. Suspirei com uma expressão cansada e passei as mãos pelo rosto avermelhado.

– Tenho uma reunião pela manhã e me esqueci de copiar uma coisa. Bastam duas cópias de uma única folha. Deve haver uma copiadora no escritório.

Eu tinha uma nota de 20 dólares entre dois dedos, mas o cara, jovem, talvez um estudante de graduação, alguém ainda começando a vida, não quis aceitar. Continuava a se sentir mal por ter me julgado um vagabundo. Voltou em um instante com as cópias do formulário, e conversamos sobre o tempo e a quietude da cidade à noite.

Retornei à cabine telefônica. Depois de rasgar em pedacinhos o original do formulário, joguei-os na abertura da longa lixeira de metal com areia na parte de cima. As duas cópias feitas pelo recepcionista foram para a pasta. Liguei para Washington. A Sra. Pagnucci do momento, uma loura de mais de 1,80 metro, atendeu. Não me disse nada quando expliquei quem era. Em vez disso, em um tom que eu ouvia de vez em quando em minha própria casa, a alma do tédio, ela murmurou:

– Um dos seus sócios.

B. O SEGUNDO PASSO

Brushy dormia quando entrei no quarto. Eram mais ou menos 3 horas. Ela ainda dormia como uma criança, encolhida em posição fetal, e a mão se encontrava tão perto da boca que não me surpreenderia descobrir que ela chupava um ou dois dedos. Vulnerável, com sua inteligência insidiosa desligada à noite, ela me pareceu muito querida, talvez preciosa seja a palavra, e me senti muito mal, meu coração apertado, como uma toalha sendo torcida. Tirei as roupas e me meti na cama. À medida que meus olhos se acostumaram à escuridão, percebi que não era exatamente a suíte nupcial. A cabeceira da cama fora escalavrada em muitos pontos, revelando a textura granulosa da madeira por baixo da tinta; por cima da cama, o velho papel de parede se soltara da junção no alto e pendia do reboco, como uma língua estendida. Passei a mão pelo flanco sólido de Brushy em busca de conforto.

– Como está Bert?

Ela ainda não se mexera.

– Muito bem. Pelo menos são e salvo.

Desculpei-me por acordá-la.

– Eu estava à sua espera.

Brushy acendeu a luz, cobriu os olhos como uma criança, com os dorsos das mãos. Enquanto ela ficava ofuscada, toquei-a, só de brincadeira, puxei o lençol que a cobria e aninhei o rosto frio contra seus seios, mas Brushy me deixou ficar assim, e entramos no clima rapidinho. Até aquele momento, todas as vezes que trepávamos era diferente. Houve muita sacanagem em algumas ocasiões, como no banheiro das mulheres no hotel, e Brushy sempre demonstrava bastante ousadia e habilidade, um jeito firme de usar as mãos para chegar ao fundamental, demonstrando que aquilo era por prazer, não vamos nos iludir. Agora, subitamente, naquele quarto de hotel ordinário, tão sórdido quanto a área de Center City ao nosso redor, fomos rápidos e desesperados, querendo nos sobrepor a tudo o mais. Um fogo autêntico, e depois, aninhado ao seu lado, com meu peito contra as suas costas, percebi que ela achara maravilhoso. Ficamos em silêncio, com os sons do hotel e da rua nos alcançando – sirenes a distância, os gritos de bêbados e de garotos como meu filho, que deveriam passar a noite em casa.

Perguntei se ela trouxera cigarro e sentei-me ao seu lado na cama, partilhando o mesmo cigarro, no escuro.

– Bert está com o dinheiro? – perguntou ela.

– Esqueça, Brush.

– Só me responda isso: Bert tem o dinheiro?

– Não acha que estamos velhos demais para o jogo das perguntas, Brush?

– Advogada e cliente. Ele tem o dinheiro? Sim ou não?

– Não.

– É mesmo? Nunca teve?

– Ele não está com o dinheiro. E agora volte a dormir.

Fui para o banheiro, encontrei a escova de dentes que ela me comprara e me demorei ali além do necessário, na esperança de que Brushy adormecesse.

Quando me aconcheguei ao seu lado, dormi sem sonhos, um poço escuro e aveludado. Despertei perto das 7 horas com um pequeno grito, logo abafado, o som da inspiração. Vesti-me sem fazer barulho e deixei um bilhete para Brushy dizendo que voltaria logo.

Foi uma caminhada de uns seis quarteirões, e volta e meia dava uma corridinha, à medida que entrava cada vez mais em Center City, saindo dos arredores miseráveis, sendo envolvido pela confusão da manhã, caminhões estacionados em fila dupla enlouquecendo o trânsito, o silencioso exército de trabalhadores marchando pelas ruas. Fazia muito frio, e eu me encolhia dentro do sobretudo.

Toots comia o desjejum todos os dias com os mesmos caras, políticos veteranos, tipos suspeitos e advogados, em uma mesa de canto de uma espelunca grega chamada Paddywacks, em frente ao seu escritório. Era um evento lendário. Toots cumprimentava metade das pessoas no restaurante e acenava para todos ali com sua bengala. Na mesa do canto, ele e seus amigos discutiam sobre negócios escusos em diversas áreas – o tribunal, o Conselho Municipal, o crime organizado. Poucos anos antes, agentes federais haviam instalado um microfone em um saleiro, mas Toots e seus companheiros foram de alguma forma avisados. Um deles, ao que se dizia, queixara-se em voz alta do gosto dos ovos e batera com o saleiro na mesa, estourando os tímpanos do agente na escuta.

O Paddywacks era decorado com certo exagero – peças de latão, bancos estofados com franjas e um assoalho lavado uma vez por semana. Eu já começava a temer ter perdido Toots quando ele entrou, por volta de 8h15, apoiado em sua bengala, com um *paisano* de cada lado. Um deles, Sally Polizzo, fora um hóspede federal até seis meses atrás. Toots me cumprimentou como um rei em visita. Troquei um aperto de mão com seus companheiros, depois o acompanhei até um reservado, onde ele se sentou sozinho. Permaneci de pé.

– Falava a sério quando me ofereceu um favor? – perguntei-lhe.

Sentado no banco, o coronel parecia muito pequeno, um cara se encolhendo ainda mais com a idade, mas quando indaguei se suas palavras eram para valer, ele se empertigou e me lançou um olhar bastante duro para fazer qualquer um acreditar que fora mesmo um matador. Tratei de me corrigir.

– Talvez seja demais o que tenho a pedir. Se for, pode dizer. Está lembrado da conversa que tivemos sobre meu sócio?

Repassei-a apressadamente, porém contei a verdade a Toots. Disse que seus amigos estavam à procura do meu sócio e do amigo dele e que Bert andava se escondendo. Alguém mais acabaria morrendo, e por nada. O *bookie* já pagara o preço mais alto, e os outros caras estavam apavorados. A justiça do tipo praticado por Toots fora cumprida. Pedi-lhe que falasse com seus amigos para deixarem Bert e Orleans em paz. Favor por favor.

Toots ficou em silêncio por um tempo, a boca flácida contraída, os olhos imóveis. Definia a questão em sua cabeça. Se falasse com determinado cara sobre o problema, então o cara poderia falar com outro. Era tudo geometria para ele... e poder. Toots queria confirmar minha fé.

– Talvez – disse ele, depois de um longo momento. – Depende. Acho que sim. Eu o avisarei esta tarde. Esse cara tem dinheiro?

– Um pouco. – Lembrei-me de Pico, e acrescentei: – Tem sim. Por quê?

– Trata-se de um negócio. Alguém quer marcar uma posição. Receber o seu pagamento, essa é a posição. Certo?

– Acho que sim.

Toots disse que deixaria um recado para mim no escritório. Ajudei-o a se levantar, a fim de que ele pudesse seguir até a mesa do canto ao encontro de seus bajuladores. Já havia dois velhos de caras flácidas esperando ali para dar um olá.

C. TOME CUIDADO COM ESTE PASSO

– Fui falar com Toots – contei a Brushy assim que voltei ao quarto.

– Toots?

Sentada junto da janela, a uma mesinha de bambu, com o desjejum leve que pedira – café, pão e meio melão-cantalupo –, ela me observou atentamente. A cortina grossa fora puxada, deixando entrar a claridade e mostrando-a por completo. Brushy usava o seu casaco como um roupão e já se maquiara. Lia o jornal no momento em que entrei.

– Quero saber de tudo, Mack.

Não falei nada. Fui largar o sobretudo na cama. Estava com fome, e ela me observou comer, avaliando o significado da ausência de resposta.

– Liguei para o escritório, avisando que chegaríamos atrasados – anunciou Brushy. – O detetive Dimonte já tinha aparecido.

Soltei um grunhido. Não era surpresa.

– E Lucinda informou que Martin está à sua procura. Deixou dois recados.

Ela olhou para o telefone, como se me orientasse, mas não me mexi.

– Escute, Mack, posso entender tudo. Já sou crescidinha. O que quer que seja. Acontece que...

– Pensei que você fosse aceitar meu conselho.

– É a minha vida também.

Detestei esse momento. Mas sempre soubera que viria. Um dos problemas em se contentar com o Sr. Imprestável é sentir que há perigo em acatar sua orientação. Ruminei por um instante, com os olhos fechados, depois peguei a pasta, dei uma olhada em suas profundezas escuras e desarrumadas. No fundo encontravam-se comprovantes de depósito amassados em bolinhas, além de fragmentos de papel e clipes; bilhetes adesivos haviam grudado dos lados. Tirei uma das cópias do formulário que fizera na noite anterior. Coloquei-a na mesa. Litiplex, Ltd. Jake Eiger, linha um.

– Não me pergunte como Pindling conseguiu. Não queremos saber.

Ela estudou o documento mantendo uma das mãos na testa enquanto o peso da prova concreta a oprimia de forma visível. Peguei seu maço, partilhamos um cigarro, o cheiro da fumaça impregnando o pequeno quarto. Entreabri a janela corrediça, e as cortinas adejaram em torno de Brushy, como espíritos.

– Jake? – murmurou ela.

– É o que diz aí.

– Você sabia o tempo todo, não é? Foi por isso que se mostrou tão irritado com ele.

Creio que estremeci quando Brushy disse isso. Mesmo com as campainhas de alarme soando, ela ainda procurava boas notícias a meu respeito.

– Sei de muita coisa.

– Por exemplo?

Passei a navegar a partir desse ponto, sem curso determinado. Não tinha o menor desejo de resistir a Brushy, e a mentira me provocava uma ânsia infantil de chorar. Encontrei na pasta o memorando que eu pegara na gaveta de Martin. Enquanto lia, ela tirou um fragmento de tabaco da língua. Sua expressão era concentrada, intensa. Virara a advogada.

– Não estou entendendo – murmurou. – Este memorando não veio de Pindling.

– Veio de Martin.

– Martin?

Contei a história, pelo menos uma parte, sobre a descoberta do memorando, a visita ao Club Belvedere. Como já me dissera com frequência, Brushy gostava daquelas pessoas. Martin. Wash. Seus sócios. A firma. Eram seus colegas, aqueles que admiravam sua competência, que anos atrás haviam lhe confiado coisas que eram importantes para eles, que aplaudiam seus muitos triunfos e recebiam sua ajuda com evidente gratidão. Ela sabia que sobreviveria. Tinha clientes, uma reputação em ascensão. Não era isso que a preocupava. O problema era o compromisso, a fidelidade, o zelo partilhado. Ela ficou arrasada.

– Eles armaram contra Bert, certo? Para assumir a culpa por Jake. Não é assim que parece?

– É, sim.

– Oh, Deus!

Brushy passou a mão pelos cabelos. Abri a porta corrediça por um instante, para jogar meu cigarro no chão de cimento da pequena varanda, e o frio entrou no quarto. O sol saíra, mas parecia não irradiar calor, como se estivesse postado no céu claro apenas como um ornamento. Ela me perguntou como Bert entrava naquilo tudo, e contei sua história, expliquei por que procurara Toots. A mente de Brushy, no entanto, permaneceu fixada no Comitê.

– Mas é tão absurdo... tão absurdo! Todos eles estão envolvidos?

– Não sei dizer. Martin com certeza. Pagnucci parece não ter se metido. Wash... ora, já contei a atitude que ele assumiu.

– Martin... – murmurou ela de novo.

O Grande Mago de Oz. Brushy sentara-se na cama, segurando o casaco. Eu seria capaz de apostar que ela não usava nada por baixo... não que qualquer dos dois se interessasse por essa perspectiva no estado de espírito em que nos encontrávamos naquele momento.

– O que pretende fazer com tudo isso, Mack?

Dei de ombros. Acabara de acender outro cigarro.

– Provavelmente farei a coisa certa.

Ela me observou, avaliando, especulando o que isso podia significar. Depois, sacudiu-se em um solitário espasmo de incredulidade.

– Alguma coisa não se encaixa... No caso de Jake. Por quê? Não faz sentido. Ele ganha um bom dinheiro. Tem um pai rico. Por que fazer isso?

Inclinei-me para a cama, fitando-a nos olhos.

– Porque ele é assim.

Fui tomado pela mais completa maldade, e Brushy me olhou como se fosse um espetáculo. Não se importava com o fato de eu repetir que a tinha avisado. E ela demonstrava medo. Manteve-me a distância, admirada.

– Vai chantageá-lo, não é?

Era a porra da coisa mais estranha que Brushy poderia dizer. Senti que levara um chute. Minha boca se entreabriu, o coração parecia duro como um punho, com uma profunda dor física. A humilhação aflorou como um ácido em meus olhos.

– Estava brincando – acrescentou ela.

– Não estava, não.

Contornei a cama, peguei meu sobretudo.

– Mack... – Brushy me estendeu a mão. – Não me importo com o que você faça.

– Não é isso que você pensa. E nem precisa me pedir que acredite. Sei quem você é... e você também sabe.

Olhando para a pasta, percebi que deixara os papéis na mesa. Sacudi-os para Brushy ao pegá-los. Estava me odiando por ter falado qualquer coisa.

– Advogada e cliente – comentei, para lembrá-la de que tudo aquilo era apenas para seus ouvidos, que eu era o único com opções, com o direito de agir.

Atravessei o corredor decadente e cheguei ao elevador. Apertei o botão, encostei-me na parede, vazio e sem esperança, certo de que nunca entenderia a coisa mais básica a meu respeito.

27
Execução do plano

A. COM AREIA ATÉ O PESCOÇO

— Isso é lamentável – disse Carl.

Foram suas primeiras palavras em muitos minutos. Ele lera o memorando, depois examinara a fotocópia do formulário do International Bank. Quando me perguntou sobre Pindling, usei as mesmas palavras de Lagodis:

– Um autêntico encantador de serpente. Você o procura, e ele nem sequer sabe seu nome. Tive de pagar em dinheiro.

Eu podia mostrar a conta do meu cartão de crédito se fosse necessário provar.

Estávamos no aeroporto, no salão executivo da TN, uma sala de reunião com espaço suficiente apenas para uma mesa de granito preto, com quatro cadeiras ao redor. Havia um telefone entre nós, assim como uma garrafa térmica com café, em que nenhum dos dois tocara.

Na noite anterior, eu dissera a Carl que era urgente. Ele não pareceu muito surpreso ao receber minha ligação. Estava de acordo com a sua visão do que ele fazia, era alguém que tinha de atender telefonemas urgentes depois de meia-noite. Provavelmente acontecia com frequência, algum jovem gênio notando uma contradição em uma oferta de ações três horas antes do lançamento no mercado. Houve a habitual pausa deliberativa quando pedi a Pagnucci que pegasse um avião mais cedo para ter um tempo extra antes da noite do Dia da Marmota. E prometi recebê-lo no portão. Eram quase 13 horas.

Carl examinou os papéis pela terceira vez. Sua mente se deslocava em um ritmo fenomenal, tentando absorver tudo, mas percebi, por sua lentidão, que tinha alguma dificuldade para ter uma ideia de tudo, em particular do passo seguinte. Comparou as assinaturas de Jake no formulário do banco e na carta antiga que eu lhe entregara como amostra e sacudiu a cabeça de um modo quase imperceptível.

– E o que você propõe? – Ele acabou me perguntando.

– Chamaremos uma das simpáticas jovens do centro de atendimento e pediremos que tire cópia de tudo. Eu fico com os originais.

– E o que mais?

Ele me observava, alerta.

– Você telefona para Krzysinski agora. Diz a ele que precisa de uma reunião imediata. Da mais alta prioridade. Mostra todos os documentos. Comunica que está agindo em nome da G&G. Expressa as emoções apropriadas. Horror. Pesar. Revelar tudo é a única saída.

– E faço isso sem avisar Martin nem Wash?

– Exatamente.

Pagnucci estava pálido, os olhos contraídos e atentos. Mordiscou um pouco o bigode.

– Eles estão em conluio?

Não entendi.

– Wash, Martin, Eiger... eles estão nisso juntos?

Tratei de me esquivar da pergunta.

– Isso é irrelevante. Já estou na G&G há muito tempo. E muitas pessoas foram boas para mim.

Esse não era um sentimento que eu esperava que ele partilhasse. Uma coisa com que eu contava em Pagnucci era o fato de ele ser tão duro quanto parecia, o tipo de cara que, afundado até o pescoço na areia movediça, teria a coragem de mandar você seguir em frente. Conheci policiais assim, caras que achavam que podiam provar algo essencial ao se recusarem – sempre – a ceder aos sentimentos. Acreditavam no que acreditavam em termos absolutos. Ele estava sentado ali empertigado em seu terno azul impecável.

– Muito bem, mas vamos definir algumas coisas – disse Pagnucci, passando a mão, em um gesto inconsciente, no ponto calvo atrás da cabeça. – Meus sócios me disseram que esse memorando não tinha sido encontrado.

– Mas apareceu. Foi uma surpresa.

– E o que me diz da reunião do outro dia, quando você relatou a proposta de Eiger para abafar o caso? O que se pode dizer sobre isso?

– Conte a Tad. Faz parte das evidências. Jake queria que tudo fosse esquecido. Mas continuamos a investigar, e agora você está aqui por conta do Comitê, da firma, a fim de esclarecer isso. Ninguém jamais o acusou de falar demais, Carl. Pode cuidar de tudo. Mas é sua obrigação seguir em frente.

Falar com Pagnucci sobre suas obrigações parecia tão inútil e insensato quanto dizer: "Tenha um bom dia." Nos movimentos abruptos de seus olhos escuros, eu podia percebê-lo a calcular, a mente perambulando.

– Mas quem estava com o memorando? – perguntou. – Wash?

Não respondi. Pagnucci podia ter uma porção de perguntas a fazer, mas gostara do que vira. Carl Pagnucci – um homem de coragem e integridade. Apresentando a verdade, mesmo quando era devastadora para sua firma. Ele já começara a formular planos de emergência com Brushy, e a nova situação se ajustava às suas perspectivas. Compreendia como sua franqueza podia ser recordada e recompensada por Tad no futuro, agora que a TN se tornaria livre como cliente. Ao se afastar, levaria algum trabalho da TN, enquanto a G&G afundava. Havia aqui um coquetel irresistível para alguém como Carl, já flutuando no éter da autoimportância.

– E não me aconselharia a partilhar tudo isso com Martin ou Wash antes de agirmos?

O fato de sua cautela prevalecer sobre a ambição me surpreendeu um pouco.

– Depois, pode dizer a eles o que fez, o que disse. Eles só poderão apoiá-lo. Se falar antes, tentarão desviá-lo do curso. Não há outro jeito. Você sabe disso.

Carl continuou em sua reflexão silenciosa. Desconfiei de que o que mais o perturbava naquele momento era depender de mim.

– Não há opção, Carl. Temos um dever com o cliente. Alguém do Comitê tem de procurar Krzysinski, alguém que fale em nome da firma.

Ele me avaliou sobriamente. Ambos sabíamos que eu o manipulava de um modo descarado. Mas eu oferecera algo de que ele precisava – uma boa desculpa. Tudo aquilo parecia certo. Princípios elevados. Acima de críticas. É muito bom para Pagnucci. Ele podia bater continência à bandeira e roubar o cliente. Além disso, não importava muito o que eu tramava.

Puxei o telefone, disquei para a TN. Levou um tempo até Krzysinski entrar na linha, mas ele disse que dispunha de alguns minutos para Carl antes das 14 horas.

Esperei até as 15 horas para deixar o aeroporto, peguei um táxi e fui para casa. Naquele momento, os grandes caciques conferenciavam na TN: Carl, Tad e o chefe de segurança da TN, Mike Mathigoris. Discutiam o que fazer com Jake – interrogá-lo, crucificá-lo ou apenas lhe dar um chute na bunda. Dentro de uma hora mais ou menos, chamariam o FBI.

Ao chegar em casa, parei na varanda de concreto, diante da porta e das trepadeiras que subiam pela parede. O sol raro persistia, mas o ar permanecia frio, com um vento incessante. Olhei ao redor, à procura de veículos de vigilância e acenei. Levantei as mãos como Nixon costumava fazer, os dedos em V, e girei por um minuto inteiro. Ninguém apareceu. Subi para o meu quarto, vesti o smoking para a festa da Noite da Marmota, e fui para o centro. Lyle até limpara o carro.

Contornei todo o quarteirão da Torre da TN três vezes, procurando por sombras e esperando que me agarrassem, mas ainda não havia ninguém ali. Acabei subindo. Lucinda me deu três recados. Todos de Martin. Fui para a minha sala, peguei o telefone.

– Crimes Financeiros – pedi à telefonista.

O próprio Pigeyes atendeu. Fiquei aliviado ao ouvir sua voz. Pensava que ele poderia ter retirado suas forças porque apanhara Bert, contudo sua voz transbordava de indiferença bovina pela vida burocrática no Crimes Financeiros.

– Abandonou a investigação? Pensei que ainda me procurava.

– Quem está falando? – Ele percebeu quem era um instante depois, e acrescentou: – Pensa que você é tudo com o que tenho de me preocupar?

– Estou no escritório e disposto a lhe contar tudo o que quiser saber.

Ele ficou pensando. Alguma coisa, só Deus sabe o que, o intimidara.

– Dez minutos – disse Pigeyes, depois de um tempo. – E não fuja outra vez para o lado escuro da lua.

Encontrei um cigarro na minha gaveta. Lucinda enfiou a cabeça pelo vão da porta. Toots estava na linha.

– Tudo acertado – anunciou ele. – Seus amigos estão livres. Tive de lembrar algumas coisas a uns e outros.

– Toots, você é um fazedor de milagres.

Pelo telefone, o cara se deleitou com o elogio. Dava para ouvir.

– Só mais uma coisa – acrescentou ele. – O dinheiro. Precisamos conversar a respeito. Acho que tem de ser 275.

A cifra era um golpe e tanto. Não me passara pela cabeça bancar Bert desse jeito, mas raciocinei depressa. Bert me era útil, até mesmo essencial. Além do mais, sentia-me feliz em poder provar a mim mesmo que não era o reles vagabundo que Brushy insinuara. Toots explicou:

– Foi um negócio grande, pelo que me disseram. E por isso não pode ser menos do que 275.

Não chegava a ser uma negociação, uma vez que Toots fixava o preço. E me ocorreu de repente – talvez algo que deveria saber desde o início – que o coronel receberia sua parte. Era esse o talento de Toots, sua profissão, ajeitar as coisas, acabar com os grandes problemas. Também não o defendêramos de graça.

Expliquei como queria fazer. Precisava do número de uma conta em um banco local. Em algum momento, nos próximos sete dias, seria feita uma transferência da agência do Fortune Trust em Pico Luan.

– Quais são as regras básicas, Toots? Meu amigo corre perigo até o dinheiro chegar?

– Eu tenho a sua palavra, eles têm a minha palavra. Está tudo resolvido. Nunca aconteceu. Mas diga uma coisa a seu amigo: não pode haver uma próxima vez.

Na sala ao lado, Brushy falava no telefone. Ao me ver, fez uma careta, jogou um beijo, balançando a mão em admiração por minha galante aparência de smoking. Tentei sorrir. Ela pôs seu interlocutor à espera e me perguntou:

– Posso dizer que sinto muito?

– É claro. – Fechei os olhos. Afinal, por que deveria ficar furioso? Por ela ter desconfiado de que eu acalentava péssimas intenções em relação a Jake? – Alguma notícia de Bert?

Ele ligara havia quase uma hora, informou Brushy, e prometera telefonar de novo muito em breve.

– E como foi com Toots? – indagou ela. – Ele conseguiu resolver tudo? É mesmo?

Ganhei um enorme sorriso. Eu era um cara formidável. A porta para o corredor estava aberta, e por isso Brushy se limitou a pegar minha mão. Ficamos assim por um instante, nos acariciando afetuosamente. Descobríramos o nosso círculo vicioso, espetadelas, mágoas e uma doce reconciliação. Vi seu olhar se deslocar para a porta. Lucinda estava parada ali. Os policiais haviam chegado. E o Sr. Gold me queria lá em cima dentro de dez minutos.

– Ele parece furioso – disse Lucinda.

– Avise a ele que estou com a polícia. – Virei-me para Brushy, que concluíra o telefonema. – Isso atrairá sua atenção.

C. TENTO SATISFAZER PIGEYES

– Muito bem, Gino, deixe-me ver se entendi como a bola quicou. Depois de falar com a Sra. Archie, a Divisão de Pessoas Desaparecidas fez uma visita ao Banho Russo, onde alguém de bexiga fraca denunciou a história da armação dos jogos. Essa divisão fez o que sempre faz, chutou a bola para outro pessoal, o de Crimes Financeiros, neste caso, dizendo a você que era uma grande investigação e que, se acabasse esbarrando com um atuário ou um cadáver, presumindo que você sabe a diferença, ligasse para avisá-los. Estou adivinhando direito até aqui?

Ele não disse nada. Formávamos um grupo estranho – eu, Brushy, Pigeyes e Dewey, espalhados pela sala de alta tecnologia de Brushy, cada um de nós visivelmente cauteloso. Brushy mantinha-se por trás de sua mesa de vidro, flanqueada pelas plantas selvagens em vasos. Eu era o único de pé, andando de um lado para outro, sacudindo as mãos, me divertindo um bocado. Usava um traje a rigor completo, smoking com faixa e tudo, uma camisa de peitilho engomado que tinha havia vinte anos e nunca me dera o trabalho de substituir; seus babados extravagantes me faziam pensar na crista de uma cacatua. Gino me olhara de alto a baixo ao entrar e pedira um *T-bone steak*, ao ponto.

– Foi assim que você começou a procurar por esses caras, Kam Roberts em particular, e Archie e Bert como personagens secundários. Tinha certeza de que era um caso quente e mobilizou metade da força policial para ajudá-lo, porque via a situação da seguinte maneira: A) um bando de caras do Banho Russo dizendo que andavam ganhando dinheiro com Bert, que recebia as informações de alguém que ele chamava de Kam Roberts; B) Bert tem um cartão de crédito em nome do referido Kam Roberts; C) temos a presença assinalada aqui e ali do referido Referido; e D) o *bookie*, Archie, está entre os desaparecidos. Mas há algumas perguntas. Primeiro, quem é o tal de Kam Roberts? Segundo, como um sócio de uma grande firma de advocacia se mete a combinar os resultados de partidas de basquete? Terceiro, por que ele está brincando de esconde-esconde por toda a América do Norte? E quarto, diga-se de passagem, onde está Archie? Continuo no caminho certo?

Pigeyes se limitou a gesticular, um dar de ombros, um aceno com a mão. Ainda se recusava a falar. Um policial nunca explica o que está investigando, não até enunciar as acusações quando efetua a prisão. Ainda metidos em seus sobretudos,

Pigeyes e Dewey estavam sentados lado a lado no sofá cromado de Brushy. Percebi que Gino se sentia apreensivo por eu estar me divertindo tanto.

– Muito bem, vamos esclarecer algumas dessas coisas. Em termos hipotéticos, é claro, já que, se um dos envolvidos é um importante advogado, precisa se preocupar com a CAE e com sua própria pele, e é por isso que você está ouvindo toda a história de mim. Mas vamos deixar uma coisa bem definida desde o início: ninguém andava combinando os resultados dos jogos, ninguém por aqui, e ninguém que tivesse amigos por aqui.

Isso provocou uma reação.

– Não? – murmurou Pigeyes.

Cético, pode-se dizer assim.

– Não. Eis como aconteceu. Archie banca apostas, mas é um atuário antes de tudo. Muito hábil com computadores. E analisa tudo. Digamos que há alguns cavalheiros, vamos chamá-los de Valpolicella e Bardolino, V&B, que parecem sempre armar os resultados dos jogos de basquete na liga universitária do centro-oeste. Archie nota o que vem acontecendo. Sendo o mundo como é, Archie deve guardar a coisa só para si. V&B vêm fazendo os outros de otários, e Archie não deixa de pagar sua taxa de rua. Mas vamos imaginar que Archie tem um amigo... um cara muito ligado a ele, um amigo bem íntimo.

Fitei Pigeyes nos olhos, para ter certeza de que ele entendia.

– Archie lhe passa a informação. O amigo, um sócio importante em uma grande firma de advocacia, começa a apostar nos mesmos palpites de V&B, e ganha uma grana alta. Tudo bem até aqui?

Pigeyes conseguira obter uma foto de Bert e tirou-a das muitas camadas de seus casacos.

– Um cara boa-pinta, hein? Estamos dizendo que ele é assim?

– Veja como fala, Gino. Não vamos entrar em detalhes pessoais, está bem? Lembre-se apenas de que foi você mesmo quem me falou sobre Archie. Um pica-pau fica sempre empenhado em conseguir um buraco, não é?

Pigeyes e Gino gostaram dessa. Brushy cobriu os olhos.

– Seja como for, Bert, que é o nome hipotético que darei a esse advogado, tenta ser discreto, mas aqueles caras do Banho Russo estão sempre se metendo na vida dos outros, querem saber o que cada um faz. Uma coisa leva à outra. E não demora muito para que todos saibam que Bert, ou Kam Roberts, como é chamado quando aposta, vem ganhando uma grana alta em determinados jogos. E ele não tem como explicar como. Todos que suam ali fazem suas apostas com Archie. É mau negócio favorecer um cliente. E os motivos para fazer isso são altamente pessoais. Por isso, Archie e Bert inventam essa história de que é Kam Roberts quem passa as informações. Mas não é. Desde o início, é Archie. Mais cedo do que Archie imaginava, V&B descobrem o que está acontecendo no Banho Russo e sabem, com toda a certeza, que as informações não partem do hipotético Kam Roberts. As informações são de sua propriedade, confidenciais, o segredo do negócio, e eles avisam que as chamadas partes íntimas de Archie serão em breve dadas como comida a algum cão vira-lata. Archie trata de fugir, e V&B iniciam a caçada, que logo os leva à porta de Bert. Dão um ultimato a Bert... 24 horas para descobrir o paradeiro de Archie ou ele também vai virar comida de cachorro. Assim, Bert também toma chá de sumiço. Até que um dos seus intrépidos sócios, que conhece um cara que conhece um cara que conhece outro cara, consegue o que podemos chamar de anistia. A um preço alto. É possível, em termos hipotéticos, que Bert esteja devolvendo os lucros a taxas de juros que ultrapassam o teto da usura.

Descobri que Brush, quando lancei um olhar em sua direção, arriara na cadeira, fitando-me com uma expressão apreensiva. Perturbava-a, eu desconfio, me ver mentindo com tanto entusiasmo.

– E o que mais? – indagou Pigeyes.

– Como assim?

– Onde está o tal de Archie? Hoje?

– Eu procuraria nos esgotos. Foi o que ouvi dizer. V&B encontraram-no. E ele ganhou uma coisa em torno do pescoço, além da gravata. Se o seu pessoal nas ruas é tão bom quanto antigamente, Gino, já deve ter ouvido a mesma história.

Acertar as contas com alguém, liquidá-lo de vez, não é algo que uma pessoa guarde só para si. A notícia se espalha. Não pode ser de outra forma. É assim que esses caras mantêm todo mundo na linha. Lucinda bateu na porta.

– Sr. Gold – disse ela.

– Mais cinco minutos.

– Ele quer falar com você imediatamente.

– Cinco minutos.

Lucinda adiantou-se até o telefone, apertou um botão. Estendeu-me a extensão. É o destino dessa pobre coitada, há anos, proteger-me de mim mesmo.

– Não estamos achando a menor graça – declarou Martin, quando encostei o fone no ouvido.

– Estou ocupado.

– Foi o que me disseram. Mas o que você e os simpáticos policiais estão discutindo?

– O detetive Dimonte tinha algumas perguntas sobre Bert.

Sorri para Gino ao mencionar seu nome.

– Não é uma conversa sobre altas finanças?

– Bert – repeti.

– Bert fez alguma travessura?

– Não brinque com coisas sérias, Martin. Estarei aí dentro de um minuto. Já estamos quase acabando.

Desliguei sem permitir mais nenhum comentário. Gino esperava.

– Então toda essa história de Kam Roberts não passou de uma encenação?

– Exatamente.

– Só que existe um Kam Roberts – insistiu Pigeyes, desdenhoso.

– Não. Há um certo jovem que usou algumas vezes o cartão do banco de Bert. Isso não o transforma em Kam Roberts.

– Não? E quem é ele?

– Um amigo de Bert.

– Outro? O cara é um tanto volúvel, hein? Era infiel ao primeiro?

– Ora, Gino, chame como quiser. Mas lembre-se de que já fomos companheiros de ronda. Não foram poucas as ocasiões em que o vi se divertir com três garotas no mesmo turno.

Ele se mostrou lisonjeado, como não podia deixar de ser, pela recordação. Lançou um olhar rápido para Brushy, na esperança de que ela tivesse ficado impressionada. Um dia eu teria de falar com Pigeyes sobre o garoto apelidado de *Nueve*.

– Seja como for, temos esse jovem – continuei. – Bert vem acumulando muito dinheiro e possui bastante para partilhar. É possível, em termos hipotéticos, que esse jovem tenha ligação com a universidade. Talvez tenha sido ele quem deixou um advogado de meia-idade entrar no vestiário dos árbitros uma noite dessas, a fim de que pudesse conversar com Bert longe do olhar vigilante da lei, na esperança de resolver o problema.

– É mesmo?

– É possível.

Arriei no braço de uma poltrona, para avaliar a reação. Fora melhor do que eu poderia esperar, ao que parecia. Eu tentava com o maior afinco, por Bert e por mim, improvisando como um doido; e quando se tratava de Gino, minha ousadia não tinha limites. Ainda assim, eu achava que exagerara. Toda a história era absurda, extravagante demais, uma mentira de pernas curtas. Eu não sabia o que faria, por exemplo, se quisessem me interrogar sobre o jovem da universidade. E não haveria nenhuma resposta esperta se Gino começasse a comparar os jogos que os caras no Banho chamavam de Especiais de Kam com os que os árbitros apitavam nas noites de sexta-feira.

Mas a coisa mais sensacional com as pessoas é que nunca se sabe. Depois de duas semanas com o bafo na minha nuca, perseguindo-me por toda parte e assombrando meus sonhos, Gino parecia ter perdido o gás. Não que acreditasse muito em mim. Sabia que não podia. Mas era evidente que receava que a promotoria lhe desse um chute na bunda porque nem chegara perto de uma dúvida razoável. Falso ou não, eu cobrira todos os pontos; era uma defesa ampla. E meus antecedentes com Gino eram suficientes para que qualquer assistente do promotor pensasse duas vezes. Pigeyes não chegou a essas conclusões de bom grado. Quando me encarou, seus olhos ainda estavam impregnados de ódio, sem nenhum vestígio de boa vontade, como o preto significando a ausência de cor, mas percebi que ele sabia que eu o derrotara.

Virou-se para Dewey, que deu de ombros. Um gesto para se mandarem. Os dois se levantaram.

– Foi um prazer tornar a vê-lo, Gino.

– É verdade – murmurou ele.

Lucinda apareceu na porta, chamando-me, e eu a segui, partindo com um aceno jovial, enquanto Brushy se encaminhava com Gino e Dewey para a porta. Lucinda tinha um bilhete: "Bert está no telefone." Atendi na minha sala.

– Já resolvi seus problemas – informei. – Aqueles caras não vão mais procurá-lo.

A ligação ficou barulhenta. Pelos ruídos, calculei que ele se encontrava em um telefone público nas proximidades de uma estrada.

– Engraçado, não é? – murmurou ele.

– Não me pergunte como. Você está são e salvo. E também acertei tudo com a polícia. O que você tem de fazer agora é vir para cá. É provável que precise responder a algumas perguntas sobre Jake.

Mathigoris, da segurança da TN, ia querer ouvir a história muitas vezes. O memorando, os cheques. Jake dizendo a Bert que o caso exigia sigilo absoluto.

– E o que...

– Dei cobertura a vocês dois. Agora, alugue um smoking e venha para cá. É a Noite da Marmota.

– Oh, Deus!

Dava para sentir, no instante do alívio, o terror que o dominara subitamente. Voara em outra missão de combate. Agora retornara ao solo, dilacerado pelo que passara, os tremendos impactos de som, a luz que perseguira seu avião pelo céu.

– Oh, Deus! – repetiu ele. – O que posso dizer, Mack?

– Só quero que venha para cá.

A coisa se tornava cada vez mais emocionante, tudo se ajustando nos devidos lugares. Meu telefone tocou de novo.

– Estou esperando – anunciou Martin.

28
Como Martin solucionou o crime

Martin estava se vestindo. Já pusera a calça do smoking, com listras de cetim ao longo das costuras, e a camisa de colarinho alto e quebrada nas pontas, em que agora inseria os botões, pequenos diamantes que reluziam à claridade perolada da tarde de final de inverno. Dentro de uma hora mais ou menos, meus sócios, todos vestidos da mesma forma, seguiriam para o Club Belvedere, partilhariam um drinque ou dois e alguns canapês e, depois, durante o jantar, ouviriam um relatório sobre os resultados financeiros e a proporção de sua participação. Prometia ser uma noite penosa sob todos os aspectos.

Martin não disse nada, a princípio. De pé, ele se concentrou na camisa por um tempo. De vez em quando, fazia uma pausa para examinar um pequeno cartão azul de recado em sua mesa e lia-o pensativo. Desconfiei de que fosse o seu discurso para a Noite da Marmota. Todo o entusiasmo do sócio-gerente. Pegando sua caneta, ele fez algumas correções. Também me mantive em silêncio. A sala grande, com a claridade entrando pelas janelas compridas, era sossegada o suficiente para se ouvir o zumbido do giroscópio que acionava um dos seus relógios. Senti a tentação de me divertir com alguns de seus brinquedos, como o cajado do xamã e os jogos na mesinha de café, mas acabei sentando-me em uma cadeira de madeira, sem apoio para os braços, pintada em tons de laranja, canela e folhas secas. Levara a minha pasta.

– Porra, não imagina como eu estava querendo conversar com você – disse Martin, finalmente.

Ele não costumava xingar, e a intenção evidente era de chocar. Queria que eu soubesse que estava irritado, que nosso acordo de sociedade não incluía um mandado de busca em sua gaveta. E continuou a ajeitar a camisa.

– É muito grande a encrenca em que Bert se meteu? – perguntou ele, depois de um momento.

– Agora que tive uma conversinha com a polícia, é provável que não haja mais nenhum problema.

Ele me lançou um olhar rápido, para se certificar de que eu falava a sério.

– Como conseguiu isso? O policial é um velho amigo seu?

– Pode-se dizer que sim.

– Confesso que estou impressionado.

Ele balançou a cabeça. Lamentei, para ser franco, que ele não estivesse presente para assistir. Uma firma de advocacia precisava de todos os tipos, e eu era um dos melhores mentirosos da cidade. Era como ter um lançador na reserva em um time de beisebol capaz de arremessar uma bola curva ilegal, sem que ninguém percebesse, no momento em que se tornasse necessário. Testemunhar aquele desempenho teria recompensado a fé de Martin em mim, o tempo todo que passara dizendo a nossos sócios que eu ainda podia me recuperar.

– Tenho feito outras coisas impressionantes, Martin. Estive em Pico Luan no fim de semana.

Os olhos de Martin se encontraram com os meus pela primeira vez. De pé ali, seu vulto era emoldurado pelo círculo de ferro preto do enorme abajur que reduzia o espaço em sua mesa.

– Estamos nos defendendo um do outro por meio do humor? – perguntou ele.

– Não. Quero apenas demonstrar minha capacidade como investigador. E estou lhe dizendo, gentilmente, que pare com essa besteira.

Tirei da pasta uma das cópias do formulário do International Bank e joguei-a em cima da mesa. Martin estudou-a minuciosamente. Depois, sentou-se em sua cadeira alta de couro.

– O que vai fazer?

– Já fiz. O Sr. Krzysinski foi informado de tudo.

O último botão, que Martin ainda segurava entre os dedos grossos, atraiu toda a sua atenção. Contemplou-o por um instante, depois arremessou-o na direção das janelas. Ouvi-o ricochetear, mas não consegui ver onde caiu.

– Carl está lá em cima com esse documento e o memorando que você havia escondido. Tad, ele e todos os outros estão tentando imaginar por que Jake Eiger faria uma coisa dessas.

Por um momento, Martin cobriu todo o rosto com a mão larga, inclinando-se para trás. Mesmo com a porta fechada, eu conseguia ouvir os telefones tocando, as vozes em um dia de trabalho.

– Não vão demorar muito para tirar suas conclusões, não é? – murmurou Martin. – O motivo nada tem de misterioso. Jake planeja o seu futuro. Sabe que Tad não gosta dele e que, mais cedo ou mais tarde, depois de consolidar suas alianças no conselho de administração, Krzysinski vai abrir as comportas e jogá-lo lá de cima sem paraquedas. Por isso, Jake tratou de arranjar um paraquedas para ele. Não é essa a explicação?

– Parece correta.

Martin fitou-me com um olho só, ainda inclinado para trás na cadeira.

– O que mais Carl está dizendo?

– Eu lhe dei cobertura, se é isso o que quer saber. E é mais do que você merece. Tentou me sacanear o tempo todo.

Ele fez menção de negar, mas tratei de desafiá-lo.

– Posso dar uma centena de exemplos. Não preciso perguntar a quem Glyndora pediu conselhos sobre como me tirar de seu apartamento na semana passada, não é mesmo?

– Não.

Ele riu subitamente, e eu também. Eu bancava o bom desportista, contudo um clima de revelação também começava a desanuviar o ambiente. Imagino que daria uma grande história a maneira como eu descera correndo pela escada, como um sátiro, tentando não tropeçar no meu vocês sabem o quê.

– Não queria que ninguém se metesse com sua namorada, hein?

Martin empinou o queixo. Tornou a me fitar com um olho só. Eu não podia adivinhar como ele reagiria a essa investida sobre seus segredos, se isso o deixaria frenético ou se se levantaria para tentar me expulsar da sala. Mas creio que ele se conhecia muito bem, porque pareceu aceitar com uma leve resignação.

– Não deixe que eu o detenha, Martin. Você estava prestes a explicar.

– Minha vida pessoal? Isso foi antes dessa tormenta.

Não chegava a ser uma recusa. Ele olhava através dos janelões para a cidade e sua vida, o tom de voz sugeria mundos e universos de emoções reprimidas. Por Deus, pensei, seria sensacional ser uma mosca na parede por aquele romance, para observar aqueles dois personagens fortes superarem as muitas barreiras para chegarem à cama. Glyndora devia ter exposto todas as suas partes proeminentes e o desafiado a tocá-las... um meio de colocá-lo em seu lugar. Eu já tinha visto a banda tocar: você pensa que é o tal? Pois saiba que eu é que sou. Sou a mulher mais bonita em um raio de quatro quarteirões. Eu o esgotaria. Iria obrigá-lo a se levantar quatro vezes por noite, treparia até deixá-lo seco e diria que precisava de mais, seria tão exigente que você ia querer desatarraxá-lo, e eu o guardaria entre meus troféus. Nunca teve sonhos eróticos com uma mulher que fosse, pelo menos, 10 por cento tão boa quanto eu. E não se atreva a tocar, porque não vou permitir.

Era provável que ela tivesse resistido ao máximo. E Martin aceitara o Desafio do Título Mundial de tratá-la com gentileza. Glyndora deve ter batido o pé, se entregado a acessos de mau humor, e ele continuado a indicar, por uma centena de meios, que a considerava valiosa e nunca mudaria de ideia. Deve tê-la esgotado até que ela sucumbiu à fantasia de que tudo o que rejeitara antes podia acabar por envolvê-la. E Martin visitara aquela zona sombria em que não há muitas coisas que importam, em que a encenação e o poder, cada uma de suas apostas, sempre no futuro, tinham de se render à pura sensação do presente. Sou capaz de apostar que até dez minutos antes de treparem tudo não passava de uma excitação diária para os dois, um filme erótico sempre se projetando em suas mentes.

– Mas o que aconteceu entre você e ela, Martin? Posso perguntar?

– Não deu certo. – Sua mão se agitou pelo ar. – Estávamos nos iludindo.

O comentário pairou no ar, com todo o seu potencial de tristeza – a aflição americana. Martin tinha os filhos, a esposa... e havia o Club Belvedere, clientes que o desprezariam se estivesse ligado a uma mulher negra. Mas o resultado deve ter sido mais conveniente para Glyndora. Teria sido lhe pedir demais, ser ela própria no mundo de Martin.

– Gosto muito de Glyndora – acrescentou ele, empalado em tudo o que o comentário conjurava e ocultava. Tornou a me fitar. – Você acredita em reencarnação?

– Não.

– Nem eu.

Ele ficou quieto. Martin Gold, o mais bem-sucedido advogado que eu conhecia, também queria ser outra pessoa. Mas era comovente. A lealdade sempre é.

Mantivemos o silêncio por um tempo. Depois, em um tom cansado e pensativo, Martin pôs-se a contar o que acontecera. Não tentara me enganar, assegurou ele. Não intencionalmente. Dei-lhe o crédito por isso. As circunstâncias foram se avolumando. E se combinando. Sua honestidade era encantadora. Quase nunca se conseguia fazer com que Martin falasse direto do coração.

– Glyndora me procurou com o memorando e os cheques assim que foram emitidos. No início de dezembro, se não me engano. Por aí. A coisa parecia muito estranha para nós dois, cheques de transações normais depositados no exterior, mas não me preocupei muito até que comecei a pesquisar... conversando com Bert, Neucriss, o banqueiro de Pico. Não havia uma Litiplex registrada em nenhuma parte. Nenhum registro lá em cima. Fiquei chocado quando compreendi para onde tudo apontava. Nunca imaginara que Jake fosse capaz disso. Ele mentiria para o Papa em nome de sua vaidade, porém me senti atordoado ao saber que era um ladrão. E é claro que foi terrível imaginar as consequências.

Martin, como qualquer homem com um império, estava acostumado a problemas – e dos grandes, situações que podiam arrastá-lo, e a todos que dependiam dele, para o fundo do poço. Como a TN deixar de ser um cliente, ou Pagnucci tomar uma iniciativa. Acostumara-se a tais coisas. Aprendera a andar na corda bamba, equilibrando-se com bom senso e uma sombrinha. A manobra de Eiger também era um problema. Ele deixou Glyndora em alerta para mais cheques e levou tempo ponderando sobre o bem comum.

– Foi quando a vida de Glyndora começou a desmoronar – disse ele.

– Bert e Orleans?

Martin emitiu o som, o grunhido do antigo campeão de luta livre, uma pequena erupção de surpresa, controlado com algum constrangimento quando era derrubado. Encarou-me, o rosto imóvel gravado nas sombras do crepúsculo.

– Sabe, Malloy, se durante os últimos anos você tivesse feito a metade do trabalho competente que realizou neste caso, teria tornado minha vida muito mais fácil.

– Aceitarei isso como um elogio.

– Pode ter certeza de que é.

– Como é o filho de Glyndora?

– Orleans? Um sujeito complicado.

– Ele é o desgosto da mãe, presumo.

Martin fez vários gestos pensativos. Parecia que tentara ser bom com Orleans.

– É muito inteligente. Saiu à mãe nesse aspecto. Muito competente. Mas sem firmeza. Temperamental. E não há nada que se possa fazer a respeito. Ela pensava que podia proibi-lo de ser como era. E ele não estava disposto a ser proibido.

– Ela achou que Bert era um fato novo inquietante?

– Não Bert como Bert. É uma situação que Glyndora jamais quis encarar. – Martin fez uma cara triste.

– Posso imaginar.

Eu já entendera tudo. Mas sentia por Bert. Era provável que ele fosse em grande parte irrelevante para Orleans desde o início.

– Você avisou Bert?

– Ninguém por aqui tem aceitado meus avisos. Ninguém mesmo. – Por um instante ele se mostrou desolado ao mesmo tempo em que seu nervosismo aumentava. – Mas que confusão! Essa pode ter sido a coisa mais estúpida... – Martin balançou a mão. – Essa manobra absurda e insana com aqueles jogos de basquete... E pior ainda, nenhum dos dois pensou, nem por instante sequer, nas consequências desse comportamento... Prisão, danos físicos, meu Deus, os clientes em potencial, e os dois ainda ficaram *surpresos,* chocados, absolutamente incrédulos, como crianças pequenas, os dois adultos mais imaturos que já conheci, nenhum dos dois com o mais remoto...

Martin parou de falar; estava perdendo o fio da meada.

– Você explicava como decidiu dar cobertura a Jake.

– É parte da história. Como eu já lhe disse. Uma dessas coisas que acontecem por acaso. As circunstâncias conspiram. Foi o que levou Glyndora a isso.

– A culpar Bert? Está querendo me dizer que a ideia foi de Glyndora? Para quê? Vingar-se de Bert?

Ele esperou. E sorriu.

– Que tipo de mãe você imagina que Glyndora é, Mack?

Podia-se escolher entre incontáveis adjetivos. Envolvente. Protetora. Teria resguardado Orleans através das devastações da guerra, brigado por comida, vendido seu corpo. Por tudo o que eu sabia, era o que fizera comigo naquela noite. Mas eu ainda não entendia. Martin salvava seus sócios, sua vida profissional, dando cobertura a Jake. Não percebi qual podia ser a vantagem da supervisora da contabilidade.

– Escute, Mack, a decisão de Bert de sumir era bem-intencionada. Ele pensava que estava sendo heroico. Mas não era uma solução para Orleans. Não aos olhos de Glyndora. Ela não queria o filho fugindo pelo resto de sua vida. Queria-o em segurança aqui, e ele não estava.

Continuei sem entender.

– Foi você quem formulou a pergunta, Mack. Na semana passada. "Onde Bert se meteu?" Onde *nós* dizemos que Bert se meteu? Trata-se de um advogado. Com 67 sócios. E clientes. Não vamos falar da família, pois não há quase ninguém. Todos os supostos amigos estavam implicados na mesma coisa e, com certeza, dispostos a se manterem sãos e salvos. Mas o que todos aqui vão dizer? Como podemos impedir que alguém notifique a polícia, que, ao investigar a ausência de Bert, vai logo descobrir toda a confusão do basquete? O único meio de isolar Orleans... de lhe proporcionar uma proteção total... era arrumar outra explicação verossímil para o desaparecimento de Bert... mesmo que essa explicação fosse do conhecimento de apenas algumas pessoas, que inventariam desculpas para as outras.

Virei a cabeça para um lado e outro. Quase gostei da solução. Até que compreendi a parte seguinte.

– Era por isso que você precisava de um infeliz incompetente para procurá-lo.

Alguém que não fosse capaz de descobrir Bert nem de imaginar o que de fato acontecera – apenas para confirmar de modo convincente que ele sumira. Foi isso que Glyndora quis dizer no único momento de sinceridade que tivéramos. Absorvendo meu comentário sobre a avaliação que os dois fizeram de mim, notei que Martin não demonstrou a menor intenção de discordar.

– E foi por isso que vocês esconderam o corpo. – A ideia me ocorreu de repente. – Depois que comecei a procurar por Bert.

– Nós *o quê?* – perguntou ele.

Todo o peso de Martin se apoiava de repente em uma das mãos, apertando o braço da cadeira com toda a força. Esse aspecto de alarme, de incompreensão, poderia ser forjado, refleti. Martin, contudo, não dava a impressão de que tentava me enganar. Por isso, avaliei: Orleans e Bert, já envergonhados e repreendidos, acusados de idiotas irresponsáveis, não haviam confessado o pior. Martin e Glyndora pensavam que Bert apenas fugia de ameaças. Ao sair nos jornais, o desaparecimento de Archie deve tê-los apavorado.

– Um modo de falar – murmurei. – O memorando. Vocês esconderam o memorando.

– Ah, sim... – Martin relaxou. – Isso mesmo, escondemos o corpo.

Ele fez um breve esforço para sorrir. Por um instante, especulei outra vez quem teria transferido o corpo. A única coisa certa era que Archie não poderia ter saído andando.

Enquanto isso, Martin retomara sua explicação, dizendo como tinham dado um jeito de culpar Bert por roubar o dinheiro da Litiplex. Nas primeiras vezes em que discutira o assunto com Glyndora, todo o plano fora somente como uma fantasia magnífica, afirmou ele, um futuro perfeito em que cada um dos problemas seria resolvido. Analisaram todos os detalhes dezenas de vezes, calcularam como as pedras do dominó se ajustariam, perceberam de imediato como seria vantajoso para a firma não ter de sacrificar Jake. Fora divertido tramar tudo, com muito riso, como um casal dizendo que vai assaltar um banco para pagar uma hipoteca. No fim, ele reconhecera que Glyndora o exortava a executar o que julgara no início mera diversão.

– Eu disse a ela que era uma loucura. Pior do que isso, inadmissível. Uma fraude. Mas deve entender... entender realmente. – Martin se empertigou na cadeira, tornou a me encarar. – Sou eu. O problema é meu. São meus preciosos valores. Meu direito. Minhas regras. Tire isso da equação... Meu certo, meu errado. Minhas preciosas abstrações.

Ele hesitou em meio à ladainha que deve ter ouvido de Glyndora ao longo dos anos e ficou como um besouro ao vento, manifestamente aflito. Observando-o, meu coração se encheu de uma súbita esperança de que Brushy e eu poderíamos superar o que nos separava da mesma maneira, até que recordei, do mesmo jeito repentino, que ambos supostamente acreditávamos na mesma coisa.

– Aqui estão as pessoas – continuou Martin. – Glyndora e Orleans. Meus sócios. Jake. Bert. Até você, Mack. Até você. Esta é uma instituição. Um produto de muitas vidas. Centenas de vidas. Está bem, está bem, pareço com Wash. Perdoe-me pela hipocrisia. Mas coloco tudo isso no altar? Já fiz concessões piores.

Ele abriu os braços. O gesto tinha algo de majestade sacerdotal. Ele pensava que era uma confissão.

– E também não lhe faz mal nenhum, pessoalmente, Martin. Todos sabemos quem fica com a maior parte.

Eu desfrutava a situação – ser o homem de maior integridade, embora ambos soubéssemos que era uma situação circunstancial e eu soubesse que não passava de uma encenação. A verdade é que eu gostava de minhas encenações, de todas elas – o tira, o cara durão, o esperto, o advogado. Podia ser bom em qualquer coisa, embora apenas em tempo parcial.

Martin absorvera meu comentário com um sorriso demorado e triste.

– Não sou eu quem fica com a maior parte.

Sua mão esbarrou no cartão que deixara em cima da mesa, jogando-o pelo espaço; peguei-o no tapete. A letra de Martin é atroz – rabiscos incompreensíveis para mim, mesmo depois de tantos anos. Mas determinadas palavras eram bastante claras. "Demissão." "Prefeito." "Comissão da Margem do Rio." "Paixão antiga." No discurso daquela noite, na assembleia com todos os sócios, Martin Gold deixaria a firma.

– Acha que o setor público pode me absorver, Mack?

– Você deve estar brincando.

Eu não podia acreditar. O circo sem Barnum.

Ele remoeu o assunto. Determinado. Obstinado. Chegara o momento, disse. O acordo fora celebrado. Martin Gold, presidente da Comissão da Margem do Rio a partir de 1º de abril.

Falou sobre trinta anos na advocacia particular, em retribuir com alguma coisa, mas eu compreendia os imperativos. Se não desfechasse um nocaute simulado em Jake, se não marchasse resoluto para a sala de Krzysinski e deixasse sua firma de advocacia ir para a cucuia, então estaria punindo a si mesmo. Seu pessoal poderia sobreviver, mas ele não alcançaria a terra prometida. Era uma ideia antiga, e a mistura de pragmatismo astuto e princípios bombásticos era a própria essência de Gold. Típico de advogado, pode-se dizer. Mas ainda assim uma loucura.

– Você deveria ter nascido católico, Martin – comentei. – Perdeu uma grande oportunidade. Há uma porção de obscuros dias de jejum e rituais de penitência. Há séculos que trabalhamos em estratégias de abnegação.

Ele pensou que eu estava sendo engraçado, é claro. Era o que sempre acontecia. E soltou uma risada.

Durante todos aqueles anos, eu imaginara que se ultrapassasse de alguma forma as defesas de Martin e desse uma espiada em seu íntimo, seria uma visão gloriosa: contemplaria um coração de leão, batendo a uma velocidade Mach e ampliado pela paixão. Em vez disso, o que havia lá dentro era algum *gremlin* que o fizera acreditar que sua maior nobreza derivava de se privar do que mais gostava. Glyndora. Ou a firma de advocacia. Ele era mesquinho consigo mesmo, com seu próprio prazer. Foi angustiante reconhecer: Martin era mais produtivo do que eu, mas não era mais feliz. Eu também não queria a sua vida.

Ele ainda estava discordando.

– A partir de hoje... – e Martin fez um aceno de cabeça para mim. – ...não vou renunciar a muita coisa. Não depois que a poeira lá em cima assentar. Que Tad instrua seu novo diretor jurídico a nos cortar por completo, que somente reduza o volume de negócios, a firma não vai aguentar. Um sujeito como Carl... – Martin hesitou; nunca falava mal de seus sócios. – Nem todos vão se contentar com menos. No fim, para ser franco, haverá até quem me descreverá como um oportunista. O primeiro a abandonar o barco.

Havia, sem dúvida, um sutil elemento de acusação nessas observações. Martin dera um braço pela equipe. Eu a destruíra. O menino católico, sempre culpado de tudo o que era acusado, ainda tentava se defender. Era cômico, sem dúvida. Eu roubara quase 6 milhões de dólares e não me sentia assediado pelo pensamento de devolvê-los. Mas, à nossa maneira simplória de pensar que somos como os outros nos consideram, eu me importava com as impressões de Martin.

– Devo pedir desculpas? – indaguei. – Era um negócio indigno, Martin, o que você tentou fazer com Jack... 5,5 milhões do dinheiro do cliente, para que ele continuasse a jogar restos para a G&G.

Martin ficou imóvel... como acontecera quando eu mencionara o corpo. Balançou a cabeça com firmeza.

– É *isso* o que você pensa?

Ele sorriu subitamente. Um sorriso luminoso. Usou os braços da cadeira para se erguer. Meu comentário o deixara satisfeito. E eu sabia o motivo. Cometera algum erro que lhe permitira retomar a conhecida supremacia.

– Entendo, entendo... Eu estava negociando com Jake. Os negócios da TN pelo dinheiro. É isso? É isso?

Era uma competição agora, um pretexto. Permaneci de boca fechada enquanto ele partia para o ataque.

– Eu me declaro culpado, Mack. Tentava preservar a firma. Estava tentando até salvar Jake de si mesmo. E Deus sabe que também esperava proteger Orleans. Tive de aparar algumas pontas de minha consciência no processo... admito isso. Talvez mais do que algumas pontas. Mas você acredita sinceramente que o objetivo de tudo isso era... essa estupidez?

Não respondi.

– Não posso imaginar como você chegou a essa conclusão. Por que haveria de confrontar Jake com você e Wash na semana passada? Por que não apenas sussurrar em seu ouvido que eu sabia que ele era ladrão e exigir que nos encaminhasse todos os negócios dali por diante?

Sua posição seria mais segura, é claro, se não confrontasse Jake abertamente, mas eu sabia que Martin escarneceria de tal sugestão.

– Será que não percebe, Mack? Pelo amor de Deus, veja o problema da perspectiva de Jake. Nós o informamos de que o dinheiro desapareceu, achamos que Bert o pegou, não conseguimos localizar nenhum registro relacionado ao desembolso para a Litiplex. Mas também comunicamos que procuramos Bert em toda parte e, quando o encontrarmos, vamos pedir que devolva o dinheiro e volte para casa. Chegamos ao ponto de dizer a Jake que queremos sua bênção para esse arranjo. Você estava presente. Ouviu tudo. Como Jake sabe que você não vai encontrar Bert? Como pode ter certeza?

Era como a faculdade de direito. O Grande Inquisidor. Engoli em seco, admiti que ele não podia.

– Ele não pode, é verdade. Não pode mesmo. E quando Bert for encontrado, quando voltar de qualquer desvio exótico que tenha seguido, Jake sabe para onde ele vai apontar. Direto para Jake. Não há segurança para Jake no fato de atribuirmos a culpa a Bert. Ele *sabe* que é uma falsa impressão. Mas vamos considerar uma alternativa. Você está procurando Bert, tentando transmitir-lhe a mensagem de que não terá problemas se devolver o dinheiro, e de repente, veja só, alguém, Jake Eiger, Glyndora, avisa que acaba de ser efetuada uma transferência misteriosa e maravilhosa de Pico Luan. Deus abençoe a todos nós. Caso encerrado. Como prometido, ninguém dirá mais nada sobre o assunto. Santo Deus, Mack! Será que realmente não percebeu isso? Não entendeu que o objetivo era oferecer a Jake uma saída discreta, uma última oportunidade de devolver a droga do dinheiro?

A ideia impregnou o ar, como a presença mística de um anjo próximo. Martin, é claro, falava a verdade. Tudo tinha os sinais delicados de uma típica maquinação sua. Nada tão direto quanto uma confrontação com Jake. Seria mesquinho e exorbitante... e perigoso também, se Jake se metesse a contar histórias. Dessa maneira, o mundo poderia continuar, com todas as suas fachadas falsas. Por mais estranho que parecesse, seria exatamente como o Comitê me dissera desde o início. Exceto pela identidade do ladrão, o plano era igual: recuperar o dinheiro, varrer a sujeira para baixo do tapete e inventar uma explicação.

– Ele poderia ter fugido, Martin.

– Poderia, mas ainda não fugiu. É óbvio que Jake quer se manter nessa vida. Apenas anseia por segurança, a que não tem direito. Eu o alertava de que era tempo de fazer uma opção mais realista.

– E o que aconteceria se ele não devolvesse o dinheiro? Não vai me dizer que pensava em denunciá-lo, não é?

Martin me fitou como se eu tivesse enlouquecido.

– Que outra opção existe? Esse foi o limite que fixei com Glyndora logo no início. – Ele percebeu que eu estava atônito. – Se eu estivesse determinado a não dizer nada, Mack, independentemente do que Jake fizesse, teria queimado aquele memorando em vez de guardá-lo em uma gaveta.

– Mas você *não* disse nada.

– E por que deveria? Foi você que nos trouxe a mensagem de Jake na semana passada: sejam pacientes, Bert não é o culpado, não é o que parece, as contas futuras mostrarão que houve apenas um equívoco. Era o prelúdio óbvio. Jake planejava devolver o dinheiro.

Um estranho constrangimento aflorou entre nós, o reconhecimento dos planos diferentes em que nos postáramos, e que foi transmitido em um único olhar. Martin se levantou.

– Santo Deus! – exclamou.

Acabara de lhe ocorrer não a dimensão de nossa incompreensão – já constatara isso antes –, e sim suas consequências. Presumira que eu enviara Carl a Krzysinski por desdém pelo acordo sórdido que ele manipulava – proteger Jake e a firma, violar nosso dever com a TN de comunicar tudo o que sabíamos sobre seu diretor jurídico. Só agora Martin percebia que eu fora impulsionado por imaginar crimes muito mais graves. Ele avistou o botão no chão, pegou-o, tornou a atirá-lo contra as janelas... com toda a força, criando uma espécie de ricochete musical. Apontou para mim. E me xingou.

– Seu filho da puta idiota! Nem sequer quis falar comigo pelo telefone!

Ficou parado ali, ofegante. E como eu me sentia? Muito estranho. Confuso. De um modo insólito, até que estava aliviado. Quando recuperei um pouco de controle, percebi que estava sorrindo. Fizera um julgamento errado de Martin e de suas complexidades. Não se podia classificar seu comportamento de virtuoso, mas ele se saíra melhor do que eu imaginara... e, Deus sabe, muito melhor do que eu.

Houve uma batida na porta. Brushy. Ela pusera um vestido formal, longo, sem mangas, preto, com lantejoulas. Usava luvas brancas compridas. Uma tiara de cristais pairava sobre seus cabelos, como um pássaro cintilante. Os olhos se desviaram para a mesa, onde ainda se encontrava a cópia do formulário do International Bank, e seu cérebro processou isso com a velocidade de um supercomputador, como sempre. Assoviei para ela, o que a distraiu por uma fração de segundo para exibir um sorriso.

– Wash ainda está aqui? – perguntou ela. – Ele acaba de telefonar e me pediu que descesse. Parecia transtornado.

Wash apareceu um instante depois. Na condição que Brushy descrevera.

– Falei com Krzysinski pelo telefone. Reina o maior caos lá em cima. – Wash usava um smoking, com uma vistosa gravata-borboleta vermelha, mas exibia um rosto pálido e começara a suar. – Tad pediu a presença de todos que trabalham com a TN... "meu pessoal de confiança", como ele disse.

Wash fez uma pausa, fechando os olhos, antes de acrescentar:

– Quer todos nós lá em cima. Você. Eu. Brushy. Mack. E Bert também. O que vamos dizer a respeito... sobre Bert?

Martin acenou com a mão, descartando a pergunta; Wash, como de hábito, não entendia a situação. Martin perguntou o que exatamente Tad queria, e Wash pareceu a princípio incapaz de responder. A velhice que espreitava para dominá-lo já parecia atacar quando Wash se mostrava daquele jeito, aturdido e confuso. Ficou parado ali, a boca se mexendo vagamente, os olhos meio desfocados. Só depois de um tempo é que conseguiu balbuciar:

– Tad quer saber o que fazer com Jake.

29
E desta vez é verdade

A. SALA DO COMANDO

Na sala imensa de Tad Krzysinski encontramos o clima desagregado de uma família grande e infeliz. A assistente de Tad, Ilene, veio nos recepcionar e informou que Pagnucci saíra para vestir o smoking que sua secretária trouxera. Mike Mathigoris, o chefe da segurança, também se ausentara no momento enquanto a reunião de quatro horas de Tad continuava na sala ao lado. Somente Tad e Jake estavam ali, sem prestar nenhuma atenção um no outro. Krzysinski falava no telefone, e Jake estava sentado na beira de sua cadeira, abatido, olhando sem muita compreensão para os retratos dos filhos de Krzysinski, que constituíam a principal decoração na parede do outro lado, entre as três portas que davam para a sala de Jake, a sala do diretor financeiro da TN e a sala de reunião. Dava para perceber, pelo primeiro olhar vazio que Jake nos lançou, pelo sorriso amarelo, que não podia explicar o que havia de errado com a cena, por que Brush, com seu vestido longo, e os três homens de smoking pareciam deslocados. A gravata-borboleta de Martin ainda pendia frouxa do colarinho, e a camisa era mantida fechada na barriga pela faixa, uma vez que ele não conseguira inserir o último botão.

– Queria que vocês ouvissem isso.

Krzysinski veio apertar nossas mãos, o habitual aperto de quebrar ossos. Na universidade, pelo que eu ouvira dizer, o apelido de Tad era "Átomo", e isso dizia tudo a seu respeito – o tamanho, a estrutura, a força contida a custo. Tad, como não podia deixar de ser, ocupava uma ampla sala de esquina. O chão era coberto por um enorme tapete oriental – de 50 mil dólares no mínimo –, e a vista se estendia até o aeroporto em um dia claro. Quando fazia bom tempo, Tad gostava de se colocar diante dos janelões e assistir à decolagem dos aviões da TN, dando o número do voo e o nome do comandante.

Depois de nos cumprimentar, ele sacudiu um dedo autoritário para Jake, instruindo-o a continuar. Jake relatou a história de uma forma um tanto metódica, desprovida de emoção. Podia-se perceber que já a repetira seis vezes e começava a virar rotina. Como sempre, estava arrumado de forma impecável, os cabelos repartidos, cada fio no lugar, o terno cinza abotoado na cintura, para acentuar a impressão de sua boa apresentação. Mas o rosto se achava desfocado. Jake, uma vez na vida, era oprimido por uma angústia consciente, que ameaçava sua sanidade. Senti apenas uma pontada de pesar. Se me pedissem que falasse, poderia ter dito "Ótimo".

Em novembro, contou Jake, quando pensávamos nos desembolsos finais da conta 397, ele Peter Neucriss tiveram uma conversa. Na verdade, Peter o levara para uma noitada, uma manipulação característica, cortejar o inimigo. Tratamento real. Jantar no Batik. Muitos drinques. Jogo de hóquei. Depois, quando tomavam o último drinque no Sergio's, Peter chegou ao ponto para o qual se preparara durante toda a noite. Tinha uma proposta de negócio para Jake. Para a TN, na verdade. Neucriss estava à frente de três ações separadas na 397. Vultosas indenizações. Mãe e filho, em um desses processos. O total era de quase 30 milhões de dólares. Peter atuava com o terço habitual. Receberia quase 10 milhões de honorários.

– Ele me contou uma história longa e meio artificial de como uma fortuna era devida a um grupo de apoio no processo, a Litiplex. Disse que o trabalho desse pessoal beneficiara todos os querelantes, mas os outros advogados agiam como se nunca tivessem ouvido falar da empresa. Peter se encontrava em uma situação difícil, porque fora ele quem contratara a Litiplex e fizera um acordo, algo meio escuso. Sabem como é Neucriss quando entra em uma dessas. Pressiona até o fim. Seja como for, ele achava que era obrigação sua pagar a Litiplex, embora eu... supostamente eu... tivesse garantido que o dinheiro sairia do fundo do acordo. Protestei. Várias vezes. É sério. Tinha bebido um pouco, mas sabia que jamais dissera aquilo. Não tinha ideia do que estava acontecendo, até que ele apresentou uma proposta. Se pudéssemos pagar a Litiplex no exterior... 5,6 milhões foi o valor que ele indicou... abrir uma conta no exterior em nome da empresa, as disposições sujeitas às suas instruções posteriores, então Peter nos permitiria reduzir os pagamentos restantes a seus clientes para 22,4 milhões. Com isso, a TN economizaria 2 milhões. Ele me garantiu que seus clientes receberiam o mesmo valor líquido. Vocês sabem como funciona: nós pagamos a ele, Peter retira a sua parte, transfere o resto para os clientes. Ele alteraria suas contas para dar a impressão de que trabalhava a 10 por cento, e não pelo terço habitual. Por que eu haveria de me importar? Eram 2 milhões para nós. Isso era o mais importante.

– Não estou entendendo – interveio Wash. – O que Peter ganharia com isso?

– É sonegação fiscal. – Foi Brushy quem falou. Como sempre, ela não precisava de manual de instruções. – Não existe nenhuma Litiplex. É uma fachada para Neucriss, que recebe seus honorários no exterior, não paga nenhum imposto sobre o dinheiro, nem este ano nem em tudo o que lhe render no futuro. É por isso que ele estava disposto a receber 2 milhões a menos. Ganharia duas ou três vezes mais a longo prazo.

Jake fazia acenos de cabeça, na maior ansiedade, enquanto ela explicava. Até Jake compreendera isso.

– Neucriss nega tudo, diga-se de passagem, diz que essa conversa nunca ocorreu.

Era Pagnucci à porta. Vestira um *dinner jacket* trespassado, de tropical azul lustroso, nada menos, fumava um cigarro, parecia um tanto abatido. Correndo os olhos pela assembleia, ele comentou, secamente, que já ouvira aquela história várias vezes.

– Mathigoris e eu acabamos de falar por telefone com o Sr. Neucriss – acrescentou Carl. – Ele afirma, categórico, que só recentemente ouviu falar da Litiplex, quando Mack e Martin interrogaram-no respeito.

– É claro que ele vai negar – disse Jake. – Adiantei que isso aconteceria. Afinal, é evasão fiscal. Não podiam esperar que ele anunciasse publicamente. Mas esse foi o acordo. Abri a conta com essa condição. Quando ele me apresentasse os documentos encerrando os processos, eu lhe daria o saldo das indenizações e uma carta autorizando qualquer pessoa por ele designada a assumir a conta. Será que não entendem? Eu não estava roubando nenhum dinheiro. Fiz tudo pela companhia. Pela TN.

Ele olhou para Krzysinski, mas a atenção de Tad se concentrava em Ilene, a assistente, parada à porta, fazendo sinais obscuros. Tad foi para a sala de reunião, a fim de apagar o incêndio, qualquer que fosse, que ardia ali.

– E o que pensava que a Receita Federal diria sobre a companhia e você, Jake?

A pergunta foi de Brushy. Enquanto isso, Wash se empertigava, esperançoso. Não entendia tudo, mas animara-se com as últimas frases de Jake. Podia prever o desfecho. Salvação imerecida. A história de sua vida.

– Eu? Não mentimos para eles. Não apresentamos nenhum documento falso. Nem vi a declaração de Peter. Tenho minhas suspeitas, é verdade, mas quem pode sondar a mente de Peter Neucriss? Se a Receita Federal algum dia perguntasse, eu diria a verdade absoluta. E, com certeza, não estou escondendo nenhuma receita. Queremos declarar. Vai aparecer na declaração de todo mundo. É esse o objetivo. Não vamos fingir. Conhecemos a história. Tad tem se mostrado *muito* preocupado com o nível das despesas jurídicas. E bastante satisfeito com os resultados da 397. São 2 milhões a mais no ativo. Precisamos disso. Todos nós. A companhia e cada um dos presentes.

– Ainda assim, não creio que você recebesse uma medalha de bom comportamento da Receita Federal, Jake – comentou Martin.

– Nem da Comissão de Valores Mobiliários – acrescentou Pagnucci.

– Nem de Tad – arrematou Brushy.

– Reconheço tudo isso – disse Jake. – É a pura verdade. Krzysinski *detesta* essas coisas. Olhem só para ele. Não é o seu estilo.

Depois de lançar um olhar sombrio para a porta da sala de reunião, Jake baixou a voz, ao continuar:

– Mas ele *adoraria* o resultado. E o conselho também. Uma árvore cai na floresta. Há algum som se ninguém ouve? Se eu for discreto, o que alguém pode saber? Neucriss não dirá nada. A Receita Federal não tem motivos para efetuar uma auditoria em uma conta para pagamento de terceiros. Vamos apresentar um *excedente*, por clamar tanto. Foi por isso que não contei a ninguém. Enviei o memorando a Bert, explicando que era um assunto muito delicado. Não deixei registros aqui. E criei meu próprio inferno ao agir assim. Sou o primeiro a admitir isso. O primeiro mesmo. Não havia nada que eu pudesse dizer quando todos vocês começaram a investigar o assunto, exceto o que declarei a Mack na semana passada: se esperarmos um pouco, tudo vai acabar bem. Depois que os desembolsos fossem efetuados, não haveria mais nenhum dinheiro desaparecido. E haveria 2 milhões a mais do que o esperado. Quem se queixaria? Não percebem? Não sou ladrão!

Ele correu os olhos pela sala, encarando cada um de nós. Demonstrava uma sinceridade angustiada, magoado e vulnerável, aquele seu jeito que eu provavelmente vira pela última vez quando me falara sobre o exame da Ordem.

Krzysinski voltara para os estágios finais de seu desempenho ali, porém não permitiu que aquilo o afetasse enquanto se encaminhava para sua mesa. Dirigiu-se a Jake sem rancor. Tad era apenas ele próprio – no controle absoluto. Seu trabalho era tomar decisões. Era melhor nisso do que a maioria das pessoas. Descortinava uma paisagem imperial em que calculava o que aconteceria, com o reflexo instantâneo e perfeito de uma máquina. Perguntou a Jake para onde ele queria ir enquanto conversávamos.

– Para casa – respondeu Jake.

Tad acenou com a cabeça. Era uma boa ideia, disse ele. Ir para casa. Ficar perto do telefone, para o caso de haver mais perguntas. Jake partiu, visivelmente desorientado, sem saber o gesto certo de despedida. Optou por seu pequeno aceno cordial, o gesto de um político, que absorvera do pai. Nas circunstâncias, foi tristemente errado. Sua saída, seu desaparecimento, parecia algo fatídico, e isso deixou um silêncio pesado.

– O que vocês acham? – perguntou Tad, um instante depois. – Eu queria a opinião de vocês. Todos o conhecem há muito mais tempo do que eu.

Ele virou-se em sua cadeira enorme. Talvez fosse o supremo teste de Tad – os advogados da G&G atirariam certeiros quando o alvo era Jake? Talvez, a fim de decidir sobre nós, ele quisesse comparar nossa avaliação com as conclusões a que já chegara. Mas achei que ele estava fazendo apenas um uso hábil dos recursos disponíveis.

– Acredito nele – declarou Wash, no mesmo instante.

Ele concentrara toda a sua força para parecer firme. Tornava a exibir no rosto aquela nobreza de classe superior. Krzysinski contraiu os lábios.

– Mathigoris acha que é uma história falsa. Planejada com o maior cuidado. Carl partilha essa opinião.

Carl fez um aceno de cabeça. Como sempre, não falava muita coisa. Mas seu ego não sofreria golpes, e preferia bancar a figura sinistra a admitir que fracassara ao não perceber a situação. De vez em quando, ele me lançava um olhar sombrio, desconfiando, imagino, de que eu o manipulara. Mas mantiveme firme, sustentando seu olhar, e agora ele se retraía.

Martin, quando Tad lhe dirigiu a palavra, não estava presente, perdera-se nas profundezas místicas do seu íntimo. Ainda não prendera o último botão da camisa e balançava-o de um lado para outro em uma das mãos, distraído, a pedra faiscando. Percebeu que eu o observava e me lançou um olhar irônico.

Tad repetiu a pergunta para atrair sua atenção. O que ele achava?

– Ahn... – murmurou Martin. – Quer saber se eu acho se Neucriss ficaria animado ao ver seu diretor jurídico tentando agradá-lo como uma prostituta das ruas? É claro. O passatempo predileto de Neucriss é provar que toda natureza humana é tão vil quanto a sua. Por outro lado, se eu acho que Jake é capaz desse embuste por sua própria iniciativa?

Martin me lançou um sorriso fugaz, com a insinuação habitual de profunda ironia.

– É, sim. Mas, para ser franco, Tad, não sei o que está acontecendo.

Martin levantou-se, em seu traje formal, puxou a calça com as listras de cetim; jogou o botão para o ar mais uma vez. Demonstrava a maior animação. Ninguém poderia dizer que não se importava. Mas dava para perceber que se sentia livre daquela vida. Estava a caminho de se tornar outra pessoa. Tornou a sorrir quando olhou para Krzysinski.

– Para mim, parece típico de Jake. – Era Brushy quem falava agora. – Detesto dizer isso, mas todos sabemos que os seus interesses mais profundos são a política corporativa e tudo o que o faz parecer melhor. Francamente, Tad, não tenho sequer certeza se Jake sabia que violava a lei. Acredito nele.

Eu não me lembrava exatamente se já vira Brush na mesma sala com Krzysinski e observei os dois, à procura de sinais. Mas tudo o que transpareceu naquele instante foi a intensidade natural de Tad. Seu olhar inquisitivo permaneceu fixado em Brush, mesmo depois que ela parou de falar.

– Acho que eu também – declarou Tad, após um momento de silêncio. Virando-se para Wash, continuou, retomando alguma discussão de uma reunião do conselho: – É disso que jamais gostei. Ele pega sempre a saída fácil. Muito bem, ele sai hoje. Isso está decidido. E tenho de fazer recomendações ao conselho. Mas preciso saber o que aconselhar. Todos vão preferir evitar o escândalo. Eu detestaria entregá-lo às autoridades, se não houver necessidade. Acho que se deve seguir o instinto. Não tenho experiência nesses casos. Qual é a sua opinião, Mack? É o único que já fez isso para ganhar a vida. O que tem a dizer? Jake lhe parece um escroque?

Voltávamos ao ponto em que estivéramos na semana passada. Eu tinha a atenção de todos. A bola extraviada mais uma vez vinha em minha direção. Sabia que podia salvar Jake. Poderia contar uma de minhas histórias maravilhosas. Já tinha umas seis na cabeça. Por exemplo, que Jake devia ter esquecido que muito tempo atrás mencionara vagamente uma operação meio escusa com Neucriss, e eu lhe dissera para evitá-la. Seria suficiente. E precisaria apenas de cinco minutos com um fax para transmitir todas as mensagens a Pico Luan, ao Züricher Kreditbank e ao Fortune Trust, e poderia até repor o dinheiro na conta secreta da Litiplex. Podia fazer tudo.

Mas eu não ia agir assim. Já aconteceu com todos nós, sobretudo quando éramos crianças. A tela fica escura, a música definha, os alto-falantes sibilam; as luzes súbitas ardem nos olhos. Como pode ter acabado, clama o coração, quando o filme continua dentro de mim?

Não tinha mais importância o que de fato acontecera. Eu enveredara por meu caminho – outra direção. Sentia isso. Algum lugar novo. Um lugar diferente. Martin e eu. Tomara minha decisão. Admirável mundo novo. Não havia como voltar. Se não seguisse para uma vida melhor, pelo menos iria para algo que não existia na vida que levava agora.

Olhando para trás, suponho que é um tanto curioso que todos nos mostrássemos tão dispostos a acreditar que Jake era ladrão. Esse seu lado furtivo devia estar à mostra para que o víssemos... e era por isso que ainda estávamos em dúvida. Isso não é a vida? Ver, ouvir... o quanto não chegamos realmente a compreender? Dentro de nossas trincheiras, nunca contemplamos o cenário do campo de batalha. Queria acreditar que eles não eram melhores do que eu. Todos eles. Mas pensamos o que pensamos por um motivo. Podem me chamar de idiota ou de vítima de minhas próprias expectativas. A única pessoa sobre a qual eu não me enganava era eu mesmo.

– Acredito nele – declarei.

E acreditava mesmo. Não porque Jake fosse honesto demais para roubar. Deus sabe que ele não era. Acreditava por causa da história que ele contara. Sobre Neucriss. Não ocorreria a Jake em um milhão de anos. Nem mesmo em sonho. Tad tinha razão. Jake sempre procurava a saída fácil. Se Jake precisasse de uma história de cobertura, iria atrás de um otário, um bode expiatório. Alguém como eu.

– Acredito nele – repeti, para depois acrescentar: – Presumindo que não haja problemas para recuperar o dinheiro.

– Não haverá – garantiu Krzysinski. – Ele e Mathigoris enviaram um fax para o banco há cerca de uma hora. Mathigoris ficou esperando a confirmação. E aqui está ele.

Lá estava, Mike Mathigoris, chefe da segurança, um cara simpático, antigo subcomandante da polícia estadual, aposentado depois de vinte anos, e com um grande emprego na TN, prevenindo futuros sequestros de aviões, fraudes com passagens, esquemas de comissões indevidas de agentes de viagem. Eu trabalhara muito com ele antes de Jake deixar meu poço secar. Sem nenhuma cerimônia, Mathigoris entregou a Tad os papéis que trazia. Tad leu-os e teve acesso de fúria.

– Filho da puta! – exclamou. – Filho da puta!

Brushy, à sua maneira vagamente íntima com Krzysinski, ergueu-se na ponta dos pés, a fim de ler por cima de seu ombro. E logo os documentos foram passados para as outras pessoas. O primeiro era a folha de rosto de um fax do International Bank of Finance, de Pico Luan, com a seguinte mensagem:

> Conta encerrada, 30 de janeiro, por carta anexa da direção.
>
> Atenciosamente,
> Salem George

A carta que eu remetera por fax do Regency, na segunda-feira, estava anexada. Ao olhar para a assinatura, devo admitir que sorri. Os analistas de assinatura não podem trabalhar com cópia. E, de qualquer maneira, eu os enganara. Brushy, como descobri, estava me observando, com algo sólido nos olhos, talvez até fatal. Ela formulou uma indagação, sem a voz: "Por que está achando tão engraçado?"

– É irônico – comentei em voz alta, desviando o rosto.

Pagnucci lia agora, parecendo bastante presunçoso. Fez somente alguns pequenos sons categóricos, mas foi como se bradasse: eu não disse?

– Que diabos Jake está tramando? – indagou Tad.

Ele já perguntara isso duas ou três vezes, mas ninguém respondera.

– Está fugindo – respondi. – Inventou essa história sobre Neucriss para ganhar tempo. Agora, encaminha-se para as montanhas. E para o dinheiro.

– Oh, Deus! – murmurou Krzysinski. – E eu o deixei ir embora! Vamos chamar a polícia!

Krzysinski acenava para Mathigoris. Wash transformara-se em madeira bem na minha frente. Estava morto como um toco.

– Quem podemos chamar? – indagou Tad.

– Mack tem amigos na polícia – lembrou Martin no mesmo instante, do outro lado da sala. – Recebeu um deles na sua sala antes de vir para cá.

– O cara errado – protestei logo. – Não serve para este caso.

– Quem é? – perguntou-me Mike.

– Um detetive chamado Dimonte.

– Gino? – disse Mike. – Um tira implacável. Está agora no Crimes Financeiros. Seria ótimo.

Em desespero, olhei para Brushy, mas ela virara o rosto.

– Não acha que o FBI seria melhor, já que se trata de um caso internacional? – perguntei a Mathigoris.

Ele se mostrou indiferente e acrescentei para Tad:

– A ideia de técnica de investigação desse cara é deixar o suspeito apavorado.

– Parece exatamente o que Jake merece – respondeu Tad. – Chame-o. E depressa, por favor. Jake não pode escapar. – O que estava ruim iria piorar.

Como a sala de reunião estava ocupada, acabei em um cubículo com telefone na área de recepção da TN, onde havia uma gravura colonial de uma mulher com uma gola holandesa – obra que parecia a prima pobre de um Rembrandt. Era o tipo de cabine telefônica interna destinada a visitantes, um lugar em que eles podiam receber ligações de seu escritório com toda a privacidade. Um pequeno pote com aromatizador de ambiente perfumava o ar abafado. Considerei as alternativas. Não tinha nenhuma. "Não consegui completar a ligação" não era uma desculpa aceitável quando se telefona para a polícia. "Já o chamei" não daria certo, porque outra pessoa iria telefonar quando ele não aparecesse.

– Gino – falei, tentando parecer animado e espirituoso –, você vai me amar ao ouvir essa.

– Só em outra vida – respondeu ele, sem a menor hesitação.

Relatei a história. Se ele corresse, poderia pegar Jake em casa. Dei o endereço. Jake, com toda a certeza, estaria sentado lá. Como um cão surrado. Ao lado do telefone, como prometera. Talvez ligasse para um advogado. Ou para o seu pai. Mas ficaria em casa. Eu daria um bom dinheiro para ver sua cara quando Pigeyes o pegasse. Por Deus, pensei, como eu odiava Jake!

– Não vai precisar pegar mais nenhum colarinho branco até se aposentar – disse a Pigeyes.

Quando terminei, Gino afirmou:

– Quero que você saiba que não engoli uma só palavra de tudo isso.

Eu não sabia o que dizer. Ele continuou:

– Nem uma porra de uma palavra. Não quero que você vá para casa e fique rindo enquanto toma sua cerveja nem qualquer outra coisa que anda bebendo agora. Talvez um substituto da cafeína. É isso aí. Eu sabia que toda aquela história era uma embromação. Sobre aqueles três caras serem bichas.

Referia-se ao que eu lhe dissera na minha sala, a história de Bert, Archie e o hipotético Kam da universidade. Aquilo era um *mano a mano,* ele e eu. Pigeyes fazia questão de me dizer que, no fim das contas, eu não levara a melhor sobre ele.

– Está tudo errado – insistiu ele.

– Como assim?

– Archie não é bicha, para começar.

– Foi você quem me disse, Pigeyes. Sobre Archie. Um foguete no rabo, lembra?

– Não. Você me disse. Falei apenas: e se. Você disse: esse cara tem um rabo elástico? Falei apenas: e se. Esse vira-lata do Archie, conheço a história da sua vida e da vida da mãe dele. Ele é heterossexual. Só tem merda lá atrás, como você e eu. Portanto, é uma embromação. Quero apenas que você saiba.

Muito bem, eu sabia. O outro, seu jovem puxa-saco, Dewey, engolira tudo. Mas isso não acontecera com Gino.

– Não estou entendendo – eu disse.

– Qual é a novidade?

– Já acabamos ou o quê? – indaguei.

– Já acabamos, você e eu, é isso o que está querendo saber, Mack?

– Estou me referindo a Bert.

– Ele que se foda.

Minha tela se tornara desfocada. Não dava para compreender. E era isso o que ele queria.

– E qual é agora? Favor prestado, favor devido?

Eu pensava que talvez, com a prisão de Jake, ele considerasse as contas acertadas.

Ele riu, uma gargalhada estrondosa. Houve um tremendo estrépito em meu ouvido quando ele bateu com o fone em alguma coisa dura.

– Você já me prestou favores suficientes. Quando estiver no inferno, sofrendo por seus pecados, e pensando que não podia ser pior, vai olhar para trás e me encontrar ali. A hora de acertar as contas entre nós nunca vai terminar, Malloy. Só quero que você saiba disso. Tenho certeza de que você está sujo em algum lugar. Eu disse isso desde o início, e continuo a dizer. Está cobrindo o seu rabo, assim como fez com seu amigo bonitinho. Continue ligado. Na mesma hora. Na mesma estação.

Tornou a bater com o fone, e desta vez a linha emudeceu. Talvez Gino tivesse desligado. Ou talvez quebrara o aparelho.

Mas conseguira o que queria. Continuei sentado naquele espaço mínimo e desatei a suar. Desta vez me sentia realmente apavorado.

B. FECHANDO O CÍRCULO

No elevador, enquanto descíamos, Martin anunciou sua renúncia. Suponho que era um aviso antecipado para Wash e Pagnucci. Ele parecia considerar sua declaração dramática, mas ela caiu no vazio. Aquele grupo já passara por coisas de mais, e como Martin reconhecera antes, já não restava muito a que renunciar. Brushy, a boa menina até o fim, pôs-se a conversar com ele assim mesmo, sobre a possibilidade de mudar de ideia.

Quando as portas do elevador se abriram, no 37o, Bert estava parado ali. Vestia um suposto traje formal – um casaco de couro no lugar do smoking, e uma barba por fazer de quatro dias. Parecia um astro do rock. Acho que Orleans andava escolhendo suas roupas. Ele permaneceu imóvel diante do elevador aberto, confrontando todos em uma postura auspiciosa, lançando um olhar furtivo para verificar quem se encontrava lá dentro. Muita coisa acontecera desde que o víramos ali pela última vez, e houve um instante de tanta imobilidade que parecia até um desenho animado em suspenso.

Martin, em particular, pareceu se desmanchar à visão de Bert, finalmente despojado de todo o seu autodomínio de sobrevivente, aquela profunda convicção de sua própria capacidade, que costuma sustentá-lo em todas as circunstâncias. Olhou imóvel por um momento, depois fez movimentos com a cabeça. Percebeu que ainda tinha entre os dedos o último botão. Pareceu avaliar seu peso. Tenho a impressão de que sentiu outro impulso de jogá-lo longe, mas, por fim, limitou-se a enfiá-lo na camisa.

– Muito bem – avisou ele –, alguns de nós têm um encontro marcado no Club Belvedere.

Era tempo de se preocupar com o futuro. Para uma pessoa importante, o momento nunca espera. Martin ia ler o epitáfio da firma. Era bom nessas coisas. No sepultamento de Leotis Griswell, no ano anterior, ele fizera o discurso fúnebre, a baboseira habitual, coisas em que não acreditava muito: que Leotis fora um grande advogado, que sabia que o direito, no fim das contas, não era um negócio, e sim valores, julgamentos que não podiam ser comprados e vendidos. O direito, para Leotis, disse Martin na ocasião, é um reflexo de nossa vontade comum, destinado a regular a sociedade e o comércio, e não vice-versa. Só Deus sabe o que Martin diria aos sócios naquela noite. Talvez apenas se despedisse.

Wash, Carl e Brushy seguiram-no, indo buscar seus casacos. Fiquei com Bert, mas lancei uma piscadela sugestiva para Brushy enquanto ela se afastava. Brushy respondeu com um olhar furioso, por cima do ombro nu. O motivo daquilo, eu ignorava inteiramente. Lá íamos nós outra vez. Que porra eu fiz? Ela disse, friamente, que tinha um telefonema para dar e ficaria esperando em sua sala, para ir comigo.

Parado ali com Bert, percebi que ele estava bastante abalado. Postou-se perto das janelas, por trás da mesa da recepcionista, de frente para o vidro, onde seu reflexo surgia, vago e incompleto, como uma imagem na água. Parecia desolado.

– Eu gostaria de ter feito – murmurou ele, abruptamente.

– Feito o quê?

– Roubado o dinheiro.

Senti um arrepio e segurei seu braço para acalmá-lo. Mas compreendia seu problema. De repente, Bert tinha outra vez um futuro. Seus momentos de diversão e aventura haviam terminado. Estivera à beira do abismo, perdidamente apaixonado, enlouquecido pelo perigo. Agora, se quisesse, poderia descer para sua sala e responder a interrogatórios. Vivera um tempo com todos aqueles espetáculos inesquecíveis se desenrolando em sua cabeça. Gângsteres e atletas... seu amor e ele fazendo coisas estranhas ao luar na plantação de alcachofras, encobertos e enregelados pelo nevoeiro, nas noites silenciosas e perfeitas. Não importava que fosse uma loucura. Era a sua loucura. Pobre Bert. Pobres de todos nós. Arrastados para o mar em nossos barquinhos pela maré dessas irresistíveis cenas particulares e, à luz do dia, nos chocando contra os rochedos. Mas quem pode voltar atrás?

– Alguém chegou na sua frente, Bert.

Ele riu, perguntou se eu ia ao Belvedere, mas despachei-o sozinho.

30
O fim e quem está feliz?

A. BRUSHY NÃO ESTÁ

Fui para casa. Um homem de smoking embarcando em um avião atrairia muita atenção. E embora eu desconfiasse daquele sentimento, queria conversar com meu filho. Era o momento para o discurso que o incentivaria a tornar-se durão: ei, sei que você pensa que sua vida é uma merda. Mas é o que também acontece com a vida de todo mundo. E sorrimos, apesar da dor. Alguns se saem melhor do que outros. E a maioria se sai melhor do que eu. Espero que, com o tempo, você cresça para se incluir nessa maioria.

Para Lyle, essa conversa seria em grande parte irrelevante, mas eu poderia sentir que efetuara um derradeiro esforço. Chegando em casa, subi para o seu quarto e encontrei-o adormecido, derrubado por algum tóxico.

– Ei, Lyle.

Toquei em seu ombro, com os ossos salientes, todo marcado pelas horrendas cicatrizes de acne. Sacudi-o por um momento antes que ele parecesse despertar.

– Papai?

Lyle não conseguia ver direito.

– Isso mesmo, filho, sou eu.

Ele ficou imóvel, estendido de costas, tentando focalizar alguma coisa, os olhos, a mente, ou o espírito. Logo desistiu.

– Merda! – murmurou, incisivo.

Virou-se na cama, afundando o rosto no travesseiro, com o peso perdido e desesperador de uma árvore cortada. Eu compreendia os problemas de Lyle. Para ele, os pais lhe deviam desculpas. Seu velho era um beberrão. A mãe fingira durante toda a sua jovem vida ser uma coisa que somente mais tarde lhe revelara não ser. Não encontrando adultos para admirar, ele decidira não se tornar um adulto. A rigor, eu não podia sequer questionar sua lógica. Mas qual é o passo seguinte? Admito, tudo, culpado nos termos das acusações, mas você tem de me dizer como pagar as dívidas da história. Toquei em seus cabelos compridos, emaranhados e sujos, mas logo pensei melhor e fui arrumar minha mala.

Ocupava-me com isso havia cerca de vinte minutos quando o carrilhão da porta da frente tocou. Cauteloso, fui dar uma espiada pela janela do quarto. Era Brushy quem estava ali, em seu vestido de lantejoulas, sem casaco, batendo com os sapatos de verniz no concreto e lançando sopros de vapor, olhando a todo instante para o táxi que a esperava na rua. Como eu não aparecera em sua sala, ela deve ter verificado no Belvedere e, depois, partira à minha procura.

Abri as diversas trancas que instalara na porta da frente para me proteger do bicho-papão, o Sr. Estranho Perigoso. Ficamos parados ali, olhando um para o outro, através do vidro da porta contra tempestade. Brushy envolvera-se luvas brancas compridas, e a carne da parte superior dos braços, onde os exercícios diários nunca haviam conseguido enrijecer a musculatura, estava manchada e arrepiada do frio.

– Precisamos conversar – disse ela.

– Advogada e cliente, certo?

Receio ter sorrido ao dizer isso. Ela virou-se para dispensar o táxi, depois abriu a porta, à sua maneira decidida, passou pelo limiar e deu-me um tapa na cara. Bateu com a mão aberta, mas ela é uma pessoinha tão forte que quase me derrubou. Permanecemos ali, em um silêncio desagradável, com o sopro do inverno fluindo ao redor, invadindo a casa.

– Acabei de prever para os nossos sócios que todo o dinheiro seria devolvido até as 17 horas de amanhã – anunciou Brushy.

– Alguém lhe disse alguma vez que é esperta demais para a porra do seu próprio bem, Brushy?

– Muita gente, mas todos eram homens.

Brushy sorriu então, mas a expressão em seus olhos ágeis teria combinado muito bem com Hércules. Não ia aceitar nenhuma conversa mole. Não que nunca fosse me perdoar. Mas não recuaria. Eram essas as suas condições. Movimentei o queixo de um lado para outro, para me certificar de que nada sofrera de mais grave, enquanto ela se adiantava.

– Julgou errado o seu homem – comentei.

– Não, não julguei.

Como eu não respondesse, ela chegou mais perto. Pôs as mãos pequenas e insinuantes nos meus quadris, enfiou as pontas dos dedos gelados pela faixa da calça do smoking, que eu ainda usava. Sacudiu do rosto os cabelos desgrenhados pelo vento, a fim de me encarar.

– Acho que não. Meu homem é um maluco atraente. Impulsivo. Gosta de brincadeiras. Mas está em contato. Realmente está, afinal.

– O cara errado. – Toquei em meu rosto mais uma vez. – O que vai lhe acontecer quando o dinheiro não voltar?

Brushy continuava a me observar com a mesma intensidade, mas dava para ver que começava a se derreter por dentro. Sua bravura definhava.

– Vamos, responda – insisti.

– Estarei na maior encrenca. Todo mundo vai perguntar o que eu sabia. E desde quando.

Abracei-a.

– Como pode ter sido tão tola, Brushy?

– Não fale assim comigo. – Ela encostou a cabeça nos rufos da minha camisa. – Fico triste quando você finge que é mesquinho.

Eu ia dizer outra vez que ela pegara o cara errado, mas em vez disso fui até o armário no vestíbulo e enfiei a mão pelo bolso viscoso do blusão de couro de Lyle, onde ele escondia seus cigarros. Trouxe o maço para nós dois. Perguntei o que tinha em mente.

– Que tal a verdade, Mack? Não é uma alternativa? Contar a verdade?

– É claro. Posso cantar um *jingle* a Gino: "Desculpe, Pigeyes, mas você encanou o cara errado, quero trocar de lugar com Jake." Gino já espera por isso.

– Mas alguém não precisa apresentar uma queixa? E se a TN não se incomodar? Posso explicar tudo a Tad. Eu o conheço muito bem, Mack. Dê-me vinte minutos com ele. Tad vai *amar* você por ter assustado Jake desse jeito. Pensará que era o que Jake merecia, ter alguém para virar a mesa contra ele.

– Vinte minutos, hein?

O rosto de Brushy murchou.

– Vá à merda!

Ela sentou-se no velho sofá de Nora, com seu estampado de rosas, e contemplou o tapete bege, dominada pela raiva e algum sentimento escandalizado em relação à sua vida.

– Qual é o seu relacionamento com esse cara?

– Não é o que você pensa.

– Então qual é? Amigos? Assembleias da congregação?

Ela se lançou a uma sucessão de gestos relutantes – olhares evasivos, movimentos nervosos com o cigarro –, sempre decidida a resguardar seus segredos. Por fim, soltou um suspiro.

– Tad me convidou para ser a diretora jurídica da TN. Há meses que venho pensando na proposta.

– Você no lugar de Jake?

– Isso mesmo. Ele quer alguém em cuja independência possa confiar. E que distribua de modo mais amplo os negócios da TN, a longo prazo.

Tad, é claro, não chegara ao topo por acaso. Também conhecia a política corporativa, e aquele movimento era muito hábil. Wash e seu círculo no conselho da TN não teriam se oposto se a substituta de Jake saísse da G&G.

– Martin acha que a firma não pode sobreviver sem uma cota grande do trabalho da TN – comentei.

– Eu também penso assim. Não a longo prazo. Foi por isso que relutei.

Só que agora Jake se afastara. Tad faria a mudança de qualquer maneira. O curso de Brushy era óbvio. Eu via o futuro.

– E o que acontece com Mack sob o Plano Brushy para o mundo, com Emilia como diretora jurídica da TN e a G&G naufragando em alto-mar?

– Você é advogado. E dos bons. Vai encontrar trabalho. Ou... – Ela sorriu, daquele jeito habitual, tímido e insinuante. – ...pode ser mantido.

Brushy se levantou e tornou a me abraçar. Eu ainda tinha o cigarro na boca e inclinei a cabeça para trás, com fumaça nos olhos.

– O cara errado – repeti.

Desvencilhei-me e subi. Ela me seguiu até o quarto. Deu uma boa olhada na minha tela, o Vermeer instalado no cavalete, antes de se virar para me observar arrumar a mala.

– Para onde você vai?

– Pegar o trem. Que me levará ao avião. Que me levará para longe.

– Mack...

– Já lhe disse, Brushy. Meu antigo colega de olhos de porco, o detetive Dimonte, já sente o cheiro de merda no ar. Foi o que disse quando lhe telefonei.

– Você pode dar um jeito nele. Há semanas que vem fazendo isso. Anos.

– Não agora. Ele já disse expressamente que acha que estou sujo. Pode ser obtuso, mas parece uma vaca. Sempre acaba no lugar certo.

Fui até o cavalete. Folheei o caderno de desenhos e joguei-o na mala.

– Por que, Mack?

– Porque prefiro viver rico e livre a ir para a penitenciária.

– Não era a isso que eu me referia. Por que a coisa toda? Como pôde fazer isso? Como pôde pensar que não seria descoberto?

– Pensa que os outros são tão espertos quanto você? E até *você* só descobriu porque o idiota aqui falou demais. Acredita realmente que saberia de tudo se eu não lhe dissesse desde o começo que adoraria ter roubado o dinheiro ou que sentia um ódio profundo de Jake?

– Mas não se sente mal?

– Em alguns momentos. Mas sabe como é, o que está feito está feito.

– Escute... – Brushy recomeçou. Uniu as mãos. Elevou o rosto petulante, de pele áspera. Tentou parecer calma e racional, para se mostrar persuasiva. – Você queria marcar posição. Queria atingir Jake, todos nós. E conseguiu. Sentia-se ignorado, desvalorizado, magoado. Com toda a razão. E...

– Ora, pare com isso!

– ...quer ser apanhado.

– Poupe-me da psicanálise. O que eu queria mesmo era fazer isso. Há uma coisa que se chama prazer infantil, Dra. Freud. E tive o meu. Agora, vou agir como um adulto responsável, salvando minha pele. O que você também fará muito em breve quando lhe pedirem que explique os 5,5 milhões de dólares que disse que seriam repatriados amanhã. – Apontei um dedo para ela. – Não se esqueça do sigilo profissional. Advogada e cliente.

– Não consigo entender. – Ela demonstrava total decepção. – Você deve odiar todo mundo. Não é verdade? Todos nós.

– Não me manipule.

– Não percebe como está furioso, Mack? É como Sansão derrubando o templo.

– Por favor, não me fale sobre meus próprios ânimos! – Tenho certeza de que por um momento pareci violento. – Por que eu deveria me sentir furioso, Brush? Porque tive grandes opções? Deveria ter me prostituído como Martin, a fim de proteger a extremidade traseira de Jake? E só para que Jake pudesse me ignorar, enquanto Pagnucci me empurrava por uma banquisa, depois que dei anos de minha vida adulta à firma? Como Pagnucci fala quando se dá o trabalho de se justificar? "É o jogo do mercado"? Esqueci a parte da teoria, Brushy, que explica por que as pessoas fodidas pelo mercado devem deixar que a festa continue para as outras. Por isso, demonstrei um pouco de iniciativa, capacidade de empreendimento, autoconfiança. Ajudei a mim mesmo. Esses também são conceitos do mercado livre.

Ela não disse nada por um tempo. Tirei a calça e a camisa, circulei de cueca, vesti uma calça limpa e um pulôver. Calcei os tênis. Pronto para correr.

– O que me diz de seu filho?

– O que há com ele? Vai se safar sozinho. Ou viver à custa da mãe. Já era hora, com toda a franqueza, de acontecer uma dessas duas coisas.

– Você está perturbado.

– Doente.

– Hostil.

– Admito.

– Cruel, Mack. Fez *amor* comigo.

– E era sério. – Fitei-a nos olhos. – Todas as vezes. Não uma coisa que os outros lhe diziam por dizer.

– Ahn... – Brushy fechou os olhos, mostrando sofrimento. Aconchegou-se nas compridas luvas brancas. – Romance.

– Escute, Brush, tenho visto além da curva desde o início. Eu lhe disse que era uma péssima ideia. Acho você um ser humano sensacional. Com toda a sinceridade. Partilharia sua cama e sua companhia por todo o futuro previsível. Mas agora Pigeyes entrou em cena. Assim, só resta uma alternativa: você tem um passaporte, terei o maior prazer se me acompanhar. Como eu sempre disse, há o suficiente para duas pessoas. Quanto mais, mais divertido. Não quer começar uma vida nova? Minha impressão é a de que você está apegada demais à vida que tem aqui.

Estendi as mãos. Ela se limitou a me encarar. A ideia, pude perceber, nunca lhe passara pela cabeça.

– Não tem problema, Brush. Você está fazendo a coisa certa. Escute o que diz seu velho amigo Mack. Porque sei qual é o verdadeiro problema, em que sempre penso: meu bem, você não vai me respeitar pela manhã, não depois que tudo isso acabar.

Houve um longo momento de silêncio. Ela então murmurou:

– Eu poderia visitá-lo.

– É claro. Diga isso a Sr. K. Ele vai adorar ouvir isso de sua nova diretora jurídica: vou fazer uma visita àquele sacana que destruiu minha firma de advocacia e saqueou sua companhia. Enfrente os fatos, Brush, sua vida é aqui. Mas pode provar que estou enganado. Acho que tem todos os vínculos. E agora... – Fechei a mala. – ...tenho de partir.

Segurei-a pelos ombros, dei-lhe um beijo rápido, do marido que sai apressado para o trabalho. Ela sentou-se na cama, pôs o rosto nas mãos. Eu sabia que Brushy era dura demais para chorar, mas mesmo assim achei que devia dizer alguma coisa.

– Não vamos ser sentimentais, Brush.

Pisquei para ela da porta e disse adeus. Vi Lyle no corredor, vestindo apenas o jeans com o qual caíra no sono, tentando entender alguma coisa das vozes. Talvez tivesse despertado para conferir seu sonho de que eram mamãe e papai em casa outra vez, felizes, um desses sonhos que jamais se concretizam. Parei no limiar, olhando para os dois e sofrendo um daqueles momentos terríveis. Até agora, estivera dominado por uma tremenda prisão de ventre emocional. Se tomasse dois tragos, poderia derramar os olhos de tanto chorar, mas me sentia presunçoso e obstinado. Só com a iminência do instante da partida é que a angústia começou a aflorar.

– Por Deus, Mack, não faça isso! – disse Brushy. – Por favor! Pense no que vai fazer consigo mesmo. Eu o ajudarei. Sabe disso. Sabe quanto tenho tentado. Pelo menos pense em mim, Mack.

Mas o que havia com ela? Imaginava, sem dúvida, que eu fugia dela. E me socorri com comparações desconcertantes da devoção de outros – Bert a Orleans, Martin a Glyndora. Mas quem eu tentava enganar? Meu coração se tornou de repente dolorido e aflito, transbordando com uma mágoa que parecia dobrar seu peso.

– Não há opção, Brush.

– Você não para de dizer isso.

– Porque é a verdade. Isto é a vida, Brushy, não o paraíso. Estou sem alternativa.

– Diz isso por dizer. No fundo, está fazendo o que quer.

– Ótimo.

Eu sabia que ela estava certa. Parado ali naquele instante, tornei-me abruptamente uma espécie de bolha sofredora, um ectoplasma sem definição, em que a única forma delineada era um coração angustiado. Mas mesmo nessa condição, restava um sentido de direção. Não era esperança, compreendi agora, o que me impulsionava. Talvez eu estivesse em uma daquelas situações críticas outra vez, fazendo o que mais receio porque, de outro modo, fico paralisado, pior do que um escravo acorrentado. Mas a compulsão era forte. Eu era como o personagem do mito, voando com asas de cera para o sol.

– Não quer falar sobre a minha vida, Mack? O que eu vou dizer? Como explicarei por que o deixei fugir, por que não chamei a polícia?

– Pensará em alguma coisa. Escute. – Dei um passo para dentro do quarto. – Ligue para seu amigo Krzysinski. Agora mesmo. Hoje. Conte a ele *toda* a história. Tudo mesmo. Diga que não podia ficar de braços cruzados e me deixar liquidar Jake. Diga como você é nobre. E esperta. Vai acabar comigo, me obrigar a devolver o dinheiro. E *depois* me entregar à polícia.

Brushy estava sentada na cama, contraída em desespero, e estremeceu um pouco. As palavras pareciam atingi-la com o impacto reverberante de uma flecha. Pensei a princípio que ela se encontrava outra vez espantada com a minha facilidade para mentir. No instante seguinte, porém, percebi outra coisa. E fiquei absolutamente imóvel.

– Ou será que entendi direito? – murmurei. – Eu estava finalmente lendo seus pensamentos?

– Oh, Mack...

Ela fechou os olhos.

– É me pegar, me amar e depois deixar que me prendam? É esse o primeiro plano de Brushy?

– Você está perdido, Mack. Nunca percebe a verdade? Nem quando a está vendo? Quando a está dizendo?

Ela pensava que me acertara com isso, mas era assim que se podia agarrar a maioria das pessoas. De qualquer forma, eu me recusara a recuar. Brushy, como eu sabia muito bem, era uma jogadora segura. Tinha todos os ângulos na cabeça, e eu encontrara algo, uma ideia, uma linha de raciocínio que ela não podia deixar de perceber, assim como eu não podia deixar de ser eu mesmo naquele momento, dominado por um desdém libertador, uma ira tão generalizada, mas intensa, que não sabia realmente o que me tornava furioso – ela, eu, ou alguma coisa indefinida.

– Foi essa a ideia? – Vesti o casaco. Peguei a mala. – Bem, você não estava prestando atenção.

Desconfiei de que agora ela acreditava.

– Você escolheu o cara errado, Brushy.

B. PIGEYES NÃO ESTÁ

O pequeno sistema ferroviário que faz a ligação entre Center City e o aeroporto era uma dessas ideias geniais de planejamento urbano pelas quais Martin Gold assume ocasionalmente algum crédito. Ele era advogado da Comissão de Planejamento, e nosso pessoal de títulos mobiliários organizou o esquema de financiamento. O trem nem sempre passa no horário, mas na hora do rush é muito mais rápido do que o tráfego, que se pode ver parado nos dois lados da faixa divisória por onde a composição se desloca. O ponto final é uma estação subterrânea, um espaço amplo, o teto elevado como o de uma catedral, e várias janelas com vitrais coloridos, iluminadas por trás, para simular a luz do dia.

Cheguei lá carregando a mala e ainda gritando com Brush na cabeça, expurgando minha culpa e explicando mais uma vez de que modo ela deveria culpar a si mesma, pois não há vítimas. Afastara-me alguns passos do trem quando avistei Pigeyes na extremidade da plataforma. Tivera algumas visões intensas e inquietantes de Gino agarrando Jake, fichando-o, tirando suas impressões digitais, metendo-o no xadrez da delegacia, onde os desordeiros tirariam o Rolex de Jake sem nem sequer agradecer, e por um instante esperei que estivesse vendo coisas demais. Mas era mesmo Gino. Estava encostado em uma coluna, com seu surrado casaco esporte e botas de cowboy, limpando os dentes com a unha e olhando os passageiros que desembarcavam dos vagões. Não havia a menor dúvida sobre quem ele procurava, mas eu não tinha muitos lugares para ir. Ele já me avistara, e o trem só retornaria à cidade dentro de cinco minutos. Por isso, continuei andando. Já era dia, porém eu continuava imerso em meus sonhos, indo ao encontro do estranho perigoso e implacável. Ele me pegaria agora, e meu sangue corria gelado pelas veias.

Enquanto Gino observava minha aproximação, seus olhinhos pretos se mantinham imóveis, e o resto do seu rosto grande se contraía em determinação. Ele estava pronto para me caçar, talvez até atirar. Dei uma rápida olhada ao redor, à procura de Dewey, mas parecia que Pigeyes voava solo naquela noite.

– Mas que maravilhosa coincidência! – exclamei, ao chegar perto dele.

– É verdade. Sua namorada me ligou. Disse que eu devia procurá-lo. – Pigeyes simulou um sorriso, sem mostrar os dentes. – Acho que ela gosta de mim.

– É mesmo?

– É, sim

Ele não era da minha altura, mas se empertigou, elevando o rosto para o meu, com todo o seu bafo pesado e odores do corpo. Mascava chiclete. Pensei em uma porção de coisas naquele momento. Fora mole demais com Brushy. Achara que ela acreditava em todas aquelas coisas, advogado e cliente, meus segredos para serem guardados e lhe cabendo não contar nada. Brushy podia me dar cem motivos para que o sigilo não se aplicasse no caso; e é provável que eu pudesse acrescentar mais cinquenta. Mas não imaginara que ela me trairia. Brushy era sempre mais dura e mais rápida do que eu previa.

– O que ela disse?

– Não muita coisa. Já falei. Conversamos a seu respeito.

– Como eu sou bom na cama?

– Não me recordo que isso tenha sido mencionado. – Pigeyes sorriu da mesma maneira. – Para onde você vai?

– Miami.

– Fazer o quê?

– Uma viagem de negócios.

– É mesmo? Posso dar uma olhada na sua mala?

– Acho que não.

Ele já pusera a mão na mala, e segurei-a com firmeza.

– Acho que talvez haja aí dentro uma caderneta bancária. E acho que você vai pegar um voo de conexão para Pico sei lá o quê. Acho que se prepara para fugir.

Ele deu um passo à frente, o que não parecia fisicamente possível.

– Tome cuidado, Pigeyes. Você pode pegar alguma coisa.

– Você. – Ele abriu a boca, tentou arrotar. Estava em cima de mim agora, de tal forma que eu tropeçaria se tentasse me afastar. Se o empurrasse, só Deus sabe o que ele faria. – Eu sabia que ainda o agarraria. O cara me pediu que fizesse essa coisa, toda essa aventura, e eu disse a mim mesmo: talvez você acabe encontrando seu velho amigo Mack.

Acreditei nisso. Pigeyes sempre estivera atrás de mim, e eu sempre me mantivera atento à sua aproximação. Objeto inamovível. Força irresistível. Nesses momentos, é pior do que morrer, o terror flamejante que me arranca do sono, e Pigeyes sempre estará ali, à espreita. Como explicar isso? Revirei em minha mente o mesmo pensamento antigo de que não há acidentes, não há vítimas. E depois, só Deus sabe por que, tive uma última revelação. Estava bem agora. Compreendi de repente.

– Acho que você acaba de molhar as meias – comentou Pigeyes, notando a intensidade da minha expressão. – Quando andar, seus sapatos vão esguichar água para todos os lados.

– Acho que não.

– Pois eu acho que sim.

– Não. Tenho tudo muito bem calculado.

– Era o que você pensava.

– É o que eu sei. Você sempre falou demais, Gino. Especialmente para mim. Não poderia viver com o pensamento de que o venci mais uma vez, não é? Não pôde resistir a me corrigir quando lhe telefonei esta tarde para falar de Jake.

A fivela do seu cinto ainda se encontrava abaixo da minha barriga, o nariz a dois dedos do meu. Mas uma certa cautela surgira. A partir do momento em que era mordido, Pigeyes se revelava uma criatura excepcional na profundidade de seu respeito por mim.

– Eu deveria ter percebido todas essas coisas, Pigeyes. Não conseguia explicar. Por que você nunca me prendeu. Nem me apresentou uma intimação. Deve ter pensado que eu era cego, surdo e mudo. Disse que sabia que eu jogava merda no ventilador com aquela história sobre Archie e Bert, mas mesmo assim deixou Bert em paz. Por quê? Por que não percebi tudo? Você tinha sido afastado. Seja lá quem for que o tenha contratado, acabou dispensando seus serviços. O *capo* ou algum outro. O que eles têm contra você, Pigeyes? Jogo? Tóxicos? Andou cheirando demais? Ou está fazendo isso pelos velhos amigos do bairro? Mas você é o cara, não é mesmo? O cara que deveria obrigar Archie a revelar quem era o seu informante. O cara que deveria fazer o informante agradecer por estar vivo, a fim de poder continuar a arrumar os resultados de partidas de basquete para alguns tipos ingratos. É você mesmo.

Eu tinha toda a sua atenção agora.

– Como não percebi? Deveria ter compreendido no instante em que você disse que procurava Kam por meio do cartão de crédito. Onde *você* encontrou esse cartão? Sei onde descobri o meu. E o envelope estava aberto. Havia marcas de pés na correspondência. Você esteve lá antes de mim, Gino. No apartamento de Bert. E não foi a primeira vez. A primeira vez, Pigeyes, foi quando seu pessoal meteu Archie na geladeira.

Tinham ido assustar Bert, pressioná-lo a dizer o que você queria saber. Um advogado importante? Ora, não me interessa de quem é a traqueia cortada. Bert não podia chamar a polícia, porque não teria como responder às perguntas que lhe fariam. Ele não ia jogar todo o dinheiro fora admitindo para a polícia que andara armando os resultados de eventos esportivos nacionais. E ficaria apavorado quando visse o cadáver. Seria todo seu. Bert choraria pelo telefone. Suplicaria por sua vida. E lhe diria onde encontrar o tal Kam Roberts, que Archie mencionara várias vezes. Bert teria até de se encarregar de dar um sumiço no corpo de Archie. Nunca lhe passou pela cabeça que ele fugiria... não quando a única coisa que ele precisava fazer era lhe fornecer um nome. Mas Bert não estava lá quando você apareceu.

Os olhos escuros de Pigeyes se contraíam. Ele não era tão esperto quanto eu. E sempre soubera disso.

– Portanto, essa foi a segunda visita ao apartamento de Bert, não é mesmo? Tentando descobrir para onde ele partira. Foi quando você pegou o cartão de crédito. E concluiu que era melhor tirar o caso da Divisão de Pessoas Desaparecidas. Assim, seria o único tira procurando por Archie. Providenciou para que essa divisão transferisse o caso para o Crimes Financeiros... aqueles caras sempre ficam felizes ao se livrarem de um serviço... E depois foi farejar no Banho Russo, em busca de uma pista que o levasse a Kam. E se os caras não fizessem uma porção de coisas estúpidas, Gino, nunca seriam apanhados. Por que você não tirou o cadáver do apartamento de Bert quando teve oportunidade? Qual foi o problema? A vizinha estava em casa naquela semana? Não contava com ajuda suficiente? Mas, quando me pegou no U Inn, com o cartão de crédito, você soube logo onde eu estivera. E o que eu vira. É sério, Gino, quem foi o cara que me ensinou a procurar primeiro na geladeira? Mas o idiota do Malloy lhe proporcionou a desculpa perfeita para voltar ao apartamento. Com um mandado judicial, nada menos. Foi por isso que o corpo desapareceu nessa ocasião, não é mesmo? Antes que eu pudesse avisar a Divisão de Homicídios. Foi por isso que tivemos aquela cena no furgão de vigilância. Para que você e Dewey tivessem condições de registrar, na presença de uma testemunha, que eu não vira nada de interessante no apartamento de Bert. Fui estúpido ou o quê? Por que *você* haveria de querer que eu dissesse isso? E foi por isso que você não me prendeu nem fez nenhuma das sacanagens que poderia ter feito. Não valia a pena. Eu sairia do xadrez em uma hora; então por que correr o risco de que eu começasse a ter ideias e conversasse com algum detetive da Homicídios sobre o cadáver que encontrara?

Em algum ponto do monólogo, ele recuara um pouco. Se a conversa fosse em uma rua escura e deserta, Pigeyes teria me dado um tiro. Mas estávamos na estação subterrânea, por baixo do aeroporto, vários passageiros entravam e saíam da plataforma, carregados de bagagem, olhando para trás, observando o que poderia se transformar em uma pancadaria. Pigeyes não se sentia muito feliz com essa situação.

– Diga-me que você não tinha a intenção de assassinar o pobre Archie, Pigeyes. Diga-me que se deixou arrebatar quando Archie se recusou a revelar o nome verdadeiro de Kam. Diga-me que se arrependeu.

Afastei a mala do ponto em que ele ainda mantinha a mão.

– Quanto lhe pagam por um trabalho desses? Cinquenta? Setenta e cinco? Está se preparando para a aposentadoria, é isso? Pois eu cobrirei isso, com juros, dentro de duas semanas.

Para reforçar, bati com a mão sobre seu coração, roçando as pontas dos dedos pela camisa de malha suja que ele usava havia vários dias. Ambos sabíamos que eu o encurralara.

– Mas, se quiser, Gino, pode me prender. Não acha que posso fazer um acordo para obter imunidade se entregar um assassino de aluguel que anda por aí com uma estrela no peito? – Ele não respondeu. Estudara na mesma escola de Toots. – O cara com quem eu andava, meu antigo parceiro, não era tão ruim assim. Surrupiava dinheiro, fazia algumas coisas que não devia. Mas não torturava as pessoas por dinheiro. Nem por tóxicos.

Levantei a mala, fiz um aceno de cabeça para ele. E tive uma súbita revelação. Se alguém desse o soro da verdade a Pigeyes, ele explicaria como isso era em parte culpa minha. Anos atrás, eu acabara com a sua reputação. E trapaceara para fazer isso. Os vizinhos, a mãe, as pessoas na igreja – todos sabiam agora o que ele era. Não podia mais fingir. De repente, parecia para os outros da maneira como parecia para si mesmo. E foi o que lhe disse em voz alta, ali mesmo na estação.

– Você é um bandido, Pigeyes.

E sabem como ele respondeu? Bingo!

– E é você quem me diz isso?

– Seja como quiser, Gino. Ambos somos bandidos.

Eu não pensava assim. Não era tão desprezível quanto ele, não em minha mente. Éramos dois tipos diferentes, duas tradições diferentes. Pigeyes era como Pagnucci – um cara durão, mesquinho, capaz de toda a coragem e de toda a crueldade. Um desses homens para os quais é sempre tempo de guerra, quando você faz o que tem de fazer. Eu me encontrava no segundo lugar em uma fila de ladrões – os impostores. Mas ambos chegáramos ao fundo do poço, Gino e eu, e compreendi naquele momento que era esse o sentido de todos os pesadelos: eu sou ele, e ele é eu, e nos tenebrosos sentimentos da noite não há diferença discernível entre o desejo e o medo.

E foi ali que o deixei, na plataforma do trem. Olhei para trás só uma vez, apenas para me certificar de que ele absorvia o pleno impacto de me deixar partir. Peguei o avião para Miami e agora estou no voo para C. Luan. Sentado aqui, na primeira classe, contando o fim da minha história ao Sr. Dictaphone, sussurrando para que a minha voz seja abafada pelo zumbido do motor.

Quando desembarcar, estas fitas, todas elas, serão remetidas a Martin. Enviarei pelo serviço de entrega rápida. Estarei em um porre total a essa altura. No momento, na mesa dobrável à minha frente, quatro soldadinhos, saídos do carrinho da aeromoça, dançam com a vibração do avião, o líquido âmbar balançando no gargalo das pequenas garrafas, e quase posso senti-lo em minha garganta. Ficarei de porre, eu prometo, pelo resto da minha vida. Viajarei; pegarei muito sol. Vou me dedicar a um período prolongado de devassidão. Pensarei em como tinha certeza de que esse golpe me deixaria extasiado, e como, nesse estado de espírito, eu não podia distinguir os mocinhos dos bandidos, o que era apenas feio do que era repulsivo.

Agora que terminei, começo a pensar no que significou para mim ter contado tudo isso. Não para Martin, Wash nem Carl. Nem para o Você Você. Nem para Elaine lá em cima. Talvez fosse a mim que eu desejasse entreter. Um eu superior e melhor, como Platão descreveu, um Mack mais bondoso e mais gentil, capaz de uma reflexão maior e de uma compreensão mais profunda. Talvez quisesse efetuar outro daqueles esforços fracassados para entender a mim mesmo e a minha vida. Ou para relatar tudo de um modo menos ambíguo ou tedioso, recordando os fatos com meu espírito ferino, os motivos mais definidos. Sei o que aconteceu – pelo menos para isso a memória serve. Mas há sempre espaços em branco. Como saí de lá para cá. Por que fiz algo em determinado momento. Sou um cara que passou muitas manhãs especulando sobre o que acontecera na noite anterior. O passado se desvanece depressa. Não é mais do que uns poucos instantes à luz dos refletores. Alguns fotogramas de um filme. Talvez eu relate tudo isso porque sei que é a única vida nova que terei, que o relato é o único lugar em que posso me reinventar. E nele sou o homem que controla, não apenas as palavras, mas também, por seu intermédio, os eventos que elas registram. O Mack superior e melhor, soberano da história e do tempo, um cara mais sério, mais honesto, mais conhecido do que o sujeito misterioso que sempre se recuperou de um desastre bem a tempo de correr para outro, aquele ser incompreensível que pisca para mim dos reflexos nas janelas e espelhos, que encarava com desdém a maioria das coisas estabelecidas em sua vida.

Apesar de tudo, a palavra final foi minha. Assumindo a culpa naquilo em que é devida e avaliando-a no resto. Não cometo o erro de confundir isso com uma desculpa. Tenho arrependimentos, admito, mas quem não tem? Ainda assim, eu me enganei. Totalmente.

Só há vítimas.

Agradecimentos

Muitos amigos me permitiram persuadi-los a ler o primeiro esboço deste livro. A todos eles – Barry Berk, Colleen Berk, David Bookhout, Richard Marcus, Vivian Marcus, Art Morganstein, Howard Rigsby, Teri Talan – e às luzes que me sustentam, Annette Turow e à maior agente literária do mundo, Gail B. Hochman, meus agradecimentos especiais.

EDIÇÕES
BestBolso

Este livro foi composto na tipologia Minion Pro Regular,
em corpo 10,5/13, e impresso em papel off-set 56g/m² no Sistema
Cameron da Divisão Gráfica da Distribuidora Record.